JONATHAN KELLERMAN

Der Knochenspieler

GOLDMANN
Lesen erleben

Buch

Innerhalb weniger Tage wird eine wohlhabende Nachbarschaft in Los Angeles mit grausamen Funden konfrontiert. Im Garten eines zu renovierenden Hauses wird ein sechzig Jahre altes Babyskelett ausgegraben. Kurz darauf werden die Knochen eines erst kürzlich verstorbenen Säuglings im nahe gelegenen Park gefunden – daneben eine junge Frau, durch einen Kopfschuss getötet. LAPD Detective Milo Sturgis und der brillante Psychologe Alex Delaware suchen verzweifelt nach einem Zusammenhang zwischen den Verbrechen. Eine jahrzehntealte Spur führt sie schließlich zu einem renommierten Krankenhaus, einer wunderschönen Krankenschwester und einem Arzt, dessen Taten zu gut scheinen, um wahr zu sein …

Weitere Informationen zu Jonathan Kellerman
sowie zu lieferbaren Titeln des Autors
finden Sie am Ende des Buches.

Jonathan Kellerman

Der Knochenspieler

Thriller

Übersetzt
von Kristiana Dorn-Ruhl

GOLDMANN

Die amerikanische Originalausgabe erschien 2013
unter dem Titel »Guilt« bei Ballantine Books,
an imprint of The Random House Publishing Group,
a division of Random House, Inc., New York

Dieses Buch ist auch als E-Book erhältlich

MIX
Papier aus verantwortungsvollen Quellen
FSC® C014496

Verlagsgruppe Random House FSC® N001967
Das FSC®-zertifizierte Papier *Pamo House* für dieses Buch
liefert Arctic Paper Mochenwangen GmbH.

3. Auflage
Deutsche Erstveröffentlichung September 2014

Umschlaggestaltung: UNO Werbeagentur, München
Umschlagmotiv: plainpicture/Anja Weber-Decker
Redaktion: Sandra Lode
MR · Herstellung: Str.
Satz: Uhl + Massopust, Aalen
Druck und Bindung: GGP Media GmbH, Pößneck
Printed in Germany
ISBN: 978-3-442-48086-9
www.goldmann-verlag.de

Für Eva

Besonderer Dank
an Clea Koff, Terri Porras, Miguel Porras
und Randy Ema

1

Alles meins! Mein Haus, mein Mann, mein Baby.

Holly beendete ihre fünfte Runde durch das Zimmer, das nach hinten zum Garten wies. Das Baby in ihrem Bauch trat gegen ihr Zwerchfell.

Aimée.

Seit das Haus rechtmäßig ihnen gehörte, war sie unzählige Male hier gewesen, um Pläne zu machen. Sie liebte das Haus, trotz der miefigen Gerüche, die in den neunzig Jahre alten Wänden hingen: Katzenpisse, vergammelte Gemüsesuppe, menschlicher Verfall.

Wenn in wenigen Tagen die Renovierung begann, würde frische Latexfarbe das alles überdecken und Hollys Zehn-Zimmer-Traum in fröhlichen Farben erstrahlen lassen.

Das Tudor-Haus mit der Klinkerfassade stand auf einem über tausend Quadratmeter großen Grundstück am südlichen Rand von Cheviot Hills. Gebaut zu einer Zeit, als Häuser für die Ewigkeit errichtet wurden, war es mit Zierleisten und Vertäfelungen geschmückt und hatte Eichenböden und Bogentüren aus Mahagoni. Parkett lag auch in dem hübschen kleinen Büro, in das Matt sich zurückziehen konnte, wenn er sich Arbeit mit nach Hause brachte.

Holly könnte einfach die Tür schließen und müsste sich nicht mehr anhören, wie er über dämliche Klienten schimpfte, die unfähig waren, ihre Bücher ordentlich zu führen. Stattdessen würde sie auf einer gemütlichen Couch mit Aimée kuscheln.

Das Geschlecht des Babys hatte sie bei der Ultraschalluntersuchung im vierten Monat erfahren. Sie hatte sich sofort für einen Namen entschieden. Matt wusste noch nichts davon. Aber er war ohnehin noch längst nicht in seiner Vaterrolle angekommen.

Manchmal fragte sie sich, ob Matt in Zahlen träumte.

Holly legte ihre Hand auf die Mahagonifensterbank und blickte hinaus. Mit zusammengekniffenen Augen versuchte sie, Unkraut und vertrockneten Rasen auszublenden und sich einen grünen Garten Eden voller Blumen vorzustellen. Angesichts des monströsen Baumstamms, der praktisch die gesamte Fläche einnahm, war das nicht ganz einfach.

Die über zehn Meter hohe Platane war ursprünglich ein Verkaufsargument für das Haus gewesen; ihr massiver Stamm und das dichte Blattwerk hatten eine stimmungsvolle, beinahe schaurige Atmosphäre geschaffen. Hollys Fantasie war sofort angesprungen, und sie hatte eine Schaukel an dem ausladenden unteren Ast gesehen, darauf Aimée, die kichernd hin- und herschwang und ausrief, Holly sei die beste Mommy der Welt.

Zwei Wochen bevor der Kauf endgültig abgewickelt war, hatte ein für die Jahreszeit ungewöhnlicher, heftiger Sturm die Platane entwurzelt. Zum Glück war das Monstrum nicht vollständig umgefallen, sonst wäre es direkt auf das Haus gestürzt.

Man einigte sich darauf, dass die Verkäufer – Sohn und Tochter der alten Frau – auf eigene Kosten den Baum zerlegen und abtransportieren, den Wurzelstock entfernen und den Boden einebnen lassen würden. Stattdessen hatten sie nur einen Gärtner beauftragt, die Platane zu zersägen, und so lag jetzt in der hinteren Hälfte des Gartens ein Riesenhaufen Holz.

Matt war ausgeflippt und hatte gedroht, die Verhandlungen platzen zu lassen.

Abrogation. Was für ein scheußliches Wort.

Holly hatte ihn beschwichtigen können, indem sie versprach, sich der Sache anzunehmen und eine Entschädigung zu erwirken. Er müsse sich nicht mehr darum kümmern.

Schön. Aber sieh zu, dass tatsächlich was passiert.

Beim Anblick des Holzberges fühlte sich Holly hilflos und entmutigt. Einen Teil konnte man sicherlich im Kamin verfeuern. Bruchstücke, Blätter und Rinde konnte sie selbst zusammenrechen, vielleicht würde sie einen Komposthaufen daraus machen. Aber dieser gigantische Stamm?

Sie würde schon eine Lösung finden. In der Zwischenzeit musste sie sich um den Gestank nach Katzenpisse, vergammelter Suppe, Schimmel und alter Frau kümmern.

Gut, Mrs Hannah hatte zweiundfünfzig Jahre in diesem Haus gelebt. Trotzdem war es unglaublich, dass ihr Körpergeruch immer noch im Putz hing. Holly hatte nichts gegen alte Leute. Wobei sie nicht viele kannte.

Aber es gab doch da spezielle Deos.

Matt würde sich einleben. Er würde sich beruhigen. So wie immer.

Mit dem Haus war es auch so gewesen. Er hatte sich nie wirklich für Architektur interessiert, aber plötzlich stand er auf *modern.* Holly hatte sich zahllose langweilige weiße Kästen angesehen. Dass Matt nein sagen würde, war ihr jedes Mal von vornherein klar gewesen, weil es das war, was er am liebsten sagte.

Als in Hollys Vorstellung allmählich ein Traumhaus Gestalt annahm, war ihm der Baustil wieder egal, und nur noch der Preis zählte.

Der Hauskauf hatte unter einem guten Stern gestanden und war in null Komma nichts über die Bühne gegangen: Eine alte Dame war gestorben, die gierigen Nachkommen wollten möglichst schnell Geld sehen und nahmen Kontakt zu einem Maklerbüro auf, wo sie zufällig auf Vanessa trafen; Vanessa rief Holly an, noch ehe das Haus offiziell angeboten wurde, weil sie Holly noch was schuldete, denn die hatte sich nächtelang Vanessas Gejammer über ihre Beziehungskisten angehört.

Dass sie das Ganze finanzieren konnten, lag unter anderem an der größten Immobilienkrise seit Jahrzehnten; außerdem hatte Holly seit ihrem Uniabschluss vor neun Jahren wie eine Besessene zwölf Stunden am Tag in einer PR-Agentur geschuftet. Matt hatte sich mindestens genauso krummgelegt und war schließlich mit einer satten Gehaltserhöhung belohnt worden. Nicht zuletzt hatte sich die Investition in das Start-up eines Kumpels von Matt gelohnt, sodass sie genügend Kapital aufbringen konnten, um ein Darlehen zu bekommen und sich monatliche Raten leisten zu können.

Alles meins!

Auch der Baum.

Holly kämpfte mit einer störrischen alten Messingtürklinke – noch echte Wertarbeit! –, schob eine klemmende Terrassentür auf und trat in den Garten hinaus. Über einen Hindernisparcours aus Ästen, braunen Blättern und loser Rinde erreichte sie den Zaun zum Nachbargrundstück.

Sie sah das Chaos zum ersten Mal aus der Nähe, und es war sogar noch schlimmer, als sie befürchtet hatte. Die Baumfäller hatten mit ihren Sägen das reinste Massaker angerichtet und die Stücke achtlos auf die ungeschützte Erde fallen lassen, wo sie eine Reihe tiefer Krater erzeugt hatten.

Vielleicht würden die Bilder schon genügen, um mit einer Klage zu drohen, falls sie die Sauerei nicht beseitigten.

Sie würde einen Anwalt brauchen. Möglichst einen, der sich auf Erfolgsbasis bezahlen ließ … Gott, diese Löcher waren wirklich widerwärtig, voll mit dickem Wurzelwerk, das an Würmer erinnerte, und dann dieser eklig aussehende riesige Splitter.

Sie kniete sich an den Rand des schlimmsten Kraters und zerrte an den Wurzeln. Nichts rührte sich. Als sie es bei einem kleineren Loch versuchte, löste sich nur Erde.

Beim dritten Loch gelang es ihr, ein Stück Wurzelgeflecht loszureißen. Darunter kam eine hellblaue Fläche mit einem roten Kreuz zum Vorschein. Nach ein paar weiteren Handgriffen hatte sie eine Metallbox freigelegt.

Der Kasten sah aus wie einer aus einem Bankschließfach, nur größer, und war blau bis auf das rote Kreuz.

Ein Erste-Hilfe-Kasten? Oder hatten Kinder irgendwas in diesem geheimen Winkel versteckt?

Holly versuchte, die Kiste zu bewegen, konnte das verdammte Ding aber nicht lösen. Sosehr sie auch daran ruckelte, sie hatte kaum Erfolg mit ihren Bemühungen.

Dann fiel ihr etwas ein, und sie ging in die Garage, um den alten Spaten aus dem Haufen mit rostigem Werkzeug zu holen, den die Verkäufer zurückgelassen hatten. Noch eine Zusage, die sie nicht eingehalten hatten, nämlich alles komplett auszuräumen; doch dann hatten sie sich damit herausgeredet, die Werkzeuge seien doch noch gut und sie wollten nur nett sein.

Als ob Matt jemals eine Heckenschere oder einen Randschneider in die Hand nehmen würde.

Zurück am Loch setzte sie den Spaten zwischen Metall und Erde an und stützte sich darauf. Es knirschte ein wenig, doch die verflixte Kiste bewegte sich kaum. Vielleicht konnte sie den Deckel aufmachen … nein, das Schloss steckte noch in der Erde fest. Holly machte sich weiter mit dem Spaten zu schaffen, kam jedoch kaum voran.

Früher hätte sie sich jetzt erst recht ins Zeug gelegt. Damals, als sie noch zweimal die Woche Zumba und einmal die Woche Yoga gemacht hatte und dazu sechzehn Kilometer gejoggt war und nicht auf Sushi, Carpaccio, Latte und Chardonnay verzichten musste.

Alles für dich, Aimée.

Von Woche zu Woche fühlte sie sich müder, Dinge, über die sie früher gar nicht nachgedacht hatte, wurden zur Qual. Schwer atmend stand sie da. Es war zweifellos Zeit für einen Alternativplan. Holly stach den Spaten entlang der Kiste in die Erde und arbeitete sich mit kurzen, energischen Stößen vor, ohne sich allzu sehr zu verausgaben.

Nach zwei Runden um die Kiste setzte sie erneut an. Als sie den Spaten in die Erde treiben wollte, kippte die Kiste in ihrem Loch auf die Seite, Holly verlor das Gleichgewicht und stolperte rückwärts.

Während sie mit den Armen ruderte, fiel ihr der Spaten aus der Hand.

Nur mit äußerster Mühe gelang es ihr, sich auf den Beinen zu halten.

Das war knapp. Sie keuchte wie eine asthmatische Couch-Potato. Es dauerte eine Weile, bis sie sich genug erholt hatte, um die Kiste aus dem Loch bergen zu können.

An der Box war kein Schloss, nur ein durchgerosteter Bügel. Die Oberfläche war grün oxidiert, und an einer Stelle, wo die blaue Farbe abgeblättert war, konnte man sehen, warum: Sie bestand aus Bronze. Dem Gewicht nach zu urteilen aus massiver Bronze. Das Ding an sich war sicher schon wertvoll.

Holly atmete tief ein und rüttelte an der Lasche, bis sie sie gelöst hatte.

»Abrakadabra«, sagte sie und klappte den Deckel hoch.

Boden und Seiten der Kiste waren mit vergilbtem Zeitungspapier ausgekleidet. In einem Nest aus zerknüllten Papierfetzen ruhte ein Bündel flauschiger Stoff, mit Satin eingefasst, der einmal blau gewesen sein musste, jetzt aber zu einem bräunlichen Grün verblichen war. Dunkelrote Flecken verunstalteten die Satinborte.

Etwas war eingewickelt und vergraben worden. *Be*graben worden. Aufgeregt hob Holly das Bündel aus der Kiste.

Enttäuscht stellte sie gleich darauf fest, dass es viel zu leicht war, um etwas von Wert zu enthalten, wie Goldbarren, historische Münzen oder Diamanten.

Holly legte das Bündel auf den Boden, nahm eine Stoffkante und zog daran.

Der Inhalt grinste sie an.

Dann verschwammen die Konturen, sie schrie auf, und es zerfiel vor ihren Augen, denn es war nur noch von der Spannung des Stoffes zusammengehalten worden. Ein kleines Skelett.

Jetzt nur noch eine Ansammlung loser Knochen.

Der Schädel war unmittelbar vor ihr gelandet. Zwei schwarze Augenhöhlen starrten zu ihr hoch.

Die zwei Minizähne am Unterkiefer sahen aus, als wollten sie gleich zubeißen.

Unfähig, sich zu rühren, zu atmen oder zu denken, hockte Holly da.

Ein Vogel zwitscherte.

Stille senkte sich auf sie herab.

Ein Schenkelknochen rollte wie von selbst los, und sie würgte lautlos vor Angst und Ekel.

Der Schädel ließ sich davon nicht beeindrucken. Er starrte sie weiter stumm an, als hätte er ein Geheimnis zu bewahren.

Holly nahm all ihre Kraft zusammen und schrie.

2

Die Frau war hübsch, blond, blass und schwanger.

Ihr Name war Holly Ruche, und sie saß wie ein Häuflein Elend auf einem Baumstumpf, einem von rund einem Dutzend massiven zersägten Holzbrocken, die den Großteil des verwahrlosten Gartens einnahmen. Schwer atmend umfasste sie ihren Bauch. Ihre Augen waren fest zugepresst. Zwischen rechtem Daumen und Zeigefinger hielt sie eine von Milos Visitenkarten, die bis zur Unkenntlichkeit zerknüllt war. Schon zum zweiten Mal, seit ich hier war, winkte sie die Sanitäter weg.

Die blieben in der Nähe, ohne jedoch Polizei oder Pathologen weiter zu beachten. Niemand hier vor Ort hatte das Gefühl, etwas beitragen zu können. Da musste schon die Kriminalanthropologin her, um aus dieser Sache schlau zu werden.

Milo hatte als Erstes einen Krankenwagen bestellt. »Nicht, dass das hier wirklich ein Notfall wäre.«

»Das hier« war ein Haufen bräunlicher Knochen, die einmal ein Babyskelett gewesen waren und auf einer alten Decke lagen, eine winzige, grotesk verformte menschliche Gestalt.

Offene Schädelnähte und einige sprießende Zähnchen ließen auf ein Alter von vier bis sechs Monaten schließen, wobei ich nicht die Art von Doktor bin, die solche Aussagen verlässlich zu treffen vermag. Die kleinsten Knochen – Finger und Zehen – waren nicht größer als Zahnstocher.

Der Anblick des armen kleinen Dings war so erschütternd, dass ich mich lieber anderen Details zuwandte.

Neben der Decke stand eine blaue Metallkiste mit einer Seitenlänge von etwa sechzig Zentimetern, die mit Zeitungspapier aus dem Jahr 1951 ausgekleidet war. Die Zeitungsseiten stammten aus der *L. A. Daily News*, die zuletzt 1954 erschienen war. Auf einem Aufkleber auf der Seite der Kiste stand: *Eigentum des Schwedischen Armenspitals, 232 Central Avenue, Los Angeles, CA* – eine Einrichtung, die, wie mir Milo bestätigte, 1952 geschlossen wurde.

Das heimelige Tudor-Haus, zu dem der Garten gehörte, sah älter aus. Vermutlich stammte es aus den Zwanzigerjahren, als weite Teile von Los Angeles Gestalt angenommen hatten.

Holly Ruche begann zu weinen.

Wieder trat ein Sanitäter hinzu. »Ma'am?«

»Alles okay …« Mit geschwollenen Augen, ihr asymmetrischer Bob von zittrigen Händen zerwühlt, blickte sie Milo an, als sähe sie ihn zum ersten Mal, schaute dann zu mir und stand kopfschüttelnd auf.

Die Arme über ihrem gewölbten Bauch verschränkt sagte sie: »Wann bekomme ich mein Haus zurück, Detective?«

»Sobald wir die Beweisaufnahme abgeschlossen haben, Mrs Ruche.«

Sie sah wieder mich an.

Milo sagte: »Das ist Dr. Delaware, unser psychologischer Berater …«

»Ein Psychologe? Machen Sie sich Sorgen über meinen Geisteszustand?«

»Nein, Ma'am. Wir rufen Dr. Delaware manchmal hinzu, wenn …«

»Danke, aber mir geht's gut.« Schaudernd blickte sie auf die Stelle, wo sie die Knochen gefunden hatte. »Entsetzlich.«

»Wie tief war die Kiste vergraben?«, erkundigte sich Milo.

»Ich weiß nicht – nicht tief, schließlich konnte ich sie rausziehen. Sie glauben doch nicht, dass das ein richtiges Verbrechen war, oder? Ich meine, ein aktuelles. Vielleicht vor langer Zeit, aber das braucht die Polizei heute nicht mehr zu interessieren. Das Haus wurde 1927 gebaut, aber es könnte schon längst vorher hier etwas im Garten gewesen sein, hier waren Bohnenplantagen und Weinberge. Wenn man in dieser Gegend weitergräbt, findet man bestimmt alles mögliche andere.«

Sie legte eine Hand auf die Brust. Offenbar fiel ihr das Atmen schwer.

»Sie sollten sich setzen, Ma'am.«

»Keine Sorge, mir geht's gut, es ist alles okay.«

»Wie wär's, wenn Sie sich von einem Sanitäter kurz anschauen lassen …«

»Ich bin gerade erst gründlich untersucht worden«, unterbrach sie ihn. »Gestern, von einem richtigen Arzt, bei der Vorsorge, alles ist bestens.«

»Wie weit sind Sie denn?«

»Im fünften Monat.« Ihr Lächeln wirkte marionettenhaft. »Was sollte denn nicht okay sein? Ich besitze ein fantastisches Haus. Dummerweise wird es gerade von Ihnen auf den Kopf gestellt.« Sie stieß einen verächtlichen Laut aus. »Es ist alles *deren* Schuld. Ich wollte nur, dass sie den Baum entfernen. Wenn die das nicht so schlampig gemacht hätten, wäre das hier alles gar nicht passiert.«

»Die vorherigen Eigentümer?«

»Die Hannahs, Mark und Brenda. Ihre Mutter ist gestorben, und sie konnten es gar nicht abwarten, an die Kohle zu kommen … ach, da hab ich noch was für Sie, Detective … entschuldigen Sie bitte, wie war noch mal Ihr Name?«

»Lieutenant Sturgis.«

»Also, Folgendes, Lieutenant Sturgis: Die alte Frau war dreiundneunzig, als sie gestorben ist, und hat hier ewig lang gelebt, das ganze Haus riecht immer noch nach ihr. Da wäre es doch gut möglich, dass sie … das getan hat.«

»Wir werden das überprüfen, Mrs Ruche.«

»Was genau haben Sie mit meinem Haus vor?«

»Das kommt darauf an, was wir vorfinden.«

Sie griff in eine Jeanstasche und förderte ein Telefon zutage, auf das sie energisch einhackte. »Komm schon, geh ran … ah, endlich. Hör zu, du musst rüberkommen … zum Haus. Du kannst dir nicht vorstellen, was hier passiert ist … was? Nein. Also gut, wenn das Meeting zu Ende ist … nein, du brauchst nicht mehr anzurufen, komm einfach her.«

Sie beendete das Gespräch.

»Ihr Mann?«, fragte Milo.

»Er ist Buchhalter.« Als würde das alles erklären. »Also, was passiert mit dem Haus?«

»Als Erstes lassen wir unsere Hunde suchen; je nachdem, was sie erschnüffeln, untersuchen wir danach mittels Sonar den Untergrund. Vielleicht ist noch mehr dort unten vergraben.«

»Noch mehr?«, sagte Holly Ruche. »Denken Sie tatsächlich, da ist noch mehr?«

»Nicht unbedingt. Wir müssen nur gründlich sein.«

»Mein Zuhause ist doch kein Friedhof! Schauderhaft, diese Vorstellung. Dass da ein paar alte Knochen waren, heißt längst nicht, dass da noch mehr sind.«

»Sie haben sicher recht …«

»Natürlich habe ich recht, ich bin hier die Eigentümerin. Mir gehören Haus und Grund.«

Sie ließ eine Hand auf ihren Bauch flattern und strich darüber. »Mein Baby entwickelt sich prächtig.«

»Das ist schön, Mrs Ruche.«

Sie sah Milo an und stieß ein leises Quietschen aus. Ihre Augen verdrehten sich, ihr Unterkiefer sank schlaff herab, und sie kippte nach hinten.

Milo und ich fingen sie zusammen auf. Ihre Haut war feucht und kalt. Als sie zusammensackte, kamen mit seltsam zufriedenen Mienen die Sanitäter herangeeilt.

Einer von ihnen sagte: »Es sind immer die besonders Sturen, die umfallen. Wir übernehmen ab hier, Lieutenant.«

»Das glaube ich auch«, erwiderte Milo und nahm sein Handy, um Liz Wilkinson, die forensische Anthropologin, anzurufen.

3

Liz Wilkinson hatte gerade eine Vorlesung beendet und würde in zwanzig Minuten da sein. Während Milo noch ein paar Anrufe machte, setzte ich mich zu Holly Ruche.

Den Sanitätern zufolge waren ihre Werte in Ordnung, sie brauchte nur etwas Ruhe und sollte Flüssigkeit zu sich nehmen. Sie drückten mir eine Gatorade-Flasche in die Hand, packten zusammen und machten sich auf den Weg zu einem Unfall auf dem Freeway 405.

Als ich Holly die Flasche zum ersten Mal anbot, presste sie die Lippen zusammen und schüttelte den Kopf. Beim zweiten Mal teilten sich ihre Lippen. Mehrere Schlucke später lächelte sie und legte ihre Hand auf meine. Ihre Haut war wieder warm. »Es geht mir schon viel besser …«, sagte sie. »Sind Sie für die Betreuung der Opfer zuständig?«

»Ich tue, was nötig ist. Es gibt kein festes Protokoll.«

»Ich schätze, ich bin wohl ein Opfer. Irgendwie.«

»Es muss schlimm gewesen sein.«

»Es war grauenvoll. Denken Sie, er wird meinen gesamten Garten umgraben?«

»Er wird nichts tun, was nicht notwendig ist.«

»Klingt, als wollten Sie sich für ihn rechtfertigen.«

»Ich spreche nur aus Erfahrung.«

»Dann arbeiten Sie öfter mit ihm?«

»Ja.«

»Das muss … ooh.« Sie zuckte zusammen und fasste sich

an den Bauch. Der schwarze Trikotstoff ihres Tops hob sich. »Es strampelt wie verrückt. Ein Mädchen übrigens.«

»Herzlichen Glückwunsch.«

»Ja, die Mädels.« Sie lächelte. »Ich freu mich drauf, eine kleine beste Freundin zu haben.« Wieder verzog sie das Gesicht. »Wow, heute ist sie aber richtig aktiv … autsch, das hat wehgetan, sie hat mich in die Rippen getreten.«

»Ihr erstes Kind?«

»Merkt man das?«, fragte sie. »Wirke ich wie eine Anfängerin?«

»Keineswegs. Aber Sie sind jung.«

»So jung nun auch wieder nicht. Ich bin einunddreißig.«

»Das ist jung.«

»Meine Mutter war achtzehn, als sie mich bekam.«

»Das ist jünger.«

Sie lachte und wurde wieder ernst. »Ich wollte das nicht.«

»So früh anfangen.«

Sie hob die Augen. »So wie sie es gemacht hat … Trotzdem wollte ich es immer.«

»Mutter werden.«

»Mutter werden, mich um Haus und Garten kümmern, das volle Programm … es wird super werden.« Sie blickte an mir vorbei auf die Leute von der Spurensicherung und beobachtete, wie sie die Baumteile betrachteten. Sie waren vor fünfzehn Minuten eingetroffen und mussten jetzt auf Liz Wilkinson warten. Das weiße Laken, das sie über die blaue Kiste gebreitet hatten, ließ noch die rechteckige Form erkennen. Ein leeres Gespensterkostüm.

Holly Ruche sagte: »Ich werde jedenfalls nicht zulassen, dass die mein Grundstück auf den Kopf stellen. Okay, man kann im Moment noch nicht so viel erkennen, aber ich habe schon klare Vorstellungen, wie das hier mal aussehen soll.«

Keine Silbe über die kleinen Knochen. Und wieso benutzte sie als verheiratete Frau nicht den Plural?

»Da kam alles Mögliche zusammen«, fuhr sie fort. »Und dann musste auch noch dieser unglaubliche Baum…«

In der Einfahrt bewegte sich etwas, und wir drehten die Köpfe. Ein Mann in Hollys Alter, dünn, aber nicht knochig, mit Glatze und Bart, musterte den gefällten Baum, ehe er zu uns herüberkam. Er trug ein langärmliges blaues Hemd, eine graue Hose und braune Schuhe. Am Gürtel hatte er einen Beeper, in der Hand ein iPhone, und auf seinem blanken Schädel klemmte eine Pilotensonnenbrille.

»Hey«, sagte sie.

»Hey«, entgegnete er.

Die Eheringe passten zusammen. Es blieb bei der knappen Begrüßung. Sein Gesicht schien nicht in der Lage zu sein, ein Lächeln zu erzeugen. Mit genervter Miene blieb er mindestens einen Meter von Holly entfernt stehen.

»Matt?«

Sein Blick fiel auf ihre Hand, die immer noch auf meiner ruhte.

Ich stand auf und stellte mich vor.

»Doktor?«, fragte er. »Ist mit ihrer Gesundheit etwas nicht in Ordnung?«

»Nein, unter den gegebenen Umständen geht es ihr gut.«

»Schön. Matt Ruche. Sie ist meine Frau.«

»Dr. Delaware ist Psychologe. Er hat mir geholfen.«

Matt Ruches Augen verengten sich zu Schlitzen. »Aha.«

Seine Frau warf ihm ein breites, aber glanzloses Lächeln zu. »Es geht mir schon viel besser. Es war Wahnsinn. Der Anblick, meine ich.«

»Bestimmt… Also, wann können wir wieder aufräumen?«

»Kann ich nicht sagen. Das müssen Sie die Spurensicherung fragen.«

»Was für ein Scheiß.«

»Die müssen doch ihre Arbeit machen, Matt.«

Er fasste an seinen Beeper. »So ein Stress.«

»Der blöde Baum ist umgefallen«, sagte Holly. »Wer hätte schon ahnen können, dass …«

»Ist ja auch egal.« Er sah auf sein Handy.

Ich wandte mich zum Gehen.

Holly Ruche hielt mich auf. »Einen Moment noch bitte.« Sie stand auf. »Haben Sie eine Karte, Dr. Delaware?«

Ich hatte eine. Matt Ruche versuchte, sie blitzartig zu ergreifen, doch Holly war schneller, woraufhin er bis zu den nicht vorhandenen Haarspitzen rot wurde. Mit einem Schulterzucken fing er an, eine SMS zu schreiben.

Holly ergriff mit beiden Händen meine Hand. »Danke.«

Während ich ihr alles Gute wünschte, trat Liz Wilkinson in den Garten, einen Hartschalenkoffer in jeder Hand. Sie trug einen Overall in der Farbe von Zartbitterschokolade, passend zu ihrer Hautfarbe, vielleicht ein, zwei Töne heller. Über ihrem Arm hing ein weißer Kittel. Ihr Haar war erst kürzlich geglättet worden, sie trug es offen und lang. Als sie mich entdeckte, winkte sie kurz und setzte ihren Weg fort.

Offenbar hatte sie schon jemand ins Bild gesetzt, denn sie steuerte direkt auf das Laken zu, legte den Kittel an, band sich die Haare zusammen, streifte Handschuhe über, bückte sich und zog den Stoff schwungvoll weg.

»Das arme kleine Ding.«

Das Skelett wirkte jetzt sogar noch winziger. Die Farbe erinnerte an gebräunte Butter, mit schwarzen Flecken durchsetzt. Es war zerbrechlich wie Porzellan. Auf den Kauleisten der Kiefer waren kleine Noppen zu sehen. Milchzähne in Warteposition.

Liz schob die Unterlippe vor. »Unter dem Baum beerdigt?«

Ich deutete auf das Loch. Liz untersuchte die blaue Kiste.

»Schwedisches Armenspital? Nie gehört.«

»Ist 1952 geschlossen worden. Was denken Sie, wofür die Kiste wohl ursprünglich benutzt worden ist?«

»Vielleicht für genau diesen Zweck.«

»Ein Sarg?«

»Ich dachte an einen Behälter zum Transport von Überresten.«

»Sie meinen, das Baby ist im Krankenhaus eines natürlichen Todes gestorben, und jemand hat den Leichnam mitgenommen?«

»Tote Babys verbleiben nicht im Krankenhaus, sie werden in Leichenhäuser gebracht, Alex. Aber wer weiß, was dann passiert ist? Damals waren die Regularien noch nicht so streng.«

»Die Kiste ist aus massivem Messing«, sagte ich. »Vielleicht diente sie dem Transport von Laborproben, weil jemand fürchtete, dass bei Eisen oder Stahl die Oxidationsgefahr zu groß wäre.«

Liz wandte sich wieder dem Skelett zu, setzte eine Vergrößerungsbrille auf und beugte sich ganz nah über die Knochen. »Da sind weder Drähte noch Bohrlöcher zu sehen. Bleiche oder sonstige chemische Behandlung ist unwahrscheinlich. Es scheint kein Anatomieobjekt gewesen zu sein.« Sie tippte auf die noch nicht durchgebrochenen Milchzähne. »Es ist kein Neugeborenes, dagegen sprechen die Schneidezähne, die kurz vor dem Durchbruch stehen, ich schätze ein Alter von vier bis sieben Monaten, das passt auch zur Entwicklungsstufe des Knochengerüsts. Wenn das Kind allerdings misshandelt oder vernachlässigt wurde, könnte es auch älter gewesen sein … keine Frakturen oder Risse … Ich sehe keine Hinweise auf Einwirkung von Werkzeugen, keine Verletzungen, keine Traumata … das Genick scheint in Ordnung zu sein, Tod durch Erwürgen können wir also ausschließen … Auch keine offensichtlichen Knochenmissbildungen, durch Rachitis oder eine andere Mangelerkrankung … Aufgrund des geringen Alters des Kindes ist das Geschlecht phänotypisch noch nicht zu bestimmen. Aber mit ein bisschen DNA können wir Geschlecht und möglicherweise auch ethnische Herkunft herausfinden. Leider ist unser Terminplan bis oben hin voll, und so eine historische Geschichte wird nicht gerade als dringend eingestuft werden. Um einen zeitlichen Rahmen zu definieren, gäbe es natürlich C14; aber mein Gefühl sagt mir, dass das hier kein antikes Artefakt ist.«

»Diese Kisten wurden 1952 aus dem Verkehr gezogen, das Zeitungspapier stammt von 1951, und das Haus wurde 1927 erbaut. Ich weiß, das muss nicht zwingend bedeuten, dass …«

»Ja, aber es ist trotzdem ein guter Ausgangspunkt. Statt auf Superhightech zu setzen, sollte Milo Grundbuchakten wälzen und herausfinden, wer hier gewohnt hat. Sollte er einen Verdächtigen finden, können wir den Fall vorziehen. Es sei denn, der Verdächtige ist bereits tot, was nicht unwahrscheinlich ist, schließlich liegt das mutmaßliche Verbrechen sechzig bis siebzig Jahre zurück. In dem Fall gibt es vielleicht kooperative Verwandte, sodass wir wenigstens eine teilweise Übereinstimmung finden würden.«

Eine tiefe Stimme brummte hinter uns: »Milo hat schon Grundbuchakten gewälzt. Tag, Elizabeth.«

Liz sah auf. »Hi, hab Sie beim Reinkommen gar nicht gesehen.«

»Ich war im Haus. Zum Telefonieren.« Und um seinen Ermittlerblick in die leeren Zimmer zu werfen. Seine Miene verriet, dass er nichts Verdächtiges gefunden hatte. »Also, was halten Sie davon?«

Liz wiederholte, was sie mir gesagt hatte, und fügte hinzu: »So gesehen brauchen Sie mich hier nicht mehr.«

»Klein Moses braucht Sie. Ich schätze Ihre Meinung.«

Detective Moe Reed war ihre große Liebe. Sie hatten sich in einem Sumpf voller Leichen kennengelernt.

Sie lachte. »Moses schätzt mich auch. Grüßen Sie ihn von mir, Sie werden ihn vermutlich eher sehen als ich.«

Sie stand auf. »Was kann ich noch für Sie tun?«

»Nehmen Sie sich dieser Knochen an, und lassen Sie Ihre üblichen Zauberkräfte wirken. Wenn Sie die Kiste brauchen, können Sie sie haben, ansonsten wandert sie ins Labor.«

»Ich brauche sie nicht«, sagte Liz. »Aber ich bin nicht sicher, ob ich Ihnen überhaupt Genaueres sagen kann.«

»Wie wär's mit dem Alter des Opfers?«

»Ich werde versuchen, es so exakt wie möglich zu bestimmen«, versprach sie. »Wir können auch Röntgenaufnahmen machen, um zu sehen, ob die Knochen Beschädigungen aufweisen, wobei ich das für wenig wahrscheinlich halte. Es gibt zumindest keine offensichtlichen Hinweise auf Gewalteinwirkung. Vielleicht war es also tatsächlich ein natürlicher Tod.«

»Warum dann das Grab unter dem Baum?« Milo runzelte die Stirn. »Ich hasse das … ich meine *das hier*.« Das Hemd über seinem Wanst war aus dem Hosenbund gerutscht. Er stopfte es wieder hinein und zog die Hose hoch.

»Heimliches Vergraben könnte auf Schuldgefühle hindeuten. Und dass es keine äußerlichen Spuren gibt, heißt nicht, dass Mord ausgeschlossen ist. Ein Baby zu ersticken ist nicht schwer. Eine durchaus übliche Methode bei Kindsmorden übrigens.«

»Sanfter Mord«, sagte er.

Sie blinzelte. »Den Ausdruck hab ich noch nie gehört.«

»Ich bin ein Meister des tödlichen Sarkasmus.«

4

Milo und ich gingen zu Holly Ruche zurück. Ihr Mann war weg.

»Er hat ein Meeting«, erklärte sie.

»Buchhaltungskram«, sagte Milo.

»Nicht besonders spannend, was?«

»Die meisten Jobs bestehen hauptsächlich aus Routine.«

Sie blickte prüfend über den Garten. »Ich würde schon gern wissen, warum ein Psychologe hinzugerufen wurde. Waren die früheren Bewohner dieses Hauses verrückt?«

»Mitnichten.« Er wandte sich zu mir: »Doc, du bist gefeuert.«

»Na endlich«, erwiderte ich.

Holly Ruche lächelte für den Bruchteil einer Sekunde.

»Die Frau dort im weißen Kittel ist eine forensische Anthropologin.«

»Die Schwarze? Interessant…« Sie ballte die Hände zu Fäusten. »Ich hoffe nur, es tauchen nicht noch mehr Leichen auf und es stellt sich raus, dass so ein irrer Serienmörder am Werk war. Ich könnte nie hier einziehen. Und wir wären ständig vor Gericht. Ein Albtraum.«

»Ich bin sicher, alles wird gut ausgehen.«

»Und es bleibt bei einem einzigen Mini-Skelett?«, fauchte sie. »Das nennen Sie ein gutes Ende?« Sie senkte den Blick auf ihren Bauch. »Entschuldigen Sie bitte, Lieutenant, es ist nur – ich kann es nicht ertragen, dass mein Haus voller Fremder ist.«

»Das verstehe ich. Sie müssen auch nicht hierbleiben, Holly.«

»Aber das ist mein Zuhause, meine Wohnung ist nur eine Durchgangsstation.«

»Wir müssen das Gelände für die Hunde freigeben«, sagte Milo.

»Die Hunde«, echote sie. »Wenn die etwas finden, kommen Sie mit schwerem Gerät und reißen alles auf.«

»Wir bevorzugen nichtinvasive Methoden wie das Impulsradarverfahren, Luft- und Bodenprobenanalysen.«

»Wie analysiert man denn Luft?«

»Dazu werden dünne Schläuche in Hohlräume eingeführt. Aber wenn etwas so alt ist, wird Verwesungsgeruch nicht mehr messbar sein.«

»Und dann kommen Sie doch noch mit schwerem Gerät und reißen alles auf. Also gut, ich gehe, aber bitte vergessen Sie nicht, das Licht hinter sich auszumachen. Wir haben den Strom gerade erst auf uns umgemeldet, und ich habe keine Lust, die Stromrechnung für die Polizei zu bezahlen.«

Mit steifem Genick und geballten Fäusten entfernte sie sich in dem seltsam attraktiven Watschelgang der Schwangeren.

»Ganz schön reizbar, die junge Dame«, bemerkte Milo.

»Ihr Tag fing nicht gerade toll an. Außerdem scheint ihre Ehe nicht besonders gut zu laufen.«

»Soso … ist dir übrigens aufgefallen, dass ich ihr nicht verraten habe, warum du hier bist? Es bringt nichts, die Bürger zu verunsichern.«

Die meisten Morde sind trivial und binnen ein bis zwei Tagen aufgeklärt. Milo ruft mich manchmal zu den »interessanteren« hinzu.

Dass ich diesmal dabei war, hatte lediglich am Mittagessen gelegen.

Steak mit Salat und dazu Scotch, genau genommen, in einem Restaurant westlich der Innenstadt. Am Morgen waren wir beide im Büro des Bezirksstaatsanwaltes gewesen; er, um die Akte zu einem schrecklichen Mehrfachmord zu überarbeiten, ich gleich nebenan, um meine Zeugenaussage zum gleichen Fall noch einmal durchzulesen.

Er hatte alles versucht, um sich diese Erfahrung zu ersparen: Zuerst hatte er Urlaub genommen, dann AB-Nachrichten ignoriert. Erst als ihn der stellvertretende Bezirksstaatsanwalt John Nguyen um Mitternacht anrief und ihm androhte, mit einem sieben Tage alten veganen Take-away-Gericht vorbeizukommen, hatte Milo klein beigegeben.

»Eine kluge Entscheidung«, hatte Nguyen befunden. »Und versuchen Sie ja nicht, sich doch noch irgendwie aus der Affäre zu ziehen. Außerdem können Sie gleich Delaware mitbringen, damit er seine Arbeit abschließen kann; die Abschriften sind gerade reingekommen.«

Milo hatte mich um neun Uhr abgeholt, mit dem Porsche 928, den er sich mit seinem Freund Rick Silverman teilte. Er trug ein verdächtig glänzendes graues Hawaiihemd mit grinsenden Seelöwen und einem depressiv wirkenden Kaiserfisch, dazu ausgebeulte, zerknitterte Baumwollhosen und abgetretene Wüstenstiefel. Das Hemd hatte seiner Stubenhockerblässe nichts entgegenzusetzen, aber er liebte eben Hawaii.

Der Fall mit dem Mehrfachmord hatte ihm schwer zugesetzt, zumal er im Lauf der Ermittlungen beinahe ums Leben gekommen wäre. Dass ich ihn vor dem Tod bewahrt hatte, war etwas, das sich keiner von uns je hätte vorstellen können. Monate waren seither vergangen, doch wir hatten noch kein Wort darüber verloren. Ich war der Meinung, dass er derjenige war, der das Thema ansprechen müsste. Bislang hatte er das nicht getan.

Als wir fertig waren, sah er nicht aus, als wäre ihm zum Feiern zumute. Dennoch bestand er darauf, mich zu einem siebzig Dollar teuren T-Bone-/Lenden-Steak-Teller einzuladen und »so viel Chivas, wie du verträgst, Kumpel, denn ich bin heute der Steuermann vom Dienst«.

Eine Stunde später war immer noch nichts weiter passiert, als dass wir gegessen hatten und die Art von Smalltalk betrieben, die bei echten Freunden überhaupt nicht funktioniert.

Ich verzichtete auf einen Nachtisch, doch er bestellte sich einen monströsen Pralineneisbecher, der in heißem Karamellsirup und Ananassauce ertrank. Seit er dem Tod ins Auge geblickt hatte, hatte Milo etwas Gewicht verloren, schleppte aber – bei einer Größe von einem Meter neunzig – immer noch gut hundertzehn Kilo mit sich herum, das meiste davon um die Mitte. Die Kalorienbombe verführte mich dazu, Hypothesen über Ängste, Verdrängung, verborgene Depression und Schuldgefühle aufzustellen – Küchenpsychologie der Meisterklasse. Aber ich kannte ihn lange genug, um zu wissen, dass Völlerei bei ihm ebenso gut Trostbedürfnis wie auch Ausdruck von Freude sein konnte.

Bei der zweiten von drei Eiskugeln meldete sein Handy den Eingang einer SMS. Er wischte sich das Kinn ab, strich sich die struppigen Haare aus der pockennarbigen Stirn und las.

»Na denn. Wie gut, dass ich mich nicht dem Feuerwasser hingegeben habe. Wir müssen los.«

»Ein neuer Fall?«

»Wie man's nimmt«, sagte er. »Eine alte Blechkiste unter einem noch älteren Baum, darin Knochen, von der Größe her die eines Babys.«

»Wieso dann: Wie man's nimmt?«

»Weil es nach einer längst verjährten Geschichte klingt. Wahrscheinlich kann man nicht mehr tun, als die Grundstückseigentümer zurückzuverfolgen.« Er warf eine Handvoll Dollar auf den Tisch und stand auf. »Soll ich dich irgendwo absetzen?«

»Wo liegt denn das Grundstück?«

»Cheviot Hills.«

»Du musst mich nicht extra heimbringen und dann wieder den ganzen Weg zurückfahren.«

»Wie du willst, wird wahrscheinlich eh nicht lange dauern.«

Beim Wagen angekommen steckte er sein Hawaiihemd in den Hosenbund und holte ein deprimierend braunes Jackett aus dem Kofferraum, das er überstreifte. Eine sonderbare Mischung aus schottischem Hochland und Südseecharme.

»Ein Baby«, sagte ich.

Er erwiderte nichts.

5

Kaum war Liz Wilkinson mitsamt den Knochen gegangen, meldete sich Moe Reed.

Milo murmelte: »Knapp verfehlt ist auch vorbei«, und aktivierte seinen Lautsprecher.

»Ich habe alle Eigentümer beisammen, Lieutenant«, sagte Reed. »Bis Sie zurück sind, ist die Liste fertig. Sonst noch was?«

»Das war's fürs Erste, Moses. Grüße von Ihrer Angebeteten.«

»Von wem?«

»Ihrer großen Liebe. Sie war gerade hier.«

»Oh«, machte Reed. »Ja, klar, wegen der Knochen. Was hat sie gesagt?«

»Nur dass sie glaubt, Sie wären ein Träumer.«

Reed lachte. »Hoffentlich vergisst sie das nicht bis heute Abend. Wir gehen nämlich zusammen aus. Es sei denn, Sie haben noch was für mich zu tun.«

»Keine Chance«, gab Milo zurück. »Bei diesem Fall gibt es für keinen von uns Überstunden zu sammeln.«

Mit einer Wasserflasche an den Lippen und einem Stapel Papier in der Hand wartete Reed vor Milos Büro. Er hatte seinen blonden Kurzhaarschnitt etwas herauswachsen lassen, sein jugendliches Gesicht war rosig und faltenlos und strafte sein abgeklärtes Auftreten Lügen. Dicke Muskeln spannten die Ärmel seines blauen Jacketts. Die Bügelfalten seiner Hose waren messerscharf, seine Schuhe auf Hochglanz poliert. Ich hatte ihn noch nie anders gesehen.

»Hab gerade einen Anruf bekommen, Lieutenant, ich muss los. Tod durch stumpfe Gewalt in einer Bar auf der Washington Avenue, nicht weit von den Sony Studios.«

»Na, dann ermitteln Sie mal schön drauflos.«

»Da wird es nicht viel zu ermitteln geben«, sagte Reed. »Der Täter befindet sich noch am Tatort; als die Kollegen von der Streife eintrafen, stand er auf der Theke und schrie, Dämonen aus dem All hätten ihn dazu gezwungen. Das hört sich mehr nach Ihrer Abteilung an, Doc.«

»Nicht, solange ich nicht straffällig werde.«

Reed machte sich lachend auf den Weg. Milo schloss seine Tür auf.

Das eigene Büro, abseits des großen Gemeinschaftsraumes, den sich die anderen Ermittler teilten, hatte ihm vor Jahren ein geradezu kriminell nachgiebiger Polizeichef zugestanden. Ein weiteres Privileg war, dass er an Fällen dranbleiben durfte und nicht wie die meisten Kollegen Fall-Hopping betreiben musste. Der Nachfolger hätte die Abmachung aufheben können, doch er war schlau genug, sich Milos Erfolgsbilanz anzusehen. Er lässt zwar keine Gelegenheit aus, Milo als »Detective des Monats« zu verspotten, aber ansonsten hält er sich weitgehend zurück.

Bedauerlicherweise ist das eigene Reich nicht mehr als eine fensterlose Abstellkammer. Wenn Milo seinen massigen Körper bewegt oder seine langen Glieder streckt, stößt er unweigerlich gegen die Wand. Ein wenig erinnert die Kemenate an eine dieser klaustrophobischen Zellen in einem altmodischen Zoo, aus der Zeit, bevor die Menschen anfingen, Tiere als Lebewesen mit Seele zu betrachten.

Begleitet von einem Quietschkonzert machte Milo es sich

auf seinem Schreibtischstuhl bequem, las Reeds Liste und reichte sie mir weiter.

Hollys Wohntraum war ein dreihundert Quadratmeter großes Einfamilienhaus im Monte Mar-Vista Tract, wie die Gegend damals noch hieß, fertiggestellt am 5. Januar 1927 und drei Monate später an Mr und Mrs Jacob Thornton verkauft. Zehn Jahre später ging das Eigentum an Tochter Marjorie über, die es dreizehn Monate später an Dr. Malcolm Crowell Larner und dessen Frau veräußerte.

Die Larners lebten bis 1943 hier, dann ging der Besitz an Dr. und Mrs George J. Del Rios über. Die Del Rios zogen 1955 aus, und die Immobilie ging in den Del-Rios-Familientrust über. 1961 übernahm der Familientrust von Robert und Alice Hannah, bis diese nach dem Tod ihres Mannes Alleineigentümerin wurde. Vor sechzig Tagen schließlich verkauften ihre Erben das Haus an das Ehepaar Matthew und Holly Ruche.

Ursprünglicher Kaufpreis: 4800 Dollar. Holly und Matt hatten dank der Immobilienkrise ein Schnäppchen gemacht: 940 000 Dollar; sie hatten einen Eigenanteil von 175 000 Dollar zugeschossen und den Rest über ein zinsgünstiges Darlehen finanziert.

Milo stieß zweimal mit dem Finger auf die Liste. »*Dr.* Larner und *Dr.* Del Rios. Die Zeitspanne stimmt. Die Kiste stammt aus einem Krankenhaus. Liegt doch durchaus nahe, dass da ein zwielichtiger Weißkittel medizinische Ausrüstung zu persönlichen Zwecken missbraucht hat.«

»Ich würde mit dem Zeitraum anfangen, aus dem die Zeitungsseiten stammen«, schlug ich vor. »Damit können wir uns auf die Del Rios konzentrieren.«

»Einverstanden. Schauen wir mal, was wir über sie herausfinden.«

Mit einer alten Zigarre im Mund, die er zu Brei zermalmte, tippte er das Abteilungspasswort ein und hackte drauflos. Die offizielle Datenbank gab nichts über Dr. George Del Rios her außer einer Sterbeurkunde von 1947, nach der er im Alter von dreiundsechzig Jahren eines natürlichen Todes gestorben war. Eine Suche nach anderen Verstorbenen desselben Namens förderte zwei weitere Del Rios zutage, Ethel A., verstorben 1954 im Alter von vierundsechzig an Krebs, und Edward A., verstorben 1960 im Alter von fünfundvierzig infolge eines Verkehrsunfalls.

»Edward A. scheint mir ein logischer Ansatzpunkt zu sein«, sagte Milo. »Der Familientrust hat das Haus ein Jahr nach seinem Tod verkauft, es liegt also nahe, dass er George und Ethels Sohn und Erbe war.«

»Ein erwachsener Sohn über dreißig, der den Eltern vielleicht Sorgen gemacht hat, deshalb beließen sie das Haus im Trust, statt es ihm direkt zu übergeben. Es wurde dem Trust zwar erst 1955 überschrieben, aber als Sohn hatte Edward sicherlich auch vorher schon Zutritt, während die Mama hier allein wohnte.«

»Während sie im Bridge-Club ist, vergräbt er seine Leichen im Garten.«

»Vielleicht waren die Eltern nicht mit seinem Lebenswandel einverstanden.«

»Eddie, der Schluri.«

»Damals konnte sich ein Schluri mit entsprechendem Finanzpolster durchaus vor einem schlechten Ruf schützen. Der ›Verkehrsunfall‹ hatte vielleicht etwas mit Alkohol am Steuer zu tun. Aber manche Dinge muss man schon selbst erledigen. Wie zum Beispiel das Entsorgen eines nicht standesgemäßen Bastards.«

»Eddie war also verheiratet«, nahm Milo den Faden auf, »aber nicht mit der Kindsmutter? Ja, das wäre natürlich ein Schocker im Countryclub.«

»Selbst wenn Eddie ein unverheirateter Playboy war, fand er vielleicht die Idee verführerisch, ein gesellschaftliches Problem loszuwerden.«

Er dachte nach. »Gefällt mir, Alex, lass uns in der Richtung weiterbuddeln … Unpassendes Wortspiel, ich weiß.«

Milo suchte Todesanzeigen aller drei Del Rios'. Die von Dr. George J. war in der *Times* und im *Examiner* abgedruckt. Er war ein geachteter und beliebter Kardiologe im St. Vincent Hospital gewesen, außerdem Fakultätsmitglied der Universität, an der ich auch gelegentlich gelehrt habe. Über seine Witwe war nichts zu finden. Kein Sterbenswort.

Pater Edward, Leiter des Good-Shepherd-Waisenhauses in Santa Barbara, war am 6. Juli 1960 bei einem Busunglück ums Leben gekommen, als Kinder seiner Einrichtung einen Ausflug in den Zoo gemacht hatten und der Bus vom Cabrillo Boulevard abgekommen war. Mehrere Kinder waren verletzt worden, einige davon schwer, doch alle waren wieder genesen. Der Priester und der Busfahrer hatten weniger Glück gehabt.

Die *Santa Barbara News Press* berichtete auf der ersten Seite, dass »einige der verängstigten Kinder beschrieben, wie Meldrom Perry, der Busfahrer, plötzlich über dem Lenkrad zusammenbrach und der Bus zu schlingern anfing. Den Kindern zufolge soll »Pater Eddie« versucht haben, das Fahrzeug wieder unter Kontrolle zu bekommen. Sowohl Perry, 54, aus Vista, als auch Pater Del Rios, der in wenigen Tagen 46 geworden wäre, wurden aus dem Bus geschleudert und kamen dabei ums Leben. Gleichwohl hat der tapfere Rettungsversuch des Gottesmannes Schlimmeres verhindert. Ermittlungen haben ans Licht gebracht, dass Perry herzkrank war. Das Busunternehmen, das davon gewusst haben soll, ist bereits des Öfteren durch Verfehlungen aufgefallen.

»Von wegen Playboy«, sagte Milo. »Der arme Kerl war ein verdammter Held.«

»Er hat in Santa Barbara gewohnt. Das heißt vermutlich, dass das Haus vermietet war.«

»Und versuch mal, Mieter ausfindig zu machen. Okay, dann bleibt uns nichts anderes übrig, als die Nachbarschaft abzuklappern. Vielleicht erinnert sich irgendein Opi noch so weit zurück.«

»Es könnte noch einen anderen Grund gegeben haben, warum das Haus einem Familientrust unterstand. Pater Eddie hatte das Sagen, aber es gab Geschwister.«

»Weil er katholisch war?«

»Weil die meisten Menschen Geschwister haben. Wenn du Einblick in die Dokumente des Trusts bekommst, wirst du sehen, wer sonst noch auf der Liste steht.«

Es dauerte eine Weile, doch dann enthüllte ein Anhang in den Steuerunterlagen die entsprechenden Informationen.

Zwei Brüder, eine Schwester, alle jünger als Pater Eddie. Ferdinand und Mary Alice waren schon vor vielen Jahren gestorben, als sie beide in ihren Sechzigern waren, ganz wie ihre Eltern.

Der Jüngste der Familie, John Jacob Del Rios, lebte den Unterlagen zufolge in Burbank und war inzwischen neunundachtzig.

Milo sah seine Telefonnummer nach und rief an. Normalerweise stellte er seinen Lautsprecher an, damit ich zuhören konnte. Diesmal vergaß er das entweder, oder er ließ ihn absichtlich aus, jedenfalls saß ich daneben, während er sich vorstellte, erklärte, dass er wegen eines »Vorfalls« im Elternhaus anrufe, dann eine Weile zuhörte und sich schließlich bedankte und verabschiedete.

»Klingt jung für sein Alter und scheint sich zu freuen,

dass er endlich mal wieder über die guten alten Zeiten plaudern kann. Geht aber erst morgen, weil er heute noch ›Damenbesuch‹ bekommt. Außerdem hat er mir verraten, dass er ein Kollege war.«

»Los Angeles Police Department?«

»Sheriff.«

Er tippte weiter. Commander John J. Del Rios hatte von 1967 bis 1974 die Sheriff's Correctional Division geleitet und war mit einer Auszeichnung für herausragende Leistung in den Ruhestand verabschiedet worden. Weiteres Schnüffeln im Netz ergab, dass er danach zehn Jahre für eine private Sicherheitsfirma gearbeitet hatte. Danach nichts mehr.

Milo rief ein paar seiner Kontakte im Sheriff's Department an. An Del Rios konnte sich niemand erinnern.

»Damenbesuch?«, sagte ich. »Vielleicht ist *er* unser Playboy. Er muss damals in seinen Zwanzigern gewesen sein, das beste Alter für ein aktives Sexualleben.«

»Wir schauen ihn uns morgen an. Elf Uhr. Nach dem Golfen.«

»Golf, Frauen, la dolce vita«, sagte ich. »Und dazu noch ein ganz schön langes Leben.«

»Der Priester stirbt jung, und der Hedonist wird uralt? Ich liebe es, wenn die Gerechtigkeit obsiegt.«

6

Am nächsten Morgen holte ich Milo an der Ecke Butler Avenue und Santa Monica Boulevard ab, gleich nördlich der Polizeistation von West Los Angeles.

Der Knochenfund hatte es in die Morgennachrichten geschafft, in Zeitung und Fernsehen, wobei Holly Ruches Name nicht erwähnt und die Wohngegend mit »wohlhabender Westside« umschrieben wurde. Milo hatte eine Ausgabe der *Times* unter dem Arm. Er trug einen staubgrauen Anzug, ein algengrünes Hemd und eine Polyesterkrawatte von der Farbe venösen Bluts. Die Sonne war alles andere als gütig zu seinem Pockennarbengesicht. Es gab mit Sicherheit Menschen, die beim Anblick seiner finsteren Miene und seiner Körpergröße lieber die Straßenseite wechselten.

Er schätzt den Wert von Publicity ebenso hoch ein wie jeder andere erfahrene Detective. Doch er steuert gern den Informationsfluss, und ich rechnete damit, dass er über das Leck sauer war. Er stieg in meinen Seville, streckte sich, gähnte, sagte: »Das Beste am Morgen« und fing an, mit dem Daumen über die Meinungsseiten zu fahren. »Dumm, dumm, dumm … und, nicht zu fassen, noch mal dumm«, murmelte er gut gelaunt beim Überfliegen der Kommentare.

Nachdem er die Zeitung gefaltet hatte, warf er sie hinter sich.

»Irgendwas Neues?«, erkundigte ich mich.

»Nichts Weltbewegendes. Moe und Sean sitzen am Telefon. Mr und Mrs Ruche dürfen sich freuen, dass die Hunde nichts gefunden haben, genauso wenig wie das Impulsradar und die Schnüffelschläuche. Das Haus hat auch nichts Verdächtiges offenbart, es sieht also so aus, als hätten wir es nicht mit einem Psychopathenfriedhof, sondern mit einem klassischen Whodunnit zu tun.«

Er streckte sich wieder.

»Es macht dir nichts aus, dass jemand geplaudert hat.«

»Das ist, als würde ich sagen, Erdbeben machen mir nichts aus. Habe ich denn eine Wahl?«

Er schloss die Augen und ließ sie geschlossen, bis ich den Freeway 405 erreichte. Als wir die Hügel hinter uns gelassen hatten und auf dem 101 durch das Flachland fuhren, schnarchte er selig.

Burbank ist eine Vorstadt mit vielen Gesichtern. Hier wohnen Arbeiter und Mittelschichtler, hier gibt es Film- und Fernsehstudios, einfache Viertel und die Luxusanwesen von Toluca Lake, wo Promis wie Bob Hope, William Holden und das Comedy-Trio The Three Stooges einst Ruhe vor dem Rummel auf der Westside suchten.

Nicht zuletzt grenzt hier die Stadt an den Griffith Park und besitzt ein eigenes Reitzentrum samt Gelände zum Ausreiten. John Jacob Del Rios wohnte nordöstlich dieses Parks, in einer Straße, die Ranchhäuser mit mindestens viertausend Quadratmeter großen Grundstücken verband. Von den Zufahrten aus waren die Koppeln dahinter zu sehen. Der aromatische Geruch von Pferdeäpfeln hing in der Luft. Bäume gab es kaum, die Sonne stach unbarmherzig vom Himmel. Es war gegen Mittag, der Asphalt glühte, und ein stechender Geruch, wie von einem Bügeleisen, das Wollstoff verbrannte, mischte sich mit dem Pferdeduft.

Del Rios' Haus war mit Redwoodholz vertäfelt, hatte ein Ziegeldach und war von makellosem Rasen umgeben. Links von der Eingangstür lehnte dekorativ ein altes Wagenrad. In der Einfahrt stand ein Suburban mit Stollenreifen, dahinter ein Pferdeanhänger. Eine Koppel war nicht zu entdecken, doch hinter einem Metallzaun stand eine wunderschöne Rappstute mit einem weißen Sternabzeichen auf der Stirn. Sie sah uns entgegen, blinzelte zweimal kurz und schlug mit dem Schweif.

Ich nahm mir Zeit, sie näher zu betrachten. Sie legte kokett den Kopf schief. Glänzendes Fell, sanfte Augen.

Früher, wenn ich eine Auszeit von der Krebsstation brauchte, ritt ich unweit des Hollywood-Zeichens auf der Sunset Ranch. Ich liebe Pferde. Ich hatte viel zu lange keins gesehen.

Ich lächelte die Stute an. Sie zwinkerte.

»Na los, Hottehü«, sagte Milo, »lass uns mal John Wayne begrüßen.«

Der Mann, der uns an der Tür empfing, ähnelte dann doch mehr Gregory Peck: eins fünfundneunzig groß, aristokratische Züge inklusive imposantem Grübchenkinn und edler, selbstbewusst gehobener Römernase sowie dichtem Haar, leuchtend weiß wie Sahnebaiser. Seine Augen waren klar und blau, seine Haut von der Sonne bronzefarben und von einem feinen Faltennetz durchzogen; sein Körper war immer noch sportlich, von den leicht gebeugten Schultern und etwas gespreizten Hüften abgesehen. Obwohl knapp neunzig, sah John J. Del Rio aus wie höchstens fünfundsiebzig.

Er trug ein blau-weiß kariertes Hemd mit langen Ärmeln, eine dunkelblaue Hose und schwarze Kalbslederslipper. Die Stahl-Rolex mit dem blauen Zifferblatt an seinem Handgelenk wirkte protzig. Seine randlose, sechskantige Brille verlieh ihm die Aura eines beliebten Professors – schon vor

Jahren emeritiert, aber immer wieder auf den Campus eingeladen.

Oder einer dieser Schauspieler, die in den gestellten Fernsehspots von Krankenversicherungen die fitten Senioren gaben.

Die Hand, die er uns entgegenstreckte, war größer als Milos. »Lieutenant? J. J. Del Rios, freut mich, Sie kennenzulernen. Und das ist …«

»Dr. Alex Delaware, unser beratender Psychologe.«

»Ich habe Psychologie studiert, in Stanford.« Zu mir gewandt fügte er hinzu: »Bei Professor Ernest Hilgard. Ich nehme an, Sie haben von ihm gehört.«

»Natürlich«, sagte ich.

Er sah wieder Milo an. »Ich habe heute Morgen in der Zeitung von Ihrem ›Vorfall‹ gelesen. Zumindest nehme ich an, dass das der Fall ist, an dem Sie arbeiten?«

»Ja, Sir«, sagte Milo.

»Eine Kiste mit Babyknochen. Traurig. In dem Artikel stand, dass sie vermutlich alt sind; ich nehme an, Sie sind hier, weil Sie auf der Suche nach einem mutmaßlichen Täter die Grundbucheintragungen durchgegangen sind. Stimmt's?«

Milo lächelte.

»Guter Ansatz, aber wenn die Tat so lange zurückliegt, wozu dann die psychologische Beratung?«

»Bei ungewöhnlichen Fällen halten wir die Perspektive für hilfreich«, erwiderte Milo.

»Psychologische Autopsie?«

»Im Grunde genommen ja. Dürfen wir eintreten, Sir?«

»Aber selbstverständlich«, sagte Del Rios. »Ist ja Quatsch, Sie draußen in der Hitze stehen zu lassen.«

Er winkte uns in einen limettengrünen Raum mit Holzbalkendecke, der von einer lärmenden Klimaanlage gekühlt wurde. Der flammend orangefarbene Teppich war synthetisch, makellos sauber und hart wie Parkett. Das klobige Ensemble Eichenmöbel aus den Siebzigern war in Nullachtfünfzehn-Manier angeordnet. Pferdebilder aus Zeitschriften bildeten das Zugeständnis an Dekoration. Das einzige Stück Modernität war ein Flachbildschirm, der an der Wand hing, sauber montiert, sodass keine Kabel zu sehen waren. Eine Durchreiche erlaubte den Blick in die Küche, deren Arbeitsflächen frei von jeglichen Geräten waren. Das Haus sah sauber und ordentlich aus, dünstete jedoch die Mischung aus schalem Schweiß, verdampftem Kaffee und Old Spice aus, die typisch für betagte Junggesellen war.

J.J. Del Rios steuerte auf den avocadogrünen Kühlschrank zu. »Was zu trinken? Ich werde mir ein Gläschen Traubensaft genehmigen. Cabernet ohne Alkohol, sozusagen.« Ein kurzes Auflachen folgte, das klang wie Gebell. »Noch zu früh für meine tägliche Alkoholdosis, aber die Antioxidantien in der Schale sind gut für die Haut. Da braucht man den Alkohol gar nicht.« Er schwenkte eine Flasche, die halb voll mit einer magentafarbenen Flüssigkeit war. »Das Zeug hier ist gut, ist kein extra Zucker drin.«

»Wasser genügt vollauf, Sir.«

»›Sir.‹ Schon eine Weile her, dass das jemand zu mir gesagt hat, der es ernst meinte.« Wieder ein dunkles, brüchiges Lachen. »Ich vermisse die Uniform nicht, aber der Job hatte doch etwas sehr Geregeltes. Jeder wusste, wo sein Platz ist.«

»Sie haben das Gefängnis geleitet.«

»Das war toll«, sagte Del Rios. »Dafür zu sorgen, dass die Loser weggeschlossen bleiben, und sie immer daran zu erinnern, dass sie nicht im Hilton wohnen.«

»Wie lange haben Sie das gemacht?«, fragte Milo.

Del Rios kam mit zwei Gläsern Wasser in einer Hand und seinem Saft in der anderen zurück. Wir setzten uns.

»Was soll das jetzt? Smalltalk zum Aufwärmen? Wenn Sie wissen, was ich gemacht habe, wissen Sie doch auch, wie lange.«

»Bin nicht so ins Detail gegangen, Sir.«

Del Rios schnaubte. »Erzählen Sie mir von den Knochen.«

»Ein Säugling«, sagte Milo. »Zirka ein halbes Jahr alt.«

»Das stand in der Zeitung.«

»So viel wissen wir bislang.«

»Sie haben den Zeitrahmen für die Tat auf den Zeitraum eingegrenzt, in dem das Haus meiner Familie gehörte?«

»Ja, Sir.«

»Wie?«

»Darüber kann ich leider keine Auskunft geben, Sir.«

Del Rios lächelte. »Jetzt gefällt mir das ›Sir‹ schon nicht mehr so gut.«

Milo lächelte zurück.

Die menschliche Wärme, die bei diesem Austausch entstanden war, hätte keine Mücke aus ihrem Sumpf gelockt.

»Es hat keinen Sinn, das Thema breitzutreten. Meine Familie hatte nichts damit zu tun, aber ob das auch für die Mieter gilt, kann ich Ihnen nicht sagen. Genauso wenig wie ich Ihnen Namen nennen kann. Ich habe keine Ahnung, wer da gewohnt hat. Da habe ich mich vollkommen herausgehalten.«

»Aus der Verwaltung?«

»Aus allem, was sich möglicherweise als Spaßbremse erweisen konnte.« Del Rios trank von seinem Traubensaft, schnalzte mit den Lippen und tupfte sie sich mit einem Stofftaschentuch ab. Der zurückgebliebene magentafarbene Fleck schien ihn zu faszinieren.

»Wir haben den Zeitrahmen für die Tat auf den Zeitraum eingegrenzt, in dem Ihre Mutter allein im Haus gewohnt hat.«

»Welcher Zeitraum mag das wohl gewesen sein?«

»1950 bis 52.«

»Nun«, sagte Del Rios, »ich bin sicher, Sie halten sich für wahnsinnig clever. Das Problem ist nur, dass Sie falschliegen. Nachdem Dad 1947 gestorben war, hat Mom dort allein gelebt, ja, aber nur, bis bei ihr Herzprobleme und Krebs diagnostiziert wurden.« Die Furchen auf Del Rios' Stirn vertieften sich. »Sie war ein gläubiger Mensch, aber der gütige Gott hat ihr einen harten linken Haken verpasst. Es war im Winter 1949, kurz nach dem zweiten Jahrestag von Dads Tod. Sie hat noch vier Jahre durchgehalten, die letzten beiden waren ein Albtraum, es blieb nur die Frage, welche von beiden Krankheiten sie schließlich dahinraffen würde. Wir ließen sie zunächst weiter im Haus wohnen, mit einer Krankenschwester, doch das ging bald nicht mehr. Im Frühjahr 1950 zog sie dann zu meinem Bruder Frankie – er hieß in Wahrheit Ferdinand, hasste aber den Namen und ließ sich Frank nennen. Er lebte mit seiner Frau in Palo Alto und arbeitete als junger Orthopäde in einem Krankenhaus. Das ging dann so weiter bis Anfang 1952, da musste Mom in ein Heim nach Stanford. In ihrem letzten Jahr vegetierte sie nur noch vor sich hin. 1954 starb sie dann. Ehe sie zu Frank und Bertie zog, hatte sie das Haus einer Treuhand übergeben. Doch niemand von uns wollte dort wohnen, weil es uns an unsere toten Eltern erinnerte. Frankie hatte sich in Palo Alto niedergelassen, meine Schwester Mary Alice studierte Medizin in Chicago und ich, das schwarze Schaf der Familie, der Schulabbrecher, war bei der Marine. Mir war das alles so was von egal. Und so schaltete Eddie – der Älteste von uns, er war Priester – eine Immobilienverwaltung ein, die die Vermietung für uns übernahm. Wie gesagt, ich kann Ihnen nicht sagen, wer die Mieter waren. Und außer mir lebt keiner mehr. Sie haben also kein Glück, mein Junge.«

»Erinnern Sie sich noch an den Namen der Immobilienverwaltung?«

»Ich kann mich nicht an etwas erinnern, das ich nie gewusst habe«, sagte Del Rios. »Ich wiederhole es gern noch einmal: Mich hat das alles nicht interessiert. Ich wollte meinen Spaß haben. Das verdammte Haus war für mich nichts weiter als eine bequeme Geldquelle. Eddie hat mir jeden Monat einen Scheck mit meinem Anteil an den Mieteinnahmen geschickt, den ich sofort auf den Kopf gehauen habe. Dann starb Eddie bei einem Busunfall, und wir drei haben das Haus verkauft, ich weiß noch nicht einmal, an wen, im Gegensatz zu Ihnen.«

Er leerte seinen Traubensaft. »Mehr kann ich Ihnen dazu nicht sagen. Kann mir vorstellen, dass Sie das nicht glücklich macht, aber ich kann's nicht ändern.«

»Besser als nichts«, sagte Milo.

Del Rios nahm seine Brille ab. »Ein Mensch, der das Positive sieht? Das hätte ich jetzt nicht von Ihnen gedacht.«

Er stand auf. Wir auch.

»Danke, dass Sie sich Zeit genommen haben, Chief«, sagte Milo.

An der Tür ergriff Del Rios noch einmal das Wort. »Als mir klar wurde, was Sie vorhatten, war ich erst einmal sauer, dass meine Familie verdächtigt wurde. Auch wenn ich natürlich ganz genauso handeln würde, wenn es mein Fall wäre. Dann merkte ich, dass ich Ihnen nicht helfen kann, und bekam Mitleid mit Ihnen, junger Mann. So tief graben zu müssen.« Zwinkern. »Sozusagen. Ich habe noch ein Detail, das sicher irrelevant ist, aber ich will nicht, dass Sie denken, ich wäre einem Kollegen gegenüber nicht hilfsbereit. Bevor mein Bruder Eddie Priester wurde, war er ein Autofan, ein enthusiastischer Schrauber, stand auf alles, was vier

Räder und einen dicken Motor hatte. Er hat sogar Dad dazu gebracht, ihm ein Ford Coupé zu kaufen, das er aufmotzte und bei Beschleunigungsrennen an den Start brachte. Jedenfalls, einmal trafen Eddie und ich uns zum Mittagessen in der Stadt. Er arbeitete damals als Assistenzpriester in der St.-Vibiana-Gemeinde in der Main Street; das war, bevor er nach Santa Barbara kam. Zu der Zeit lebte Mom schon bei Frankie. Jedenfalls, Eddie meinte: ›Johnny, ich bin letztens abends am Haus vorbeigefahren, um zu sehen, ob die Verwaltung diesmal den Rasen ordentlicher gemäht hat als letztes Mal, und du wirst nicht glauben, was da in der Auffahrt parkte: ein Duesie.‹«

»Ein Duesenberg«, sagte ich.

»Aus echtem Fleisch und Blut. Oder besser gesagt, aus echtem Metall. Mir hat das nicht viel gesagt, ich interessiere mich nicht für Autos, schon damals nicht, doch Eddie war ganz aus dem Häuschen und schwärmte, das sei nicht einfach nur ein Duesenberg, sondern einer mit verchromten Krümmern an der Seite, das ist wohl ein echter Knaller. Er erklärte mir, dass das das tollste Auto sei, was je gebaut wurde, erstens seien von vornherein nicht viele gebaut worden, und nach zwanzig Jahren seien sie eine echte Rarität. So ein Auto würde mehr kosten als das Haus, und er frage sich, wie die Mieterin sich das leisten könne, wahrscheinlich habe sie einen reichen Freund. Dann ist er rot angelaufen und hat nichts mehr gesagt, wahrscheinlich ist ihm eingefallen, dass er ja Priester ist und schlecht über andere herziehen kann. Ich habe mich kaputtgelacht und ihm gesagt, er solle sich doch heimlich so eine frisierte Kiste zulegen, dann könne er direkt vor der Kirche einen Burnout hinlegen. Schlimmstenfalls kriegt der Kardinal einen Herzinfarkt. Wir haben gelacht und weitergegessen, und das war's.«

»Eine Mieterin.«

»Hat er so gesagt, ja«, meinte Del Rios. »Das würde zu dem Baby passen. Ein reicher Freund passt auch zu einem ungewollten Baby. Was denken Sie, junger Mann?«

»Ich denke, Sir, dass Sie immer noch ganz schön fit sind.«

»Immer gewesen. Okay, jetzt müssen Sie aber gehen, ich habe gleich ein Rendezvous und muss mich noch fertig machen. Das ist in meinem Alter eine ganz schön langwierige Prozedur.«

7

Auf dem Weg zurück in die Stadt rief Milo bei der Zulassungsstelle an, um in Erfahrung zu bringen, wie lange Kfz-Registrierungen gespeichert wurden.

»Sobald ein Fahrzeug abgemeldet ist, werden die Unterlagen nach wenigen Monaten vernichtet, Lieutenant.«

»Kein Archiv?«

»Nichts dergleichen, Sir.«

»Kein Lagerhaus in Sacramento?«

»Nein, Lieutenant. Was genau suchen Sie denn?«

Milo sagte es ihr.

»Mit einer gerichtlichen Anordnung bekommen Sie eine Liste aller zurzeit angemeldeten Duesenbergs. Ist das eine deutsche Marke?«

»Nein, eine amerikanische.«

»Ja? Ich habe mal in Detroit gewohnt, aber von denen hab ich noch nie gehört.«

»Sie wurden nicht lange gebaut.«

»Ah«, sagte die Angestellte. »Ein Oldtimer. Würde denn eine Liste aktueller Anmeldungen weiterhelfen?«

»Wahrscheinlich nicht, aber besser als nichts.«

»Besorgen Sie sich die nötigen Papiere, dann ist es kein Problem.«

Er legte auf. »Auburn, Indiana«, sagte ich.

»Was ist damit?«

»Da wurden die Duesenbergs gebaut. Zu der Zeit hat sich der Autobau nicht auf Detroit beschränkt.«

»Indiana, das ist mein Heimatstaat. Ich hatte keine Ahnung davon. Mir ist nie irgendwas Exotisches aufgefallen.«

»Dazu hättest du schon reiche Freunde haben müssen. Als die Duesenbergs auf den Markt kamen, kosteten sie den damaligen Gegenwert von einer Million Dollar. Pater Eddie hatte recht, es sind mit die tollsten Autos, die je gebaut wurden. Starke Motoren, edle Karosserien, jede Schraube handgedreht.«

»Wer hätte das gedacht, Amigo. Warst du auch mal ein Schrauber?«

»Mehr ein Träumer als Kind.« Als ich sämtliche Marken und Modelle auswendig lernte, weil Autos Freiheit bedeuteten. Die Einzelheiten im Kopf zu sortieren hatte mir die Zeit vertrieben, wenn ich mich im Wald vor dem Zorn meines betrunkenen Vaters versteckte.

Milo tätschelte die mit Leder bezogene Beifahrertür. »Genau genommen ist das hier doch auch ein Klassiker.«

Mein aktuelles Gefährt ist ein Cadillac Seville, Baujahr 1979, Chesterfield-grün mit beigem Vinyldach, das farblich zu den Lederbezügen im Innern passt. Der Wagen rollte in Detroit vom Band, kurz bevor GM anfing, seine Modelle bis zur Unkenntlichkeit aufzublasen, und sein Design ist so schön, dass gar nicht auffällt, dass er auf einem simplen Chevrolet-Chassis sitzt. Er mag seinen dritten Motor, ist verlässlich, bequem und stellt keine großen Ansprüche. Ich sehe keinen Grund, mich von ihm zu trennen.

»Pass auf, was du sagst. Er hält sich immer noch für einen schneidigen Jüngling.«

Er lachte. »Also, wie viele Duesenbergs wurden insgesamt produziert?«

»Ich würde schätzen, ein paar Hundert. Und solche mit verchromten außenliegenden Krümmern waren sicherlich noch seltener.«

»Es könnte sich also lohnen, tatsächlich eine richterliche Anordnung zu besorgen … aber dann müsste ich bei allen, die ich aufstöbere, die Vergangenheit durchleuchten, und das Beste, was mir passieren kann, ist, dass ich den Typ finde, der damals die Mieterin des Hauses besucht hat, zu der Zeit, als das Baby vergraben wurde.«

»Es könnte einen direkteren Weg geben, sie zu identifizieren«, sagte ich. »Wenn Pater Eddie den Wagen gesehen hat, haben ihn sicher auch die Nachbarn gesehen. Die Erwachsenen von damals dürften inzwischen alle verstorben sein, aber in so einer gediegenen Wohngegend wie Cheviot werden Häuser an die Nachkommen vererbt.«

»Ein Kind, das auf Autos stand«, sagte er. »Also gut, die Lauferei lässt sich nicht länger umgehen. Hast du Zeit?«

»Aber klar.«

Wir begannen mehrere Hundert Meter entfernt vom Tatort mit dem Fragen, ernteten aber nur jede Menge Gegenfragen und keine Antworten. Am Haus der Ruches angekommen klopfte Milo an die Tür, läutete und spähte durch die Fenster. Es war niemand da.

Ich folgte ihm in den Garten. Das gelbe Absperrband war weg. Die Löcher, durch die die Luftschläuche eingeführt worden waren, waren noch zu sehen. Der Stuhl, auf dem Holly Ruche gestern gesessen hatte, stand näher an den Baumbrocken, auf einem der voluminösen Holzzylinder lag eine schwarze Damenstrickjacke, Größe M, von Loehmann's, mit ein paar blonden Haaren auf der Schulterpartie. Neben dem Stuhl auf dem Boden lag ein Taschenbuch mit dem Titel: *Was mich in der Schwangerschaft erwartet.*

»Sie ist zurückgekommen, nachdem alle weg waren, um ihre Traumvilla noch mal zu genießen«, mutmaßte ich.

»Lage, Lage, Lage … Okay, dann hören wir uns jetzt weiter nach dem Auto um. Weißt schon, das Ding mit der Nadel und dem Heuhaufen.«

Wir dehnten unser Umfragegebiet um ein paar weitere Hundert Meter aus, erhielten aber zunächst wieder keine Antworten. Doch dann fragten wir an einem Haus Richtung Norden – ebenfalls eine Tudor-Villa, aber größer und stärker verziert als die der Ruches –, und ein kleiner Mann mit Schnurrbart, um die sechzig mit einem Kristallwhiskeyglas in der Hand, erklärte: »Ein Duesie? Klar, ein 38er SJ, zweifarbig blau – marine und baby.«

Sein Schnurrbart war eine viel zu schwarze dünne Linie über seiner schmalen Oberlippe. Die wenigen Haare auf seinem Kopf waren weiß. Er trug ein flaschengrünes Samtjackett, eine graue Nadelstreifenhose und schwarze Pantoffeln mit aufgestickten Goldlöwen.

»Was können Sie uns noch darüber sagen, Sir?«, fragte Milo.

»Das Auto war ein Traum«, erwiderte der Mann. »Ein wahres Kunstwerk. Es muss so Anfang der Fünfziger gewesen sein, da war es also schon etwa zwölf Jahre alt. Aber das hat man nicht gesehen. Es war in fantastischem Zustand und glänzte, was das Zeug hielt. Die Chromkompressoren, die aus der Motorhaube kamen, sahen aus wie Pythons. Stark und bedrohlich, ein echtes Raubtier, sag ich Ihnen.«

»Wem gehörte es?«

Der Mann schüttelte den Kopf. »Ich habe versucht, es aus ihr herauszubekommen, aber sie hat nur gelächelt und das Thema gewechselt.«

»Sie?«

»Eleanor«, sagte der Mann. »Ellie Green. Sie hat da gewohnt, in dem Pseudo-Klinkerbau, vor dem der Duesie manchmal gestanden hat. Nicht oft, nur hin und wieder. Und immer abends, aber da war eine Außenlampe, sodass man ihn trotzdem sehen konnte. Sogar die Farbe. Heute denke ich, er muss wohl ihrem Freund gehört haben, aber ich war damals fünf, mich hat das Auto interessiert, nicht ihr Liebesleben. Ich hatte noch nie so einen Wagen gesehen, deshalb fragte ich meinen Vater danach. Er wusste alles über Autos, war vor dem Krieg sogar Beschleunigungsrennen im Muroc-See gefahren.«

Er grinste. »Dann hat er meine Mutter geheiratet, und sie hat ihn gezähmt. Ab dann hat er Autos verkauft, bei Packard in der Stadt. Von ihm weiß ich alles über den Duesie. Deshalb bin ich auch sicher, dass es ein echter SJ war. Mein Vater meinte nämlich, es sei keiner, bei dem die Stutzen nachträglich eingebaut worden seien, sondern ein Original.«

»Hat er nie erwähnt, wer der Besitzer war?«

»Ich habe ihn nie gefragt«, sagte der Mann. »Warum, was ist denn los? Ich habe den Trubel gestern mitbekommen. Was ist denn da passiert?«

»Es wurde etwas gefunden. Was können Sie uns über Ellie Green erzählen?«

»Sie war meine Babysitterin. Bevor ich in die Schule kam, war ich ständig krank. Meine Eltern hatten irgendwann genug davon, nie ausgehen zu können, und so engagierten sie Ellie. Für sie war es bestimmt kein Vergnügen, ich war das reinste Elend, hatte Scharlach, eine schwere Form von Mumps, die Masern noch schlimmer, konnte mich auf Kommando übergeben, und, glauben Sie mir, das hab ich getan, wenn mich der Teufel ritt.« Er lachte. »Einmal dachten sie, ich hätte Diphterie, aber es war nur eine schlimme Grippe. Doch Ellie hatte immer eine Engelsgeduld.«

»Wie alt war sie?«

»Hm… für ein Kind sind alle Erwachsenen alt. Vielleicht

um die dreißig? Warum fragen Sie nach ihr? Was ist denn da drüben gefunden worden? Ich habe einen von Ihren Kollegen in Uniform gefragt, aber er sprach nur von einem *Vorfall.*«

»Im Garten wurden Knochen ausgegraben. Das war in den Nachrichten, Mr …«

»Dave Helmholtz. Ich meide die Nachrichten. Früher, als ich noch mit Aktien gehandelt habe, musste ich mich auf dem Laufenden halten, aber heute … Menschliche Knochen?«

»Ja, Sir. Ein vollständiges menschliches Skelett. Ein Baby.«

»Ein Baby? Im Garten vergraben?«

Milo nickte.

Helmholtz pfiff. »Das ist ja grotesk. Glauben Sie, Ellie hat etwas damit zu tun? Warum?«

»Wir wissen bislang nicht viel, Mr Helmholtz, aber es gibt Hinweise darauf, dass die Gebeine Anfang der Fünfzigerjahre vergraben wurden. Das Einzige, was wir über diese Zeitspanne wissen, ist, dass gelegentlich ein Duesenberg vor dem Haus stand.«

»Frühe Fünfziger«, sagte Helmholtz. »Ja, das ist schon die Zeit, in der Ellie hier gewohnt hat. Aber warum um alles in der Welt sollte sie ein Baby vergraben? Sie hatte keine Kinder.«

»Sind Sie sicher?«

»Absolut. Ich habe sie auch nie schwanger gesehen. Ganz im Gegenteil, sie war sehr dünn. Für damalige Verhältnisse zumindest. Heute hätte sie die Figur, die von allen Frauen erwartet wird.«

»Wie lange hat sie da gewohnt?«

»Sie hat etwa ein Jahr lang auf mich aufgepasst.«

»Hatte sie einen Beruf?«

»Klar«, sagte Helmholtz. »Sie war Krankenschwester.« Er

trank einen Schluck. »Mom hat das immer so betont: ›eine *ausgebildete* Krankenschwester‹. Ich war beleidigt, dass man mich mit einer Fremden allein ließ. Ausgebildete Krankenschwester? War mir doch egal. Als Ellie das erste Mal kam, habe ich mich unter meiner Decke versteckt und sie ignoriert. Sie hat sich hingesetzt und gewartet. Irgendwann hab ich meinen Kopf rausgestreckt, und da hat sie mich angelächelt. Und was für ein Lächeln das war. Wunderschön, wie ein Filmstar sah sie aus, blondes Haar, rote Lippen, verschleierte Augen. Nicht, dass mich das beeindruckt hätte, ich ignorierte sie weiter. Irgendwann wurde mir warm, und ich bekam Durst, und da kam ich raus, und sie holte mir was zu trinken. Als ich Fieber hatte – in dem Jahr hatte ich dauernd Fieber –, hat sie mir kalte Umschläge auf die Stirn gelegt. Und gesummt hat sie. Das war beruhigend. Sie hatte eine schöne Stimme. Sie war nett, ganz entspannt. Hat nie versucht, mich zu irgendetwas zu zwingen. Und sie war ein echter Hingucker.«

Ich lächelte. »Ihr Aussehen war Ihnen ganz egal, Sie fanden nur den Duesenberg spannend.«

Helmholtz sah mich an und brach in Gelächter aus. »Jetzt haben Sie mich erwischt. Ja, ich war in sie verknallt. Kann man doch verstehen, oder? Sie war nett, hat sich um mich gekümmert, und meine Eltern konnten in Ruhe ausgehen, ohne dass ich eine Szene machte.«

»Offenbar gab es noch jemand anderen, der sie auch nett fand.«

»Wer denn?«

»Der Besitzer des Duesenberg.«

»Oh«, machte Helmholtz. »Der Glückskeks.« Er lachte wieder. »So hat Dad ihn genannt. Rückblickend passt das. Irgendein reicher Knabe, der ihr den Hof gemacht hat. Vielleicht ist sie deshalb weggezogen.«

»Und sie hat nie erwähnt, wer das war?«, fragte ich.

»Ich habe ein paarmal gefragt, weil ich hoffte, dass sie vielleicht merkt, wie toll ich das Auto finde und dass ich gerne mal mitfahren würde. Aber sie hat immer nur gelächelt und das Thema gewechselt. Wenn ich jetzt so darüber nachdenke, wird mir klar, dass sie nie über sich gesprochen hat. Es ging immer nur um mich, was ich wollte, was ich brauchte, wie es mir ging. Ziemlich guter Ansatz, wenn man es mit einem verzogenen kleinen Balg zu tun hat, nicht? Sie war bestimmt eine großartige Krankenschwester.«

Seine Miene hellte sich auf. »Hey, vielleicht war der Glückskeks ja ein reicher Arzt. Sind nicht deshalb früher die Mädchen Krankenschwester geworden? Um einen Mediziner aufzureißen?«

»Können Sie uns noch mehr über sie erzählen?«, fragte Milo.

»Nein. Ich wurde sechs, war wie durch ein Wunder plötzlich gesund, kam in die Schule und fand Freunde. Warum Ellie ausgezogen ist, weiß ich nicht, aber es war kurz darauf. Statt des Duesenbergs hatten wir dann dort einen Plymouth. Eine große Familie mit einem Plymouth Kombi, erbsensuppengrün. Das ist mal ein Abstieg.«

»Können Sie abschätzen, wie oft Sie den Duesenberg gesehen haben?«

»Sie wollen wissen, ob sie regelmäßig über einen längeren Zeitraum Besuch bekam, ob es etwas Ernstes war? Tja, ich kann nur sagen, weniger als ein Dutzend Mal, aber wahrscheinlich mehr als ein halbes Dutzend Mal.«

»Und immer abends.«

»Also, wie soll ein Fünfjähriger das gesehen haben? Nun ja, der Fünfjährige war ein frecher kleiner Schlingel, der mitten in der Nacht aus dem Küchenfenster kletterte, um das Auto zu sehen. Manchmal war es da, manchmal nicht. Beim letzten Versuch stieß ich mit meinem Vater zusammen. Er stand vor Ellies Haus und betrachtete den Wagen. Ich wollte schon wegrennen, da entdeckte er mich und fing mich ein. Ich rechnete damit, dass er mich schlagen würde, aber er tat es nicht. Er lachte nur und sagte: Ja, es ist fantastisch, Davey, ich kann's dir nicht verübeln. Da hat er mir dann gesagt, welches Modell es war, nämlich ein Achtunddreißiger SJ. Und was es mit den Krümmern auf sich hatte, was die Kompression für die Motorleistung bedeutete. Wir standen zusammen da und bestaunten das Ding. Der Moment war ganz wichtig für unseren … Sie würden das wahrscheinlich Bindungsprozess nennen. Aber dann warnte er mich, ich solle ja nie wieder das Haus ohne Erlaubnis verlassen, sonst würde er mir sehr wohl den Hintern verhauen.«

Helmholtz lächelte. »Ich hatte immer das Gefühl, er hält mich für einen Waschlappen. Wahrscheinlich hat er mich nicht bestraft, weil er fand, dass ich mich dieses eine Mal wie ein echter Kerl verhielt.«

Wir fragten weiter, doch niemand sonst erinnerte sich an Ellie Green oder den Duesenberg.

Zurück auf der Wache überprüfte Milo ihren Namen. Über zehn Frauen erschienen, doch keine der Beschreibungen passte auf die schlanke Blondine, die 1951 in dem Haus gewohnt hatte. Er wiederholte die Suche mit *Greene*, *Gruen*, *Gruhn* und sogar *Breen*, doch ohne Ergebnis. Auch die Todesanzeigen von Los Angeles und den umliegenden Countys ergaben nichts.

»Sie hat als Krankenschwester gearbeitet, und die Kiste stammte aus dem Schwedischen Armenspital.«

Er gab den Namen des alten Krankenhauses ein und verknüpfte ihn mit *Eleanor Green* und den anderen Schreibvarianten. Es erschienen ein paar Links, doch die einzigen

Namen, die auftauchten, waren die von Großspendern und leitenden Ärzten.

»Helmholtz könnte recht haben. Vielleicht war der Glückskeks tatsächlich ein Chefarzt. Vielleicht jemand, den George Del Rios oder seine beiden Medizinerkinder kannten, und Ellie Green kam durch persönliche Empfehlung an das Haus.«

»Ein reicher Arzt, der seine hübsche Geliebte unter Verschluss halten will«, sagte ich. »Zur ständigen Verfügbarkeit oder um eine Schwangerschaft auszusitzen.«

»Helmholtz hat sie nie schwanger gesehen.«

»Helmholtz war ein kleiner Junge, kein Frauenarzt. Wenn sie schon dort wohnte, bevor sie anfing, ihn babyzusitten, hatte sie vielleicht sogar schon entbunden.«

»Reicher Arzt«, sagte er. »Füg noch ›verheiratet‹ hinzu, dann hast du den Salat. Das Problem ist nur, dass Ellie offenbar verschwunden ist.«

»Wie ihr Baby.«

»Der Glückskeks hat seine Spuren beseitigt?«

»Das Baby ist per Zufall aufgetaucht. Wenn Ellies Leiche genauso clever versteckt ist, wird es keine offizielle Todesmitteilung geben.«

»Böse Sache … ich wünschte, ich könnte sagen, das Ganze klingt unlogisch.«

Er stand auf und begann, auf und ab zu gehen. »Weißt du jemanden, der sich an das Schwedische Armenspital erinnern kann?«

»Ich werde mich umhören.«

»Danke.« Er runzelte die Stirn. »Wie immer.«

8

Auf Milos Bitte hin konsultierte ich auf der Suche nach Zeitzeugen meine alte Rollkartei. Die ersten zwei Personen, die ich fand, lebten nicht mehr. Meine dritte Wahl war weit in ihren Achtzigern, bildete aber immer noch junge Ärzte im Western Pediatric Medical Center aus. Salome Greiner.

Sie ging selbst ans Telefon.

»Hi, Sal, hier ist Alex Delaware.«

»Soso«, sagte sie. »Und was will Alex Delaware heute von mir?«

»Wer sagt, dass ich was will?«

»Sie schreiben nicht, Sie rufen nicht an, nicht mal eine E-Mail, SMS oder Tweets bekomme ich von Ihnen.« In ihrem gackernden Lachen schwang die kühle Sicherheit einer Frau mit, die ihre Feinde überlebt hat. »Und ja, ich bin immer noch eine Verlockung, aber ich nehme nicht an, dass Sie mich zu einem Rendezvous einladen wollen. Also, was wollen Sie?«

»Ich wollte wissen, ob Sie sich an das Schwedische Armenspital erinnern können.«

»Das Armenspital«, sagte sie. »Ja, kann ich. Warum?«

»Es hat mit einem Kriminalfall zu tun.«

»Sie machen das immer noch?«

»Hin und wieder.«

»Was für ein Kriminalfall?«

Ich erzählte ihr von dem Skelettfund.

»Darüber habe ich gelesen.« Im Hintergrund ertönte

Gezwitscher. »Ah, mein Pager, ich muss los, Alex. Haben Sie Zeit für einen Kaffee?«

»Wann und wo?«

»Hier und … sagen wir, in einer Stunde. Der mutmaßliche Notfall wird nicht lange dauern, wahrscheinlich ist es bloß wieder ein hysterischer Praktikant. Mitnichten eine Praktikantin, möchte ich hinzufügen. Wickeln Sie sich das in Ihre Sexistenzigarre, Sigmund.«

»Ich werde da sein«, sagte ich, wobei ich mich fragte, warum sie mich nicht einfach später zurückrufen ließ.

»Wir treffen uns in der Ärztemensa – Sie haben doch noch Ihren Ausweis?«

»Liegt bei den anderen Ikonen auf meinem Altar.«

»Ha«, machte Salome. »Immer noch ganz schön schlagfertig; ist das nicht ein Zeichen für latente Aggressivität? Aber Sie wissen bestimmt, wie Sie das Ihren Patienten gegenüber verbergen können, schließlich sind Sie ein guter Psychologe.«

Das Western Pediatric Medical Center ist eine eins Komma zwei Hektar große Oase strahlender Optimismus in einer sonst eher schäbigen Gegend von East Hollywood. In der hundertjährigen Geschichte des Krankenhauses sind Geld und Prestige der Stadt unaufhaltsam nach Westen abgewandert, sodass Wohl und Wehe der Patienten heute ausschließlich in der Hand des Staates liegen. Das führt dazu, dass der Laden chronisch pleite ist. Dennoch lassen sich einige der klügsten und engagiertesten Mediziner der Welt nicht davon abhalten, hier zu arbeiten. Die Jahre auf der Krebsstation gehören zu den besten meines Lebens. Wenn ich damals in den Feierabend ging, hatte ich fast immer das Gefühl, etwas Sinnvolles geleistet zu haben. So etwas lässt sich gar nicht hoch genug einschätzen.

Die Fahrt dauerte fünfzig Minuten, die Suche nach einem Parkplatz und die Wanderung zum Hauptgebäude weitere zehn. Der Essraum für die Ärzte liegt im Untergeschoss und ist durch eine unauffällige Tür von der Cafeteria mit ihren Essensausgaben abgetrennt. Holzvertäfelungen, ruhige Atmosphäre und Kellner mit weißen Hemden vermitteln zunächst einen guten Eindruck. Doch das Essen unterscheidet sich nicht von dem, was man nebenan auf den Teller gehäuft bekommt, wenn man keinen Titel hat.

Der Raum war fast leer, und Salome war leicht zu entdecken. Winzig in ihrem viel zu weiten weißen Kittel saß sie mit dem Rücken zur Wand an einem Ecktisch und aß Hüttenkäse und eine neonrote Götterspeise in Blümchenform. Vor ihr stand ein unförmiger schlammfarbener Kaffeebecher, der aussah wie im Kindergarten gebastelt oder wahlweise vom hippsten Abgänger der angesagtesten Designschule entworfen.

Als sie mich entdeckte, hob sie den Becher zum Gruß. Ich war nah genug, um die plumpe Aufschrift auf dem Schlamm zu entziffern: *Für Dr. Ur-Omi.*

Sie tippte mit einem stumpfen Fingernagel gegen die Keramik. »Fantastisch, nicht wahr? Entworfen von Nummer sechs der vierten Generation. Sie ist gerade fünf geworden, hat sich selbst das Lesen beigebracht und kann einstellige Zahlen addieren.«

»Herzlichen Glückwunsch.«

»Die Urenkel sind unterhaltsam, aber man hat nicht mehr so viel Kontakt wie zu den Enkeln. Immerhin eine nette Abwechslung im senilen Alltag. Holen Sie sich einen Kaffee, und dann lassen Sie uns plaudern.«

Ich schenkte mir eine Tasse ein und setzte mich.

»Sie sehen aus wie immer, Alex.«

»Sie auch.«

»Sie lügen auch immer noch so wie immer.«

Sie neigte den Kopf zur Seite und klimperte mit den langen weißen Wimpern. Ich kannte ein Foto aus ihrer Jugend: Grace Kellys kleine Schwester. Ihre zart wasserblauen Augen waren immer noch klar. Ihr Haar, das früher aschblond gefärbt gewesen war, leuchtete jetzt naturbelassen silbern, doch der Schnitt hatte sich nicht geändert: ein kinnlanger Pagenkopf, glänzend wie eine polierte Chromstoßstange, mit akkurat gestutztem Pony.

Geboren in Berlin als Kind wohlhabender Eltern war sie zu einem Viertel jüdisch, was genügt hatte, um ihr einen Platz in Dachau zu sichern. Nach ihrer Flucht nach New York in den Dreißigerjahren arbeitete sie als Gouvernante und besuchte eine Abendschule. Sie studierte in Harvard Medizin und machte ihre praktische Ausbildung am Boston Children's Hospital, wo sie über Keuchhusten forschte. Mit dreißig heiratete sie einen Chaucer-Spezialisten, der nie viel Geld hatte, obwohl er sich so kleidete, als hätte er welches. Sie war mit fünfzig Witwe geworden und hatte fünf Kinder großgezogen, die alle gut geraten waren.

»Kommen wir zum Punkt«, sagte sie. »Erzählen Sie mir mehr über das Skelett.«

Ich gab ihr ein paar Einzelheiten.

»Aha. Ein voll entwickeltes Baby?«

»Vier bis sechs Monate alt.«

»Vollständig?«

»Ja.«

»Interessant«, meinte sie. »Wenn man die Gerüchte über die Einrichtung kennt.«

Sie wandte sich wieder ihrem Hüttenkäse zu. Ich brauchte einen Augenblick, um zu begreifen, was sie meinte.

»Es war eine Abtreibungsklinik?«

»Nicht nur, mein Freund.«

»Aber …«

»Es hieß, die Schweden waren außerordentlich diskret, wenn Mädchen aus reichem Hause in eine Zwangslage geraten waren. Gegründet hatten das Spital ursprünglich wohlmeinende Lutherische Missionare, die den Armen helfen wollten. Mit den Jahren war das religiöse Motiv jedoch immer weiter in den Hintergrund getreten, und die Prioritäten änderten sich.«

»Sie arbeiteten auf Gewinnbasis?«

»Was sonst? Es gab dort jedenfalls nie eine pädiatrische Abteilung. Und auch keine herkömmliche Entbindungsstation. Ich kann mir also nicht vorstellen, wie ein Baby dorthin gekommen sein soll.«

Ich beschrieb die blaue Kiste und fragte sie, ob sie damit etwas anfangen könne.

»Von so etwas habe ich noch nie gehört. Wir wickeln unsere Leichname in Tücher, dann kommen sie in eine Hülle. Meistens werden sie dann von Bestattern abgeholt. Es gibt also keinen Grund, sie in massive Messingbehälter zu stecken.«

»Vielleicht diente der Behälter etwas anderem und wurde hier nur zweckentfremdet.«

»Hm«, machte sie. »Könnte sein … vielleicht hat man darin Gewebeproben aufbewahrt. Eine Vorsichtsmaßnahme im Umgang mit infektiösem Material. Damals waren allerlei fiese Bazillen im Umlauf – TB, Polio und so weiter … mein alter Freund Pertussis. Ich wüsste nicht, dass Bronze irgendwelche besonderen antiseptischen Eigenschaften hat, aber vielleicht hatte jemand eine Theorie dazu.«

»Könnte sein. Kannten Sie jemanden vom Personal?«

»Ich habe immer hier gearbeitet.«

Das war nicht wirklich eine Antwort. »Aber Sie wissen ziemlich viel über die Einrichtung.«

Sie lächelte. »Nicht nur Psychologen verstehen sich aufs Zuhören.«

»Wer hat denn geredet?«

»Ein Freund von mir war für kurze Zeit dort.«

»Wieso nur kurz?«

Sie teilte mithilfe der Gabel einen perfekten Würfel von ihrem Wackelpudding ab. »Ich könnte mir vorstellen, dass er es woanders spannender fand.«

»Hatte er Probleme mit dem, was dort passierte?«

Sie spießte den Glibberwürfel auf, aß ihn und trank einen Schluck Tee. »An Persönliches aus diesen prähistorischen Zeiten kann ich mich nicht erinnern.«

»Ich wette dagegen.«

»Die Wette verlieren Sie.«

»Waren es die Abtreibungen?«

Sie schnitt ein weiteres Stück ab, das sie aufspießte und langsam über den Teller zog, sodass rote Schlieren zurückblieben. »Ich brauche Ihnen das nicht zu erzählen, Alex. Die Zeiten waren anders. Jedenfalls sehe ich keinen Zusammenhang zwischen dem Schwedischen Armenspital und einem intakten Babyskelett.«

»Eleanor Green.«

Die Gabel zitterte. Sie legte sie ab. »Wer ist das?«

»Eine Kinderkrankenschwester. Sie hat in dem Haus gewohnt, in dem die Knochen gefunden wurden.«

»Wenn Sie schon einen Namen haben, was soll dann die Umstandskrämerei? Machen Sie sich auf und suchen Sie sie.«

»Sie scheint von der Bildfläche verschwunden zu sein.«

»Krankenschwester auf der Flucht.« Sie schmunzelte. »Das klingt nach einem schlechten Film.«

»Der Freund, der Ihnen von dem Schwedischen …«

»Tot, Alex. Niemand lebt mehr aus meiner leichtfertigen Jugend, ich bin die letzte Mohikanerin. Ist das jetzt Grund zum Feiern, oder soll ich deswegen depressiv werden? Suchen Sie sich was aus.«

»Also keine Kinderstation, kein Kreißsaal«, sagte ich. »Womit konnte man denn, abgesehen von den Abtreibungen, noch Geld verdienen?«

»Wahrscheinlich mit den gleichen Dingen wie heute. Radiologie, kleinere Eingriffe.«

»Stammten die Ärzte dort aus einem bestimmten Teil der Stadt?«

Sie sah mich an. »Ich finde Ihre Hartnäckigkeit bewundernswert, mein Lieber, leider kann ich Ihnen nichts sagen, was ich nicht weiß. Aber wenn wir immer noch beim Wetten sind, wette ich gegen Watts oder Boyle Heights.« Sie nahm die Gabel wieder auf und piekte in den verbliebenen Wackelpudding, um ihn genüsslich zu verspeisen. »Wie ist es denn so für Sie gelaufen? Machen Sie abgesehen von der Polizeiarbeit noch irgendwas Interessantes?«

»Prozesse«, erwiderte ich.

»Sorgerecht?«

»Sorgerecht und Körperverletzung. Eine Frage noch, Sal: Hat Ihr Freund jemals erwähnt, ob einer der Ärzte einen Duesenberg fuhr?«

Sie blinzelte. »Ist das ein Auto?«

»Ein sehr teures Auto in den Dreißiger- und Vierzigerjahren.«

»Ich habe mich nie für Automobile interessiert, Alex. Das hat meine Jungs immer zur Verzweiflung gebracht, wenn sie irgendeine superschicke Karre wollten und ich auf nüchterner Funktionalität beharrte.« Sie sah auf die Uhr. »Hoppla, ich muss los.«

Auf Zehenspitzen kniff sie mir fest in die Wange und marschierte dann mit steifen Schultern und schwingendem Stethoskop davon.

Ich rief ihr noch hinterher, doch sie verlangsamte nicht einmal ihre Schritte.

9

»Eine Abtreibungsfabrik«, sagte Milo. »Davon gab es damals viele.«

»Die hier bediente reiche Familien.«

»Cleveres Geschäftsmodell.« Er spießte eine dicke Gabel voll Curry-Lamm auf und musterte die Riesenportion, als kämen ihm selbst Zweifel. Dann schob er sie in den Mund und kaute bedächtig.

Wir saßen im Café Moghul, einem indischen Restaurant in der Santa Monica Avenue unweit der Polizeiwache. Die bebrillte Frau, die den Laden führte, hielt Milo für ein Ein-Mann-Verteidigungssystem und behandelte ihn wie einen Gott, der mit essbaren Opfergaben milde zu stimmen ist.

Heute bestand ihr Opfer aus Taschenkrebsen, Huhn und Lamm, dazu ein gesamter Marktstand an Gemüse. Lächelnd wie immer kam sie zu uns herüber und füllte unsere Teeschalen nach. Ihr Sari war leuchtend pink und mit goldenen Ornamenten und Kringeln verziert. Ich hatte ihn schon mehr als einmal gesehen. Im Laufe der Jahre hatte ich ihre gesamte Garderobe schon gesehen, aber wie die Frau heißt, weiß ich immer noch nicht. Milo wahrscheinlich auch nicht.

»Darf's noch was sein, Lieutenant?«

»Im Augenblick nicht.« Zur Bekräftigung verschlang er noch ein Stück Lamm und nahm eine Krebsschere.

Als sie wieder weg war, sagte er: »Noch was?«

»Das war's.«

»Was Dr. Greiner sagt, erscheint mir logisch. Es gibt keinen Grund, ein Baby mit so einem Ort in Verbindung zu bringen. Das Gleiche gilt für Ellie Green, schließlich hat sie mit Kindern gearbeitet. Jeder, der Zugang zu medizinischer Ausrüstung hatte, konnte an diese Kiste gelangen.«

Ich sagte nichts.

Er legte die Schere so schwungvoll ab, dass sie auf dem Teller klapperte. »Was?«

»Als ich Salome fragte, ob sie sich an einen Arzt mit einem Duesenberg erinnern kann, verspannte sie sich, beendete das Gespräch und ließ mich sitzen.«

»Du meinst, du hast da einen Nerv getroffen? Okay, vielleicht war Duesie-Mann der Freund, den sie vom Spital kannte, vielleicht ist er mehr als nur ein Freund gewesen, und sie wollte nicht ins Detail gehen. War sie damals verheiratet?«

»Ja.«

»Glücklich?«

Ich dachte darüber nach. »Keine Ahnung.«

»Kinder?«

»Fünf.«

»Wie war ihr Mann?«

»Er hat Bücher über Geoffrey Chaucer geschrieben.«

»Literaturprofessor?«

»Hat nie fertig promoviert.«

»Wie hat er Geld verdient?«

»Gar nicht.«

»Aha. Nicht gerade ein Alphatier. Sie hat die Brötchen verdient. Da könnte ein Kollege mit schickem Wagen durchaus attraktiv gewesen sein. Und weil sie das nicht aufrühren wollte, hat sie das Tête-à-tête mit dir beendet.«

»Wieso wollte sie sich überhaupt mit mir treffen?«, rätselte ich. »Wir hätten doch auch am Telefon reden können.«

»Sie beschäftigt dich ja ganz schön.«

»Ich will nicht behaupten, Salome hätte etwas Kriminelles getan. Ich glaube nur, dass sie mehr weiß, als sie sagt.«

»Schön, ich respektiere dein Bauchgefühl. Und was soll ich deiner Meinung nach jetzt tun?«

Ich hatte keine Antwort, musste das aber nicht zugeben, da sein Handy anfing, Debussy zu spielen.

Er klatschte es sich ans Ohr. »Sturgis ... oh, hallo ... wirklich? Das war schnell ... okay ... okay ... okay ... ja, macht Sinn ... könnte sein ... versuch ich, wenn es sein muss ... nein, sonst noch nichts Neues. Danke.«

Er legte das Telefon weg und nahm die Krebsschere, um das Fleisch herauszusaugen. »Das war Liz Wilkinson«, sagte er, als er geschluckt hatte. »Die Knochen stammen aus der gleichen Zeitperiode wie die Zeitung. Keine neuen Hinweise auf ein Trauma, weder äußerlich noch innerlich, keinerlei Missbildungen oder Anomalien. Sie hat weder Gewebe noch Knochenmark gefunden, will aber beim Generalstaatsanwalt nachfragen, ob sie DNA aus den Knochen gewinnen darf. Das Problem ist nur, zwischen Budgetkürzungen und liegen gebliebenen Aufträgen wird die Sache erst mal ganz unten im Stapel landen. Wenn ich Dampf machen will, soll ich Zeus bitten, vom Olymp herunterzusteigen, schlägt sie vor. Das Einzige, was ihn überzeugen kann, ist, wenn die Medien weiter berichten. Und Liz hat gerade einen Anruf von der *Times* bekommen.«

»Die Presse ruft bei ihr an, nicht bei dir?«

»Wie kommst du darauf, dass sie bei mir nicht angerufen hat?« Er pulte sich mit der Zunge Essensreste aus einem Backenzahn. Nachdem er die leere Krebsschere auf einen Teller mit Resten gelegt hatte, scrollte er sein Handy nach entgangenen Anrufen durch. Die Nummer, die er wählte, stammte vom Vortag.

»Kelly LeMasters? Hier Lieutenant Milo Sturgis, ich

rufe zurück wegen des Skelettfunds oben in Cheviot Hills. Es gibt nichts Neues zu berichten. Sollte sich das ändern, melde ich mich wieder.«

Er wandte sich erneut seinem Essen zu.

»Dann vergessen wir das Schwedische Armenspital?«

»Ich glaube nicht, dass es uns vorwärtsbringt, aber du darfst gern weitermachen. Solltest du auf irgendetwas Spannendes stoßen, kann ich immer noch sagen, es war meine Idee.«

Ein Nullachtfünfzehn-Klingelton drang aus meiner Hosentasche. Jetzt hatte sich mein Telefon auch noch in das Gespräch eingeschaltet.

»Wenn man bedenkt, dass wir im Klingelton-Zeitalter leben«, kommentierte Milo, »kann man nur sagen, du haust in einer Höhle.«

Ich ging dran.

»Hi, Doktor, hier Louise. Gerade hat eine Holly Ruche angerufen. Sie sagte, es sei kein Notfall, aber ich fand, sie klang ziemlich aufgelöst. Da dachte ich, ich gebe doch besser gleich Bescheid.«

»Danke, Louise.«

»Ich habe so viele Jahre Ihre Patienten am Telefon gehabt«, sagte sie, »da bin ich vorsichtig geworden. Hier ist ihre Nummer.«

Ich ging zum Ausgang und rief an.

Holly Ruche meldete sich. »Das war schnell. Entschuldigen Sie bitte, ich wollte nicht stören.«

»Sie stören nicht. Was gibt's?«

»Gibt es was Neues in dem … zu dem, was in meinem Garten passiert ist?«

»Noch nicht, Holly.«

»Das braucht wohl etwas Zeit.«

»Allerdings.«

»Das arme kleine Ding.« Sie sog scharf Luft ein. »Das Baby. Am Anfang war ich voll auf mich selbst fixiert, habe keinen Gedanken daran verschwendet. Jetzt kann ich an nichts anderes mehr denken. Nicht, dass ich zwanghaft wäre oder so.«

»Es ist eine schwierige Phase, Holly.«

»Aber mir geht's gut«, beteuerte sie. »Wirklich … ähm, hätten Sie vielleicht Zeit zum Reden? Nur einmal, um diese Geschichte aufzuarbeiten?«

»Natürlich.«

»Oh, vielen Dank. Morgen geht nicht. Übermorgen auch nicht.«

»Wann könnten Sie denn, Holly?«

»Äh … wie wär's in drei Tagen? Um vier? Aber ich richte mich ganz nach Ihnen.«

Ich sah auf meinen Kalender. »Wie wär's in drei Tagen um dreizehn Uhr?«

»Perfekt. Ähm … wie hoch ist denn Ihr Honorar?«

»Dreihundert Dollar für eine Sitzung von fünfundvierzig Minuten.«

»Okay, das ist in Ordnung. Ist ja nur einmal. Wo ist Ihre Praxis?«

»Ich arbeite von zu Hause aus.« Ich nannte ihr die Adresse. »Man biegt vom Beverly Glen Boulevard ab.«

»Da müssen Sie eine fantastische Aussicht haben.«

»Es ist recht hübsch.«

»Das glaube ich«, sagte sie. »So was hätte ich mir auch gewünscht.«

10

Es gibt viele Gründe, warum ich Psychologe geworden bin. Manche sind mir bewusst, andere werden mir für immer verschlossen bleiben.

Ein Motiv ist sicherlich mein Bedürfnis zu beschützen, um meine eigene Schutzlosigkeit als Kind zu kompensieren. Das passt im Allgemeinen bestens zu diesem Beruf, man gewinnt die Dankbarkeit der Patienten und fühlt sich mächtig, ja gottgleich.

Manchmal übertreibe ich ein bisschen und biete einen Harnisch, wenn es auch ein Strickjäckchen getan hätte. Deshalb fällt es mir auch so schwer, zu entscheiden, wie viel Einblick in meine Arbeit ich Robin gewähre. Für gewöhnlich lasse ich sie teilhaben, halte mich aber mit den Einzelheiten zurück.

Diesmal wusste ich noch nicht einmal, wie ich anfangen sollte.

Robin ist ein Einzelkind. Ihre Mutter ist ein schwieriger Mensch, sie geizt mit Gefühlen, ist egozentrisch und steht im ständigen Konkurrenzkampf mit ihrer Tochter. Der liebevolle Elternteil war Robins Vater, ein meisterlicher Schreiner. Er hat ihr alles beigebracht, was er über Holz und Handwerk wusste, starb jedoch, als sie noch ein Kind war. Heute arbeitet sie mit schwerem Gerät und verträgt es gar nicht, von Männlichkeit erdrückt zu werden, auch wenn sie nur nett gemeint ist.

Obwohl ich eine ältere Schwester habe, die immer für

mich da ist, hätte ich genauso gut auch ein Einzelkind sein können. Mom war viel zu unberechenbar mit ihren Launen, um eine große Hilfe zu sein, wenn Dad trank und auf die Jagd ging. Ich lernte das Alleinsein zu schätzen, denn es bedeutete Sicherheit für mich. Von Natur aus freundlich lernte ich, gesellig zu sein und aufrichtiges Mitgefühl zu empfinden, und doch fühle ich mich in Gruppen oft immer noch wie ein Außenseiter.

Zwei von dieser Sorte, und man kann sich vorstellen, dass es Zeit braucht, um eine Beziehung aufzubauen.

Ich glaube, Robin und ich haben das ganz gut hinbekommen. Wir sind schon lange zusammen, sind treu, ohne zu übertreiben, lieben einander wie verrückt und wissen, was den anderen erotisch anturnt. Die ganze Seligkeit wurde von zwei Trennungen unterbrochen, die ich bis heute nicht wirklich verstehe. Das eine Mal wurde Robin von einem anderen Mann schwanger. Die Schwangerschaft und ihre Zeit mit ihm endeten tragisch. Ich habe mein Leben lang mit Kindern gearbeitet, bin aber nie Vater geworden. Robin und ich haben seit Ewigkeiten nicht mehr darüber gesprochen.

Ich hoffe, sie denkt nicht allzu oft darüber nach.

Auf dem Heimweg dachte ich an das kleine Skelett, an das kaum begonnene Leben, an eine Krankenschwester, die Heilige und Monster sein konnte. Als ich den alten Saumpfad erreichte, der zu unserem Grundstück führt, wusste ich immer noch nicht, wie ich es Robin beibringen sollte.

Unser Haus ist nüchtern, frei von Schnörkeln und Verzierungen, die hohen weißen Außenwände glatt und scharf geschnitten, dort, wo sie nicht von Bäumen verdeckt sind – man könnte meinen, die Menschen, die hier wohnen, sind emotional distanziert. Das Haus, das hier ursprünglich stand, hatte ich für mich gekauft, als ich genug Geld beisammenhatte. Es war ein knarrendes Holzhaus mit Schindeldach, klein, rustikal, schrullig. Nachdem ein Psychopath es angezündet hatte, wollten wir es ganz anders neu errichten. Es sollte unsere Trutzburg werden.

Im Innern dominieren matt lackierte Eichenböden und bequeme flauschige Sitzmöbel, das Ganze abgerundet von Kunst, die weniger politisch als dekorativ ist. Quadratmetermäßig ist es nicht riesig, aber mehr als ausreichend für ein Paar mit einem kleinen Hund. Meine Schritte hallen, wenn ich durch das Wohnzimmer gehe, um durch den von Oberlichtern erhellten Flur in mein Arbeitszimmer zu gelangen.

Robins Pick-up stand in der Einfahrt, als ich ankam, aber im Haus war nichts von ihr zu hören. Wahrscheinlich war sie im Atelier. Ich trödelte ein wenig, checkte meine E-Mails, beglich ein paar Rechnungen und überflog Nachrichten-Websites, um mich zu vergewissern, dass die Welt sich weiterdrehte, unabwendbar wie ein epileptischer Anfall.

Ich schenkte mir in der Küche einen Becher Kaffee ein und ging in den Garten, um die Koi-Karpfen zu füttern. Noch immer wusste ich nicht, wie ich anfangen sollte.

»Babyknochen«, erzählte ich den Fischen. »Man weiß nicht einmal, ob Junge oder Mädchen.«

Sie schmatzten dankbar.

Ich stand immer noch am Wasser herum, als die Tür zum Atelier aufging und Blanche, unsere kleine französische Bulldogge, auf mich zugetrabt kam, zehn Kilo blonder Charme und zenmäßiger Gelassenheit. Die Rasse gilt gemeinhin als stur; Blanche ist eine Ausnahme, sie zieht die Diplomatie der Artillerie vor. Mit verspieltem Schnauben rieb sie sich an meinem Hosenbein, und als ich ihr über den Kopf strich, schnurrte sie wie eine Katze. Sie ließ sich auf den Rücken fallen, damit ich ihr den Bauch kraulte, doch in dem Moment erschien Robin, schüttelte ihren kastanienbraunen Lockenwust und klopfte sich Sägespäne von ihrem roten Lieblingsoverall.

Sie warf mir einen Luftkuss zu und näherte sich dann lächelnd, um mir einen echten auf die Lippen zu drücken. Ihr Atem war süß von Cola, das schwarze T-Shirt unter ihrem Anzug duftete nach Holz – genauer gesagt, nach dem Holz der Mittelmeer-Zypresse, die ihren Duft jahrhundertelang behält. Instrumentenholz. Robin baute seit Wochen an einer federleichten Flamenco-Gitarre.

Ich erwiderte ihren Kuss.

»Was ist los?«, erkundigte sie sich.

»Wieso?«

Sie trat einen Schritt zurück, um mich zu mustern. »Schatz?«

»Was?«

»Die Schultern«, sagte sie. »Man sieht es dir immer an den Schultern an.«

»Vielleicht bin ich nur verspannt.«

Sie nahm mich bei der Hand und führte mich zum Haus. Blanche trabte neben mir her und blickte alle paar Sekunden zu mir hoch. Zwischen den beiden fühlte ich mich wie ein Patient. Als wir bei der Tür ankamen, sagte Robin: »Der neue Fall?«

Ich nickte.

»So schlimm?«

»Möglicherweise.«

Sie legte ihren Arm um meine Mitte. Als wir in die Küche kamen, bot ich ihr einen Kaffee an.

»Nein danke, nur Wasser.« Sie nahm sich eine Flasche aus dem Kühlschrank und setzte sich an den Tisch, wo sie ihr makelloses Kinn auf eine Hand stützte. Der Blick aus ihren Schokoaugen war weich und fragend. Als sich ihre Lippen teilten, wurden die beiden etwas zu großen mittleren Schneidezähne sichtbar, die ich von Anfang an so charmant gefunden hatte.

Ich füllte meinen Kaffeebecher nach und setzte mich zu ihr. »Ein Baby. Ein Babyskelett.«

Sie zuckte zusammen. »Das muss für alle Beteiligten schrecklich gewesen sein.«

Sie strich über meine Finger.

Ich erzählte ihr alles.

Als ich fertig war, sagte sie: »Eines der Mädchen im Krankenhaus hat es sich anders überlegt und ihr Baby bekommen? Dann hat sie es dieser Krankenschwester gegeben, damit sie sich darum kümmert, und etwas ging schief?«

»Schon möglich.«

»Es muss ja nicht unbedingt ein Verbrechen gewesen sein, Alex. Was, wenn das arme kleine Ding bei einem Unfall starb? Oder durch eine Krankheit? Man konnte es nicht beerdigen, weil es offiziell gar nicht existierte?«

Bei den letzten Worten fing ihre Stimme zu zittern an.

»*Es* … Könnte man denn DNA gewinnen, um das Geschlecht zu bestimmen?«

»Theoretisch schon.« Ich erzählte ihr, welch geringe Priorität der Fall hatte.

»Jede Generation glaubt, dass sie die Welt erfunden hat«, erwiderte sie. »Die Vergangenheit interessiert niemanden.«

»Findest du es okay, dass ich es dir erzählt habe?«

»Absolut.« Sie stand auf, trat hinter mich und knetete meine Schultern. »Steinhart, Schatz.«

»Oh«, machte ich. »Wunderbar. Danke.«

»Mein persönlicher All-inclusive-Service für dich.« Sie bearbeitete meine Muskeln noch eine Weile, trat dann zurück und öffnete ihren Overall, um ihn zu Boden fallen zu lassen. Zum Vorschein kamen das schwarze T-Shirt und ein dunkelblauer String auf glatter, gebräunter Haut. Sie streckte und dehnte ihre wundervollen Gliedmaßen. Ich stand auf.

»Ich stehe vor Dreck, Schatz, muss erst mal duschen. Danach können wir sehen, was wir mit dem Abendessen machen.«

Ich wartete, bis sie wieder aus dem Bad kam, bewaffnet mit mehreren Restaurantvorschlägen.

Sie wickelte sich aus dem Handtuch, das sie ordentlich zusammenlegte. Nackt hielt sie mir eine Hand entgegen und führte mich zum Bett. »Zeit für deinen persönlichen All-inclusive-Service für mich.«

Danach fuhr sie mir mit den Fingernägeln über die Wange und ließ meine Unterlippe mit der langen Seite ihres Zeigefingers schnalzen wie ein Kind, das eine Grimasse schneidet. Als ich anfing zu summen, klang es wie ein gurgelndes Abflussrohr. Wir lachten, bis wir nicht mehr konnten.

»Und wie geht es dir jetzt?«, fragte sie.

»Viel besser.«

»War auch der Höhepunkt meines Tages. Wie wär's mit Italienisch?«

11

Zwei Tage lang hörte ich nichts Neues über das Skelett, bis die *Times* erneut berichtete, auf Seite fünfzehn unten, ganz im Schatten eines drohenden Wassermangels, unfähiger Politiker, einer Schießerei in Compton und der üblichen Beamtenbestechlichkeit. Verfasserin war Kelly LeMasters, die Milo kürzlich angerufen hatte.

Der Artikel wärmte Bekanntes auf und endete mit der Behauptung: »Ein Antrag an den Generalstaatsanwalt, den Knochenfund einer DNA-Analyse zu unterziehen, ist im Augenblick die einzige Hoffnung des LAPD, je Licht in das jahrzehntealte Rätsel zu bringen.«

Milo hatte die Zeitung in der Hand, als er um zehn Uhr an meine Tür klopfte.

»Welch angenehme Überraschung«, begrüßte ich ihn.

Er schlenderte an mir vorbei in die Küche, riss die Kühlschranktür auf, um sich wie üblich erst einmal zu bedienen, und entschied sich für ein gummiartiges Hühnerbein, das er bis auf den Knochen abnagte, und eine halb volle Packung Milch, die er leerte. Er wischte sich den Milchbart von seinem farblich kaum zu unterscheidenden Gesicht und hielt mir das Blatt hin. »Spannend und aufschlussreich. Wir sollten das Pulitzer-Preis-Komitee anrufen.«

»Pulitzer hat die Boulevardpresse sozusagen erfunden.«

Er zuckte mit den Schultern. »Die Zeit heilt alle Wunden, besonders dann, wenn auch noch Geld im Spiel ist.« Er warf die Zeitung auf den Tisch.

»Dann hast du also mit LeMasters geredet.«

»Nicht direkt. Ich habe Seine Großartigkeit angefleht, sich beim Generalstaatsanwalt einzuschleimen. Das war gestern Nachmittag. Und am nächsten Morgen dann das.«

»Der Boss ist die undichte Stelle?«

»Der Boss benutzt die Presse, wie er sie braucht. Was in diesem Fall okay ist, weil sowieso alle Ermittlungsversuche ins Nichts laufen. Die Sozialversicherungsbehörde hat keine Daten über Eleanor Green, dem Schwedischen Armenspital lässt sich nichts nachweisen. Nicht einmal der älteste Kollege von der Sitte kann sich noch daran erinnern. Wenn dort jemals irgendwas Illegales gelaufen ist, haben sie es geschickt verborgen.«

Er stand wieder auf, um die Vorratskammer zu durchwühlen, und schüttete Frühstücksflocken in eine Schale, die er trocken aß. Als er etwa die Hälfte davon vertilgt hatte, sagte er: »Aber wegen der Knochen bin ich gar nicht hier. Ich habe mich noch nicht richtig wegen letztem Jahr bedankt.«

»Nicht nötig.«

»Da bin ich anderer Ansicht.« Er wurde rot. »Wenn mein Fortbestand keine Dankbarkeit verdient, was dann, Alex?«

»Verbuch das mal unter diesem Freundschafts-Ding.«

»Nur weil ich nicht sentimental geworden bin, heißt das nicht, dass mir nicht bewusst wäre, was du getan hast.« Tiefes Durchatmen. »Ich denke jeden verdammten Tag daran.«

Ich sagte nichts.

»Wie auch immer.« Er fischte die letzten Flocken mit den Fingern aus der Schüssel. Dann hievte er seinen massigen Körper zum zweiten Mal vom Stuhl hoch und ging leichtfüßig zur Spüle, um die Schüssel auszuwaschen. Dabei sagte er etwas, das ich durch das Rauschen des Wassers nicht hören konnte.

Als er den Hahn zugedreht hatte, sagte ich: »Das habe ich nicht verstanden.«

»Das D-Wort, Amigo. Gracias. Merci. Danke schön.«

»Gern geschehen.«

»Okay … nachdem wir das jetzt erledigt haben … Wie geht's Robin und der Flohquaste? Ist sie im Atelier?«

»Arbeitet an einer Mandoline.«

»Ah.«

Seine Jacke plusterte sich auf, als sein Telefon zu quaken anfing.

Moe Reeds sonst so angenehme Stimme klang hoch und gepresst. »Was Neues, Boss.«

»Für was Neues bin ich immer zu haben, Moses.«

»Ob Sie das so toll finden werden«, erwiderte Reed, »da bin ich nicht so sicher.«

»Wieso nicht?«

»Neue Knochen, Boss. Gleiche Gegend. Wieder ein Baby.«

Ein Straßenarbeiter hatte die weißen Tupfen entdeckt, bei Arbeiten an einem neuen Abwasserkanal am westlichen Ende von Cheviot Hills Park. Wild verstreut, wie Abfall, kaum vom Gestrüpp verdeckt, hätte man aus der Ferne für ausgeblichene Zweige halten können, was in Wirklichkeit eine Ansammlung winziger Skeletteile war.

Dieses Baby schien noch kleiner zu sein als jenes, das in Ruches Garten gefunden worden war. Der Schädel war nicht größer als ein Apfel. Manche der Knochen waren so dünn wie Trinkhalme, manche – die Fingerknochen – kaum dicker als ein Nähfaden.

Sie wirkten sauber, silbrig weiß und leuchteten in der Sonne.

Wie saubergemacht, dachte ich. Vielleicht sogar poliert. *Etwa präpariert?*

Der Arbeiter in seiner orangefarbenen Weste war ein großer, muskulöser Mann namens George Guzman, der sich unablässig die Tränen aus dem Gesicht wischte.

Neben ihm stand Moe Reed, einen Schreibblock in der Hand. Seine Miene verriet, dass er beständig Beistand geleistet hatte, aber nicht recht glücklich mit dieser Aufgabe war. An seiner Seite war Liz Wilkinson, mit einem Ausdruck sanfter Neugierde. Ihre Ausrüstung vor sich auf dem Boden, den weißen Kittel über dem Arm, stand sie bereit, um sich das Skelett anzusehen, musste jedoch abwarten, bis der Pathologe das Opfer für weitere Untersuchungen freigab.

Allerdings war der Pathologe noch gar nicht erschienen, ebenso wenig wie die Spurensicherung. Liz hatte trotzdem schon die Handschuhe an. Moe und sie standen so eng beieinander, dass sich ihre Hüften berührten. Es war schwer zu sagen, wer wen stützte.

Guzman blickte schniefend auf die weißen Knochen.

Reeds Mund zuckte. »Okay, danke, Sir.«

»Wofür?«

»Dass Sie uns gerufen haben.«

»Was hätte ich wohl sonst tun sollen?«, entgegnete Guzman. Er blickte noch einmal darauf. »Oh Mann.«

»Sie dürfen jetzt gehen«, sagte Reed.

Guzman erwiderte: »Klar«, rührte sich aber nicht. Reed unterstrich seine Aufforderung, indem er auf das Absperrband zeigte.

»Ja, ja«, sagte Guzman, machte einen Schritt und blieb wieder stehen. »Das werde ich nie vergessen. Wir haben gerade eins bekommen.«

»Was, Sir?«

»Ein Baby.« Das Wort kam gepresst aus seiner Kehle. »George junior. Wir haben lange auf ihn gewartet.«

»Herzlichen Glückwunsch«, sagte Milo.

Guzman sah ihn an.

»Das ist mein Chef, Lieutenant Sturgis«, stellte Reed ihn vor. »Mr Guzman hat das Skelett entdeckt. Er hat uns angerufen.«

»Ich bin immer als Erster hier«, sagte Guzman. »Seit wir mit den Arbeiten hier angefangen haben, meine ich.«

»Was sind das für Arbeiten?«, wollte Milo wissen.

»Wir sorgen dafür, dass sich das Wasser nicht sammelt und die Baumwurzeln verfaulen. Wir müssen die gesamte Gegend überprüfen, überall Proben nehmen, und falls eine Entwässerung nötig ist, die Rohre einbauen. Als das vor Jahren gemacht worden ist, wurde gepfuscht, und dann stand die Bogenschießanlage unter Wasser.«

»Und Sie müssen immer als Erster hier sein?«

»Nein, nein, ich muss nicht«, sagte Guzman, »aber meistens ist es so, ich bin zehn nach sieben bis Viertel nach sieben hier, die anderen kommen so gegen halb acht. Das kommt daher, dass ich meine Frau zur Arbeit fahre, sie ist Bedienung im Junior's in der Westwood Avenue. Ich setze sie ab, sie gibt mir noch einen Kaffee, dann fahre ich direkt hierher.«

Guzmans Augen wanderten zu den Knochen zurück. »Erst dachte ich, es wäre ein Eichhörnchen oder so was. Tote Tiere sehen wir dauernd. Dann bin ich näher hingegangen und …« Er blinzelte. »Und es ist ganz sicher menschlich?«

Alle wandten sich Liz Wilkinson zu. »Leider ja«, antwortete sie.

»Verdammt«, sagte Guzman und biss sich auf die Lippe. Seine Augen verschleierten sich.

»Vielen Dank für Ihre Hilfe, Sir. Einen schönen Tag noch«, sagte Milo.

Die Ansage war unmissverständlich, zumal Milo Guzman am Ellbogen nahm, bis sich der Hüne in Bewegung setzte. Der Mann stapfte auf das Band zu, duckte sich mühevoll darunter hindurch und ging ein paar Meter auf eine Gruppe von orangefarbenen Westen zu, die bei einem gelben Transporter der Stadt standen. Die Männer hörten zu, während ihr Kollege seine Geschichte zum Besten gab.

»Da steht aber jemand gern im Mittelpunkt. Ist Ihnen irgendwas Verdächtiges an ihm aufgefallen, Moses?«

»Eine ziemliche Heulsuse«, sagte Reed. »Aber nicht offenkundig krankhaft.«

»Lassen Sie ihn trotzdem durchs System laufen.«

»Schon erledigt, Chef. Er ist sauber.«

»Gute Arbeit, mein Junge, Sie verdienen Ihr dickes Gehalt. Irgendwelche Erkenntnisse aus anthropologischer Sicht, Liz?«

»Der Größe nach zu urteilen«, fing Liz Wilkinson an, »dürfte dieses Kind jünger sein als das erste. Die Zähne werden mir mehr Aufschluss darüber geben. Ich konnte sie nur noch nicht untersuchen, weil der Schädel mit der Vorderseite in der Erde liegt.«

»Sie können dran, sobald der Gerichtsmediziner sein Okay gibt.« Zu Reed gewandt fügte er hinzu: »Irgendwelche Neuigkeiten aus dem Leichenkeller?«

»Steckt im Verkehr fest. Eine Stunde dürfte es mindestens noch dauern, bis er hier ist.«

»Was ist mit der Spurensicherung?«

»Die sollten schon längst hier sein.«

Milo wandte sich an Liz. »Hat der Gerichtsmediziner Sie gerufen?«

»Nein.« Sie lächelte. »Das war Moe.«

Reed wand sich.

Milo lachte. »Für ein Date tun Sie alles, was, Detective Reed?«

»Ich nehme, was ich kriegen kann.«

»Das betrachte ich mal als Kompliment«, sagte Liz. »Sonstige wissenschaftliche Erkenntnisse, Dr. Wilkinson?«

»Diese Knochen sehen deutlich frischer aus als die anderen, es könnte sich also um ein Verbrechen aus jüngerer Zeit handeln. Es könnte auch sein, dass sie gereinigt oder gebleicht wurden. Soweit ich das aus der Entfernung beurteilen kann, ist keinerlei Fleisch mehr daran. Wie das möglich ist, macht mich allerdings etwas ratlos. Sowohl mechanisch – also durch Schaben – oder chemisch – durch Auskochen oder Verätzen – scheint hier nichts gemacht worden zu sein.«

»Woher wissen Sie das?«

Sie ließ Reeds Hand los und ging näher auf den Fund zu. »Verpfeifen Sie mich bitte nicht bei der Spurensicherung, Milo, aber ich habe mich gebückt und mir die Sache näher angesehen.« Sie hielt eine behandschuhte Hand hoch. »Dann habe ich die hier angezogen und einige der Knochen berührt, weil ich nicht verstehe, warum sie so frisch aussehen. Ich habe natürlich aufgepasst, dass der Tatort unverändert bleibt. Aber ich wollte sehen, wie sie auf Druck reagieren. Außerdem habe ich eine Lupe zu Hilfe genommen, konnte aber keine Spuren finden, die auf Schaben hindeuten würden, beziehungsweise trübe oder poröse Stellen, die durch ein Säurebad entstanden wären. Überdies fühlen sich die Knochen relativ stabil an, soweit das bei einem Säuglingsskelett möglich ist. Durch Kochen wären sie biegsam geworden wie Nudeln, vor allem die ganz dünnen. Es kann natürlich sein, dass es eine neue Chemikalie gibt, die so etwas kann, aber ich habe noch nichts davon gehört. Vielleicht ergibt die Analyse mehr in dieser Richtung.«

»Entbeint«, sagte Milo, »aber kein Hinweis auf ein Trauma. Vielleicht ist *das* hier ein Anatomiemodell, Liz. Irgendein geisteskranker Schlaumeier liest von dem ersten Fall und beschließt, uns mit einem Souvenir aus dem Internet einen Streich zu spielen.«

»Alles ist möglich, aber ich glaube es nicht. Aus dem gleichen Grund wie beim ersten Mal: Da müssten Löcher sein, für die Verdrahtung.«

Milo ging zu den Knochen und hockte sich daneben. Ein Buddha in einem schlecht sitzenden Anzug. »Sieht fast aus wie Plastik, so wie es schimmert.«

»Könnte es sein, dass sie mit irgendwas beschichtet wurden, das die Bearbeitungsspuren überdeckt?«, fragte ich.

»Ich habe auch schon an eine Art Lack gedacht«, erwiderte Liz, »aber der müsste wirklich superdünn sein, denn die ganz normalen anatomischen Ungleichmäßigkeiten sind noch erkennbar.«

»Rufen Sie den Gerichtsmediziner noch mal an, Moses«, sagte Milo. »Und kriegen Sie raus, wann die Spurensicherung kommt.«

Reed befolgte die Anordnung. »Halbe Stunde noch. Mindestens.«

»Na toll.«

»Ob Mord oder kranker Scherz – die Nähe zum ersten Tatort riecht verdächtig nach Trittbrettfahrer.«

Milo atmete so tief ein, dass sein Bauch hervortrat. »Zwei in Cheviot Hills. Ich kann mich gar nicht erinnern, wann wir hier zuletzt einen Mord hatten.«

»Von hier bis zum Haus der Ruches sind es keine zwei Kilometer«, warf Liz ein. »Eins Komma fünf, um genau zu sein.«

Milo lächelte. »Gehört Geografie zu Ihrer Stellenbeschreibung?«

»Sie hat es nachgemessen, weil ich sie darum gebeten habe«, sagte Reed.

»Du hast mich von zwei toten Babys abgelenkt und mir

damit einen echten Gefallen getan, Schatz.« Sie streifte die Handschuhe ab, nahm ihr Handy heraus und entfernte sich ein paar Schritte weit.

»Moe«, sagte Milo, »sobald Spusi und Leichenbeschauer hier sind, fahren wir ins Büro zurück und sehen zu, was wir über vermisste Babys finden. In der Zwischenzeit rufen Sie Sean an. Er soll die Nachbarschaft durchkämmen.«

Moe hinterließ Binchy eine Nachricht.

Liz kam zurück. »Ich habe gerade mit einem meiner alten Profs telefoniert. Er hat noch nie ein Modell ohne Drähte gesehen und weiß auch nichts über einen Lack, der da benutzt würde. Aber niemand weiß alles, deshalb bleib ich dran. Das einzig Gute daran, dass sie so frisch sind, ist, dass man höchstwahrscheinlich DNA nachweisen kann. Apropos, wie sieht es da eigentlich mit dem ersten Fall aus? Ich habe noch keinen Auftrag vom Ministerium.«

»Bereiten Sie schon mal die Papiere vor.«

Reeds Telefon klingelte. »Hey, Sean, was gibt's? … *Was?*«

Beim Zuhören klopfte er gegen den Kolben seiner Dienstwaffe. Als er den Anruf beendete, war seine Miene versteinert. »Sie werden es nicht glauben, aber es ist schon wieder was gefunden worden.«

»Noch ein Baby?« Liz' Stimme war belegt. Ihre distanzierte Wissenschaftlermaske war von ihr abgefallen wie Schorf von einer Wunde.

»Eine neue Leiche«, berichtete Reed, »weiblich, erwachsen, Schusswunde, gleich hier im Park, am Südrand.«

Milos Gesicht war reglos wie ein Gefrierhähnchen. Er winkte einen uniformierten Beamten heran. »Sorgen Sie dafür, dass außer Spurensicherung und Pathologie niemand Zutritt erhält, Officer.«

»Jawohl, Sir. Heißt das, dass Sie hier fertig sind?«

»Ganz im Gegenteil.«

12

Die Frau war Ende zwanzig bis Anfang dreißig, dunkelhaarig, mittelgroß und um Arme, Hüften und Knöchel herum ziemlich kräftig. Sie lag auf der rechten Seite, mit der Vorderseite im Schatten des Gebüschs. Ihr Kleid war knielang, hellgrün mit winzigem Paisleymuster und hatte altmodisch wirkende angeschnittene Ärmel.

Ein Bein lag auf dem anderen, fast sah sie aus, als schliefe sie friedlich. Die Kleidung war in Ordnung, die Haltung ließ nicht auf ein Sexualdelikt schließen, wobei Milo auf blasse rosa Ringe um ihre Handgelenke deutete, die möglicherweise von Fesseln stammten.

An ihrem rechten Fuß trug sie einen braunen Slipper mit Gummisohle, dessen Pendant wenige Meter weiter nördlich lag. Ihr Haar war kurz geschnitten, sodass man ihren Nacken sehen konnte. Das Einschussloch war ein rotschwarzer Minikrater unmittelbar am Atlasgelenk.

Ein einziger Schuss, nah genug, um leichte Schmauchspuren zu hinterlassen, hatte das Rückenmark durchtrennt und die Atemtätigkeit unterbrochen, die vom Hirnstamm gesteuert wird.

In der Presse wird das gern als Hinrichtungsstil bezeichnet, obwohl es alle möglichen Arten der Hinrichtung gibt. Die Wunde und die Spuren an den Handgelenken verrieten zumindest eines: Der Täter hatte nichts dem Zufall überlassen.

Die beiden uniformierten Beamten, die den Fundort bewacht hatten, berichteten, dass die Leiche von einer Joggerin entdeckt worden sei. Ihr sei der nackte Fuß aufgefallen, der sich leuchtend weiß vom Grün der Pflanzen abhob.

Milo sagte nichts dazu, dass weit und breit keine Joggerin zu sehen war, sondern schritt schweigend den Fundort ab.

Selbst wenn ihr Fuß nicht herausgestanden hätte, wäre die Frau sicher bald entdeckt worden. Dieser Teil des Parks war zwar relativ abgelegen und durch ein Eukalyptuswäldchen vom übrigen Gelände getrennt, aber durch mehrere Wege oder querfeldein über die grünen Hügel erreichbar. Der stark frequentierte Joggingpfad verlief parallel zum südlichen Rand des Parks; die Stelle, wo die Leiche lag, streifte er in unmittelbarer Nähe.

Sollte sie gefunden werden? War da ein methodisch vorgehender Mörder am Werk, der sich in Szene setzen wollte?

Milo betrachtete die Frau eingehend. Ich zwang mich, es ihm nachzutun. Ihr Mund war weit geöffnet, die Augen halb geschlossen und trüb wie die eines toten Fisches. Aus Ohren, Nase und Mund zogen sich Spuren aus verkrustetem Blut. Das und die Größe des Einschusslochs verrieten, dass eine kleinkalibrige Kugel in ihrem Kopf herumgezischt war wie eine Flipperkugel.

Keine Handtasche, kein Schmuck, kein Ausweis. Was man an nackter Haut sehen konnte, war unauffällig, keine Tattoos, Narben oder sonstigen Male.

Ich entdeckte weitere Blutspritzer auf der Erde, auf Blättern, einem Stein. Milo darauf hinzuweisen erübrigte sich, denn er kauerte bereits wie ein Silberrücken-Gorilla neben einem der größeren Flecken.

Er ging zu einer Stelle nördlich der Beine und deutete auf etwas. Da war eine unregelmäßige Reihe von Fußabdrücken, die zu der Leiche hinführten; eine zweite Reihe führte in die entgegengesetzte Richtung.

Die Abdrücke waren in beiden Fällen groß und tief, von derselben, schweren Person. Sie wiesen keinerlei Profil auf, wie man es von Sport- oder Wanderschuhen kennt; es waren nur die Umrisse von ordinären Schuhen ohne Markenzeichen, Riefen oder sonstige Besonderheiten.

Beide Spuren verschwanden, wo der Erdboden in Gras überging. Der struppige Parkrasen hatte sich vor Stunden schon wieder aufgerichtet und ließ keinen Aufschluss über die Laufwege des Mörders zu.

Milo drehte ein paar weitere Runden, schrieb etwas auf seinen Block und zeigte mir links von der Leiche ein paar Abdrücke im Gras.

Es waren leichte Dellen, als hätten dort zwei schwere Kugeln gelegen. Leicht zu übersehen, aber schwer zu ignorieren, sobald man sie einmal entdeckt hatte. Der unverwüstliche Rasen hatte vergeblich versucht, die Spur zu verwischen.

»Ihre Knie«, sagte ich.

»Einzige Erklärung«, bestätigte er. »Dann hat er sie erschossen, und sie fiel vornüber.«

»Oder sie wurde gestoßen.«

»Ihr Gesicht weist weder Schmutz- noch Stoßspuren auf.«

»Er könnte sie gewaschen haben, ehe er sie zurechtgelegt hat.«

»Du meinst, sie sieht zurechtgelegt aus? Er hat ihr nicht mal den zweiten Schuh angezogen.«

»Es war dunkel, vielleicht ist ihm das gar nicht aufgefallen.«

Er ging in die Hocke, nahm trotz des Sonnenscheins seine Taschenlampe heraus und leuchtete zwischen ihre Zähne.

Ein Opfer auf Knien konnte auf orale Vergewaltigung hindeuten.

»Irgendwas zu erkennen?«, fragte ich.

»Keine offensichtlichen Spuren von Flüssigkeit, aber ich sehe kleine weiße Fetzen an ihrem Gaumen.«

Er zeigte es mir.

»Sieht aus wie Stoff. Sie war gefesselt *und* geknebelt.«

Er winkte die Uniformträger heran. Beide waren jung, männlich, offensichtlich regelmäßige Muckibudenbesucher. Der eine hatte sandfarbene Haare und Sommersprossen, der andere einen dunklen Bürstenschnitt und Misstrauen in den braunen Augen.

»Haben Sie sich nach Hülsen umgesehen?«

»Ja, Sir, aber nichts gefunden«, antwortete Sommersprosse.

Milo ging selbst nachsehen, ließ sich Zeit dabei, kam aber mit leeren Händen zurück. Ein sorgfältiger Schütze. Oder er hatte einen Revolver benutzt.

Die Polizisten waren auf ihre Posten zurückgekehrt. Milo winkte sie wieder her. »Wer hat den Fund gemeldet?«

»Wie gesagt«, antwortete Sommersprosse. »Eine Joggerin.«

»Wo ist sie?«

Bürstenschnitt sagte: »Wir haben ihre Daten aufgenommen und sie gehen lassen. Hier, bitte, Sir.«

Milo nahm den Zettel und las. »Heather Goldfeder.«

»Sie wohnt nur ein paar Straßen von hier. Bei ihren Eltern«, erklärte Sommersprosse.

»Eine Minderjährige?«

»Weit entfernt von Volljährigkeit. Gerade achtzehn geworden letzten Monat. Sie war ziemlich traumatisiert.«

»Wer hat entschieden, sie gehen zu lassen?«

Die Polizisten sahen einander an. Bürstenschnitt sagte: »Sir, wir haben das gemeinsam entschieden. Sie ist keine eins sechzig groß und wiegt vielleicht knapp fünfzig Kilo, sie ist sicher nicht die Täterin.«

»Däumelinchen«, sagte Milo.

»Studentin am Santa Monica College. Hochgradig verstört.«

»Danke für das psychologische Profil.«

»Sir«, erklärte Bürstenschnitt, »sie hat uns gesagt, dass sie hier dreimal die Woche läuft und das Opfer noch nie gesehen hat.«

Sommersprosse fügte hinzu: »Sir, wenn es falsch war, sie gehen zu lassen, tut uns das leid. Sie war extrem aufgewühlt, und wir dachten, auf sie aufzupassen würde uns von unserer eigentlichen Aufgabe ablenken.«

»Die wäre?«

»Den Fundort abzusichern.«

Milo zog mich beiseite. »Alle halten sich für verdammte Therapeuten. Was sagst du als wahrhaftiges Exemplar zu der These, dass diese Leiche mit unserem neuen Knochenfund zusammenhängt?«

»Zwei Leichen im Park, etwa zur gleichen Zeit?«

Er nickte. »Also sind das Mommy und Baby?«

»Wenn, dann ist das Baby zuerst gestorben, Tage, Wochen oder Monate zuvor.«

»Vielleicht hat Daddy Mommy das in die Schuhe geschoben?«

»Zumindest ein guter Ansatzpunkt.«

»Andererseits, würde ein so hingebungsvoller Daddy die Knochen seines Kindes einfach wegschmeißen?«

Ich dachte darüber nach. »Vielleicht haben wir es mit einer ernsthaften psychischen Störung zu tun, die durch den Tod des Babys erst zum Vorschein gekommen ist – Paranoia zum Beispiel oder eine andere Wahnstörung. Das könnte auch erklären, warum die Knochen präpariert wurden. Er hat sie zu einer Art Anbetungsobjekt erhöht. Dazu passt auch, dass er sie im Park zurückgelassen hat, als er die Person, die in seinen Augen schuldig ist, ermordet hat. Weil sie *das* getan hat, tu ich ihr *das* an.«

»Ein Psycho, der sein eigenes Kind entbeint? Als Nächstes schnappt er sich dann eine Kalaschnikow und knallt wahllos Leute auf der Straße ab?«

»Wahnstörung heißt nicht, dass er unbedingt ein rasender Irrer sein muss«, gab ich zu bedenken. »Der Mord an der Frau sieht ganz und gar nicht nach einem Psychopathen aus; du könntest es also mit jemandem zu tun haben, der sich ziemlich gut im Griff hat.«

»Bis er die Beherrschung verliert.« Er rief Reed an und erfuhr, dass der Pathologe sich die Sache kurz angesehen, Liz die Knochen anvertraut hatte und wieder gefahren war. Die Leute von der Spurensicherung taten ihre Arbeit, hatten aber bislang noch nichts Verwertbares entdeckt.

An Bürstenschnitt und Sommersprosse gewandt sagte Milo: »Wir fahren zurück zu dem anderen Fundort. Sie bleiben hier.«

»Wie sieht es da aus?«, fragte Sommersprosse.

»Was meinen Sie?«

»An dem anderen Fundort. Im Radio hieß es, da sind auch Knochen. Von wem?«

»Von einem Toten.«

Sommersprosse zuckte zusammen.

Bürstenschnitt sagte: »Haben die Fälle etwas miteinander zu tun? Bestimmt, oder?«

Milo wippte auf seinen Absätzen. »Die Sache wird folgendermaßen ablaufen«, sagte er durch zusammengebissene Zähne. »Sie bewachen diese Stelle hier wie Ihr bestes Set Hanteln. Lassen Sie niemanden durch außer den Rechtsmediziner und sein Team; alle anderen sollen fünfzig Meter, nein, besser hundert Meter Abstand halten. Bleiben Sie hier stehen. Gehen Sie nicht weg. Beantworten Sie keine Fragen. Nie und von niemandem. Und sparen Sie sich jegliches Spekulieren.«

Bürstenschnitt straffte sich. »Sir. Wir sorgen dafür, dass alles ordnungsgemäß verläuft.«

Milo lachte erst, als wir außer Hörweite waren, und es klang nicht angenehm, sondern schneidend scharf wie ein Schuss.

Liz Wilkinson stand an der Absperrung, die die Leute von der Spurensicherung um die Fundstelle errichtet hatten. Zu dritt machten sie Fotos und füllten Asservatentüten, die sie beschrifteten. Moe Reed stand so nah dabei, dass er alles sehen konnte, aber weit genug weg, um nicht zu stören.

»Ich habe neue Details für euch«, empfing Liz sie. »Das Gesicht weist keinerlei Brüche oder sonstige Beschädigungen auf. Keine herausgebrochenen Zähne, die Zahnknospen sind noch kaum zu erkennen, ich schätze das Alter auf etwa zwei Monate. Alex, Sie hatten recht mit Ihrer These. Als ich aufstand, habe ich Bienenwachs gerochen, das hat ein ganz charakteristisches Aroma. Mein Vater sammelt alte Teedosen, die hat er immer mit Wachs poliert. Vielleicht haben wir es hier mit einer anderen Art von Sammler zu tun. Einer Art Fetischist.«

Milo gab die Theorie von dem erzürnten Vater wieder.

»Ein Vater, der die Knochen seines eigenen Kindes konserviert?« Liz sah mich an.

»Sie kennen die Standardantwort: Es gibt nichts, was es nicht gibt«, sagte ich.

»Gott, ich hoffe nicht, dass es so etwas ist. Diese letzten paar Tage haben meine professionelle Distanz ganz schön ins Wanken gebracht.«

»Könnte man unter einer Wachsschicht eventuelle Werkzeugspuren erkennen?«

»Ich denke ja, aber das werde ich unter dem Mikroskop feststellen. Ich werde außerdem alle Knochen röntgen. Vielleicht haben wir Glück, und es werden innere Schäden aufgrund von Erkrankungen oder Verletzungen erkennbar. Das Gute daran ist – Gott, klingt das furchtbar –, dass man aus frischen Kleinkindknochen relativ leicht genetisches Material isolieren kann.«

»Im Gegensatz zu dem anderen Skelett«, sagte Milo.

»Es wurde schon aus uralten Fetzen DNA gewonnen, ich bin da verhalten optimistisch.«

»Anders ausgedrückt: wie gelähmt vor Entsetzen.«

Sie lächelte. »Vielleicht auch das. Mommy und Baby sollten jedenfalls recht einfach zu bestimmen sein.«

»Gut«, sagte Milo. »Das ist Musik in meinen Ohren.«

13

Milo und ich fuhren zu seinem Büro zurück, wo er die Vermisstenanzeigen nach der Toten absuchte. Bis drei Uhr nachmittags hatte er achtundzwanzig mögliche Übereinstimmungen gefunden. Bis sechs Uhr waren sämtliche Spuren im Sand verlaufen. Eine Recherche in der landesweiten Vermisstendatenbank blieb ergebnislos, aber es gab auch noch andere Listen mit noch mehr Frauen.

Mein Handy meldete sich. Mein Telefondienst teilte mir mit, dass Holly Ruche ihren Termin abgesagt hatte.

»Hat sie gesagt, warum?«

»Nein, Doktor, aber sie klang ein bisschen angespannt. Kein guter Zeitpunkt, um abzusagen, was?«

Ich stimmte zu und aktualisierte meinen Kalender.

Milo blickte auf ein Handyfoto, das er von der Toten gemacht hatte. »Selbst wenn ihr Freund sie nicht vermisst, irgendjemandem muss sie doch fehlen. Zeit, sich an die Medien zu wenden. Und zwar als Erstes an diese Reporterin.« Er blätterte das blaue Notizbuch durch, das er eigens für die Knochenfunde angelegt hatte, bis er fand, was er suchte. »Kelly LeMasters, du bist ab jetzt meine Freundin. Und das will was heißen.«

Er wählte eine Nummer und bellte: »Sturgis! Rufen Sie mich zurück.« Momente später klingelte sein Bürotelefon.

»Das ging schnell«, bemerkte ich.

»Mein Charme hilft immer.« Er stellte auf Lautsprecher um.

Vize-Polizeichefin Maria Thomas sagte: »Wie läuft es mit den beiden Funden?«

»Wir haben gerade erst angefangen, Maria.«

»Lassen Sie hören.« Sie klang, als wäre sie nicht im Mindesten neugierig.

Er gab ihr die wichtigsten Punkte durch.

»Wie wollen Sie die erwachsene Leiche identifizieren?«

»Wie immer.«

»Das heißt?«

»Mithilfe unserer Freunde von der Presse. Ich habe gerade der Reporterin von der *Times* eine Nachricht hinterlassen.«

»Was für eine Nachricht?«

»Dass sie mich zurückrufen soll.«

»Wenn sie zurückruft«, sagte Thomas, »sagen Sie nichts.«

»Was?«

»Erwähnen Sie nichts von dem neuen Fund.«

»Warum hätte ich sie anrufen sollen, wenn ich nichts Neues habe?«

»Ihnen wird schon ein Grund einfallen.«

»Was ist los, Maria?«

»Sie kennen die Antwort.«

»Ehrlich gesagt nein.«

»Überlegen Sie mal.«

»Verfügung von ganz oben?«

»Es wurde eine verwaltungstechnische Entscheidung getroffen.«

»Warum?«

»Ich darf nicht ins Detail gehen, noch darf ich bekanntgeben, wie lange sie Bestand haben wird.«

»Bei dem ersten Knochenfund konnten Sie es gar nicht erwarten, die Presse zu informieren. Genau genommen haben Sie mich nicht einmal vorgewarnt …«

»Flexibilität«, sagte Thomas, »zeichnet gutes Management aus.«

»Was ist denn jetzt anders?«

»Nichts. Aber die Fälle sind vollkommen unterschiedlich.«

»Genau, Maria. Der erste war uralt. Aber bei diesen beiden könnte es sich durchaus lohnen, an die Öffentlichkeit zu gehen.«

»Oder auch nicht«, sagte Thomas.

»Was kann denn passieren?«

»Wie gesagt, die Fälle sind grundsätzlich voneinander verschieden. Der erste Knochenfund ist eine menschliche Tragödie, bewegend, kurios, wie immer Sie es bezeichnen wollen.«

»Sie finden ein totes Baby kurios?«

»Niemand findet ein totes Baby gut. Doch wir sind uns, glaube ich, einig, dass wir es hier nicht mit einem *ermordeten* Baby zu tun haben, sondern mit einem natürlichen Tod und einer extremen Trauerreaktion. Wir sind uns außerdem einig, dass Sie den Fall ohne Presse nie lösen können, dass die Presse diese Chance zumindest geringfügig erhöht. Wobei bislang noch kein Erfolg zu sehen ist. So viel zum Thema gute Presse für die Polizei.«

»Hat das jetzt etwas mit Öffentlichkeitsarbeit zu tun?«

»Kennen Sie die neuen Haushaltspläne des Stadtrats?«

»Solchen Schund tu ich mir nicht an.«

»Manche von uns können sich das leider nicht erlauben. Es sieht übel aus, glauben Sie mir, radikale Kürzungen, wie ich sie noch nie erlebt habe. Angesichts dessen wäre eine rührende Geschichte um ein armes kleines Baby nett gewesen.«

»Das beantwortet nicht meine erste Frage, Maria. Warum die neuen Fälle unter der Decke halten? Echte Mordfälle zu lösen würde uns in noch besserem Licht dastehen lassen.«

»Wie Sie meinen«, sagte sie. »Sie lassen jedenfalls nichts verlauten, weder der *Times* gegenüber noch irgendjemand anderem.«

»Und wie soll ich meine Leiche identifizieren, geschweige denn einen Sack voller Knochen?«

»Sah Ihre Leiche aus wie eine Obdachlose oder sonst irgendwie asozial?«, fragte Thomas.

»Nein, und genau deshalb dachte ich …«

»Genau deshalb wird jemand sie vermisst melden.«

»Ich soll also warten.«

»Sie machen Ihre Arbeit und folgen Anweisungen.«

»Wessen Geheimnisse hüten wir hier, Maria?«

»Hören Sie auf zu jammern. Manche Dinge bleiben besser ungesagt.«

»Nicht in meinem Geschäft.«

»Wir arbeiten zusammen.«

»Tatsächlich?«, sagte er.

Sie kicherte. »Das hat ja nicht lange gedauert, bis der einsame Streiter wieder in selbstgerechtem Zorn gegen Windmühlen kämpft.«

»Wer kämpft denn hier? Ich will nur …«

»Hören Sie mir zu, und hören Sie gut zu, denn ich werde es nur einmal sagen: Die Kreise, die über Ihr berufliches Wohl und Wehe bestimmen, haben den dringenden Wunsch geäußert, diesen besonderen Fall zum gegebenen Zeitpunkt diskret zu behandeln. Keine Horrorschlagzeilen, die noch mehr Psychos dazu anregen, Babyknochen zu verbuddeln. Fragen Sie Ihren Irrendoktor, er wird Ihnen dazu was erzählen können.«

»Horrorschlagzeilen sind es nur, weil das Ganze in einer Edelwohngegend stattgefunden hat. Eine Tote mit Babyknochen in Nickerson Gardens würde kein besonderes Aufsehen erregen.«

»Thema erledigt«, sagte Thomas.

Klick.

Milo drehte sich zu mir. »Du hast alles mitgehört. Es ist tatsächlich passiert.«

»Dein Argument mit der Wohngegend hat sie kalt erwischt. Darf ich?«

Ich rollte mit meinem Stuhl auf seinen Computer zu, und er wich zurück, um mir Platz zu machen.

Die Website hieß *viprealestate.net.* Binnen Sekundenbruchteilen öffnete sich der Link zu *Cheviot Hills.*

Letztes Jahr hatte Maxine Cleveland, erst kürzlich pensionierte Bezirksrätin, eine »mediterrane 13-Zimmer-Villa« mit Riesengrundstück im Forrester Drive gekauft, der »grünen Edellage von Cheviot Hills«.

Die frühere Pflichtverteidigerin hatte lange der Polizei kritisch gegenübergestanden, war dann aber zu einer treuen Anhängerin geworden, nachdem der Polizeipräsident ihre Wahl unterstützt und dessen Frau – eine ehemalige Nachrichtenmoderatorin – ein paar gezielte Benefizgalas zu ihren Gunsten organisiert hatte.

Maxine Cleveland und ihr Mann, ebenfalls Anwalt, Fachgebiet Arbeitsrecht, hatten die Villa in den Cheviot Hills bereits nach sieben Monaten wieder zum Kauf angeboten, nachdem es beide beruflich nach Washington, D. C., verschlagen hatte: sie als stellvertretende Generalstaatsanwältin, ihn als Chefberater der nationalen Behörde für Arbeitsgesundheit und -sicherheit.

Clevelands erste Aufgabe in der Hauptstadt würde es sein, einen Sonderausschuss zu leiten, der die Finanztricks von Banken untersuchte. Die Website bezweifelte, dass sie objektiv sein könne, schließlich habe sie selbst viel Geld durch die Rezession verloren, die hauptsächlich durch die faulen Immobilienkredite der Wallstreet verursacht worden sei.

»Mit zwei Leichen ganz in der Nähe des Hauses wird sich die Nachfrage in Grenzen halten«, sagte ich.

»Alles Idioten«, brummte Milo. »Okay, geh nach Hause. Bringt ja nichts, hier zu sitzen und mir beim Tippen zuzuschauen.«

Ich rutschte zur Seite, damit er wieder an sein Keyboard gelangte. Er loggte sich mit seinem Passwort in die zentrale Kriminaldatenbank ein, doch dann gefror die Bildschirmanzeige. Er fluchte.

»Was ist mit der Joggerin, Heather Goldfeder?«, fragte ich.

»Was soll mit ihr sein? Meine zwei Superhirne vor Ort haben gesagt, sie kannte das Opfer nicht.«

»Sie kannte das Opfer nicht, aber so wie die Knochen und die Leiche aussahen, war da ein Bösewicht am Werk, der sich im Park auskennt. Sie läuft regelmäßig dort, es könnte also sein, dass sie etwas oder jemanden gesehen hat, etwa einen Mann, der die Gegend auskundschaftet oder sich in der Nähe des Joggingpfades aufhält.«

Milo lockerte seine Krawatte und zog sie sich vom Hals. »Ich wollte sie besuchen, sobald ich mit den Vermisstenlisten fertig bin.«

Sein Telefon klingelte erneut. Kelly LeMasters war begeistert, dass er sich gemeldet hatte.

Statt auf sie einzugehen, hörte er nur stumm zu, während LeMasters über den ersten Knochenfund ausholte, eine zweite Handynummer durchgab und schließlich auflegte.

»Okay«, sagte er. »Dann los.«

»Wohin?«

»Zu Heather.«

»Du hast es dir anders überlegt?«

»Ich hasse es, am Computer zu sitzen.«

Er rief bei den Goldfeders an. Heathers Vater war am Apparat. Milo stellte sich vor und hörte dann eine Weile zu.

»Ja, ich weiß, das muss schwer gewesen sein, Mr Goldfeder… Doktor Goldfeder, entschuldigen Sie bitte… ja, das ist mir klar. Das ist auch der Grund, warum ich Sie anrufe. Wir haben hier einen psychologischen Experten, der in Krisensituationen…«

Kopfschüttelnd legte er auf.

»Nein?«, mutmaßte ich.

»Im Gegenteil, ein definitives Ja. ›Wird höchste Zeit, dass Sie die menschliche Seite ins Spiel bringen.‹«

»Danke, dass du mich einen Experten genannt hast.«

»Na dann, du bist dran.«

14

Am nächsten Vormittag um zehn Uhr fuhr ich vor dem Haus der Goldfeders vor, und zwar allein, weil Milo den Eindruck hatte, dass »die Psychoschiene« hier am besten funktionieren würde.

Das zweistöckige Haus im spanischen Kolonialstil lag drei Straßen vom Fundort der Frauenleiche entfernt. In der Einfahrt standen zwei weiße Toyota Prius und ein Porsche Cayenne SUV in der gleichen Farbe. Einer der beiden kleinen Hybriden hatte einen Aufkleber vom Santa Monica College auf der Heckscheibe. Das Auto war verdreckt und quoll über vor Papier, leeren Flaschen und zerknitterten Klamotten. Die anderen beiden Fahrzeuge waren makellos sauber.

Ich schritt über einen von Geranien flankierten Weg, der zu der massiven Eingangstür aus Eiche führte, hob den Messingtürklopfer in Form eines Löwenkopfes an und ließ ihn sanft gegen das Holz schlagen. Geöffnet wurde von einem Mann in grüner Chirurgenmontur, die lose an ihm herabhing, außer an seinen kräftigen Gewichtheberschultern und -oberarmen. Er war um die fünfzig, hatte lichtes Haar, ein schmales Gesicht, das der Schwerkraft anheimzufallen drohte, und einen grauen Stoppelkinnbart.

»Dr. Delaware? Howard Goldfeder.« Seine riesige Hand war vom häufigen Waschen auf der Innenseite zart und um die Nagelhaut durchscheinend rosa. Ich hatte ihn am Vorabend gegoogelt: HNO-Chirurg mit klinischer Professur. Seine Frau Arlene war Professorin in der Abteilung für Augenheilkunde.

Auf Facebook präsentierte sich Heather verpixelt, süß, mit einem Wust unzähmbarer dunkler Locken. Die Seite sah mäßig genutzt aus und hatte nur eine Handvoll Freunde. Lieblingsbeschäftigung: Laufen, Laufen, Laufen. Studiert Sport auf Lehramt am Santa Monica College.

»Doktor«, sagte ich.

»Nennen Sie mich Howard.«

»Ich bin Alex.«

»Unter den gegebenen Umständen möchte ich bei Dr. Delaware bleiben.«

»Wie sind denn die Umstände?«

»Sie sind beruflich hier, ich bin Heathers Vater. In dieser Eigenschaft würde ich gern eine Sache klären: Sind Sie hier, um meine Tochter psychologisch zu beraten, weil sie über eine Leiche gestolpert ist, oder weil Sie sie für die Polizei aushorchen wollen? Ich frage, weil ich es ein wenig seltsam fand, dass der Lieutenant Ihre Dienste von sich aus angeboten hat. Außerdem habe ich ein wenig recherchiert, und Sie scheinen gut zu sein auf Ihrem Gebiet. Warum sollte jemand mit Ihrer Qualifikation für die Polizei arbeiten? Oder gehört das zu einem Forschungsprojekt?«

»Ich arbeite mit der Polizei, nicht für die Polizei«, korrigierte ich ihn. »Und zwar, weil ich Befriedigung darin finde. Und was Ihre Hauptsorge angeht – die ich bestens nachvollziehen kann –, Lieutenant Sturgis würde sich natürlich über neue Erkenntnisse sehr freuen. Mein Schwerpunkt ist aber Heather und ihr Wohlbefinden. Wie geht es ihr?«

Howard Goldfeder musterte mich. »Ganz gut, denke ich.«

»Sie haben Zweifel?«

»Sie kann ganz schön reizbar sein. Kommen Sie rein.«

»Gibt es sonst noch etwas, das ich wissen sollte, bevor ich mit ihr rede?«

»Ich finde, sie trainiert zu viel.«

Das Wohnzimmer hatte eine Gewölbedecke; dicke Samtpolstermöbel, Wildleder und Mahagoni mit Messing bestimmten die Einrichtung. Eine geschwungene Treppe führte zu einer Galerie im ersten Stock. Geländer, Handlauf und Stufen blitzten. Die Möbel sahen aus, als würden sie kaum benutzt, sämtliche Kissen waren sauber aufgeschüttelt und in der Mitte eingedrückt wie für ein Fotoshooting. Die flachen Perserbrücken wirkten, als wären sie auf die breiten Holzdielen aufgemalt. Die zweiflügligen Fenster glänzten, das Kaminbesteck ebenfalls. Falls hier irgendwo Staub war, hielt er sich vor Angst versteckt.

Howard Goldfeder sagte: »Meine Frau ist bei der Arbeit. Sie ist Augenchirurgin. Ich werde Heather holen. Wenn Sie mich brauchen, ich bin in meinem Arbeitszimmer. Was denken Sie, wie lange es dauern wird?«

»Wahrscheinlich nicht länger als eine Stunde.«

»Das wird gehen.«

»Was hat Ihnen Heather über den Fund der Leiche erzählt?«

»Sie ist gelaufen«, berichtete Goldfeder. »So wie immer. Jeden Tag, bei jedem Wetter ist sie zwischen sieben und neun Uhr morgens unterwegs, je nach Stundenplan, und rennt ihre zehn Kilometer. Fanatisch. Manchmal rennt sie auch fünfzehn.«

»Das nenn ich konsequent.«

»Aber das ist nur das Vormittagsprogramm. Am Nachmittag läuft sie noch mal fünf bis sechs Kilometer. Das macht sie dann auf dem Campus.«

»War sie schon in der Schule so sportlich?«

»Alles andere als das. Sie hat nie irgendetwas von dem

Sportangebot der Schule in Anspruch genommen. Erst nach der Highschool fing das mit dem Sport an.« Er schürzte die Lippen. »Sie fragen sich ganz offensichtlich, ob sie nicht eine Essstörung hat – ganz ehrlich, wir glauben, nein. Sie nimmt zwar nicht viele Kalorien zu sich, außerdem ernährt sie sich vegan, und ich bin ständig an ihr dran, dass sie mehr Eisen braucht. Aber sie hat schon immer gegessen wie ein Vögelchen, und wir essen regelmäßig zusammen, sodass wir genau sehen, was sie isst. Und es gibt keinerlei Hinweise auf Bulimie. Ihre Zähne sind genauso makellos wie an dem Tag, als die Spange entfernt wurde, und ich habe ihren Elektrolythaushalt ärztlich untersuchen lassen, nur um sicherzugehen, dass ich nicht etwas übersehen habe. Okay, sie ist ziemlich mager, aber sie war schon immer so, genau wie meine Frau und ihre gesamte Familie. Die Pummel sind auf meiner Seite, deshalb muss ich auch aufpassen.«

Klopfen auf einen flachen Bauch. »Machen Sie sich's bequem.«

»Was das Auffinden der Leiche angeht …«

Goldfeder ließ seine muskulösen Schultern sinken. »Das war eine langatmige Antwort auf eine einfache Frage, was? Ich schätze, bei ihr beschäftigen mich einmalige Ereignisse wie das mit der Leiche nicht so sehr wie allgemeine Dinge. Zum Beispiel, dass sie rennt wie eine Besessene, aber für nichts anderes Interesse zeigt. Ihr Notendurchschnitt spiegelt nicht im Mindesten das, wozu sie fähig wäre. Aber deshalb ist sie auch am Santa Monica College und nicht an der UCLA.«

»Keine Lust auf Studium.«

»Sie liest auch nicht, kein Interesse – trotz allem ist sie ein tolles Mädchen. Einen Freund hatte sie auch noch nie. Ich denke, wir sollten dankbar sein, dass sie noch keinen Ärger mit Jungs hatte … aber jetzt ist sie schließlich schon auf dem College … na ja, sie erzählt nicht viel.«

»Worüber?«

»Was mit ihr los ist, mit ihren Gefühlen. Ihrem Leben. Früher war das anders, aber jetzt? Hab dich lieb, Daddy, hab dich lieb, Mommy, und zack, ist sie weg.«

»Aber ihre Stimmung ist okay.«

»Auf mich wirkt sie glücklich«, sagte Goldfeder.

»Dann legt sie Wert auf Privatsphäre.«

»Sieht so aus, aber ich frage mich trotzdem, ob sie nicht irgendwas verbirgt. Sie ist ein Einzelkind, wir haben viel in sie investiert – das klingt jetzt wahrscheinlich alles ziemlich neurotisch, vielleicht ist es das auch, ich weiß es nicht.«

»Klingt nach väterlicher Sorge.«

»Ich sollte mich wahrscheinlich einfach ein wenig zurückhalten – aber wenn Sie sie kennenlernen, können Sie selbst urteilen. Zurück zu Ihrer Frage. Sie hat nicht viel erzählt, nur dass sie gerannt ist und die Leiche gefunden hat. An Hautfarbe und Blut habe sie sofort erkennen können, dass es eine Tote war, außerdem seien schon Fliegen da gewesen. Sie meinte, die Fliegen seien das Schlimmste gewesen, das Summen der Fliegen. Ihr sei ganz schwindelig geworden, aber sie habe sich zusammengerissen, die Notrufnummer gewählt und gewartet. Im Großen und Ganzen muss ich sagen, dass ich sehr stolz bin, wie sie es gemacht hat.«

»Das können Sie auch sein.«

»Im Grunde ist sie ein klasse Mädchen … ich werde sie jetzt holen.«

Die junge Frau, die Sekunden später die Treppe herunterkam, hatte seit dem Facebook-Foto ihre Wuschelmähne gegen einen Bürstenschnitt getauscht. Ihre Gesichtszüge waren zart und symmetrisch. Ihre großen dunkelblauen Augen blickten fragend.

Sie winkte und lächelte, während sie auf dünnen Beinen

die Stufen heruntersprang, als wollte sie jedes Mal losfliegen, nur um anmutig wieder zu landen. *Tinkerbell*, dachte ich.

Ihr Vater musste sich anstrengen, um ihr Tempo zu halten.

Als sie unten ankam, küsste sie ihn auf die Wange. »Geh wieder an die Arbeit, Daddy.«

»Ich habe im Arbeitszimmer noch ein wenig Papierkram zu erledigen.«

»Ach, Daddy, lass gut sein. Er sieht nett aus. Ich brauche keinen Anstandswauwau.«

»Das will ich auch gar nicht sein, aber ich muss noch ein paar Rechnungen bezahlen.«

»Immer bestens organisiert.« Sie kicherte. »Also gut, aber dann mach wenigstens die Tür zu.«

»Das hatte ich sowieso vor.«

»Sicher.«

Howard Goldfeders Antwort verklang ungehört, während er sich über den Flur entfernte. Mit einem kurzen Blick zurück schloss er die Tür hinter sich.

»Er ist fürsorglich, weil er mich liebt«, sagte Heather und setzte sich im rechten Winkel zu mir. Sie hatte eine pludrige, ärmellose weiße Bluse an, Baumwollshorts und flache Sandalen. Ihre Glieder waren dünn, wirkten aber nicht drahtig und ausgetrocknet, wie man es von schwerer Anorexie kennt. Hübsche Zähne, ganz wie der Vater beschrieben hatte. Kein Hinweis auf Brüste, doch die Bluse war so weit, dass sich dazu nichts weiter sagen ließ.

»Also dann«, sagte sie. »Legen wir los mit der Therapie.«

Ich lachte.

»Was finden Sie so witzig?«

»Sie sind selbst ganz schön organisiert.«

»Oh, nein, glauben Sie mir, ich bin superschlampig.«

»Ihr Vater hat mir erzählt, Sie sind eine tolle Läuferin.«

»In Wahrheit hält er mich für verrückt. Meine Mutter denkt das auch, weil ich mindestens fünfhundert Kilometer im Monat laufen will oder auch mehr, wenn ich Zeit habe.«

»Beeindruckend.«

»Sie glauben beide, dass ich spinne. Als wäre ich zwanghaft oder so. Dabei haben sie mich in der Highschool dauernd genervt, ich solle Sport machen. Außerdem ist meine Mutter sechsmal die Woche im Fitnessstudio, mein Vater drei- oder viermal, und dann verletzt er sich dauernd beim Gewichteheben. Ich laufe, weil ich gut darin bin. Als ich es zum ersten Mal versucht habe, bin ich acht Kilometer gelaufen, ohne annähernd außer Puste zu geraten. Ich dachte, es würde dauern, bis man so weit ist, aber es ging total einfach. Es hat sich toll angefühlt. Es fühlt sich immer noch toll an. Wenn ich renne, ist es, als würde ich fliegen, es gibt nichts, was sich ähnlich anfühlt. Deshalb habe ich auch von Spanisch auf Sport gewechselt. Ich will Trainerin oder Fitnessberaterin werden.«

»Klingt einleuchtend.«

»Also«, sagte sie. »Worüber sollen wir reden?«

»Worüber Sie wollen.«

»Möchten Sie mit mir über gestern sprechen?«

»Wenn Sie möchten.«

»Was wollen Sie denn?«, fragte sie. »Schließlich sind Sie von der Polizei.«

»Ich bin nicht als Vertreter der Polizei hier.«

»Sondern?«

»Ich wollte sehen, wie es Ihnen geht nach den gestrigen Ereignissen.«

»Wie es mir geht? Na, bestens. Das war toll, eine Tote zu finden, würde ich am liebsten gleich morgen wiederholen.«

Sie sah auf den Teppich. »Wenn ich mit Ihnen spreche, wird mir das bei meinen Träumen helfen?«

»Sie haben Albträume?«

»Erst seit gestern. Zuerst habe ich ihr Gesicht gesehen, das verwandelte sich dann in einen Schädel. Dann habe ich Babys gesehen, haufenweise Babys, mit winzigen Gesichtchen, die mich alle ansahen, hilfesuchend. Dann verwandelten sie sich in Skelette, in einen Berg von Skeletten.«

»Babys«, sagte ich.

»Babys, die sich in Skelette verwandelten. Jemand hat mir erzählt, dass am anderen Ende vom Park ein Babyskelett gefunden wurde, das möglicherweise mit der Toten zu tun hat. Bis dahin hatte ich mich ganz gut gehalten. Aber ein Baby? Allein die Vorstellung hat mich völlig fertiggemacht.«

Sie lächelte breit und brach dann in Tränen aus.

Ich besorgte Taschentücher aus einem tadellos sauberen WC links neben der Eingangstür und wartete, bis sie sich wieder im Griff hatte.

»Wow«, sagte sie. »Ich dachte wirklich, es ginge mir gut. Anscheinend wohl doch nicht.«

»Zu weinen bedeutet nicht, dass etwas nicht mit Ihnen stimmt, Heather. Auch zu träumen ist völlig in Ordnung. Was gestern passiert ist, muss erst einmal verarbeitet werden.«

»Es ist seltsam«, sagte sie. »Dass ich sie wiedergesehen habe. Ich habe sie ja nicht gekannt, aber jetzt habe ich irgendwie das Gefühl, sie zu kennen. Als hätten wir etwas gemeinsam, weil ich sie gefunden habe. Als würde ihr Gesicht jetzt für immer in meinem Gedächtnis bleiben. Wer war sie?«

»Das wissen wir noch nicht.«

»Sie sah nett aus.« Lachen. »Wie dumm, so was zu sagen.«

»Es ist gar nicht dumm, Heather. Sie suchen nur nach Antworten wie alle anderen auch.«

Eine Zeitlang saß sie da und riss Fetzen von ihrem Taschentuch, die auf den makellosen Teppich fielen. »Da war ein Loch in ihrem Kopf. Sie wurde erschossen, nicht wahr? Ich habe die Polizisten gefragt, aber das wollten sie mir nicht sagen.«

»Ja, das stimmt«, bestätigte ich. »Wie kam denn die Sprache auf das Baby?«

»Kurz nachdem sie mit meiner Befragung fertig waren, bekam der eine einen Anruf auf seinem, wie heißt das noch, Walkie-Talkie, dann legte er auf, und die beiden begannen irgendwas untereinander zu besprechen. Sie wirkten nervös, da habe ich nachgefragt. Sie wollten es mir erst nicht erzählen, aber dann habe ich angefangen zu weinen und sie zu beschwatzen. Bei meinen Eltern funktioniert das immer. Irgendwann haben sie dann nachgegeben. War es ihr Baby?«

»Das wissen wir nicht.«

»Denken Sie nicht, dass es ihres war? Warum sollten die beiden sonst zur gleichen Zeit im Park ermordet worden sein? Es passiert nie etwas in diesem Park. Ich laufe dort seit Monaten, und das Schlimmste, was mir je passiert ist, war, dass ich einen Kojoten gesehen habe, das war ganz am Anfang. Er stand einfach da, knochig und hungrig. Als ich schrie, ist er weggerannt.«

»Das mit der Leiche war aber viel heftiger.«

»Die Fliegen«, sagte sie. »Das war so eklig. Zuerst dachte ich, da liegt so eine Gummipuppe.« Kichern. »Aber dann sah ich, dass sie nur einen Schuh anhatte, da hab ich dann näher hingesehen, der Fuß war ganz weiß, fast wie aus Plastik. Dann habe ich sie ganz gesehen. Und die Fliegen gehört.« Sie seufzte. »Irgendjemand musste sie ja finden.«

»Aber dann so ruhig zu bleiben und die Notrufnummer zu wählen, dazu gehört Geistesgegenwart.«

»Ehrlich gesagt, war mein erster Impuls, sofort wegzurennen, so schnell ich kann, aber dann dachte ich, was, wenn da noch jemand ist, der vielleicht auch mich erschießen will? Also habe ich mich kurz umgeschaut, um zu sehen, auf welchem Weg ich am schnellsten flüchten könnte. Der Park lag ganz ruhig da, und das machte alles irgendwie noch gruseliger. Ein schöner Morgen, blauer Himmel, und da liegt einfach eine Tote. Wann weiß die Polizei, wer sie ist?«

»Schwer zu sagen, Heather.«

»Echt schlimm. Also … meine Träume bedeuten nicht, dass ich einen an der Klatsche habe?«

»Ihr Gehirn nutzt den Schlaf, um Ereignisse aufzunehmen und zu verarbeiten. Und ja, es kann helfen, darüber zu sprechen. Denn Menschen müssen sich auf die eine oder andere Art ausdrücken.«

Sie hörte auf, ihr Taschentuch zu zerfleddern, und ließ die verbliebenen Fetzen auf den Boden fallen. »Ist dieses Gespräch denn vertraulich?«

»Absolut.«

»Auch den Bullen und meinen Eltern gegenüber?«

»Vollkommen.«

»Und wenn ich möchte, dass Sie jemandem etwas sagen?«

»Das liegt ganz bei Ihnen.«

»Also ich kann das bestimmen.«

»Genau.«

»Das ist … interessant.«

Sie stand auf und begann, fein säuberlich die Taschentuchreste vom Teppich zu zupfen, um sie schließlich nebenan im WC zu entsorgen. Als sie zurückkam, blieb sie stehen. »Also …«, begann sie mit verspanntem Kiefer. »Darf ich Ihnen was zu trinken anbieten?«

»Nein danke.«

»Sicher?«

»Sicher.«

»Okay … ich denke, das war's dann wohl. Danke, dass Sie gekommen sind.«

»Sie haben mich gefragt, ob unser Gespräch vertraulich sei.«

»Ja und?«

»Bislang haben Sie noch nichts gesagt, das nicht Ihre Eltern oder die Polizei sowieso schon wüssten.«

Sie wandte mir den Rücken zu. Drehte sich weiter, dann wieder zurück. Schließlich zeigte sie mir ihr verkrampftes Profil.

»Das stimmt«, sagte sie.

Ich blieb sitzen.

»Ich mag Mädchen, okay? Wie in dem Katy-Perry-Song hab ich eine geküsst und mochte mehr als nur ihren Kirsch-Lippenstift. Jetzt bin ich in eine verliebt, die mir schöne Träume schenkt.« Sie sah mich an. »Finden Sie mich seltsam?«

»Überhaupt nicht.«

»Aber meine Eltern. Und die Polizei.«

»Für Ihre Eltern kann ich nicht sprechen, aber der Polizei ist so etwas herzlich egal.«

»Es geht sowieso niemanden etwas an, Doc, nur mich und Ame… Ich will nicht, dass meine Eltern es je erfahren.«

»Das verstehe ich.«

»Aber das ist doch nicht realistisch, oder?«, sagte sie. »Ich bin doch ihr Kind.«

»Sie sind erwachsen, Heather. Was Sie Ihren Eltern erzählen, liegt ganz bei Ihnen.«

»Ha«, machte sie. »Von wegen erwachsen.«

»Rechtlich sind Sie es.«

»Wenn ich also erst nächsten Monat Geburtstag hätte, würden Sie es ihnen sagen, weil ich dann noch nicht volljährig wäre?«

»Das könnte die Sache verkomplizieren«, erwiderte ich. »Aber ich würde es ihnen sowieso nicht erzählen.«

»Warum nicht?«

»Weil das Ihre Sache ist.«

»Jetzt bin ich also erwachsen. Cool.« Kichern. »Ist nur blöd, wenn ich auf einmal alles selbst bezahlen muss.«

Sie wurde wieder ernst und fasste sich an ihr kurzes Haar. »Ich habe letzten Monat alles abgeschnitten. Am liebsten würde ich Jungs-Klamotten tragen, aber ich habe nicht den Mut dazu. Denken Sie, ich könnte Männersachen tragen, wenn ich es irgendwie süß verpacke? Sodass sie denken, es wäre bloß ein Modegag?«

»Wenn Sie nicht übertreiben, bestimmt.«

»Wie denn?«

»Meiden Sie Anzüge und Krawatten. Und auf ein Menjoubärtchen würde ich auch verzichten.«

Sie lachte. »Sie scheinen in Ordnung zu sein, aber ehrlich gesagt, glaube ich nicht, dass ich Sie brauche. Ich arbeite an der Uni schon mit einer Therapeutin. Eine echte Kampflesbe – im Vergleich zu ihr bin ich eine Super-Femme.«

»Freut mich, dass Sie jemanden gefunden haben, dem Sie vertrauen.«

»Ich bin noch nicht sicher, ob ich ihr vertraue. Aber kann schon sein. Wir werden sehen. Jedenfalls vielen Dank für Ihre Bemühungen.«

»Danke, dass Sie so offen waren.«

»Ehrlich gesagt, habe ich mich von meinen Eltern bequatschen lassen. Sie wollten unbedingt, dass ich mit Ihnen rede, weil sie meinten, dass sie endlich einmal eine Gegenleistung für ihre Steuergelder bekämen. Solange es für mich keine große Sache ist, tue ich, was sie sagen. Ist nicht böse gemeint.«

»Sie suchen sich die Kämpfe aus, denen Sie sich stellen.«

»Auf diese Art und Weise kann ich bei wichtigen Dingen tun, was ich will.«

»Klingt nach einer guten Strategie.« Die gleiche hatte ich als Kind auch. Bis zu dem Tag, als ich sechzehn wurde, mir ein altes Auto kaufte und meine Flucht aus Missouri antrat.

»Sie finden es okay, so mit ihnen zu spielen?«, fragte sie.

»Sie spielen nicht mit ihnen, Sie treffen eine Auswahl.«

»Manchmal frage ich mich, ob ich einfach ehrlich sein sollte – ich bin, wie ich bin, fertig.«

»Vielleicht sind Sie eines Tages bereit dafür.«

»Das klingt beängstigend.«

»Vielleicht auch nicht.«

Aus dem Flur drang ein Knarren. Die Tür zu Howard Goldfeders Arbeitszimmer ging auf, und er streckte den Kopf heraus.

Heather sagte: »Alles okay, Daddy.«

»Wollte nur mal sehen.«

»Danke, Daddy.«

Er rührte sich nicht.

»*Daddy.*«

Er ging zurück ins Zimmer, ließ jedoch die Tür nur angelehnt. Heather ging hinüber, zog sie zu und kam zurück. »Tun Sie mir einen Gefallen, Dr. Delaware. Sagen Sie ihm, dass ich normal aussehe. Damit er nicht denkt, ich brauche so einen Promi-Psychiater aus Beverly Hills.«

»Mach ich«, versprach ich.

»Sie denken doch nicht, dass ich einen brauche, oder?«

»Das entscheiden Sie am besten selbst.«

»Wollen Sie damit sagen, ich habe einen Knall, Sie wollen mich aber nicht vor den Kopf stoßen?«

»Keineswegs. Ich schließe aus unserem Gespräch, dass Sie sich überhaupt nicht neurotisch, sondern vollkommen normal verhalten – und dass Sie eine Therapie angefangen haben, verrät mir, dass Sie selbst ziemlich gut wissen, was Sie brauchen.«

»Was ist mit dem Laufen?«

»Klingt, als würden Sie es gern tun.«

»Ist das alles?«

»Essen Sie normal?«

»Ja.«

»Erbrechen Sie heimlich?«

»Nein.«

»Finden Sie Ihr Leben im Allgemeinen in Ordnung?«

»Ja«, sagte sie. »Sind Sie immer so überfürsorglich?«

»Ich kann keine Gedanken lesen, Heather, also muss ich mich auf das verlassen, was Sie mir erzählen und was ich sehe. Wenn es irgendein verborgenes Problem gibt, das Sie mir vorenthalten, kann es natürlich sein, dass es mir entgeht. Aber bislang haben Sie bei mir noch keinen Alarm ausgelöst.«

»Gut… reden Sie eigentlich immer gleich mit der Polizei?«

»Nicht über das, was Patienten mir anvertrauen…«

»Nein, das meine ich nicht. Ich meine bei Verbrechen. Wenn Ihnen zum Beispiel jemand was erzählt und *will*, dass Sie es der Polizei sagen, was machen Sie dann, schnappen Sie sich sofort Ihr Telefon?«

»Aber hallo.«

»Und dann kommt die Polizei?«

»Manchmal«, sagte ich. »Aber die Polizei kann niemanden zu einer Aussage zwingen. Nicht einmal einen Tatverdächtigen.«

»Wie im Fernsehen: ›Sie haben das Recht zu schweigen‹ und so weiter.«

»Genau.«

Sie nahm wieder Platz. »Okay. Ich habe etwas. Es ist

wahrscheinlich nicht wichtig, ich wollte schon anrufen, aber dann dachte ich, Blödsinn, ist sowieso nicht wichtig. Aber dann war ich mir doch wieder nicht sicher … Und da Sie jetzt schon mal hier sind …«

Sie atmete tief durch. »Das ist jetzt kein superwichtiger Hinweis, aber ich war am Abend vorher in der Nähe des Parks. Ziemlich nah an der Stelle, wo ich sie dann gefunden habe, nur außerhalb des Zauns.«

»Auf der Straße.«

»Ich hätte mir nichts weiter dabei gedacht, aber nach dem, was passiert ist … ich meine, es war einfach so nah. Nur ein paar Meter Luftlinie.«

Sie zog mit der rechten Hand an den Fingern der linken. »Ich saß mit jemandem im Auto. Meine Eltern waren auf einer Party in Newport Beach. Ich dachte, es wäre eine gute Gelegenheit für uns, mal ungestört zu, ähm … Aber dann hab ich mich doch nicht getraut, im Haus zu bleiben, und so sind wir mit dem Auto ein paar Meter gefahren. Nicht, dass wir da irgendwas angestellt hätten, wir haben uns nur unterhalten.« Sie wurde rot. »Und vielleicht ein bisschen geküsst. Es war einfach schön, zusammen zu sein. Bis ein Auto kam und ganz langsam vorbeifuhr. Es fuhr weiter, kam dann zurück und fuhr noch einmal langsam vorbei. Als würde uns jemand taxieren. Wir machten, dass wir wegkamen. Glauben Sie, dass wir in Gefahr waren?«

»Ich glaube, es war schlau, vorsichtig zu sein.«

»Ich dachte, ich sollte das der Polizei erzählen«, sagte sie. »Aber die Person, die bei mir war, darf nicht … sie hat Verpflichtungen, verstehen Sie? Und so etwas könnte alles kaputtmachen.«

»Ich verstehe.«

Sie schlug auf ihre Armlehne. »Ich versuche ja, das Richtige zu tun, aber ich muss auch auf sie Rücksicht nehmen.«

»Ich sehe da gar kein Problem, Heather.«

»Können Sie mir versprechen, dass sie nicht mit hineingezogen wird?«

»Solange sie nur das weiß, was Sie auch wissen, muss sie nicht aussagen.«

»Ich saß auf dem Fahrersitz und hatte sowieso den besseren Blick.«

»Dann sehe ich keinen Anlass, sie zu befragen.«

»Aber ich werde befragt?«

»Zumindest wird Lieutenant Sturgis anrufen und von Ihnen hören wollen, was Sie gerade mir gesagt haben, damit er ein Protokoll erstellen kann.«

»Das war's? Versprochen?«

»Versprochen.«

»Mir macht es nichts aus, ein paar Fragen zu beantworten, es geht mir nur um Amelie.«

»Soll ich das Lieutenant Sturgis so weitergeben?«

»Ich denke schon.«

»Das müssen Sie schon genau wissen.«

»Also gut, ja.«

»Können Sie zu dem Fahrzeug noch etwas sagen?«

»Es war ein SUV, mehr weiß ich nicht, ich kenne mich mit den Marken nicht aus.«

»Können Sie sich an Einzelheiten erinnern?«

»Es war nicht so einer wie der von meinem Vater, er hat einen Porsche, der dort war höher.«

»Was für eine Farbe?«

»Dunkel, genauer weiß ich es nicht.«

»Ungewöhnlich hoch? Als wäre er höhergelegt?«

»Hm«, machte sie. »Vielleicht… ja, könnte schon sein. Es hat sich definitiv angefühlt, als würde jemand auf uns herunterblicken – und er hatte richtig glänzende Felgen.«

»Haben Sie gesehen, wer darin saß?«

»Nein, es war dunkel, und ehrlich gesagt, wollten wir das gar nicht wissen, wir wollten nur weg.«

»Was hat der SUV gemacht?«

»Er ist uns jedenfalls nicht gefolgt«, sagte sie. »Vielleicht ist er in der Gegend geblieben, ich habe keine Ahnung. Was seltsam wäre, wenn am nächsten Morgen ...«

»Jemand hat den Park ausgespäht.«

»Ich meine, man kann durch den Zaun hindurchsehen, das ist nur Maschendraht. Denken Sie, ich mache aus einer Mücke einen Elefanten?«

»Einmal vorbeifahren hätte noch nichts zu bedeuten, Heather. Aber zurückkommen – das ist schon bedenklicher. Es war auf jeden Fall klug wegzufahren.«

»Oh Mann ... diese Stadt ist voller Irrer. Ich weiß nicht, ob ich je wieder einen Fuß in diesen Park setze.«

»Um welche Uhrzeit war das?«

»Spät abends«, antwortete sie. »So gegen eins. Ich weiß das, weil ich um 0.45 Uhr meine Eltern angerufen habe. Sie wollten gerade aufbrechen, und ich dachte, wir hätten noch eine halbe Stunde Zeit. Nach der Sache mit dem SUV habe ich Ame aber sofort zu ihrem Wagen gefahren und bin nach Hause.«

»Sie haben nicht zufällig das Nummernschild lesen können?«

Kopfschütteln.

»Erinnern Sie sich sonst an etwas?«

»Nein«, sagte sie. »Oh, eine Sache: Der Polizeityp darf mich gern anrufen, aber nur auf meinem Handy, nicht über Festnetz.«

Ich schrieb die Nummer auf.

Howard Goldfeder erschien aus seinem Arbeitszimmer. »Wie sieht's aus?«

»Super, Daddy.«

Er sagte: »Doktor?« Als wäre seine Tochter gar nicht da.

»Sie ist klasse«, erwiderte ich.

»Hätte ich Ihnen gleich sagen können«, gab Goldfeder zurück.

Heather verbarg ihr Lächeln vor ihm, ließ mich aber an ihrer Genugtuung teilhaben.

15

»Diese Idioten!«, fluchte Milo. »Plaudern Informationen an eine Zeugin aus und lassen sie laufen, bevor ich mit ihr reden konnte.«

»Die Redseligkeit könnte sich für dich noch auszahlen«, wandte ich ein. »Mit solchen Superprofis lassen sich Geheimnisse nur schwer bewahren. Vielleicht erfährst du auf diese Art mehr darüber, wie die Cleveland die Polizei unter Druck setzen wollte. Hast du schon mal mit dieser Reporterin gesprochen?«

»Wir verpassen uns ständig, zwinker, zwinker. Aber bislang hat noch niemand mein Opfer vermisst.«

»Vielleicht ist sie noch nicht lange genug verschwunden.«

»Immer optimistisch, der Mann«, sagte er. »Die vorläufige Analyse vom Pathologen ist da. Sie hatte ein gut versorgtes Gebiss, die Zähne waren wahrscheinlich reguliert. Ihr Blut ist sauber, kein Alkohol, keine Drogen, keine Erkrankungen, ihr Körper weist keine Nadelspuren, Narben, Tattoos oder sonstige Symptome einer marginalen Existenz auf. Dr. Rosenblatt meint, sie sieht nicht aus wie jemand, der auf diesem Tisch enden sollte. Ja, ich weiß, dass das nicht politisch korrekt ist, aber was wahr ist, darf man sagen, oder?« Er schlug die Faust in seine Handfläche. »Jemand muss doch nach ihr suchen.«

Er verschlang einen großen Bissen von dem Eierbagel, den ich gerade abgelehnt hatte. An seinem Computer lehnte eine große Tüte, die ursprünglich ein Dutzend gemischte Bagels enthalten hatte. Die Krümel des Jalapeño- und des

Zwiebelbagels, die er schon verspeist hatte, lagen quer über seinen Schreibtisch verstreut. »Was LeMasters angeht, kann ich nicht mehr tun, als mich einfach nicht zu melden. Aber wenn doch was nach draußen dringt, ist auch klar, wem das in die Schuhe geschoben werden wird.«

»Soll ich sie anrufen?«

»Oh ja, das wäre so richtig unauffällig. Also – Klein Heather und ihre Freundin hatten Angst vor einem dunklen SUV – kein Porsche, kein Nummernschild, keine Beschreibung des Fahrers. Das beschränkt den Kreis auf etwa die Hälfte aller Fahrzeuge auf der Westside.«

»Aber selbst ohne weitere Informationen ist das doch interessant, oder?«

»Jemand, der den Park auskundschaftet? Aber hallo.«

Der restliche Eierbagel verschwand in seinem Mund. Er spülte ihn mit kaltem Kaffee aus dem benachbarten Großraumbüro hinunter. Wir saßen in seiner Minikemenate, in der es stickig und drückend war. Ich war kurz vor zwölf gekommen, weil er mich am Morgen um ein Treffen gebeten hatte. Er hatte nervös geklungen. Seit einer Viertelstunde saß ich jetzt hier und hatte immer noch keine Vorstellung davon, was er eigentlich von mir wollte.

Er wischte die Krümel in den Papierkorb. »Wenn jemand einmal vorbeifährt, dann hat das nicht viel zu bedeuten, aber ein zweites Mal zurückzukommen, das klingt durchaus verdächtig. Verdächtig heißt aber auch noch nicht, dass es etwas mit unseren Morden zu tun hat. Um diese Uhrzeit sind da jede Menge zwielichtige Gestalten unterwegs. Außerdem, sich so offen zu zeigen, das passt nicht zu einem Täter, der seine Patronenhülsen aufsammelt und auch sonst keine echten Spuren hinterlässt.«

»Oder er hat einen Revolver benutzt und einfach Glück gehabt.«

»Okay«, sagte er, »man soll immer das Positive sehen. Das könnte natürlich so gewesen sein, aber insgesamt sieht alles ziemlich gut durchgeplant aus, das hast du selbst gesagt. Ob sich jemand, der minutiös einen Mord plant, am Vorabend vor ein paar schreckhaften Mädels zeigen würde?«

»Stimmt«, räumte ich ein.

»Tu doch so was nicht.«

»Was denn?«

»Widerspruchslos zustimmen. Da bekomme ich Angst.«

»Nur wer die Angst überwindet, ist wahrhaft mutig. «

Er streckte sich grinsend, strich sich eine strähnige schwarze Locke aus der narbigen Stirn und rutschte so tief nach unten, wie der Stuhl es zuließ. »Der Kerl ist ein Exhibitionist, oder? Zeigt sein Werk: Schaut her, wie clever ich bin. Und freut sich dabei einen Ast.«

»Vielleicht will er angeben«, sagte ich. »Es kann aber auch sein, dass seine Botschaft subtiler ist. Etwas, das seinem Denkschema entspringt.«

»Er hat einen Dachschaden?«

»Keinen, der ihn davon abhält, ein normales Leben zu führen, aber in seinem Hirn geht es wahrscheinlich wild zu. Auf jeden Fall dürfte sein Motiv persönlicher Natur sein, was auch immer es genau ist.«

»Eine Frau und ein Kind, also eine Familiengeschichte? Ja, darüber haben wir schon gesprochen, aber ich habe da so meine Zweifel, Alex. Ich kann mir einfach nicht vorstellen, dass ein Vater die Knochen seines eigenen Kindes präpariert und dann in der Gegend verstreut wie Abfall. Apropos, Liz Wilkinson hat mich angerufen, kurz bevor du kamst, und war ganz fertig mit den Nerven: Es gibt offenbar eine Technik, um Knochen zu präparieren, die ihr entgangen war.«

Er zog zwei Blatt Papier aus seinem Drucker. Das eine

zeigte zwei Fotos, links ein Dutzend kleine, schimmernde, braune Insekten, rechts eine Art stachelige Raupe.

Das zweite Blatt enthielt eine Bestellung bei einer Laborzubehörfirma in Chicago über »hochwertige, milbenfreie Speckkäfer«.

»Fleischfressende Käfer?«, fragte ich.

»Fleisch, Haare, Wollteppiche, sämtliche Tierprodukte, egal ob nass, trocken oder irgendwas dazwischen. Nur keine Knochen und Zähne, weil die Kiefer der kleinen Biester nicht so stark sind. Die ausgewachsenen Tiere knabbern ein bisschen, aber die Larven – die mit den Haaren – sind die echten Vielfraße. Die können binnen vierundzwanzig Stunden einen kompletten Schädel kahlfressen, ohne den Knochen im Geringsten zu beschädigen. Genau deshalb werden sie gern von Tierpräparatoren und Museen eingesetzt, um Präparate aufzupolieren. Liz war am Boden zerstört. Sie meinte, zwei Babys hintereinander hätten ihr Urteilsvermögen getrübt.«

Er schwang seine Füße auf den Schreibtisch. »Weckt der Einsatz von Knabberkrabblern irgendwelche Assoziationen bei dir?«

»Erst die Käfer drauf ansetzen, dann mit Wachs polieren? Das klingt allmählich nach einem Ritual.«

»Käfer und *Bienen*wachs«, verbesserte er. »Vielleicht sollte ich nach einem geisteskranken Insektenforscher suchen.«

»Oder nach einem dieser Typen, die Schädel über ihrem Kamin aufhängen. Ihr Ausweis war weg, ebenso ihr Schmuck, falls sie welchen getragen hat.«

»Trophäen.«

»Ja, aber vielleicht nicht, weil er so ein Sex-Sadist ist, der sich an Souvenirs aufgeilt«, sagte ich. »In diesem Fall hätte er auf jeden Fall ein paar Knochen mitgenommen. Familie hin oder her, die Geschichte hat private Hintergründe. Lassen sich die Käufer dieser Käfer zurückverfolgen?«

»Das wär schön«, erwiderte er. »Aber die sind legal und unterliegen keinen Schutzbestimmungen wie etwa giftige Substanzen, das heißt, dass jeder sie kaufen darf. Keine Chance, dass ich eine so umfassende gerichtliche Verfügung bekomme.«

»Du könntest die Suche einengen«, schlug ich vor.

»Wie denn?«

»Sag deinen zwei Superhirnen, sie dürfen auf keinen Fall etwas durchsickern lassen, dann lehn dich zurück, und warte auf Hinweise.«

Er lachte, bis ihn ein Hustenanfall überkam. Als er sich erholt hatte, sagte er: »Und wie passt das erste Skelett ins Bild – wenn es überhaupt einen Zusammenhang gibt?«

»Die Presseberichte könnten unseren Bösewicht inspiriert haben, seine Knochen in der Nähe zu entsorgen.«

»Und noch in derselben Nacht die Frau zu erschießen und dort abzuladen. Was soll das sein? Hat ihm der Himmel eine Botschaft gesendet? Höre, es ist Zeit, den Abfall rauszubringen?«

»Oder die Presse hat ihm einen Ausweg aufgezeigt. Vielleicht hat er schon länger versucht, seine Kunst an den Knochen zu perfektionieren. Und es hat nicht geklappt. Oder es hat geklappt. Jedenfalls hatte er keine Verwendung mehr dafür.«

»Ich glaube immer noch nicht, dass ein Vater seinem eigenen Kind so etwas antun könnte.«

»Wir könnten es mit einem Stiefvater oder dem neuen Freund der Mutter zu tun haben. Vielleicht mit jemandem, der sich für den Erzeuger hielt, bis er eines Besseren belehrt wurde, und dann ausflippte. Infantizid ist unter Primaten durchaus gängig, und wir sind auch Primaten. Eines der häufigsten Motive ist, dass das Männchen den Nachwuchs eines anderen Männchens loswerden will. Unser Täter hat vielleicht geglaubt, dass es seine Probleme lösen würde, wenn dieses Baby nicht existierte, dann könnte er ihr vergeben, und alles würde gut. Als das nicht eintraf, musste er sie auch loswerden. Und als krönenden Abschluss hat er sie dann so zur Schau gestellt: Seht her, ich bin wieder Herr über mein Schicksal. Indem er sie nicht weit voneinander ablegte, hat er klargemacht, dass sie zusammengehören: Sie hat das getan, und deshalb musste sie sterben.«

»Und warum hat er sie dann nicht zusammen an derselben Stelle abgelegt?«

»Weiß ich nicht«, sagte ich.

»Dann versuch's mal mit Raten.«

»Indem er seine Opfer an den entgegengesetzten Enden des Parks ablegt, beansprucht er gewissermaßen das ganze Gelände. Vielleicht überinterpretiere ich das auch, und es hatte ganz praktische Gründe; er wurde zum Beispiel von etwas abgelenkt oder gewarnt.«

»Du bist ziemlich schnell im Raten.«

»Das hat mir schon früher in der Schule immer Ärger eingebracht.«

»Ich dachte, du wärst ein Einserschüler gewesen.«

»Das hat die Lehrer nur umso mehr auf die Palme gebracht.«

Diesmal konnte er seinen Lachanfall hustenfrei auskosten. »Stiefvater find ich gut. Aber wie kommt Mommy damit klar, was er mit den Knochen treibt?«

»Wer sagt, dass Mommy davon wusste?«

»An einem Tag hat sie ein Baby, am nächsten ist es weg?«

»Und wenn er sie zur Adoption gezwungen hat? Als Bedingung dafür, dass er bei ihr bleibt. Er erzählt ihr, dass er sich darum kümmert, und das macht er dann auch, auf grausame Weise. Selbst wenn sie einen Verdacht hatte, war sie möglicherweise zu passiv, zu schuldbewusst oder zu ängstlich, um etwas zu unternehmen. Als ich noch im Krankenhaus gearbeitet habe, hatten wir immer wieder Fälle, bei denen die Mütter tatenlos zusahen, wie Stiefväter und Liebhaber schreckliche Dinge mit ihren Kindern anstellten, einschließlich Quälen und Töten. Irgendwas Neues zur DNA?«

»Maria Thomas hat mir vor einer Stunde gemailt, dass sie die Analyse vorziehen lassen konnte. Als müsste ich dankbar dafür sein, dass sie mich meinen Job machen lässt. Eine Standarduntersuchung ist in ein paar Tagen gemacht, aber genauere Analysen können länger dauern.«

Er nahm eine kalte Zigarre und klemmte sie zwischen seine Zeigefingerspitzen. »Hast du nicht irgendwann mal genug von dem Müll, den ich dir dauernd rüberschiebe?«

»Nein. So bleibt das Leben spannend.«

»Aha.«

»Was sollte die Frage?«

»Wollte nur mal wissen.« Er stand auf, öffnete die Bürotür und blickte auf den Flur hinaus. Den Rücken zu mir gewandt fragte er: »Was ist mit Robin? Kommt sie damit zurecht?«

Nach all den Jahren fragte er mich das zum ersten Mal.

»Robin hat kein Problem damit.«

»Und die Flohquaste?«

»Superzufrieden. Genau wie die Fische. Was ist los?«

Langes Schweigen.

Dann: »Was du für mich getan hast… werde ich dir nie vergessen.«

Das klang mehr nach Drohung als nach Dankbarkeit.

Ich sagte: »Vergessen wir nicht, wie oft du mir den Hintern gerettet hast.«

»Olle Kamellen.«

»Irgendwann ist alles eine olle Kamelle.«
»Und wir sterben.«
»Das auch, ja.«
Wir lachten beide. Was hätten wir auch sonst tun sollen.

16

Die neuen Morde hatten das erste Skelett von Milos Radar verdrängt, doch ich musste immer noch an das Baby in der blauen Kiste denken. Auch Salome Greiners Nervosität, als ich sie nach dem Arzt mit dem Duesenberg fragte, ging mir nicht aus dem Kopf.

Die Kfz-Zulassungsstelle archivierte alte Fahrzeugpapiere nicht, aber so ein seltener Oldtimer sollte trotzdem nicht schwer zu finden sein.

Zu Hause angekommen ging ich sofort in mein Arbeitszimmer. Der Auburn Cord Duesenberg Club in Indiana hatte ein Museum, einen Onlineshop und ein aktives Mitgliederforum.

Eine gut gelaunte weibliche Stimme war am Telefon. Ich nannte ihr den Grund meines Anrufs, woraufhin sie fragte: »Sie rufen aus Kalifornien an?«

»Los Angeles.«

»Dann lebt der führende Duesenberg-Experte ganz in Ihrer Nähe – in Huntington Beach.«

»Wie ist sein Name?«

»Andrew Zeiman. Er ist ein Meister im Restaurieren richtiger Autos. Ich gebe Ihnen die Nummer seiner Werkstatt durch.«

»Danke, das ist sehr nett.«

»War denn ein Duesie an einem Verbrechen beteiligt?«

»Nein«, erwiderte ich, »aber er könnte Hinweise zu einem Verbrechen liefern.«

»Wie schade. Früher fuhren noch echte Typen Duesenbergs – Al Capone, Father Divine oder William Hearst –, aber heutzutage sind es zumeist harmlose Leute mit genügend Kleingeld und gutem Geschmack. Das wird auf die Dauer richtig langweilig. Viel Glück.«

Eine abgehackte Stimme meldete sich: »Andy Zeiman.«

Ich setzte zu einer Erklärung an, aber er sagte: »Marcy vom Duesenberg Club hat schon angerufen. Sie wollen einen SJ finden im Zusammenhang mit polizeilichen Ermittlungen.«

Eine Feststellung, keine Frage. Von Nervosität keine Spur.

»Wenn das möglich ist.«

»Alles ist möglich. Baujahr und Modell?«

»Man hat uns gesagt, dass es ein 38er SJ war, blau in blau.«

»SJ wegen der außenliegenden Krümmer? Das Problem ist, dass man an jedes Modell solche Stutzen dranbauen kann. Echte SJs sind sehr selten.«

»Aber sind nicht alle Duesenbergs?«

»Alles ist relativ. Insgesamt wurden vierhunderteinundachtzig Duesenbergs produziert, weniger als zehn Prozent davon sind SJs. Die meisten davon wurden bis 1932 an die Ostküste verkauft, bevor der Trend hier herüberschwappte, wo die Leute Geld hatten und auffallen wollten.«

»Hollywood.«

»Clark Gable, Gary Cooper, Greta Garbo, Mae West, Tyrone Power. Und so weiter.«

»Fangen wir doch mit den echten SJs an. Gibt es eine Liste der ursprünglichen Besitzer?«

»Natürlich.«

»Wo kann ich die finden?«

»Bei mir«, sagte Zeiman. »In welchem Jahr hat denn Ihr Zeuge den vermeintlichen SJ gesehen?«

»Um 1950 herum.«

»Dann war der Wagen rund zwölf Jahre alt, also höchstwahrscheinlich umlackiert, sodass die Farbe kein verlässlicher Hinweis ist. Es war außerdem durchaus üblich, neue Karosserien auf alte Chassis zu setzen. Wie einen maßgeschneiderten Anzug.«

»Vielleicht hilft es weiter, zu wissen, dass der Besitzer möglicherweise Arzt war.«

»Geben Sie mir Ihre Nummer. Wenn ich was finde, rufe ich Sie an.«

Sieben Minuten später klingelte mein Telefon. »Kann sein, dass Sie Glück haben«, sagte Zeiman. »Ich habe hier einen blau-blauen Dual Cowl Phaeton mit Murphy-Karosserie, später umgebaut von Bohnman und Schwartz, Karosseriebauer aus Los Angeles.«

»Der Wagen kam schon von der Westküste?«

»Genau. Walter Asherwood hielt ihn bis 1943, dann wurde er auf Dr. James Asherwood überschrieben. Nichts sonst in der Liste passt. Es war also entweder dieser Wagen, oder Ihr Zeuge hat keinen echten SJ gesehen.«

»Wo haben die Asherwoods gewohnt?«

»Die Adresse kann ich Ihnen nicht geben, weil die Familie meines Wissens dort immer noch lebt und wir Wert auf Privatsphäre legen.«

»Können Sie mir denn ungefähr die Gegend nennen?«

»Los Angeles.«

»Pasadena?«

»Mehr sag ich nicht«, erwiderte Zeiman. »Sie haben einen Namen, das sollte genügen.«

»Also gut«, lenkte ich ein. »Können Sie mir sagen, wem der Wagen heute gehört?«

»Einem unserer Mitglieder.«

»Hat er oder sie ihn von Dr. Asherwood gekauft?«

»Es hat eine ganze Reihe von Besitzern gegeben. So viel kann ich Ihnen verraten. Wozu brauchen Sie überhaupt den aktuellen Besitzer?«

»Wir versuchen, die Mutter eines toten Babys zu finden.«

»Was?«

»Der Wagen wurde vor dem Haus gesehen, in dessen Garten vor Jahrzehnten ein Säugling begraben wurde. Die Überreste wurden jetzt geborgen.«

»Ein totes Baby?«, sagte Zeiman. »Dann geht es um Mord.«

»Nicht unbedingt.«

»Kapier ich nicht, entweder ist es Mord oder nicht.«

»Kommt auf die Todesursache an.«

»Moment«, sagte er. »Meine Frau hat erwähnt, dass sie das in den Nachrichten gesehen hat. Sie hat geweint. Also gut, ich telefoniere ein bisschen herum.«

»Danke für Ihre Hilfe.«

»Das ist auf jeden Fall die spannendste Anfrage seit zwei Monaten.«

»Was war denn vor zwei Monaten?«

»Da kam so ein verschlagener orientalischer Typ hier herein und wollte, dass ich ihm aus alten Teilen ein Frankencar baue, das er dann irgendeinem Scheich in Dubai als echt verticken kann. Ich sagte ›Nein danke‹ und rief die Polizei, die mir aber erklärte, dass die Absicht allein noch kein Verbrechen sei und sie leider nichts tun könnten. Danach habe ich es beim FBI versucht, aber die haben mich nicht mal zurückgerufen. Zumindest machen Sie Ihre Arbeit. Deshalb helfe ich Ihnen.«

Es dauerte über eine Stunde, bis Zeiman wieder anrief. Bis dahin war ich auch schon ein Stück weitergekommen.

Die Suche nach *38 duesenberg dual cowl phaeton murphy*

ergab drei Möglichkeiten. Die erste war ein Wrack, das in Monterey versteigert wurde. Das einstmals blinkende Meisterstück war in Greenwich, Connecticut, achtlos in einem Schuppen untergestellt gewesen und 1972 einem Brand zum Opfer gefallen. Mit verrottetem Motor, demolierter Karosserie, grassierendem Rost und einer gebrochenen Achse wurde der Wagen als »restaurierbar für Showzwecke« angepriesen und sollte zwischen sechs- und achthunderttausend Dollar erzielen. Der Auktionskatalog beschrieb zwar, dass der Wagen eine Zeitlang in Kalifornien zugelassen war, auf eine Mrs Helen Bracken aus Hillsborough, doch unter den nachfolgenden Besitzern waren weder ein Walter noch ein James Asherwood, und die Originallackierung, die trotz der Brandschäden zu erkennen war, war Bordeaux/Scharlachrot.

Kandidat Nummer zwei, ein Prachtstück in Schwarz, das auf Amelia Island, Florida, unter den Hammer kommen sollte, hatte ein behütetes Leben mit zahlreichen Preisen hinter sich. Die fünf Vorbesitzer stammten aus New York, Toronto, Savannah, Miami und Fishers Island.

Nummer drei schien ein Treffer zu sein: Der blinkende Bolide hatte vor zehn Jahren den Concourse d'Elégance in Pebble Beach, Kalifornien, gewonnen, nachdem er von Andrew O. Zeiman generalüberholt worden war.

Im Text zur Preisverleihung hieß es, man habe Wert darauf gelegt, die Originalfarben Himmelblau und Azur zu verwenden sowie »den exakten Türkiston des Verdecks, das sich optisch am Original orientiert, jedoch durch moderne Materialien ersetzt wurde«.

Die stolzen Besitzer waren Mr und Mrs F. Walker Monahan aus Beverly Hills, Kalifornien. Auf einem Siegerfoto waren sie zu sehen, Mitte sechzig, wie aus dem Ei gepellt, in Gesellschaft eines stämmigen Mannes mit weißem Bart.

Andrew Zeiman trug ebenso wie Mr Monahan einen dunkelblauen Blazer, gestärkte Baumwollhosen sowie Krawatte und Strohhut.

Ich hatte meine Augen auf Zeiman gerichtet, als das Telefon klingelte. »Hier ist noch mal Andy.« Eine Art Lowtech-Skypen. »Sie müssen ein Glückspilz sein. Vielleicht sollten wir zusammen Blackjack spielen gehen.«

»Wenn dieser Fall aufgeklärt ist, könnte ich Sie glatt beim Wort nehmen.«

»Die aktuellen Besitzer sind damit einverstanden, mit Ihnen zu reden. Es sind anständige Leute.«

»Erinnern sich die Herrschaften an die Asherwoods?«

»Fragen Sie sie selbst«, sagte Zeiman.

17

Es ist generell empfehlenswert, sich über Personen zu informieren, bevor man ihnen Tand verkauft, betrügerische Geschäfte mit ihnen macht oder sie einer Psychotherapie unterziehen will.

Oder wenn man sie als Zeugen befragen will. Bevor ich also Kontakt zu den Monahans aus Beverly Hills aufnahm, suchte ich sie erst einmal im Internet.

Monsieur saß im Vorstand zweier Banken, Madame, die mit Vornamen Grace hieß, hielt zwei ähnliche Posten im Getty Center, in der Huntington Library und im Ehrenamtskomitee des Western Pediatric Medical Center.

Die Verbindung zum Kinderkrankenhaus konnte bedeuten, dass sie Dr. James Asherwood kannte.

Als ich seinen Namen eingab, erschien als einziger Treffer ein zwölf Jahre alter Nachruf aus der *Los Angeles Times*.

Dr. James Walter Asherwood war im Alter von neunundachtzig in seinem Haus in La Canada-Flintridge eines natürlichen Todes gestorben. Er war also um die vierzig gewesen zu der Zeit, als Ellie Green in Cheviot Hills gewohnt hatte. Ein geeignetes Alter für eine Geliebte und ungewollte Vaterschaft.

Zu Asherwoods Biografie war nicht viel vermerkt. Er habe in Stanford studiert, als Gynäkologe und Geburtshelfer gearbeitet und sich schließlich »aus der Medizin zurückgezogen, um sich Sport und Mäzenatentum zu widmen«.

Die *Times* hatte schon seit einiger Zeit keinen Anzeigenteil mehr, und für einen Nachruf genügte es nicht, einfach nur reich und berühmt zu sein. Asherwoods Leben rechtfertigte das journalistische Interesse nicht, sein Tod schon: »Zeit seines Lebens Junggeselle, hat Asherwood immer wieder erklärt, dass er seinen Nachlass einem guten Zweck zukommen lassen werde. Das Versprechen hat er gehalten.«

Im letzten Absatz war aufgelistet, wer von Asherwoods Großmut profitiert hatte, darunter mehrere staatliche Schulen in der Innenstadt, denen er einen Hangar voller Oldtimer vermacht hatte. Das Western Pediatrics war dabei, doch anders als bei der Krebsgesellschaft, dem Naturschutzverein Save the Bay und einer Schule für Krankenschwestern war dem Krankenhaus kein genauer Betrag zugeordnet.

Kam die Sympathie für die Krankenschwestern daher, dass er eine näher gekannt hatte?

Hatte er als Frauenarzt illegale Abtreibungen vorgenommen?

Und dass er zeit seines Lebens Junggeselle geblieben war, hieß noch nicht, dass er keine Frauen gehabt hatte. Oder Kinder.

Vom Arzt zum Mäzen. Wer viel Geld hat, kann sich alles kaufen, auch Schweigen.

Aber wozu spekulieren. Ich rief die Monahans an.

Eine wunderbare, volltönende weibliche Stimme sagte: »Guten Abend, Doktor, hier ist Grace. Andy hat uns schon Bescheid gesagt, dass Sie sich melden würden.«

Sie schien sich nicht zu wundern, dass ein Psychologe anrief, um im Namen der Polizei Fragen zu stellen. »Danke, dass Sie sich mit mir unterhalten wollen, Mrs Monahan.«

»Das ist doch selbstverständlich.« Als wäre es unpatriotisch, nicht zu helfen. »Wann möchten Sie denn vorbeikommen?«

»Wir können uns auch am Telefon unterhalten.«

»Über Autos?« Ihr Lachen war leise, schnurrend, irgendwie beruhigend.

»Über ein Auto, das einmal Dr. James Asherwood gehört hat.«

»Ah, Blue Belle«, sagte sie. »Sie wissen, dass wir es verkauft haben.«

»Nein.«

»Oh ja, vor einem Monat. Es wird in einigen Wochen überführt. Nach dem Wettbewerb in Pebble Beach wurden wir mit Angeboten überschüttet, aber erst jetzt, Jahre später, konnten wir uns zu einem Verkauf durchringen. Nicht ohne Bauchgrimmen, aber es wurde Zeit, dass jemand anders Freude daran hat.«

»Wohin haben Sie es denn verkauft?«

»Nach Texas, der Käufer ist im Gasgeschäft, ein feiner Mann, den wir im Rahmen des Wettbewerbs kennengelernt haben. Er wird das Prachtstück hegen und pflegen und mit Respekt fahren. Es ist eine Lösung, von der wir alle profitieren.«

»Herzlichen Glückwunsch.«

»Der Wagen wird uns fehlen«, sagte Grace Monahan. »Er war schon etwas Besonderes.«

»Das glaube ich gern.«

»Wenn Sie ihn bewundern möchten, bevor er weg ist, können wir das einrichten.«

»Danke für das Angebot«, sagte ich. »Ich würde gern ein wenig über Dr. Asherwood sprechen, wenn Sie nichts dagegen haben.«

»Was möchten Sie denn wissen?«

»Was auch immer Sie mir über ihn erzählen können. Vielleicht kennen Sie ja auch eine Bekannte von ihm namens Eleanor Green.«

»Nun«, sagte sie, »solche persönlichen Dinge sollten wir doch lieber persönlich besprechen, finden Sie nicht? Kommen Sie doch morgen Vormittag gegen elf hier vorbei. Wo wohnen Sie denn?«

»In Beverly Glen.«

»Das ist nicht weit von uns. Hier ist die Adresse.«

»Vielen Dank, Mrs Monahan.«

»Keine Ursache.«

Vorstandsmitglieder, die einen Millionen-Dollar-Edel-Oldtimer besaßen, hätte ich in einer der exklusivsten Wohngegenden von Beverly Hills vermutet; in einer Villa am nördlichen Beginn der Anhöhe oder eines der Riesenanwesen in den Hügeln oberhalb des Sunset Boulevards.

Die Adresse, die Grace Monahan mir gegeben hatte, war am South Rodeo Drive, in einer hübschen, aber relativ bescheidenen Gegend, weit entfernt von der hyperglamourösen Luxus-Shoppingmeile, die Touristen in Scharen anzieht.

Das Haus war genau wie die umliegende Bebauung ein unscheinbares, zweistöckiges Mehrfamilienhaus in einer Art Kolonialstil, überragt von dem protzigen weißen Marmorblock am Wilshire Boulevard, in dem Saks Fifth Avenue zu Hause ist.

Monahan: 2A. Ein ehemals wohlhabendes Paar, das schwere Zeiten durchgemacht hatte? Der wahre Grund für den Verkauf des Duesenbergs?

Ich erklomm weiß gestrichene Betonstufen, die zu einem engen Treppenabsatz führten, von dem drei Wohnungstüren abgingen. Die Holztür zu 2A stand offen, doch das Fliegengitter war geschlossen. Mangels Diele blickte man direkt in ein schummriges Wohnzimmer mit niedriger Decke. Musik und Kaffeearoma drangen durch die Netzbespannung. Auf dem plüschigen Blumensofa saßen zwei Personen. Die Frau stand auf und öffnete das Gitter.

»Doktor? Ich bin Grace.«

Grace Monahan war knapp eins siebzig groß und trug einen pfirsichfarbenen Samtanzug, Ballerinas mit Spangen und massiven Goldschmuck. Ihr Haar hatte einen leichten Hennaton und fiel ihr dicht und glatt bis auf die Schulterblätter herab. Sie war dezent geschminkt, was ihre großen, klaren braunen Augen zur Geltung brachte. Das Foto von Pebble Beach stammte von vor zehn Jahren, doch sie war nicht wesentlich gealtert. Und dabei hatte sie nicht künstlich nachgeholfen – Krähenfüßchen und Lachfältchen waren da zuhauf, ebenso das unvermeidliche Nachlassen der Spannkraft, das ein Gesicht in den Siebzigern entweder weicher oder verschwommen aussehen lässt, je nach Selbstwertgefühl.

Grace Monahans strahlendes Lächeln sagte mir, dass sie ihr Leben genoss. Ganz offensichtlich war sie eine dieser Frauen, die als Schönheit geboren werden und nie dem Jugendwahn verfallen.

Sie nahm mich bei der Hand und zog mich nach drinnen. »Kommen Sie herein. Wie wär's mit einem Kaffee? Wir beziehen unseren aus Santa Fe, er ist mit Pinienkernen aromatisiert. Das müssen Sie unbedingt probieren.«

»Ich habe diesen Kaffee schon probiert, und ich wiederhole die Erfahrung sehr gern.«

»Kennen Sie Santa Fe?«

»Ich war ein paar Mal da.«

»Wir überwintern dort, weil wir sauberen Schnee lieben – nehmen Sie doch Platz, wo immer Sie mögen.«

Zur Auswahl standen zwei Brokatsessel und das Blumensofa, auf dem Mr Monahan immer noch saß und ohne Ton eine Finanzshow im Fernsehen ansah. Ohne sich zu mir umzudrehen, hob er kurz eine Hand.

Grace Monahan sagte: »Felix.«

Er machte eine Vierteldrehung mit dem Kopf. »Einen Moment noch, bitte.«

»Felix?«

»Einen Moment, bitte, Schatz, ich möchte nur kurz sehen, was Buffett vorhat, jetzt, nachdem er berühmt ist.«

»Du und dein Buffett.« Grace Monahan betrat die winzige Küchenecke, die nur drei Schritte entfernt war, und hantierte mit einer Kaffeemaschine.

Ich setzte mich, während Felix Walker Monahan weiter zusah, wie das Band mit den Aktienkursen über den Bildschirm glitt. Darüber dozierte ein Sprecher stumm über Aktienderivate. Dass er nichts hörte, schien Felix Monahan nicht im Geringsten zu stören. Vielleicht konnte er von den Lippen ablesen. Dieselbe Gleichmut brachte er offenbar für die Empfangsqualität auf, denn alle paar Minuten verschwamm das Bild zu Rauschen. Das Gerät war ein Uraltmodell mit konvexem Bildschirm, hatte die Ausmaße einer mittleren Hundehütte und wurde gekrönt von einer Zimmerantenne.

Es war warm und leicht drückend in dem Raum, der mit alten – nicht antiken – Möbeln eingerichtet war. An den Wänden hingen drei kleine Gemälde: zwei Blumenmotive und ein impressionistisch verwischtes rundes Kindergesicht. Farbpracht, Stil und Signatur waren gleich; wenn das echte Renoirs waren, entsprachen sie dem Gegenwert eines weiteren Show-Oldtimers.

Der Angeber auf dem Bildschirm deutete auf eine Kurventabelle, lockerte seine Krawatte und fuhr mit seinen Ausführungen fort. Felix Walker Monahan kicherte.

Seine Frau sagte: »Warum schaust du dir das an, obwohl du gar nichts hörst?«

»Du musst das als eine Art Pantomime betrachten, Schatz.« Er schaltete das Gerät aus und wandte sich mir zu.

Im Gegensatz zu seiner Frau hatte er seit Pebble Beach stark nachgelassen. Er war schmaler, blasser, weniger präsent; die schütteren weißen Haare hatte er aus dem zerknitterten Gesicht gekämmt, das unter einer gepuderten Perücke oder auf einer Münze gut gewirkt hätte. Er trug ein graues Seidenhemd, schwarze Hosen und schwarz-graue Converse ohne Socken. Die Haut auf seinen Fingerknöcheln war trocken, aufgescheuert und bläulich. Seine Hände zeigten leichtes Parkinson-Zittern.

»Jimmy Asherwood war ein feiner Mann«, sagte er. »Mehr als das, er war ein Prachtkerl.«

»Haben Sie den Duesenberg von ihm gekauft?«

Er grinste. »Besser. Er hat ihn uns geschenkt. Grace, genau genommen. Sie war seine Lieblingsnichte. Mein Glück. Als ich sie kennenlernte, hatte ich von nichts eine Ahnung, schon gar nicht von Autos. Von Jimmy und seiner Sammlung habe ich alles gelernt.«

»Ich war seine Lieblingsnichte, weil ich seine einzige Nichte war. Mein Vater war Jack Asherwood, Jimmys älterer Bruder. Jimmy war der Arzt, mein Vater war der Anwalt.«

»Du wärst auch seine Lieblingsnichte gewesen, wenn er zwanzig Nichten gehabt hätte.«

»Ach je.« Sie lachte. »Du bekommst doch auch so schon alles von mir, was du willst, warum gibst du dir so eine Mühe?«

»Ich muss doch üben, falls du doch irgendwann einmal nein sagst.«

»Sehr unwahrscheinlich – hier, Kaffee.«

»Lass mich dir helfen«, sagte er.

»Dass du mir bloß nicht aufstehst.«

»Ach du meine Güte, ich komme mir schon vor wie ein Krüppel.«

»Der Unterschied ist, dass ein Krüppel immer ein Krüppel bleibt, während du bald wieder herumspringen kannst. Jedenfalls, wenn du den Anordnungen folgst.«

»Hört, hört«, sagte er. An mich gewandt fügte er hinzu: »Ich bin vor fünf Wochen operiert worden. Aber Sie wollen keine Einzelheiten hören.«

»Ganz gewiss nicht«, warf Grace ein.

»Sagen wir, es hatte mit meiner Kanalisation zu tun.«

»*Felix.*«

Er ließ seinen Arm kreisen. »Die haben mich komplett aufgebohrt und ausgeräumt. Aber am Ende musste ich dann trotzdem noch zum Urologen.«

»*Fee-lix!* ZvP.«

»Was meinst du, Schatz?«

»Jetzt spiel hier nicht den Ahnungslosen, junger Mann. Das sagen die Enkel immer, wenn du übertreibst.«

»Ah«, sagte er. »*Z*u *v*iele *P*robleme.«

»Genau.« Sie brachte ein Silbertablett mit drei Tassen Kaffee und einer Schachtel Kekse. »Milano-Gebäck. Möchten Sie Sahne, Doktor?«

»Nein danke, schwarz ist prima.«

Sie goss ein und setzte sich neben ihren Mann. Sie hoben ihre Tassen, warteten aber ab, bis ich getrunken hatte.

»Köstlich«, sagte ich.

»Auf einen weiteren Tag über den Radieschen«, sprach Felix einen Toast aus.

»Sei doch nicht so dramatisch«, sagte Grace mit belegter Stimme.

»Schöne Gemälde«, bemerkte ich.

»Für mehr haben wir keinen Platz, ich mag es nicht, wenn es zu voll wird, Kunst braucht Raum zum Atmen.« Sie trank. »In Santa Fe haben wir jede Menge Platz, aber da wir nur so selten dort sind, hängen wir nichts Wertvolles auf.«

»In Santa Fe unterstützen wir die ortsansässigen Künstler«, sagte Felix. »Es gibt einige sehr talentierte Leute, aber viel zu investieren ist da nicht.«

»Das Leben besteht nicht nur aus Zinsgewinnen.«

»Das erzählst du mir immer.«

»Wohnen Sie schon lange hier?«, fragte ich.

»Seit zehn Jahren.«

»Wir haben das Haus vor fünfzehn Jahren gekauft«, erklärte Felix. »Und anschließend die Nachbargebäude auf dieser Seite.«

»Felix«, sagte Grace. »Spiel doch nicht schon wieder den Großgrundbesitzer.«

»Ich sage nur, wie es ist, Schatz.« Er versuchte mühevoll, seine Hand still zu halten, während er die Tasse abstellte. Porzellan klirrte, Kaffee schwappte über. Seine Lippen bewegten sich wie Milos, wenn er lautlos fluchte.

Grace Monahan biss sich auf die Lippe und setzte wieder ihr Lächeln auf, auch wenn nicht klar war, warum sie lächelte.

»Ursprünglich hatten wir vorgehabt, den ganzen Häuserblock zu sprengen und eine große Luxuswohnanlage mit Eigentumswohnungen zu bauen«, fuhr Felix fort. »Leider hat sich die Stadt stur gestellt, und so haben wir alles beim Alten belassen und sind ins Vermietungsgeschäft eingestiegen. Wir hatten überhaupt nicht vor, selbst hierher zu ziehen. Wir hatten eine hübsche Villa, von Wallace Neff entworfen, am Mountain Drive, gleich oberhalb vom Sunset Boulevard. Aber dann ist unsere Tochter nach England gezogen, und wir wussten nicht mehr so recht, was wir mit unseren dreißig Zimmern anfangen sollten. Das Haus hat sich schneller verkauft, als wir dachten – damals kam so etwas noch vor –, und dann hatten wir plötzlich kein Dach mehr über dem Kopf. Da diese Wohnung hier leer stand, dachten wir, wir ziehen hier vorübergehend ein, bis wir etwas Neues gefunden haben.«

Grace fügte hinzu: »Dann stellten wir fest, dass wir diese Einfachheit sehr gern mögen. Und so sind wir geblieben.«

»Erzähl ihm doch den wahren Grund, mein Schatz.«

»Dass es so günstig liegt?«

»Einkaufsmöglichkeiten in fußläufiger Entfernung, also, für manche von uns, mich natürlich ausgeschlossen. Übrigens, vom Neiman-Marcus-Kaufhaus hat jemand angerufen. Sie bieten dir einen Fahrer an, wenn es dir zu mühsam ist, täglich drei Blocks weit zu gehen.«

»Ach, hör doch auf, Felix.« Zu mir gewandt sagte sie: »Ich kaufe nur für die Enkel ein. Wir sind in einem Stadium angelangt, in dem wir nichts mehr brauchen.«

»Ideale Voraussetzung dafür, das Auto zu verkaufen«, antwortete ich.

»Ganz im Gegenteil«, erwiderte Felix. »Ideale Voraussetzung dafür, es zu behalten. Ebenso wie all die anderen. Eines Tages wird die ganze Sammlung ohnehin an ein Museum gehen. Blue Belle wurde pensioniert, weil wir der Meinung sind, dass Autos gefahren werden müssen. Dafür wurde der Wagen aber zu wertvoll.« Sein Blick wurde milde. »Er ist so wunderbar.«

»Dr. Asherwood war sehr großzügig«, bemerkte ich.

»Ihn großzügig zu nennen wird ihm nicht gerecht«, sagte Grace. »Onkel Jimmy war absolut selbstlos, und ich meine das wörtlich. Es ging ihm nie um sich selbst, immer nur um die anderen. Er hat jeden Cent seines Vermögens gespendet, aber keiner von uns hat ihm das übelgenommen, weil er uns zu Lebzeiten so viel geschenkt hat.«

»Ich habe in seinem Nachruf gelesen, dass er alles guten Zwecken hat zukommen lassen.«

»Der Nachruf wird ihm nicht im Mindesten gerecht,

Dr. Delaware. Jimmy hat schon lange vor seinem Tod Geld und Sachwerte gespendet.«

»Ich habe früher mal im Western Pediatric Hospital gearbeitet; es steht auch auf der Liste. War er dort tätig?«

»Nein«, sagte sie. »Aber die Kleinen lagen ihm besonders am Herzen.« Sie straffte den Rücken. »Warum sind Sie denn so interessiert an ihm?«

Ihre Stimme war nach wie vor freundlich, doch ihr Blick war bohrend.

Sieh dir genau an, wen du manipulieren willst. Das war also der wahre Grund, warum sie mich zu sich nach Hause eingeladen hatte.

Ich sagte: »Haben Sie von dem Babyskelett gelesen, das in Cheviot Hills ausgegraben worden ist?«

»Das? Ja, wie schrecklich. Was um alles in der Welt soll Jimmy damit zu tun gehabt haben?«

»Wahrscheinlich gar nichts«, sagte ich. »Untersuchungen zufolge wurde das Kind zu einer Zeit dort begraben, als eine Frau namens Eleanor Green in dem Haus wohnte.«

Ich wartete auf eine Reaktion. Grace Monahan zeigte keine. Felix' Hand schien ein wenig stärker zu zittern.

»Sie denken, die Frau war die Mutter?«, fragte er.

»Das können wir erst sagen, wenn wir mehr über sie wissen. Leider ist sie wie ein Phantom – sie ist nirgends offiziell registriert, und es gibt keine Hinweise, wohin sie von dort aus umgezogen sein könnte. Dr. Asherwoods Name kam ins Spiel, weil sein Duesenberg wiederholt in ihrer Einfahrt gesehen worden ist.«

Grace sagte: »Eleanor Green. Nein, da klingelt nichts bei mir.« Sie wandte sich an ihren Mann.

»Hm … nein, nie gehört.«

Sein Parkinson hatte definitiv zugenommen, während ihre Hände immer steifer wurden.

»Tut mir leid, Doktor, wenn wir Ihnen nicht helfen können«, sagte sie. »Jimmy kannte viele Frauen. Er war ein sehr gutaussehender Mann.«

Sie stand auf und ging zu einem niederen Regal, dem sie ein in Leder gebundenes Fotoalbum entnahm. Nachdem sie eine Seite aufgeschlagen hatte, reichte sie es mir.

Der Mann auf dem Foto mit dem gezackten weißen Rand war groß und schmal, hatte feine Züge und etwas schräg stehende helle Augen und trug ein Menjoubärtchen unter seiner Stupsnase. Er hatte einen Nadelstreifenanzug mit tailliertem Doppelreiher an, dazu schwarz-weiße Halbschuhe und ein getupftes Einstecktuch, das ihm fast aus der Brusttasche fiel. Auf seinem Kopf saß leicht schräg ein weicher Filzhut. Er lehnte lässig am geschwungenen Frontkotflügel eines flachen Coupés mit gleichermaßen geschwungenem Dach.

»Das ist natürlich nicht der Duesenberg«, sagte Felix Monahan. »Das ist ein Talbot-Lago. Jimmy hat ihn aus Frankreich mitgebracht, gleich nach dem Krieg. Der Wagen hat im Loch eines Nazi-Schweins vor sich hingegammelt. Jimmy hat ihn wieder aufpoliert.«

Grace sagte: »Er war kaum mit seinem Studium fertig, als er zur Army ging. Er wurde einer Infanterieeinheit als Arzt zugeteilt, kämpfte in den Ardennen und wurde am D-Day am Utah Beach verwundet. Das hat ihm jede Menge Tapferkeitsorden eingebracht.«

»Ein Held«, sagte Felix. »Wirklich.«

»Möchten Sie denn jetzt den Blue Belle sehen? Er steht unten in der Garage.«

Ein galanter Rauswurf. »Er ist hier?«

»Warum denn nicht?«, erwiderte Felix. »Eine Garage ist eine Garage.«

»Ist eine Garage«, ergänzte Grace. »Gertrude Stein, frei interpretiert.«

»Ich würde mir den Wagen mit Vergnügen ansehen, aber können wir uns trotzdem noch ein bisschen unterhalten?«

»Worüber?«

»Die medizinische Praxis Ihres Onkels.«

»Da gibt es nichts zu sagen. Nachdem er wieder genesen war, hat er Babys zur Welt gebracht.«

»Bis er das aufgab«, sagte ich.

»Nein«, widersprach sie, »bis er in Rente ging. Aufgeben würde bedeuten, dass er eine Charakterschwäche hatte. Jimmy hat die Medizin an den Nagel gehängt, weil sein Vater, mein Großvater Walter, krank war und seine Mutter, meine Oma Beatrice, todkrank war. Jemand musste sich um sie kümmern.«

»Jimmy hatte weder Frau noch Kinder.«

Rasche Blicke gingen hin und her.

»Das stimmt«, bestätigte Grace. »Wenn Sie mich jetzt fragen, warum, kann ich nur sagen, ich weiß es nicht. Es ging mich auch nichts an.«

»Er hat einfach nie die Richtige gefunden«, meinte Felix. »Würde ich sagen.«

»Das wird ihm nicht genügen, Schatz. Er will doch im Dreck wühlen.«

»Aber keineswegs, Mrs Monahan.«

»Nein?«, sagte sie. »Sie arbeiten für die Polizei, und die wühlt im Dreck – auch wenn das normalerweise durchaus einem guten Zweck dient. Sie waren an Dutzenden richtig böser Fälle beteiligt und sehen wahrscheinlich die ganze Welt als Sündenpfuhl. Aber auf Jimmy trifft das nicht zu.«

Dutzende Fälle. Da hatte sie sich offenbar kundig gemacht.

»Ich finde meine Sicht auf die Welt eigentlich recht ausgeglichen«, sagte ich.

Rosige Flecken leuchteten durch ihr Make-up. »Entschuldigen Sie bitte, das war ungehörig. Aber ich habe Onkel

Jimmy einfach verehrt. Außerdem – ich gestehe, dass ich selbst ein wenig geschnüffelt habe, Dr. Delaware. Auf Ihren Anruf hin habe ich im Western Pediatric Hospital ein paar Erkundungen über Sie eingeholt. Wir spenden für das Krankenhaus. Es war nur Gutes über Sie zu hören. Das ist der Grund, warum wir überhaupt mit Ihnen reden.« Sie hielt kurz den Atem an. »Tut mir leid, wenn ich Sie beleidigt habe.«

»Sie war früher bei den Pfadfindern«, erklärte Felix. »Sei auf alles vorbereitet und so weiter.«

»Ich war bei den Brownies«, korrigierte sie. »Aber es stimmt, ich habe nichts gegen eine gute Strategie. Ebenso wenig wie Sie, Dr. Delaware. Trotzdem können Sie mir glauben, Jimmy hat ein ruhiges, anständiges Leben geführt, und ich werde nicht zulassen, dass sein Name besudelt wird.«

»Mrs Monahan, verzeihen Sie, wenn ich …«

»Eigentlich«, fiel mir Felix ins Wort, »ist es ja *Doktor* Monahan.«

»Ach was!«, fauchte sie.

Er zuckte zusammen.

»Tut mir leid, Schatz.« Sie berührte seine Hand. Er bewegte sich nicht. »Verzeih mir, Felix, aber das ganze Gerede über Onkel Jimmy regt mich wirklich auf.«

»Du musst dich nicht entschuldigen, meine Liebe.« Dann wandte er sich mir zu. »Sie redet selbst nicht gern darüber, aber Tatsache ist, dass sie auch eine studierte und ausgebildete Ärztin ist. Frauenheilkunde, genau wie Jimmy.«

»Ich will jetzt nicht zickig sein«, sagte Grace, »aber ein Arzt ist jemand, der Patienten behandelt. Ich habe nie praktiziert. Ich habe im letzten Jahr meines Krankenhauspraktikums geheiratet, dann habe ich Catherine bekommen. Ich hatte vor, wieder anzufangen, habe es aber nie getan. Ich hatte immer ein schlechtes Gewissen deswegen, ich hatte das Gefühl, alle zu enttäuschen. Vor allem Jimmy, schließlich war er derjenige gewesen, der sich beim Dekan für mich eingesetzt hat; damals waren Frauen an der Uni noch nicht wirklich willkommen. Nachdem ich mich entschieden hatte, der Medizin den Rücken zu kehren, habe ich als Erstes mit Jimmy gesprochen. Er hat mir gesagt, ich solle mein Leben so leben, wie ich wollte. Falls Sie mal ärztliche Hilfe brauchen, zählen Sie nicht auf mich. Und nun, da Sie offenbar kein ernsthaftes Interesse daran haben, Blue Belle zu sehen …«

»Doch, doch.«

»Sie müssen nicht höflich sein, Dr. Delaware, wir versuchen nicht, anderen unsere Begeisterung überzustülpen.«

»Ich habe noch nie einen Duesenberg gesehen«, sagte ich. »Da wäre ich doch dumm, mir diese Gelegenheit entgehen zu lassen.«

Felix Monahan stand mühsam auf. »Ich werde ihn begleiten, Schatz.«

»Auf keinen Fall«, widersprach Grace. »Ich lasse dich nicht …«

»Ich begleite ihn. *Schatz.*«

»Felix …«

»Grace, ich muss mich selbst erst wieder davon überzeugen, dass ich ein vollwertiges Mitglied der menschlichen Spezies bin. Wenn du wenigstens so tun könntest, wäre das eine große Hilfe.«

»Du musst doch nichts beweisen …«

»Ich muss nicht«, sagte er mit einer ganz anderen Stimme, tief, kalt, leise. »Aber ich will.«

Langsam und übervorsichtig ging er zur Tür wie ein Betrunkener bei einem Alkoholtest.

Grace Monahan stand da, als wollte sie ihn am Weitergehen hindern. Er öffnete die Tür. »Kommen Sie, Doktor.«

Sie sagte: »Nimm seinen Arm.«

Felix Monahan wandte sich um und blickte sie an. »Das ist nicht nötig. *Mein Schatz.*«

Er trat nach draußen, und ich folgte ihm.

Hinter uns sagte Grace: »Männer.«

Ich folgte Felix Monahan die Treppe hinunter zur Straße hinaus und sah ihm zu, wie er schwankte und taumelte und trotzdem den Handlauf ignorierte.

Auf halbem Weg stolperte er, und ich nahm seinen Arm, um ihn zu stützen. Er schüttelte mich ab. »Danke, aber wenn Sie das noch mal machen, bekommen Sie meinen linken Haken zu spüren.«

Er sagte das mit einem Lachen, doch es war ernst gemeint.

»Sie haben geboxt?«

»Boxen, ein bisschen Ringen, griechisch-römisch, ein bisschen Judo.«

»Verstehe.«

»Gut so.«

Auf dem Gehsteig angekommen wandte er sich nach Süden, bog dann in den Charleville Boulevard ein und schließlich in die Zufahrt, die von hinten an sein Haus heranführte. Sechs Garagen standen dort, alle mit Riegel und Zahlenschloss versehen.

Die dritte Garage war zusätzlich mit einem Vorhängeschloss gesichert. Monahan versperrte mir die Sicht mit dem Rücken, während er aufschloss. Dann trat er einen Schritt zurück. »Sie machen auf. Ich bin schlau genug, um zu wissen, wo für mich Schluss ist.«

Das Tor glitt auf Schienen lautlos nach innen oben und offenbarte einen zwanzig Quadratmeter großen klinisch weißen Raum, der von etwas großem Blauem ausgefüllt wurde.

Ein schimmernder Kühlergrill blickte mir entgegen. Die Kühlerfigur erinnerte an ein spitzes V, wie Flügel, zum Abflug erhoben. Der Wagen war riesig und passte kaum in den Raum. Einen beträchtlichen Teil der Länge nahm die gigantische Motorhaube in Anspruch, die ein gewaltiges Triebwerk schützte. Die Scheinwerfer, die die Größe von Esstellern hatten, glupschten mich an wie die Augen eines riesigen Tintenfisches. Handgefertigte weitgeschwungene Kotflügel gingen in Trittbretter über, die mit Profilblechen aus hochglänzendem Chrom überzogen waren. Das seitlich montierte Ersatzrad passte zu den vier Weißbandreifen mit Speichenfelgen. Die Linie des Wagens wirkte flüssig und souverän.

»Hier, die Kompressoren«, sagte Felix Monahan und deutete auf vier verchromte Krümmer, die aus einem gleichermaßen verchromten Blech austraten, dick, sehnig und bedrohlich wie ein Schwarm Moränen. »Von null auf hundert in acht Sekunden. Und das in den Dreißigern.«

Ich pfiff durch die Zähne.

Er fuhr fort: »Er zieht im zweiten Gang bis fast hundertsiebzig, und zwar nicht synchronisiert. Höchstgeschwindigkeit zweihundertfünfundzwanzig – zu einer Zeit, als man selbst aus Luxuskarossen gerade mal fünfzig PS herausgeholt hat.«

»Unglaublich«, staunte ich.

»Nicht unbedingt, Doktor. Ich finde eher unglaublich, dass ein Land, das so etwas erschaffen hat, heute nur noch Plastiktelefone zustande bringt, die nach sechs Monaten den Geist aufgeben.«

Ich hatte mir das Auto ansehen wollen, weil ich gehofft hatte, noch mehr Infos aus Felix herauszuholen. Doch die Schönheit des Duesenbergs schlug mich in ihren Bann. Allein die Lackierung, ein harmonisches Zusammenspiel zweier

Blautöne, war ein Meisterwerk. Die Innenausstattung war aus butterzartem, handvernähtem Leder, dessen zartblauer Farbton perfekt zu dem makellosen Verdeck passte. Mehr kunstvoll verarbeitetes Metall wies das elegant geschwungene Armaturenbrett auf. Das Lenkrad aus Rosenholz und Silber hätte sich auch auf einem Museumssockel gut gemacht.

Selbst stumm und reglos verströmte der Wagen eine Aura von ungezähmter Überlegenheit, die gleiche Art von adeligem Selbstbewusstsein, das manche Frauen besitzen, die ihre natürliche Schönheit für sich zu nutzen wissen, ohne zu flirten oder auch nur die Stimme zu erheben.

»Danke, dass Sie mir die Möglichkeit gegeben haben«, sagte ich.

Felix Monahan erwiderte: »Sie können sich erkenntlich zeigen, indem Sie aufhören, Jimmy Asherwood als Kriminellen zu betrachten. Erstens ist er keiner, und zweitens hasse ich alles, was meine Frau aus der Fassung bringt.«

»Niemand will …«

Er hob die Hand, um mich zu unterbrechen. »Diese Frau, die Sie erwähnt haben – ich kann Ihnen nichts über sie sagen, weil ich sie nicht kenne, und das Gleiche gilt sicher auch für Grace. Dafür kenne ich Jimmy, und ich kann Ihnen versichern, dass er weder dieses Kind gezeugt hat noch irgendetwas mit dessen Tod zu tun hatte.«

»Okay.«

»Das klingt nicht überzeugend.«

»Ich …«

»Als Grace sich über Sie erkundigt hat, hat sie erfahren, dass Sie ein brillanter Wissenschaftler mit erfolgversprechenden Karriereaussichten waren, sich aber aus unerfindlichen Gründen den Niederungen der menschlichen Gesellschaft zugewandt haben – nein, lassen Sie mich ausreden, ich bilde mir kein Urteil über Sie. Wie Jimmy zu Grace gesagt hat, jeder soll so leben, wie er möchte. Aber jetzt sehe ich, dass Sie in Grace' Leben eindringen, und das bereitet mir Sorgen, weil Ihre ehemaligen Kollegen noch etwas anderes über Sie gesagt haben: Sie lassen nicht locker.«

Ich schwieg.

Er sagte: »Machen Sie die Garage zu.«

Nachdem er abgeschlossen hatte, wandte er sich mir zu. Seine Augen waren zu Schlitzen verengt, und das Zittern in seinen Händen setzte sich nun auch in seinem Kinn fort.

»Mr Monahan, ich …«

»Hören Sie gut zu, junger Mann: Jimmy hat weder dieses Kind noch irgendein anderes gezeugt. Er war zeugungsunfähig.«

»Zeugungsunfähig?«

»Grace weiß nichts davon. Aber für mich war Jimmy so etwas wie ein älterer Bruder. Er konnte sich mir gegenüber immer viel besser öffnen als gegenüber Grace, weil ich meine Gefühle im Zaum halten konnte. Wir sind oft zusammen ausgefahren. Wir haben nach Lust und Laune irgendeinen seiner Wagen genommen und sind ins Blaue gefahren. Einmal waren wir in seinem Auburn Boattail Speedster, Baujahr 35, unterwegs. In Malibu, oben in den Hügeln, da gab es damals nur Feldwege und jede Menge Gestrüpp. Jimmy und ich haben uns am Steuer abgewechselt, und der Auburn, ein Prachtstück von einem Auto, hat den Asphalt förmlich gefressen. Irgendwann machten wir kurz Pause, an einer Stelle, wo man das Meer sehen konnte, um was zu rauchen und uns einen Drink zu genehmigen. Ganz harmlos, ein Schluck aus dem Flachmann und eine köstliche Havanna. Jimmy wirkte so entspannt wie nie, doch plötzlich sagte er: ›Felix, die Leute halten mich für homosexuell, nicht wahr? Weil ich Kunst und Ballett liebe und nie geheiratet habe.‹ Was sollte ich darauf sagen? Es stimmte, was er sagte. Jimmy galt als ›empfindsamer Mann‹, wie man das damals nannte. Abgesehen von den Autos waren seine Interessen weiblich.«

»Die Zeitung hat ihn als sportlich beschrieben.«

»Die Zeitung hat geschrieben, was Grace gesagt hat. Der einzige Sport, den er je betrieben hat, war ein bisschen Polo in Montecito. Es ist ja nichts dagegen einzuwenden, wenn jemand *Die Fledermaus* liebt, aber da er eben auch nicht verheiratet war und nie Interesse an Frauen gezeigt hat, lag der Schluss nahe. Natürlich sagte ich etwas anderes: ›Jimmy, das ist doch Quatsch.‹ Worauf er erwiderte: ›Du bist doch kein Dummkopf, Felix. Hast du dich nie gefragt?‹ Ich sagte: ›Das ist doch ganz allein deine Sache, Jimmy.‹ Woraufhin er meinte: ›Du glaubst es also auch.‹ Als ich protestierte, lachte er nur, stand auf und öffnete seinen Gürtel, um seine Hose und Unterhose herunterzulassen.«

Felix schloss die Augen. »Es war ein schrecklicher Anblick. Er war am D-Day von der Schrapnellladung einer Landmine verstümmelt worden. Wären es größere Brocken gewesen, wäre er in Stücke gerissen worden. Ein Wunder, dass er überlebt hatte. Jedenfalls haben die Splitter schreckliche Narben an seinen Beinen hinterlassen und seine Männlichkeit zerfetzt.«

»Der arme Mann.«

»Als ich das sah, Dr. Delaware, musste ich weinen wie ein Baby. Das ist normalerweise nicht meine Art – selbst als meine Mutter starb, hatte ich mich voll im Griff. Aber Jimmy so zu sehen …«

Ein langer Seufzer. »Er zog die Hose wieder hoch und sagte lächelnd: ›Siehst du, Felix, es ist nicht das Interesse, an dem es mangelt.‹ Dann leerte er den Flachmann und sagte: ›Du fährst heim.‹«

Monahan legte die Hände an die Schläfen. »Jimmy war

ein richtiger Mann. Das müssen Sie respektieren. Und Sie müssen mir versprechen, dass Sie niemandem davon erzählen. Sollte Grace je die Wahrheit erfahren und dass ich es Ihnen erzählt habe, wäre sie am Boden zerstört und unsere Ehe in ernsthafter Gefahr.«

»Ich verspreche es, Mr Monahan. Aber Sie sollten eines überlegen: Der Detective, mit dem ich arbeite, ist integer und diskret, aber er ist auch extrem hartnäckig und kommt mit Sicherheit von selbst auf die Spur, die zu Jimmy führt, genauso wie ich. Ich habe vollstes Vertrauen in ihn. Wenn ich ihm ein paar grundsätzliche Details geben dürfte, würden Sie wahrscheinlich nie von ihm hören.«

»Wahrscheinlich nie«, wiederholte er. »Aber garantieren können Sie das nicht.«

»Ich will ehrlich sein, Mr Monahan.«

»Sie sind Psychologe, Sir. Ist es nicht Ihre Aufgabe, Menschen aufzubauen, statt sie zu frustrieren?«

»Sie haben vollkommen recht.«

»Was würden Sie denn dem Kriminalbeamten gern sagen?«

»Dass Jimmy ein guter Mann war, der durch eine Kriegsverletzung zeugungsunfähig war. Dass er den Großteil seines Lebens guten Taten gewidmet hat.«

»Nicht den Großteil«, verbesserte Felix Monahan. »Sein gesamtes Leben. Er war eine Seele von einem Menschen.«

Seine Augen wanderten über mein Gesicht wie ein Computertomograph. »Ich habe mich entschieden, Sie als Ehrenmann zu betrachten.«

»Danke.«

»Zeigen Sie Ihre Dankbarkeit, indem Sie das Richtige tun.«

18

Ein Anruf im Western Pediatric Hospital bestätigte Dr. James Asherwoods Großzügigkeit. In den Sechzigerjahren hatte er die neonatologische Intensivstation mit Spenden unterstützt.

Ein zeugungsunfähiger Mann, dem kranke Neugeborene am Herzen lagen? Ein Mann, der als Frauenarzt an einem Ort tätig war, wo routinemäßig heimliche Abtreibungen vorgenommen wurden?

Wie das alles mit dem Baby zusammenhing, dessen Skelett wir unter dem Baum gefunden hatten, war mir schleierhaft.

In der Nacht träumte ich nicht von einem großen blauen Duesenberg, sondern von einem cremefarbenen Auburn Boattail Speedster. Nichts sprach dafür, dass Jimmy Asherwoods Wagen diese Farbe gehabt hatte, aber ich hatte mir Fotos im Internet angesehen und mir ein eigenes Bild gemacht.

In meinem Traum kurvten Asherwood und ein junger Felix Monahan, der aussah wie ich mit Ende zwanzig, über staubige Straßen, die sich durch die sonnigen Santa Monica Mountains schlängelten.

Die Fahrt endete mit einer Pause, in der wir an einer Stelle mit Blick auf das Meer unseren Flachmann leerten und Havannas rauchten. Die Heimfahrt fühlte sich mehr an wie schweben als wie fahren.

Asherwood setzte mich vor dem schäbigen Mietshaus ab, in dem ich als armer Student gehaust hatte, und lupfte seinen Filzhut zum Gruß. Ich tat das Gleiche und versicherte ihm, dass ich ihn nie verraten würde.

Er lächelte strahlend. »Ich vertraue Ihnen, Alex.«

Am nächsten Morgen um neun Uhr stand Milo vor meiner Tür.

Robin war früh aufgebrochen, um nach Temecula zu fahren, wo sie einen italienischen Geigenbauer treffen wollte, der seinen Vorrat an Ahorn, Ebenholz und Elfenbein auflöste. Ich saß am Küchentisch und überarbeitete ein Sorgerechtsgutachten, das eine gute Chance hatte, gelesen zu werden, denn der Richter war ein vernünftiger Mann. Blanche hatte sich zu meinen Füßen zusammengerollt und schnarchte leise und zufrieden. Sie spürte Milo schon, bevor die Tür aufging, und sprang auf, um ihn zu empfangen.

Er sagte: »Ah, die Alarmanlage«, tätschelte ihren Kopf, stellte seinen Aktenkoffer auf den Tisch und setzte sich.

Kein Durchsuchen des Kühlschranks. Offenbar hatte er gut gefrühstückt.

»Liebe Schüler, heute beschäftigen wir uns mit aktuellen Ereignissen.« Damit zog er eine zusammengerollte Zeitung aus dem Aktenkoffer. Titel: *Die Korsarin. Neues vom Santa Monica College*. Zwei Artikel teilten sich die erste Seite: ein Feature über das wiedererwachte Interesse an Darmspülungen und »SMC-Studentin spielt entscheidende Rolle in Mordfall an der Westside«.

Heather Goldfeder sah auf dem Foto aus wie eine Elfe. Der Artikel nannte sie »extrem tapfer«, nachdem sie »beim Marathontraining im Cheviot Park über den entstellten Leichnam eines Mordopfers gestolpert war. »Das Schlimmste ist«, so die Erstsemesterstudentin, »dass das nicht der erste Mord in meiner Gegend ist. Ein Babyskelett wurde ebenfalls im Park gefunden, und ganz in meiner Nähe hat man ein weiteres

Baby ausgegraben. Diese Leiche soll allerdings schon wesentlich länger dort gelegen haben.«

»So viel zum Thema Pressefreiheit. Weiß Maria schon davon?«

»Sie hat mich um sechs aus dem Bett geworfen und mich zur Schnecke gemacht wie noch nie in meinem Leben. Ich sagte, ich kann nichts dafür, sie meinte, sie glaubt mir kein Wort, darauf ich, sie könne ja gern selber nachforschen, wenn ihr die Zeit nicht zu schade wäre. Dann fing sie an, ich müsste ja wohl dafür sorgen, dass meine Zeugen nichts ausplaudern, worauf ich meinte, soweit ich wüsste, kämen Maulkorberlasse vom Richter.«

Er legte die Zeitung weg. »Aber wem so richtig der Dampf aus den Ohren trat, das war die Tussi von der *Times*, LeMasters. Sie hat mir vor einer Stunde eine Nachricht hinterlassen, die strotzte nur so vor Schimpfwörtern. Ich sei daran schuld, dass das Blatt ihr mit dieser Schlagzeile zuvorgekommen sei, wahrscheinlich hätte ich Kinder, die diese Uni besuchten.«

Er ging zum Kühlschrank und durchsuchte das oberste Fach.

»Sind schon Hinweise eingegangen?«, wollte ich wissen.

»Noch nichts Verwertbares, und das wird sicher auch so bleiben, bis Blümchenkleids Foto veröffentlicht wird. Was das angeht, warte ich immer noch auf Marias Entscheidung.«

Er versuchte es weiter unten. »Was ist los mit euch? Keine Reste?«

»Wir waren auswärts essen.«

»Noch nicht mal ein Doggie Bag? Ach so, stimmt, das ist ja gar kein Hund, sondern eine Prinzessin von einem anderen Stern, die ihre Foie gras erst zu sich nimmt, wenn sie von einem Promi-Koch geweiht wurde. Habe ich nicht recht, Mademoiselle?«

Blanche trabte auf ihn zu und neigte den Kopf.

Mit Klagen über seinen Rücken bückte er sich, um sie hinter den Ohren zu kraulen. Sie legte sich auf den Boden und streckte ihm ihren Bauch entgegen. Er murmelte etwas wie: »Ganz schön anspruchsvoll.« Sie schnurrte wie eine Katze. »Wie schön, dass mein Charme sogar Geschlechtergrenzen überwindet.«

»Sie ist ein glückliches Tier. Gestern gab es Reste von Lammkoteletts.«

»Nur keine Schadenfreude, Dr. de Sade.« Er wühlte weiter, bis er einen halb vollen Becher Hüttenkäse fand und eine Flasche KC Masterpiece Original Grillsauce, die er direkt in den Becher kippte; die Mischung weckte Assoziationen an ein Schrotflintengemetzel.

Drei Löffel später sagte er: »Hab jetzt die DNA-Ergebnisse für alles. Aus den alten Knochen ließ sich nichts mehr herauslesen, dafür umso mehr aus den frischen. Die Mutter hatte afroamerikanische Wurzeln, Blümchenkleid kann es also nicht gewesen sein. So viel zu der These Mutter-Kind-böser-Daddy. Irgendwelche Vorschläge?«

»Nichts, was deine Laune heben könnte.«

»Einen Versuch wäre es wert.«

»Wenn du die familiären Verbindungen mal fallen lässt, hast du einen Täter, der beliebig Menschen tötet, aus Motiven, die dir so lange verschlossen bleiben, bis du ihn gefasst hast.«

»Jemand, der aus purer Lust tötet«, sagte er. »Den seine Hobby-Präparationen anturnen. Ich hatte gehofft, du würdest nicht mit so was kommen, aber ich hätte es mir ja denken können.« Er senkte den Blick auf seinen Hüttenkäsebecher und verschlang einen weiteren Löffel von der klumpigen roten Suppe. Es war das erste Mal, dass ich ihn beim Essen das Gesicht verziehen sah.

Nachdem er die Pampe in den Müll geworfen hatte, trank er vom Wasserhahn. »Und was soll ich jetzt tun? Abwarten und hoffen, dass der Spinner seinen nächsten Mord vermasselt?«

»Du könntest den Park überwachen lassen.«

»Du meinst, er kommt zurück?«

»Erfolg macht süchtig.«

»Na ja«, überlegte er. »Ich könnte natürlich ein paar zusätzliche Streifenwagen fahren lassen. Das würde gehen, ich habe mich nämlich schon erkundigt ... weißt schon, große Geister denken gleich und so ... Vielleicht wäre sogar eine Nachtwache möglich ... Gott, hab ich Kohldampf. Wie lange würde es dauern, ein Steak aufzutauen? Oder einen Braten? Oder eine halbe Kuh?«

Sein Telefon piepste Ravels »Bolero«. Er nahm ab und hob zwei Finger zum Victory-Zeichen. »Das ist großartig, Sir, vielen Da ...« Die erhobenen Finger sanken langsam, während er zuhörte.

Nach einer ganzen Weile legte er das Telefon hin und trank wieder Wasser vom Hahn.

»Seine Göttlichkeit ist erzürnt?«, fragte ich.

»Leiser gestellt wäre es vielleicht reine Erzürnung gewesen: ›So, Sturgis, sieht so aus, als würde Ihre Scheißleiche ihre scheiß fünfzehn Minuten Ruhm bekommen, also sehen Sie zu, dass Sie ein anständiges Scheißfoto von ihrer toten Visage machen, weil Sie nur eine Scheißchance bekommen werden. Und sehen Sie zu, dass Sie was damit anfangen, ich habe mir nämlich gerade einen Haufen Scheiß von einem Scheißpolitiker mit Verbindungen zum Weißen Haus anhören müssen.‹«

»Wann wird das Foto gesendet?«

»Heute Abend um sechs. Wenn ich meinen Scheißhintern in Bewegung setzen kann.« Er lächelte. »Aber ich glaube, das schaffe ich.«

Das Foto erschien für zehn Sekunden am Ende der Nachrichten. Drei Stunden später rief Milo völlig begeistert an. »Ihr Name ist Adriana Betts, und sie stammt aus Boise. Eine Cousine aus Downey hat das Foto gesehen und sie wiedererkannt; sie hat Adrianas Schwester in Idaho angerufen, die hat daraufhin mich angerufen und mir ein Foto gemailt. Sie kommt morgen hierher. Ich habe Befragungsraum B in unserem Hilton in der Butler Avenue gebucht.«

»Hatte die Schwester irgendetwas Interessantes über Adriana zu sagen?«

»Wunderbarer Mensch, keine Feinde, wie konnte so etwas passieren, warum passiert so was immer den Guten.«

Ich musste an Jimmy Asherwood denken und empfand plötzlich ein sonderbares, schmerzliches Mitgefühl für einen Mann, den ich nie kennengelernt hatte.

»Alex? Bist du noch da?«

»Wie bitte?«

»Ich habe dich gefragt, ob du morgen mitkommen kannst, wenn ich die Schwester treffe, und du hast nicht geantwortet. Drei Uhr.«

»Ja«, sagte ich.

»Mein Lieblingswort.«

19

Um Helene Johanson als Adriana Betts' Schwester zu erkennen, war kein DNA-Test nötig.

Sie war vier Jahre älter als Adriana, hatte ein freundliches, breites Gesicht, eine stämmige Figur und kastanienbraune Haare. Sie sah aus wie Adrianas Zwilling. Wie Adriana, von den Toten auferstanden. Es war verstörend.

Nur ihr Kleidungsstil hätte nicht unterschiedlicher sein können. Adriana war in einem sackartigen Kleid und billigen Schuhen gefunden worden, die beide von Walmart und »made in China« gewesen waren. Helene bevorzugte Designerjeans mit Strasssteinchen, sie trug ein figurnahes schwarzes Rippentop unter einer hellbraunen Wildlederjacke mit Fransen und Cowboystiefel aus Schlangenleder. Ihre Nägel waren rosa. Die Brillanten in ihren Ohren sahen echt aus, ebenso wie die Damen-Rolex an ihrem linken Handgelenk und die Gucci-Tasche, aus der sie ein seidenes Taschentuch mit Spitzenkante zog.

In eine Ecke waren die Initialen »HAJ« gestickt. Sie sah sich im Raum um und tupfte sich einen Augenwinkel.

»Danke, dass Sie so schnell kommen konnten, Mrs Johanson«, sagte Milo. »Tut mir leid, dass es so ein schrecklicher Anlass ist.«

»Sie hören das sicher ständig. Aber ich kann einfach nicht glauben, dass das passiert ist.«

»Ich höre das oft, Ma'am, aber deshalb ist es nicht weniger wahr. Können Sie über Adriana sprechen?«

»Deshalb bin ich hier«, sagte sie, wenn auch wenig überzeugend. »Ist wahrscheinlich besser als zuzusehen, wie die Bullen kastriert werden.«

»Bitte?«

»Wir züchten Rinder. In der Nähe von Bliss. Red und Black Angus für den Biomarkt. Diese Woche werden einige der Jungs ihrer Männlichkeit beraubt. Der Lärm und der Gestank sind schrecklich. Ich mache mich dann immer davon. Aber es wäre immer noch besser gewesen als das hier.« Sie knallte das Taschentuch auf die Tischplatte. »Lieutenant, was ist mit meiner Schwester passiert?«

»Soweit wir bislang wissen, ist sie in einem Park erschossen worden.«

»Mitten am Tag?«

»Abends, Ma'am.«

»Das ergibt keinen Sinn«, sagte Helene Johanson. »Warum sollte sich Adriana denn abends in einem Park herumtreiben? Hat sie sich vielleicht verfahren und ist in einem Slum gelandet oder so was?«

»Eigentlich ist es eine sehr schöne Gegend. Cheviot Park. Hat Adriana je davon gesprochen?«

»Sie hat überhaupt nicht von Los Angeles gesprochen. Warum auch? Sie hat schließlich in San Diego gewohnt.«

»Tatsächlich«, sagte Milo. »Wann ist sie denn dorthin gezogen?«

»Vor etwa einem Jahr. Davor war sie ein Jahr in Portland. Warum sollte sie in einen Park in Los Angeles gehen?«

»Hat sie hier jemanden gekannt?«

»Sie hat jedenfalls nie etwas erwähnt.«

»Was hat sie nach San Diego geführt?«

»Der gleiche Grund, der sie nach Portland geführt hat«, erwiderte Johanson. »Ein Job. Sie hat Kinder gehütet. Nicht als Babysitterin, sondern in Vollzeit. Sie liebte das. Sie liebte

Kinder.« Ihr Gesicht sank ein. »Jetzt wird sie nie ein eigenes haben können ... Darf ich meinen Mann anrufen?«

»Natürlich.«

Sie brauchte eine Weile, bis sie ihr Handy in ihrer Tasche gefunden hatte, dann drückte sie eine Kurzwahltaste, sprach mit »Danny« und fing an zu weinen.

Als sie aufgelegt hatte, sagte Milo: »Mrs Johanson, alles, was Sie uns über Adriana sagen können, kann uns weiterhelfen. Was war sie für ein Mensch? Wer waren ihre Freunde?«

»Was sie für ein Mensch war? Ein guter, ein wundervoller Mensch. Sie hatte nicht einen schlechten Charakterzug. Sie war freundlich und aufrichtig. Sehr gläubig. Wir sind als Methodisten erzogen worden, aber sie brauchte etwas Intensiveres. Religion war ihr sehr wichtig. Sie hat in der Sonntagsschule unterrichtet. Kindergartenkinder. Die Kleinen hat sie immer besonders geliebt.«

»Und ihre Freunde ...«

»Das war ihre Kirchengruppe. Auch schon bevor sie konvertiert ist. Sie war immer mit den netten Kids zusammen.«

»Und in Kalifornien?«

Sie drehte an einem ihrer Diamantstecker. »Tja, jetzt muss ich wohl zugeben, dass wir uns so nahe wiederum nicht standen. Und dass ich mich deswegen richtig mies fühle. Auf dem Flug hierher habe ich die ganze Zeit darüber nachgedacht, warum ich nicht besser auf Adriana aufgepasst habe. Sie hat nie darum gebeten, aber ich hätte sie einfach mehr in mein Leben einbeziehen müssen ... Es tut mir leid, aber ich weiß es nicht. Ich weiß nicht viel über ihr Leben, seit sie Idaho verlassen hat.«

»Warum ist sie aus Portland weggezogen?«

»Die Familie, für die sie gearbeitet hat, konnte sich keine Nanny mehr leisten. Adriana war der kleine Junge sehr ans Herz gewachsen, aber es half leider nichts.«

»Hat sie ihre Jobs über eine Agentur bekommen?«

»Das weiß ich nicht.«

»Haben Sie ihre Adresse?«, fragte Milo. »Auch die in Portland, falls Sie sich erinnern.«

Kopfschütteln. »Nein, tut mir leid.«

»Was ist mit einer Telefonnummer?«

»Sie hat mir nur ihre Handynummer gegeben.« Helene scrollte durch ihr Telefonverzeichnis und las eine Nummer ab. Oft hatten die Schwestern wohl nicht telefoniert, sonst hätte sie die Nummer sicher auswendig gewusst.

»Hat sie Ihnen irgendetwas über ihre Arbeitgeber in San Diego erzählt?«

»Sie waren Ärzte – Professoren.«

»An der Uni von San Diego?«, fragte ich.

»Sie hat mir nur erzählt, dass einer von beiden in der Krebsforschung gearbeitet hat, und das hat sie sehr beeindruckt. Aber ich weiß noch nicht einmal, ob das der Mann oder die Frau war.«

»War sie glücklich mit ihrem Job?«

»Adriana war immer glücklich, sie war ein von Grund auf glücklicher Mensch – oh, mir fällt etwas ein, das kleine Mädchen war adoptiert. Aus Korea oder China, irgendetwas Asiatisches.« Ihre Augen leuchteten auf. »Ach ja, und ihr Name war May. Adriana fand sie zum Anbeißen.«

»Wann hat sie Ihnen das erzählt?«

Helenes Augen irrten rastlos umher. »Das ist schon viel zu lange her. Gleich nachdem sie dort anfing.«

Milo sagte: »Die Frage mag Ihnen idiotisch erscheinen, Ma'am, aber hatte Adriana Feinde?«

»Nein, sie wurde von allen geliebt. Ich kann mir auch nicht vorstellen, dass sie in schlechte Gesellschaft geraten ist. Das würde nicht zu ihr passen. Sie mochte ruhige Beschäftigungen wie Lesen und Häkeln; sie hat immer

Decken für die Babys ihrer Freundinnen aus der Kirche gemacht.«

»Wie sah es mit Beziehungen aus?«

»Mit Männern?«

»Ja.«

»In der Highschool hatte sie einen Freund. Dwayne Hightower, seine Familie hatte ein großes Stück Land nicht weit von dort, wo Danny und ich unsere Rinder halten. Alle dachten, Dwayne und Adriana würden heiraten, sobald sie mit der Schule fertig waren. Doch dann kam Dwayne bei einem Traktorunfall ums Leben. Adriana hat nie wieder etwas mit einem Mann angefangen.« Sie schniefte. »All die Jahre war sie immer nur für andere da. Es ist so unfair.«

»Das tut mir leid, Ma'am.«

»Als Dwayne starb, hat sich Adriana vollkommen zurückgezogen. Aber dann war sie wieder voll da, ganz die alte Adriana, fröhlich, glücklich, immer da für ihre Mitmenschen.«

»Unverwüstlich«, sagte ich.

»Und wie.«

»Aber kein Interesse an Männern.«

»Nicht, dass keiner es versucht hätte. Aber irgendwann kam keiner mehr. Wahrscheinlich hatten sie es kapiert.«

»Gab es einen, der sich besonders abgewiesen fühlte?«

»So einen irren Stalker? Nein.«

»Hätten Ihre Eltern vielleicht irgendwelche zusätzlichen …«

»Sie sind beide tot«, sagte sie. »Krebs, bei beiden. Danny meint, es war das Radon unter dem Haus, und ich denke, er hat recht. Mom und Dad starben innerhalb von neunzehn Monaten, und da war tatsächlich Radon im Boden, Danny hat es messen lassen. Damit wir wissen, ob unsere Kinder sicher wären. Es wurde nicht viel gefunden, aber immerhin ein bisschen. Ich wollte, dass Adriana das Haus verkauft und den Erlös behält. Danny und ich verkaufen jedes Pfund Fleisch von unseren Tieren, und wir verdienen auch ganz gut an Knochen, Haut und verwertbarem Fett. Deshalb wollte ich, dass Adriana das Haus bekommt, aber sie bestand darauf, dass es nach dem Gesetz uns beiden gehört, und sie wolle keine Sonderbehandlung.«

»Was passierte denn mit dem Haus, nachdem Adriana nach Portland gezogen war?«

»Wir haben es verkauft. Nachdem alle Steuern bezahlt und Darlehen abgelöst waren, blieb nicht mehr viel übrig.«

»Warum hat sich Adriana nicht einfach Arbeit in Boise gesucht?«, fragte ich.

»Sie meinte, sie wollte ein wenig von der Welt sehen. Ich wollte wissen, warum sie nicht gleich irgendwas Verrücktes machte, zum Beispiel nach Europa gehen. Danny und ich reisen für unser Leben gern, wir machen Kreuzfahrten, letztes Jahr sind wir an der italienischen Küste entlanggefahren, das war toll.« Sie lächelte. »Ich schätze, Adriana war die Westküste Abenteuer genug.« Sie biss sich auf die Lippe. »Muss ich sie jetzt anschauen? Um sie zu identifizieren?«

»Das ist nicht nötig, Mrs Johanson.«

»Nein?«

»Wir wissen, wer sie ist.«

»Oh, gut, und wie geht es jetzt weiter? Kann ich sie gleich mitnehmen?«

»Noch nicht, Mrs Johanson.«

»Wird sie obduziert?«

»Ja, Ma'am.«

»Wann wird das erledigt sein?«

»In ein paar Tagen.«

»Und dann?«

»Dann werden Sie informiert und bekommen eine Liste

mit Bestattern«, erklärte Milo. »Die kümmern sich um alles Weitere.«

»Ich denke, ich werde sie neben Mom und Dad beerdigen lassen … da ist noch ein Platz frei. Zwei, genau genommen, einer für sie, einer für mich.«

Ich fragte: »Keine weiteren Geschwister?«

»Nein, nur Adriana und ich … ich werde ihrem Pastor Bescheid geben. Er möchte bestimmt eine Trauerfeier ausrichten.«

»Könnten wir seinen Namen haben?«, bat Milo.

»Pastor Goleman. Die Kirche heißt Life Tabernacle Church of the Fields. Irgendwelche Empfehlungen, was den Bestatter angeht, Lieutenant Sturgis?«

»Sie sind alle gut, Ma'am.«

»Einer wie der andere? Also gut, sieht wohl so aus, als würde ich am besten heimfliegen, und Sie geben mir dann Bescheid, wann ich meine Schwester abholen kann.«

»Brauchen Sie jemanden, der Sie zum Flughafen fährt?«

»Nein, ich habe mir einen Wagen mit Fahrer für den Tag gemietet.«

»Wann geht Ihr Flug?«

»Wann immer ich will.« Sie sah weg. »Ich fliege vom Van Nuys Airport ab, wir haben ein eigenes kleines Flugzeug; es ist ein Mini-Jet, man kann nicht einmal darin stehen, nichts Aufregendes. Wir benutzen ihn für Geschäftsreisen, wenn wir zu Rindermärkten oder Samenhändlern und so weiter müssen.«

»Warum nicht«, sagte Milo.

»Danny nennt das effizient; aber unter uns gesagt, glaube ich, dass er einfach einen eigenen Flieger wollte. Ich dachte, ich könnte Adriana gleich mitnehmen und habe auch mit dem Piloten gesprochen, ob wir genug Platz haben.« Sie wischte sich die Augen. »Ich schätze, ich fliege allein nach Hause.«

20

Adriana Betts' Handynummer führte zu einer Adresse in Portland, doch ihre aktuelle Postadresse war ein Postfach in La Jolla. Milo begann, einen Antrag auf Beschlagnahmung der Daten zu stellen, beschloss dann aber, zuerst bei dem Postfach nachzufragen.

Die Angestellte sagte: »Bleiben Sie kurz dran, ich sehe nach … Hier, Betts. Vor drei Monaten gekündigt.«

»Irgendeine Idee, warum?«

»Wir fragen nicht nach.«

»Hat sie einen Nachsendeauftrag?«

»Moment … nein, nur gekündigt.«

»War alles bezahlt?«

»Bis zum letzten Tag«, sagte die Angestellte. »Das ist ziemlich cool.«

»Was?«

»Dass jemand so ehrlich ist.«

»La Jolla passt, da sie für ein Ärzteehepaar gearbeitet hat. Da wohnen jede Menge Mediziner. Und denen geht in der Regel nicht das Geld für die Nanny aus.«

»Die medizinische Fakultät ist riesig«, sagte Milo. »Kennst du da jemanden?«

»In der Pädiatrie, aber ihre Schwester sagte etwas von Krebsforschung, da sollte ich es zuerst in der Onkologie versuchen.«

»Die Schwester hat nicht viel gewusst, was? Vielleicht

wollte Adriana das nicht. Wozu braucht eine gläubige Kirchgängerin ein Postfach?«

»Eine Kirchenmaus mit Doppelleben?«

»Ihr Tod war jedenfalls nicht schön.«

Ein erzürnter Aktivist hätte das Opferbeschuldigung genannt. Für jemanden, der mit Morden zu tun hatte, war es nur logisch.

Anhand der Handynummer ermittelte Milo die Adresse in Portland. »Lass uns erst mit diesen Leuten reden.«

Susan Van Dyne arbeitete als Bibliothekarin in der Hauptstelle der Bücherei des Multnomah County. Bradley Van Dyne war in der Personalabteilung einer Start-up-Firma, die Software entwickelte. Beide hatten Facebook-Seiten, die sie als flachsblonde Brillenträger mit einer Vorliebe für Wintersport zeigten. Ihr einziges Kind war der dreijährige Lucas, der ebenfalls bereits eine Brille trug. Auf mehreren der Fotos war Adriana Betts zu sehen, wie sie den Jungen auf dem Schoß hielt.

Von allen lächelnden Gesichtern strahlte das von Adriana am meisten. Sie trug das Kleid, in dem sie gestorben war. Lucas umklammerte ihren Finger mit seiner kleinen Hand. Nanny und Kind schienen heftig ineinander verliebt. Bis hierher glaubte ich alles, was Adriana ihrer Schwester erzählt hatte.

Die Nummer der Van Dynes war über die Auskunft zu erfahren. Als Milo ihnen von dem Mord erzählte, schnappten sie synchron nach Luft.

»Mein Gott, mein Gott«, sagte Susan. »Adriana war ein Goldstück. Wir bedauern so, dass wir sie gehen lassen mussten.«

»Warum haben Sie sie denn gehen lassen?«

»Ich wurde arbeitslos«, erwiderte Bradley, »und wir konnten sie uns nicht mehr leisten. Wenn die Personalabteilung dezimiert wird, weiß man, dass es mit der Firma bergab geht. Und wissen Sie was? Zehn Tage nachdem ich draußen war, war der Laden pleite.«

»Nachdem Bradley zu Hause war, brauchten wir auch keine Nanny mehr«, sagte Susan.

»Ich wurde Hausmann. Das war nicht unbedingt eine Sternstunde meiner Laufbahn, aber inzwischen bringe ich ja wieder Geld nach Hause. Die arme Adriana. Ich kann mir überhaupt nicht vorstellen, wer ihr wehtun könnte. War das ein Zufallsverbrechen? Schließlich war sie nicht gerade auf der Überholspur unterwegs.«

»Keine Partys?«, fragte ich.

»Adriana? Im Vergleich zu ihr sahen wir aus wie Nachtschwärmer, und glauben Sie mir, wir sind alles andere als das.«

»Sie hatte abends frei, aber sie ging nie aus«, ergänzte Susan. »Sie wollte immer nur lesen, fernsehen und häkeln. Sie hat drei wunderschöne Decken für Lucas gemacht. Oh Gott, wenn er das wüsste.«

»Hatte Adriana Freunde?«, wollte Milo wissen.

»Wir haben jedenfalls nie jemanden kennengelernt.«

Bradley sagte: »Sie hat mal zu mir gesagt, ihr bester Freund sei Lucas.«

»Lucas und sie waren wirklich ein Herz und eine Seele«, bestätigte Susan. »Sie hatte ein fantastisches Gespür für Kinder, sie konnte sich voll und ganz auf ihn einlassen, wenn sie mit ihm spielte. Er fragt immer noch nach ihr. Es war nicht leicht, sie zu entlassen.«

»Wie hat sie reagiert?«

»Ganz vernünftig«, erwiderte Bradley. »Als hätte sie schon damit gerechnet. Ich hatte schon eine ganze Weile darüber gejammert, wie schlecht es der Firma geht.«

»Um Ihnen zu verdeutlichen, was sie für ein Mensch war – wir haben ihr einen Monatslohn als Abfindung angeboten. Sie hat abgelehnt. Sie meinte, wir brauchten das Geld selbst.«

»Das klingt ja schon ziemlich heilig«, meinte ich.

»Man könnte sie wirklich als Heilige beschreiben. Deshalb erscheint es auch so unsinnig, dass jemand sie ermordet hat.«

»Oder gerade«, sagte Susan.

»Was meinst du?«

»Heilige sterben gerne mal den Märtyrertod.«

»Ach so«, sagte er. »Ja, schon möglich.«

Ich fragte: »Wer könnte Adriana denn den Märtyrertod gewünscht haben?«

»Keine Ahnung«, erwiderte Susan. »Wir haben seit über einem Jahr keinen Kontakt mehr zu ihr gehabt.«

»Wissen Sie denn, für wen sie gearbeitet hat?«

»Natürlich«, sagte sie. »Für die Changs.«

»Kennen Sie sie?«

»Nein, aber Adriana hat uns ihre Adresse gegeben, damit wir die Post nachsenden können. Ein Ärzteehepaar.«

»Finanziell gesehen auf jeden Fall die bessere Wahl«, meinte Bradley.

»Mussten Sie viel Post nachsenden?«, wollte Milo wissen.

»Ehrlich gesagt, nicht ein einziges Stück. Selbst als sie hier gewohnt hat, hat sie nur Werbepost bekommen – die Gutscheine hat sie dann immer uns gegeben. Ach so, und manchmal kam etwas von ihrer Kirche in Idaho.«

»Tabernacle oder so«, sagte Susan. »Ich glaube, sie war eine Fundamentalistin. Andererseits war sie nicht verbohrt, keine verblendete Missionarin.«

»Hat sie denn in Portland auch eine Kirche gefunden?«

»Sie ging jeden Sonntag«, sagte sie. »Von zehn bis zwölf.

Das war das einzige Mal in der Woche, dass sie überhaupt länger weg war. Ich kann Ihnen aber nicht sagen, in welche Kirche. Wir haben sie nie danach gefragt, und sie hat es uns nicht erzählt.«

»Gibt es noch etwas, das uns vielleicht weiterhelfen könnte?«

»Sue?«, fragte Bradley.

»Nein, tut mir leid.«

»Wie wär's mit der Adresse in La Jolla?«, sagte Milo.

»Warten Sie, ich gehe sie holen.«

Sekunden später war sie wieder da und las die Adresse des Postfaches vor, wo Milo gerade erst angerufen hatte.

Er machte eine obszöne Geste. »Eine Frage noch: Haben Sie Adriana über eine Agentur gefunden?«

»Nein«, antwortete Bradley. »Wir haben eine Anzeige in die Zeitung gesetzt.«

»Das war nicht so gewagt, wie es klingt«, sagte Susan. »Wir haben einen Freund einen Hintergrundcheck machen lassen, der als Sicherheitsmann für ein Hotel arbeitet. Er meinte, sie habe eine absolut reine Weste.«

»Könnten wir seinen Namen haben?«

Schweigen. »Muss das unbedingt sein?«

»Gibt es ein Problem, Ma'am?«

»Na ja«, sagte Susan, »ehrlich gesagt ist er kein Freund, sondern mein Bruder, und ich bin nicht sicher, ob er seinen Hotel-Account für private Zwecke nutzen darf.«

»Ich verspreche, ihn nicht in Schwierigkeiten zu bringen, Mrs Van Dyne. Ich möchte nur so viel wie möglich über Adriana herausfinden.«

»Also gut. Michael Ramsden ist sein Name. Hier ist seine Nummer.«

»Vielen Dank. Und für den Fall, dass Ihnen noch etwas einfällt – hier ist meine.«

»Es ergibt einfach keinen Sinn«, sagte Bradley. »Wer das getan hat, muss geistesgestört sein oder so was.«

»Absolut«, ergänzte Susan. »Adriana war so beständig. Lucas hat sie angebetet. Ich werde ihm auf keinen Fall erzählen, was passiert ist.«

Michael Ramsden hatte nicht mit Milos Anruf gerechnet.

»Wer?«, fragte er.

»Adriana Betts.«

»Nie gehört.«

»Hm«, sagte Milo. »Dann hat Ihre Schwester also gelogen.«

»Moment – ich nehme nur schnell ein anderes Telefon.« Augenblicke später: »Meinen Sie die Haushälterin?«

»Susan sagte, Sie hätten sie durchgecheckt.«

»Ich habe nur die Basisangaben überprüft, jeder hätte das im Internet machen können. Ich wäre Ihnen also dankbar, wenn Sie keine große Affäre daraus machen würden.«

»Während der Arbeitszeit?«

»In der Kaffeepause«, sagte Ramsden. »Mit meinem privaten Laptop. Meine Schwester war glücklich. Sie sagen, jemand hat das Mädchen umgebracht?«

»Ja.«

»Wow«, sagte Ramsden. »Nun, in dem, was ich über sie herausgefunden habe, hat nichts darauf hingedeutet, dass so etwas passieren könnte.«

»Weiße Weste?«

»Nach allem, was der Computer ausgespuckt hat, ja.«

Eine Überprüfung der medizinischen Fakultät der Universität von San Diego ergab, dass Dr. Donald Chang in der Gefäßchirurgie und Dr. Lilly Chang als Zellbiologin in der Onkologie tätig waren. Er operierte gerade. Sie nahm den Anruf selbst entgegen.

»Adriana? Oh nein, das ist ja schrecklich. In Los Angeles?«

»Ja.«

»Nun«, sagte sie, »das erklärt alles.«

»Was denn, Dr. Chang?«

»Dass sie uns sitzen gelassen hat«, sagte sie. »Das hatten wir zumindest angenommen. Nicht gleich von Anfang an natürlich. Zuerst hatten wir Angst, dass ihr etwas zugestoßen ist, weil sie immer so zuverlässig war und nie ausgegangen ist. Dann, vor etwa drei Monaten, sagte sie, sie würde sich mit einer Freundin zum Abendessen treffen, und kam nie mehr zurück. Wir schalteten die Polizei ein, klapperten Notaufnahmen ab, wir waren richtig in Sorge. Da sie nicht ans Handy ging, nahmen wir schließlich an, sie wäre abgehauen, und wurden ziemlich sauer. Wir arbeiten beide Vollzeit, und jetzt hatten wir niemanden für May. Wir haben uns bei der Agentur beschwert und bekamen einen Nachlass für eine Ersatzkraft.«

»Was war mit ihrem Auto?«

»Sie hatte keines. Sie fuhr mit dem Bus oder ging zu Fuß. Damit war sie ziemlich eingeschränkt, aber sie ist, wie gesagt, ohnehin nicht viel ausgegangen.«

»Bis sie dann wegging«, sagte Milo.

»Ja«, erwiderte Lilly Chang. »Schrecklich, was passiert ist. Wo war das denn? In Los Angeles?«

»Hat sie jemals von Los Angeles gesprochen?«

»Nein, nie.«

»Über welche Agentur haben Sie sie denn bekommen?«

»Happy Tots. Denen war das furchtbar unangenehm.«

»Was ist mit Adrianas persönlichen Sachen?«

»Wir haben ihre wenigen Habseligkeiten in Kartons gepackt und verstaut. Es ist alles noch da, weil wir, ehrlich gesagt, gar nicht mehr daran gedacht haben.«

»Wir würden gern vorbeikommen und die Kartons abholen.«

»Selbstverständlich. Sie stehen in unserem Lagerraum. Es war wirklich nicht viel.«

»Könnten wir heute noch vorbeischauen?«

»Heute Abend würde gehen. Nach halb acht, ich habe noch Meetings bis halb sieben und möchte May gern selbst ins Bett bringen.«

»Kein Problem. Wenn wir da sind, können wir uns ja noch ein bisschen mit Ihnen und Ihrem Mann unterhalten, das wäre toll.«

»Es gibt wirklich nicht viel, worüber wir reden könnten.«

»Sicher, aber hier geht es um Mord, und wir müssen gründlich sein.«

»Natürlich. Aber wenn Sie mit Donald reden wollen, müssen Sie später kommen – auf keinen Fall vor neun, eher gegen zehn.«

»Er kommt spät von der Arbeit.«

»Spät wäre gut«, sagte Lilly Chang. »Nie würde es eher treffen.«

Milo rief bei Happy Tots, der Vermittlungsagentur, an und sprach mit einer Frau namens Irma Rodriguez, deren Reaktion klang, als würde sie unter Bauchschmerzen leiden.

»Die«, sagte sie. »Die hat uns ganz schön an der Nase herumgeführt.«

»Inwiefern, Ma'am?«

»Wir hielten sie für zuverlässig. Was hat sie denn angestellt?«

»Sie ist tot«, sagte Milo.

»Bitte?«

»Sie wurde ermordet.«

»Um Gottes willen«, sagte Rodriguez. »Sie machen Witze.«

»Leider nein, Ma'am. Wie ist Adriana denn in Ihre Datei gekommen?«

»Sie hat uns angerufen und Empfehlungsschreiben ihrer früheren Arbeitgeber gemailt. Sie hatte Glück, dass das Jobangebot der Changs gerade hereinkam. Das ist eine solide Stelle. Ich war stinksauer, als ich hörte, dass Adriana die Leute so schäbig behandelt hat.«

»Wie war Adriana denn so?«

»Na ja«, sagte Rodriguez, »normalerweise sehe ich mir Bewerberinnen persönlich an, aber bei ihren Referenzen und makellosem Hintergrundcheck dachte ich, sie wäre okay.«

»Wer hat sie denn empfohlen?«

»Moment …«

Mehrere Sekunden verstrichen, bis sie sich wieder meldete. »Wir haben nur eine Empfehlung, aber die war gut. Mr und Mrs Van Dyne aus Portland, Oregon. Sie wurde umgebracht? Man weiß es einfach nie.«

Ich rief Robin an und erzählte ihr, dass ich entweder sehr spät heimkäme oder über Nacht in San Diego bleiben würde und warum.

»Eine Nanny«, sagte sie. »Es scheint sich alles um die Kleinen zu drehen.«

»Scheint so, ja«, erwiderte ich, ein Bild voller Miniaturskelette aus Pappe vor mir.

»Falls du doch nach Hause kommst heute Abend, weck mich bitte, egal wie spät es ist.«

»Sicher?«

»Absolut. Ich vermisse deine Füße im Bett. Wie du dich immer so komisch verdrehst und ich nach dir tasten muss, um dich zu finden.«

»Ich liebe dich.«

»So könnte man es auch ausdrücken. Fahrt vorsichtig.«

Um 17.15 Uhr verließen wir die Polizeistation. Statt sich wagemutig in den Feierabendverkehr auf dem Freeway zu stürzen, nahm Milo Seitenstraßen zum Playa Del Rey, wo wir am Hafen bei einem Italiener mit drittklassiger Einrichtung, aber erstklassiger Karte zu Abend aßen.

Er sagte: »Lass mich fahren, dann kannst du was trinken, mon ami.«

Wir nahmen beide zum Abschluss einen Kaffee, und um halb acht war ich einigermaßen aufgeregt, wusste aber immer noch nicht, wer wohl eine Heilige ermordet haben könnte. Als wir auf den Freeway 405 Richtung Süden eingebogen waren, wurde Milo still, und ich hörte meine Nachrichten ab.

Holly Ruche hatte um achtzehn Uhr angerufen, um sich dafür zu entschuldigen, dass sie ihren Termin abgesagt hatte, und um einen neuen zu vereinbaren. Ich hinterließ ihr meine Zusage. Eine Stunde und fünfzig Minuten später erreichten wir La Jolla.

21

Donald und Lilly Chang wohnten einen Steinwurf entfernt vom Campus der University of San Diego in einer großen bewachten Wohnsiedlung namens Regal Life La Jolla. Die vierstöckigen braun-beigen Apartmentblocks waren von selten gewordenen Torrey-Kiefern umgeben, ebenso wie die übrige kleine Stadt, außer dort, wo der Pazifik sie begrenzte.

Ein wunderschöner Ort, ein lauer Abend. Es war hier wesentlich milder als in Portland, wobei ich bezweifelte, dass Adriana Betts wegen des Wetters hierhergezogen war.

Sie hatte einen passenden Job gesucht, bei dem sie sich um anderer Leute kleine Schätze kümmern konnte.

Das wusste ich ja alles.

Milo rollte auf das Wachhäuschen der Regal-Life-Siedlung zu. Da Lilly Chang unseren Besuch angemeldet hatte, musste er noch nicht einmal seine Marke zücken. Wir ließen den Wagen auf dem Besucherparkplatz zurück und machten uns zu Fuß auf den Weg, vorbei an Springbrunnen, Kreisverkehren, sorgfältig gepflegten Palmen, Kiefern, Korallenbäumen und samtig grünen präzise abgemessenen Rasenflächen.

Es dauerte eine Weile, bis wir das Haus gefunden hatten. Die Sicherheitstür sprang sofort summend auf.

Auf Milos Klopfen hin öffnete eine Frau mit roten Haaren und einem Gesicht voller Sommersprossen, das von einer enormen blaurandigen Brille beherrscht wurde. Sie trug weite grüne Leinenhosen und ein schwarzes T-Shirt mit der Aufschrift: *Ich sehe vielleicht faul aus, aber auf zellularer Ebene bin ich ziemlich aktiv.*

»Hi, ich bin Lilly, kommen Sie rein. Donald kommt auch gleich, er duscht noch.«

Dr. Lilly Chang war etwas über eins fünfundsechzig groß und schlaksig und hatte einen federnden Gang, der ihren Haarwust bei jedem Schritt wippen ließ.

Trotz der gehobenen Lage war die Wohnung klein, weiß, nüchtern, woran auch die obligatorische Granitplatte und die matt gebürsteten Edelstahlarmaturen in der Küche nichts änderten. Ein Minibalkon bot Blick auf eine braune Mauer. Die Möbel sahen aus, als stammten sie aus einer Jugendherberge. Einziges Stück Kunst war ein Poster mit der Karikatur eines menschlichen Gehirns. Darunter stand: *Software muss man nicht immer kaufen.*

Für Gemälde oder Drucke war kein Platz, denn die Wände waren nahezu vollständig mit Fotos von einem hübschen Baby mit Mandelaugen und blauschwarzen Haaren bedeckt. Auf manchen Bildern war May Chang in Starposen drapiert worden; ihre Reaktion auf das Blitzlichtgewitter reichte von ungläubigem Schrecken bis zu strahlendem Vergnügen. Teils war sie auch zu sehen, wie sie auf Lilly Changs Schoß saß oder mit einem asiatischen Mann mit schütterem Haar, der Ende dreißig sein mochte.

Auf einem schwarzen Plastikbeistelltisch stand ein weißes Plastik-Babyphon, das rhythmisch krächzte. Über dem Tisch hing das größte Porträt von May, in Gold gerahmt.

Lilly Chang sagte: »Ich weiß, wir sind in sie vernarrt.«

»Sie ist zum Anbeißen. Wie alt ist sie?«, fragte ich.

»Zweiundzwanzig Monate. Sie ist unser ganzes Glück.«

Sie fummelte am Saum ihres T-Shirts. Eine dieser glattgesichtigen Frauen, deren Alter schwer zu bestimmen war. Ich schätzte sie auf Anfang dreißig.

»Bitte, nehmen Sie Platz. Wie war die Fahrt?«

»Kein Problem«, erwiderte Milo.

»Meine Eltern wohnen in Los Angeles, ich versuche, sie alle fünf, sechs Wochen zu besuchen. Der Verkehr ist manchmal ganz schön zäh.« Sie lächelte. »Aber ich denke, Sie können ja einfach Ihre Sirene benutzen.«

»Das wäre praktisch, aber leider ist das absolut tabu.«

»Alles klar«, sagte sie. »Möchten Sie was trinken? Kaffee? Saft?«

»Nein danke, Dr. Chang.«

»Lilly reicht.«

»Wo wohnen Ihre Eltern denn?«, fragte ich.

»In Sherman Oaks. Ich bin das California Girl schlechthin.« Sie zeigte strahlend ihre Zähne. »So was von. Zum Kotzen.« Ihre Miene wurde ernst. »Okay, wir wollen aber über Adriana sprechen. Ich muss die Nachricht erst noch verarbeiten. Es ist einfach zu schrecklich.«

»Ja«, erwiderte Milo.

»Darf ich fragen, wo es passiert ist?«

»Im Cheviot Park.«

»Wow«, sagte sie. »Meine Familie ist früher immer am vierten Juli dorthin gegangen, um das Feuerwerk zu sehen. Es schien immer ein sicherer Ort zu sein.«

»Ist es im Allgemeinen auch.«

»Wow«, wiederholte sie. »Nach unserem Telefonat habe ich darüber nachgedacht, ob mir noch etwas einfällt, das Ihnen weiterhelfen könnte. Das Einzige, was mir in den Sinn kam – und es ist wahrscheinlich nichts –, war vor vier, fünf Monaten, da hat Adriana uns begleitet, als wir zu meinen Eltern fuhren. Wir wollten ihr den Tag freigeben, aber sie meinte, sie brauche das nicht, und sie würde uns gern zur Verfügung stehen, falls wir abends ausgehen wollten, Donald und ich.«

»Hätten Ihre Eltern denn nicht babysitten können?«, fragte ich.

»Natürlich. Aber ich hatte den Eindruck, dass Adriana unbedingt mitkommen wollte, deshalb sagte ich ja. Meine Mutter hatte gekocht, also blieben wir zum Essen zu Hause. Als Adriana das hörte, fragte sie, ob sie denn ausgehen dürfe. Sie wolle mit einer Freundin essen gehen. Ich weiß, ich hatte Ihnen am Telefon gesagt, dass sie keine Freunde habe, aber da hatte ich nur San Diego im Kopf. An die Sache in Los Angeles hatte ich gar nicht mehr gedacht. Wir waren jedenfalls einverstanden. Sie telefonierte, und kurz darauf kam jemand, um sie abzuholen. Sie blieb mehrere Stunden weg. Inzwischen frage ich mich, ob sie vielleicht ein Rendezvous hatte.«

»Hat ein Mann sie abgeholt?«

»Keine Ahnung. Ich weiß nur, dass es ein rotes Auto war, und daran kann ich mich nur deshalb erinnern, weil die Farbe durch die Gardinen geschimmert hat. Ich weiß noch, wie ich dachte: *Ganz schön protzig für Adriana; ob sie einen heimlichen Freund hat?* Aber danach ist sie nie wieder ausgegangen. Wirklich nie wieder.«

»Wie war denn ihre Stimmung, als sie nach Hause kam?«, fragte ich.

»Normal. Nicht erregt, nicht überschwänglich. Sie war immer ziemlich ruhig. Aber um ehrlich zu sein, habe ich nicht sonderlich auf sie achtgegeben, weil ich ziemlich fertig war und es mir vor weiteren zwei Stunden Autofahrt grauste. Donald hatte zuvor Rufbereitschaft gehabt und danach viel zu tief ins Glas geschaut, und Adriana hatte keinen Führerschein. Ich musste also fahren.«

»Und du hast dich wacker geschlagen«, ließ sich eine Stimme von der Tür her vernehmen.

Seit dem Foto mit seiner Tochter hatte sich Donald

Chang ziemlich verändert. Er trug jetzt eine Glatze und einen Schnurrbart; breite Schultern über schmalen Hüften, straffe Haut, leuchtende dunkle Augen. Ich korrigierte meine Schätzung ein paar Jahre nach unten.

Wir schüttelten uns die Hand, wobei er dabei meine kaum berührte. Typisch Chirurg. Ich hatte schon damit gerechnet und passte auf, dass ich nicht drückte. Milos Händedruck war sogar noch leichter, das kam durch seine langjährige Beziehung mit Rick, der nicht wollte, dass man seine »Stradivarius verkratzte«.

Donald Chang setzte sich neben seine Frau und legte eine Hand auf ihr Knie.

»Schrecklich, das mit Adriana«, sagte er. »Sie war ein wirklich netter Mensch. Nicht besonders gesellig, wobei ich das nicht negativ werte. Sie hat nur nie den Anschein erweckt, als sei sie an ausgedehnteren Interaktionen mit anderen Menschen interessiert.«

»Außer dem einen Mal in Sherman Oaks«, warf Lilly ein.

»Was war da?«

»Als wir bei meinen Eltern waren und sie ausging?«

»Oh«, machte Donald. »Stimmt. Aber das ist nicht noch mal vorgekommen, oder?«

Sie schüttelte den Kopf.

»Sie war also gern mit May zusammen, unterhielt sich aber nicht gern mit Erwachsenen«, sagte ich.

»Ich würde das nicht als mangelnde Reife betrachten«, erwiderte Donald. »Sie war ein sehr ernsthafter Mensch. Trotzdem war sie am liebsten mit May zusammen, und sobald May im Bett war, hat sie sich in ihr Zimmer zurückgezogen.«

»Aber nicht etwa, um sich vor der Hausarbeit zu drücken«, sagte Lilly. »Sie bekam das alles tagsüber hin. Dabei gehörte das gar nicht zu ihren Aufgaben; wir hatten ursprünglich vor, für zweimal die Woche eine Haushaltshilfe zu engagieren.«

»Adriana meinte, das sei nicht nötig«, erklärte Donald, »die Wohnung sei nicht groß, sie würde das allein schaffen. Wir boten ihr an, ihr zusätzlich das zu bezahlen, was wir der Hilfe gegeben hätten, aber sie wollte nicht. Wir wollten sie nicht ausnutzen und bestanden darauf. Schließlich war sie mit zusätzlichen hundert Dollar die Woche einverstanden. Eine Riesenersparnis für uns.«

Lilly fuhr fort: »Sie konnte von Anfang an toll mit May umgehen, aber wir waren trotzdem vorsichtig und installierten Baby-Cams. Als wir die Aufnahmen sahen, waren wir endgültig beruhigt. Sie hätte nicht geduldiger, liebevoller und aufmerksamer sein können.«

»Haben Sie die Aufnahmen noch?«, erkundigte sich Milo.

»Tut mir leid, aber ich habe alles auf meinen Computer geladen, und als ich sicher war, dass Adriana in Ordnung war, habe ich alles gelöscht.«

»Wir haben die Kameras entfernt, als Adriana mit May spazieren war«, ergänzte Donald. »Wir wollten nicht, dass sie sie entdeckt und denkt, wir würden ihr nicht vertrauen. Natürlich haben wir ihr auch nicht vertraut. Vertrauen muss man sich verdienen.«

»Und Adriana hat es sich verdient«, sagte ich.

»Reichlich«, stimmte Lilly zu. »Sie war ein Goldstück.«

Susan Van Dyne hatte den gleichen Ausdruck verwendet.

»Unfassbar, dass ein Mensch wie sie ermordet wird«, meinte Donald. »Haben Sie schon eine Idee, wer es war?«

»Noch nicht, Doktor«, sagte Milo. »Was können Sie uns denn noch über sie erzählen?«

Donald sah seine Frau an. Die schüttelte den Kopf.

»Wo hat sie gewohnt?«, fragte ich.

»Im Gästezimmer.«

»Dürfen wir das sehen?«

»Es ist nichts mehr von ihr da. Und die neue Nanny schläft jetzt darin.«

»Wie ist denn die neue?«

»Nett«, sagte Lilly.

»Aber nicht Adriana.«

»Corinne ist nett, May scheint sich allmählich mit ihr anzufreunden. Aber Adriana war etwas Besonderes. Sie konnte unglaublich gut mit Kindern umgehen.«

»Corinne hat es außerdem nicht so sehr mit dem Haushalt«, sagte Donald. »Das heißt, dass wir jetzt einmal die Woche eine Hilfe haben.«

»Hat Adriana je von sich erzählt?«, fragte ich.

»Nicht wirklich«, erwiderte Lilly. »Sie war nicht unhöflich, aber sie wusste gut von sich abzulenken.«

»Wie denn?«

»Indem sie ausweichend antwortete und dann rasch das Thema wechselte. ›Oh, da ist ja ein Fleck auf der Arbeitsplatte‹, und schon war sie mit Wischen beschäftigt. Ich hatte den Verdacht, dass sie etwas sehr Schmerzvolles erlebt hat, vielleicht eine Beziehung, die schiefgegangen ist.«

Donald sah sie an. »Wirklich?«

»Ja, Schatz.«

»Ich dachte immer, sie wäre einfach nur schüchtern. Wie kommst du denn darauf, dass sie etwas Schlimmes erlebt hat?«

Sie lächelte. »Das war nur so ein Gefühl.«

»Hat sie den Eindruck gemacht, dass sie Sorgen hat?«, hakte ich nach.

Lilly überlegte. »Sie meinen, ob sie Depressionen hatte?«

»Depressionen, Angstzustände oder einfach nur Sorgen.«

»Nein, kann ich nicht sagen, sie war überhaupt nicht launisch. Ganz im Gegenteil, sie war sehr ausgeglichen, ist nie laut geworden. Ich hatte nur das Gefühl, dass sie ihre Privatsphäre brauchte, und das habe ich respektiert.«

»Gefühllos?«, fragte Milo.

»Nein, das würde ich auch nicht sagen. Sie war im großen Ganzen immer … *ausgeglichen*, das Wort trifft es wirklich am besten. Sie ging heiter durch ihr Leben, ohne sich je zu beklagen. Manchmal – wirklich sehr selten – habe ich sie überrascht, wie sie abwesend ins Leere blickte. Als würde sie sich an irgendetwas Schmerzvolles erinnern. Aber das war nichts wirklich Dramatisches.«

Ich sagte: »Ihr Verlobter ist mit einem Traktor verunglückt.«

»Oh je. Ja, das könnte es gewesen sein.«

Donald legte den Arm um Lillys Schulter. »Schatz, du bist der reinste Gefühlsdetektiv. Ich bin beeindruckt.«

Das Babyphon piepte. Beide Changs wandten sich dem Gerät zu.

Stille.

»Ist wieder eingeschlafen«, meinte Donald.

Lilly sagte: »Das ist alles, was ich Ihnen über Adriana erzählen kann. Möchten Sie ihre Habseligkeiten mitnehmen?«

»Wenn man so sagen kann«, bemerkte Donald.

»Sie hatte nicht viel?«, fragte Milo.

»Sagen wir so: nicht mehr, als in zwei Kartons passt, und einer davon ist ziemlich klein. Nicht viel für ein Leben, nicht wahr?«

22

Donald Chang nahm uns im Aufzug mit in eine Parkgarage, die voller Autos stand, abgesehen von einem Bereich, der mit einem Maschendrahttor abgetrennt war und Lagerabteile enthielt.

Chang öffnete das Tor eines der Abteile. »Die beiden Kartons vorne sind von Adriana, alles andere gehört uns.«

Milo zog einen Pappschrank und einen kleineren Karton heraus, der kaum mehr als dreißig auf dreißig Zentimeter maß. Beide Kisten waren ordentlich mit Packband verklebt und beschriftet: *Adriana Betts.*

Chang sagte: »Was drin ist, kann ich Ihnen nicht sagen. Lilly hat alles zusammengepackt. Möchten Sie sie mit hochnehmen, um hineinzusehen?«

»Danke, wir nehmen sie mit nach Los Angeles.«

»Für die Forensik und so weiter? Klar, das leuchtet ein. Viel Glück.«

Milo gab ihm seine Karte. »Falls Ihnen oder Ihrer Frau noch etwas einfällt.«

Chang zupfte an seinem Schnurrbart. »Man soll über Tote nicht schlecht reden, aber ich habe Adriana ein bisschen anders gesehen als meine Frau.«

»Wie denn, Dr. Chang?«

»Lilly sieht in jedem Menschen das Gute. Meiner Meinung nach war Adriana eine Einzelgängerin, die kein eigenes Leben hatte. Sie hat sich ausschließlich um May gekümmert und hat geputzt wie eine Wahnsinnige.«

»Außer an dem Tag, als sie in Los Angeles von dem roten Auto abgeholt wurde«, sagte ich.

»Ja, das war dann wohl die Ausnahme, die die Regel bestätigt.«

»Und sie sah normal aus, als sie am Abend zurückkam?«

»Uns ist nichts aufgefallen, aber wir haben auch nicht versucht, Adriana zu analysieren; uns war wichtig, dass May auf der Heimfahrt ruhig bleibt.«

Wieder Zupfen am Schnurrbart. »Ich will Adriana jetzt auf keinen Fall schlechtmachen, weil sie für sich blieb. Viele meiner IT-Kollegen in Yale waren auch so. Und ich will mich auch nicht über ihre Arbeit beschweren. Wie Lilly schon sagte, Adriana war ein Traum von einer Nanny. Aber manchmal habe ich mich schon über sie gewundert.«

»Inwiefern?«

»Nun, sie war ja schon zu gut, um wahr zu sein. Mir sind solche Menschen schon im Beruf begegnet. Menschen, die in ihrem Job aufgehen, nur die Arbeit kennen und kein anderes Leben haben. Manche leben gut damit, andere drehen irgendwann durch. Ich habe das auf Stationen mit hohem Arbeitsdruck erlebt, da können solche seltsamen Heiligen zu Monstern werden.«

Die gleiche Erfahrung hatte ich auch in meinem ersten Job als Psychologe gemacht, auf der abgeschirmten Kinderkrebsstation im Western Pediatrics Hospital. Die wichtigste Frage, die man Bewerbern stellt, lautet: *Was machen Sie in Ihrer Freizeit?*

»Dann haben Sie also immer auf den Knall gewartet?«, fragte Milo.

»Nein, das will ich gar nicht sagen, Lieutenant. Ich mochte Adriana, sie hat Ordnung in unser Leben gebracht, das hat mir gefallen. Ich bin nur einfach neugierig.« Er lächelte. »Und vielleicht ein wenig zu analytisch. Ich hätte das alles nicht in Lillys Gegenwart gesagt. Sie war vollkommen bezaubert von Adriana. Die Nachricht von ihrer Ermordung hat sie richtig geschockt. Ich weiß, man sieht es ihr nicht an, aber vor zwei Stunden hat sie sich noch die Augen ausgeweint. Sie hat ein sehr weiches Herz, und sie glaubt an Happyends.«

»Sie sind da kritischer«, sagte ich.

»Vielleicht bin ich von Natur aus misstrauisch, aber als Adriana uns so schmählich sitzenließ – denn danach sah es im ersten Moment aus –, war Lilly bass erstaunt. Ich nicht.«

»Sie nahmen an, dass sie überfordert war«, sagte Milo.

»Ich nahm an, dass sie einfach menschlich gehandelt hat. Es hat sich etwas Besseres aufgetan, und da hat sie sich aus dem Staub gemacht.« Chang lächelte wieder, breiter, wenn auch nicht wärmer. »So läuft das doch in Kalifornien, oder?«

Wir stellten die Kartons in Milos Zivilwagen und fuhren nach Los Angeles zurück.

Milo nahm die Carpool-Spur und hielt eine konstante Geschwindigkeit weit jenseits des Tempolimits; den Kopf hatte er vorgestreckt, als müsste er sich dem Fahrtwind entgegenstemmen.

Auf der Höhe von Del Mar sagte er: »Adriana hat ihr einziges Date mit jemandem in einem roten Auto. Dann ist der SUV, den Klein Heather gesehen hat, vielleicht nicht relevant. Verdammt, was ist überhaupt noch relevant?«

»Irgendwas hat Adriana in diesen Park gelockt.«

»Irgendwas hat sie nach Los Angeles gelockt, *amigo*. Ein besserer Job? Aber das klingt nicht nach ihr, die Changs wegen mehr Kohle sitzen zu lassen.«

»Vielleicht war es eine Freundin in Not. Eine mit einem Baby.«

»Dann war das die Mama im roten Auto, kein Kerl?«

»Die Mama im roten Auto hat Adriana angerufen, weil sie vor etwas Angst hatte. Wenn diese Angst real war, könnte Adriana ihr Leben gelassen haben, weil sie der Gefahr zu nahe kam.«

»Der böse Daddy.«

»Supermonster-Daddy hat sein Kind und dessen Mutter ermordet und das Skelett des Babys als psychopathische Trophäe aufbewahrt. Als er von dem Knochenfund in Holly Ruches Garten hörte, hat er beschlossen, seine Sammlung in der Nähe zu entsorgen. Um die Mama hatte er sich zu dem Zeitpunkt schon gekümmert. Adriana war misstrauisch geworden, nachdem sie von ihrer Freundin nichts mehr gehört hatte, und war ihm gefolgt. Leider entdeckte er sie.«

Milo fuhr eine Zeitlang schweigend. »Ein reizendes Szenario. Zu schade, dass ich null Komma null Beweise dafür habe.«

»Du hast Adrianas persönliche Habe.«

»In den Kartons war rein gar nichts Anrüchiges. Die Changs als geübte Beobachter hätten sicher etwas bemerkt und uns in ihre Kenntnis eingeweiht.«

»Das würde voraussetzen, dass sie gespitzelt haben.«

»Jeder spitzelt, Alex.«

»Nicht Workaholics.«

»Okay, gut. Ich werde für die Götter der Beweisfindung ein paar Weihrauchstäbchen anzünden und beten, dass in den Kartons irgendwas Verwertbares auftaucht. Wenn ich ein weniger professioneller Detective wäre, würde ich jetzt sofort die nächste Raststätte anfahren und eine Laboruntersuchung improvisieren.«

»Du schickst alles sofort ins Labor?«

»Nein, natürlich nicht«, sagte er. »Weißt ja: Wer's findet, darf's behalten. Aber ich werde die Prozedur lehrbuchmäßig durchführen.«

Um 1.36 Uhr nahmen wir die Ausfahrt Santa Monica Boulevard. Trotz ihres Rufs als Partystadt sind in Los Angeles die meisten Kneipen um diese Zeit längst geschlossen. Die Straßen lagen verlassen da, in diffusem Schummerlicht – beste Voraussetzungen für zwielichtige Gestalten. Doch Milos Polizeifunk blieb stumm, und auch auf der Polizeistation war nichts los, das große Gemeinschaftsbüro war nahezu verwaist, und sämtliche Befragungszimmer standen leer.

Er benutzte das Zimmer, in dem Helene Johanson geweint hatte, und zog einen zweiten Tisch heran, um einen Laborplatz zu improvisieren. Er besprühte die Tische mit Desinfektionsmittel, streifte Handschuhe über, schnitt dann mit einem Teppichmesser den Pappschrank auf und leerte den Inhalt aus.

Kleidung. Alles Kleidung. Ein genauerer Blick ins Innere des Kartons ließ ihn angewidert den Kopf schütteln. Die Kleidungsstücke sah er sich trotzdem an.

Da waren mehrere Kleider in dem gleichen nichtssagenden Stil wie das, in dem Adriana Betts gestorben war, zwei einfache Jeans, sieben langweilige Blusen, Baumwollunterwäsche, T-Shirts, ein Paar Sportschuhe, schwarze Ballerinas, eine billige Plastiksonnenbrille.

»Keine schmutzigen Accessoires aus einem Doppelleben, *amigo.*« Er roch am Stoff. »Auch kein Parfum aus einem Doppelleben. Adriana, du wilde Tigerin.« Er schloss für einen Moment die Augen, als würde er meditieren, dann öffnete er sie wieder, packte die Klamotten weg, versiegelte den Karton und beschriftete ein Laboretikett.

Die kleinere Kiste enthielt eine Haarbürste, eine Zahnbürste, ein Säureblocker-Medikament, ein blaues Halstuch und weitere Kleidungsstücke: zwei knielange Shorts und einen Stapel weißer T-Shirts. Milo wollte schon alles wieder wegpacken, als er innehielt und den weißen Stoffballen in der Hand wog.

»Zu schwer.« Er fuhr über jedes einzelne Shirt und zog schließlich eines aus der Mitte des Stapels, um es aufzufalten. Im Innern kam ein quadratisches Buch zum Vorschein, etwa zwanzig auf zwanzig Zentimeter Kantenlänge, in braunes Kunstleder gebunden, mit messingfarbenem Verschluss.

»Schau mal da, ein liebes Tagebuch.« Er legte seine Handflächen aneinander wie zum Gebet. »Vater unser im Himmel, schenke mir irgendeinen verwertbaren Beweis, und ich komme nächsten Sonntag zur Messe, zum ersten Mal seit Du weißt wie langer Zeit.«

Der Verschluss sprang mit einem leichten Fingerdruck auf. Eine Ader an seinem Hals pochte, als er das Buch öffnete.

Keine Tagebucheintragungen. Überhaupt nichts Schriftliches. Nur Fotos, auf drei der dicken Seiten, mit Klebeband befestigt.

Auf der ersten Seite eine halbwüchsige Adriana Betts mit einem Jungen im gleichen Alter. In rundlicher Schreibschrift stand dabei: *Dwayne und ich. Glückliche Zeiten.*

Dwayne Hightower war ein Riesenkerl gewesen, fast zwei Meter groß, mit breitem Oberkörper und dicken, vergleichsweise kurzen haarlosen Gliedern. Sein Gesicht war rund und rosig und von kupferroten Locken umrahmt, sein Lächeln weit und offen wie die Prärie. Adriana und er posierten vor Heuballen, Schuppen, einem Haus mit Klinkerfassade und einem grünen John-Deere-Traktor, dessen Räder größer waren als Adriana. Auf jedem Bild hatte Dwayne seinen Arm leicht auf Adrianas Schulter liegen. Ihr Kopf reichte ihm gerade einmal bis zum Ellbogen. Sie klammerte sich an seinen Oberarm. Beide strahlten voller Unschuld um die Wette.

Die nächste Seite zeigte ähnliche Fotos, endete jedoch mit Bildern von Dwayne Hightowers Beerdigung. Adriana im schwarzen Kleid, die Haare streng zurückgebunden, im Gesicht die billige Sonnenbrille aus dem Karton.

Auf der letzten Seite waren nur noch Gruppenfotos zu sehen. Adriana und mehrere junge Leute vor einer Klinkerkirche. Der gleiche Bau, vor dem sie auch mit Dwayne gestanden hatte. Hatten sie hier heiraten wollen?

Kein Tattoo, kein Bodypiercing, keine Punkfrisur. Die Fotos hätten aus den Fünfzigern stammen können. Amerikas Hinterland, gänzlich unberührt von Moden und Trends.

Auf einigen der Bilder stand links von der Gruppe ein würdevoller Mann Anfang sechzig in Anzug und Krawatte.

Adriana hielt sich auf den meisten Fotos im Hintergrund, obwohl sie nicht besonders groß war. Außer auf den letzten dreien, wo sie jeweils vorne in der Mitte stand, immer neben derselben Person, einer jungen Schwarzen mit geglättetem Haar und herzförmigem Gesicht. Sie war extrem hübsch und anmutig, nur ihr Kleid sah aus, als stammte es aus Adrianas Schrank.

Ein Stück Schokolade in einem See aus Vanillemilch.

Die Knochen im Park enthielten afroamerikanische DNA.

Ich brauchte nichts zu sagen. Milo murmelte: »Vielleicht.« Dann deutete er auf den älteren Mann im Anzug. »Das muss der Pastor sein.«

»Reverend Goleman«, sagte ich. »Life Tabernacle Church of the Fields.«

Er wandte sich zu mir. »Kannst du dir eigentlich alles merken?«

»Nur das, was ich für wichtig halte.«

»Du hast die Kirche für wichtig gehalten? Warum hast du das nicht schon früher gesagt?«

»Etwas für wichtig zu halten heißt nicht, dass es auch

wichtig ist«, meinte ich. »Bisher gab es noch keine Spur in diese Richtung.«

»Dieser Wein aus den Siebzigern, als wir Kinder waren – die Geschichte mit Orson Wells, der voll wie eine Haubitze einen Werbespot gedreht hat. Wie hieß noch die Marke?«

»Paul Masson.«

»Jetzt gibst du aber an.«

Ich betrachtete noch einmal die Fotos mit der schönen Schwarzen. »Adriana steht näher bei ihr als bei allen anderen. Das deutet auf eine enge Beziehung hin.«

»Die Person im roten Auto?«

»Nach allem, was wir über Adriana wissen, hatte sie strenge Moralvorstellungen. Sie hätte die Changs nie ohne guten Grund sitzen lassen. Einer guten Freundin zu helfen hätte als Grund vielleicht getaugt.«

»Aber wenn sie ermordet wurde, weil sie zu viel wusste, wieso hat der Täter dann die Knochen in ihrer Nähe abgelegt? Er musste doch davon ausgehen, dass die Verbindung hergestellt wird?«

»Er war sich seiner Sache sicher.«

»Da hat sich der böse Daddy wohl vertan. Was mich wieder zu dem Problem zurückbringt, das ich zuvor schon hatte. Kindesmissbrauch, Kindsmord im Affekt, so was passiert ständig. Aber ich kann mir immer noch nicht vorstellen, wie jemand, selbst ein Psychopath, sich die Zeit nimmt, die Knochen seines eigenen Nachwuchses zu säubern und zu wachsen, bevor er sie wie Abfall wegwirft.«

Ich kann mir solche Dinge sehr gut vorstellen, und deshalb schlafe ich auch manchmal richtig schlecht. Trotzdem sagte ich: »Du hast wahrscheinlich recht. Als Erstes muss diese Frau identifiziert werden.«

Er sah auf seine Uhr. Es war kurz vor drei Uhr nachts. »Zu früh, um Reverend Goleman in Idaho zu wecken.« Er steckte das Fotoalbum in eine Asservatentüte. Wir trugen beide Kartons in das Gemeinschaftsbüro, wo er sie in einem Spind einschloss. Zurück in seinem Büro schrieb er eine E-Mail an das kriminaltechnische Labor. Dann lehnte er sich in seinem Stuhl zurück und gähnte. »Geh heim, schlaf dich aus, küss Robin und kraul die Flohquaste. Und dann frühstück schön morgen früh.«

»Du fährst nicht nach Hause.«

»Neben den Hafträumen ist ein Schlafzimmer. Ich werde mich wahrscheinlich da aufs Ohr legen, damit ich in spätestens vier Stunden in Boise anrufen kann. Hoffentlich ist ein frommer Mann wie der Reverend kooperativ.«

»Apropos fromm«, sagte ich, »wo willst du denn am Sonntag zur Kirche gehen?«

»Was? Ach das. Ich sagte, was Verwertbares, nicht, einen vagen Hinweis.«

»Harte Bandagen mit dem Allmächtigen?«

»Sonst würde er mich nicht ernst nehmen.«

23

Es war kurz nach halb vier, als ich ins Bett schlüpfte, ganz vorsichtig, um Robin nicht zu wecken.

Sie drehte sich zu mir, schlang ihre Arme um meinen Nacken und murmelte: »Morgen.«

»Noch nicht. Schlaf weiter.«

Sie öffnete ein Auge. »Irgendwas Neues?«

»Ich erzähl's dir später, wenn du aufwachst.«

»Ich bin jetzt wach.« Sie stützte sich auf.

Ich gab ihr eine kurze Zusammenfassung.

Sie sagte seufzend: »Mütter und Babys«, löste sich von mir und atmete binnen Sekunden wieder ruhig und gleichmäßig. Manchmal redet sie im Schlaf, wenn sie aufgewühlt ist. Diesmal blieb sie bis zum Morgengrauen still. Das weiß ich, weil ich sie noch lange betrachtet habe.

Um sieben weckte mich ein innerer Alarm. Ich hätte todmüde sein müssen, stattdessen war ich aufgekratzt, weil ich kaum erwarten konnte, was Milo von Reverend Goleman zu berichten hatte. Ich wartete auf seinen Anruf, aber als er sich um halb acht immer noch nicht gemeldet hatte, ging ich joggen, duschte, rasierte mich und ging dann mit einem Kaffee zu Robin ins Atelier.

Es war nichts zu hören, als ich näher kam, kein Sägen, kein Hämmern. Vielleicht hatte sie weniger gut geschlafen, als ich dachte, und traute sich nicht an scharfe Klingen.

Sie saß auf der Couch, Blanche wie ein kleines gelbes

Kissen unter dem Arm, und betrachtete ein wunderschönes Buch mit alten Gitarren. Die Sammlung eines Besessenen. Ich hatte es ihr zu Weihnachten geschenkt.

»Auf der Suche nach Inspiration?«, fragte ich.

»Nach Schönheit. Hast du gut geschlafen?«

»Ja«, log ich.

»Schon von Milo gehört?«

»Noch nicht.«

Ich hielt ihr den Kaffeebecher hin. Sie sagte: »Lass uns rausgehen.« Wir setzten uns an den Teich, warfen den Kois Fischfutter zu und tranken schweigend unseren Kaffee.

Nach elf Minuten unbehaglicher Stille klingelte mein Telefon.

Dafür, dass er nicht geschlafen hatte, klang Milo erstaunlich frisch.

»Die schlechte Nachricht ist: Reverend Goleman ist nicht in seinem Büro zu erreichen. Die gute ist: Er ist hier in Südkalifornien auf einer Tagung in Fullerton. Wir treffen uns um zwölf mit ihm in meinem Büro.«

»Hat er dir den Namen von Adrianas Freundin gegeben?«

»Ja«, sagte er. »Aber es ist alles nicht so einfach. Wir sehen uns, wenn die Sonne am höchsten steht?«

»Aber selbstverständlich.«

Ich war ein paar Minuten zu früh und traf Milo, der gerade sein Büro abschloss. »Goleman zufolge heißt die Freundin Qeesha D'Embo. Leider ergibt der Name keinerlei Treffer in der Datenbank.«

»Ein Pseudonym? Vielleicht hatte sie was zu verbergen?«

»Schon möglich – da kommt unser Kleriker.«

Ein dicklicher Mann in Begleitung einer zierlichen Polizistin kam auf uns zu.

Milo sagte: »Danke, Officer«, und schüttelte Goleman die Hand. Der Reverend trug einen karierten Anzug, dunkelblau mit feinen blassrosa Streifen. Sein weißes Haar war kürzer als auf den Fotos, kurz geschoren um die Ohren, störrisch und widerspenstig am Oberkopf. Er war stämmig, aber nicht fett, da wabbelte nichts, wenn er sich bewegte. Wie gebaut dafür, stundenlang hinter dem Pflug zu marschieren.

»Danke, dass Sie gekommen sind, Reverend.«

»Das ist doch selbstverständlich«, erwiderte Goleman. Seine Stimme war angenehm tief und warm, ideal für die Kirche. Er nahm meine ausgestreckte Hand. Seine war fleischig und schwielig und der Druck keine Spur zu fest.

Milo führte ihn in den gewohnten Befragungsraum, aus dem der zusätzliche Tisch wieder entfernt worden war.

Als Goleman sich setzte, machte sein Stuhl bedenkliche Geräusche. Er zupfte seine Hosenbeine zurecht und offenbarte hochgeschnürte Arbeitsstiefel.

»Möchten Sie was trinken, Reverend?«

Goleman klopfte sich auf den Bauch. »Nein danke, Lieutenant, ich habe im Hotel gefrühstückt und viel zu viel Kaffee getrunken. Es gab ein Riesenbüfett, und ich habe mit den Huevos Rancheros definitiv übertrieben. Wie üblich.«

Milo sagte: »Das kenn ich.«

Goleman lächelte schwach. »Es ist hart für uns schwere Jungs mit gesundem Appetit. Ich habe noch nicht einmal mehr gute Vorsätze, weil ich weiß – und fürchte –, dass ich meinen Heiland wieder enttäuschen werde.« Er schlug ein Bein über, stellte dann den Fuß aber wieder zurück auf das Linoleum. »Ich kann immer noch nicht fassen, was Adriana geschehen ist. Sie war so ein wunderbares Mädchen, ohne Falsch, ohne Arg. Ich sage das nicht nur als ihr Pastor. Ich kannte sie persönlich. Sie war mit meinem Neffen zusammen.«

»Dwayne.«

Goleman schürzte die Lippen. »Sie wissen von Dwayne.«

»Sein Name tauchte auf, als wir versuchten, mehr über Adriana zu erfahren.«

»Schrecklich, schrecklich war das«, sagte Goleman. »Arbeiten auf einer Farm ist gefährlich, ja, aber wenn dann tatsächlich etwas passiert… Ich bin ganz sicher, dass Dwayne und Adriana geheiratet und wundervolle, warmherzige Kinder in die Welt gesetzt hätten.« Seine Stimme klang belegt. »Und jetzt trauern wir um Adriana. Haben Sie schon eine Vorstellung, wer es getan hat?«

»Nein, Reverend.«

»Das ist diese Art von Prüfung, die den Glauben auf eine harte Probe stellt, und ich kann nicht behaupten, dass ich den Test mit Bravour bestanden habe. Als mir Adrianas Schwester die Nachricht brachte – sie wollte, dass ich die Trauerfeier halte –, war mein Glaube erschüttert.«

»Solche Dinge passieren, Reverend.«

»Oh ja, Lieutenant. Aber darum geht es beim Glauben, nicht wahr? Wenn alles läuft wie geschmiert, ist es einfach zu glauben.« Goleman massierte sein Doppelkinn. »Sie haben angedeutet, dass Qeesha in Schwierigkeiten sein könnte.«

»Ich habe keine Eintragung über eine Qeesha D'Embo gefunden.«

»Das überrascht mich nicht«, sagte Goleman.

»Sie glauben, es ist ein Deckname?«

»Qeesha war immer ziemlich verschlossen, Lieutenant, und angesichts ihrer Lebensumstände kann ich ihr das nicht verdenken. Sie kam vor zwei Jahren zu uns, mit einer Gruppe von Brandopfern, ein Großfeuer in New Orleans. Arme, verzweifelte Menschen, die den Hurrikan Katrina überlebt hatten, um dann mit ansehen zu müssen, wie ihre Häuser in Flammen aufgehen. Mehrere Kirchen in unserer Stadt haben Opfer aufgenommen, Qeesha kam zu uns. Sie war ein reizendes Mädchen. Unermüdlich, wenn es um die Kirchenarbeit ging. Und wenn ich Lebensumstände sage, meine ich nicht nur den Brand. Sie hatte nicht nur ihre Mutter und ihr Haus verloren, sondern musste sich auch noch vor jemandem verstecken, der sie gequält hatte.«

»Inwiefern gequält?«

»Häusliche Gewalt«, sagte Goleman. »Kombiniert mit Stalking. Der Typ – sie nannte immer nur seinen Vornamen Clyde – war besessen von ihr und akzeptierte ihr Nein nicht. Aber das habe ich natürlich nicht von Qeesha. Adriana hat es mir erzählt, nachdem ich meine Sorge darüber zum Ausdruck gebracht habe, dass Qeesha nicht über ihren Leidensweg sprechen will. Ich war der Meinung, dass es nicht hilft, alles in sich hineinzufressen, und dass sie sich stattdessen lieber professioneller Hilfe anvertrauen sollte. Adriana erklärte mir, dass Qeesha nicht nur unter den Folgen des Großbrandes litt und so überfordert sei, dass sie nicht zu einem Psychologen gehen wolle.«

»Stattdessen hat sie sich Adriana anvertraut.«

»Adriana hat sie bei sich aufgenommen, die beiden wurden rasch unzertrennlich. Man hat sie fast nur noch zusammen gesehen. Adriana war unsere beste Erzieherin, und Qeesha stand ihr als Assistentin zur Seite. Sie waren großartig mit den Kleinen. Dann kam Qeesha eines Tages nicht mehr. Adriana berichtete, dass sie nach Kalifornien gezogen sei.«

»Auf der Flucht vor Clyde?«

»Ich weiß es nicht, Lieutenant. Adriana schien selbst überrascht davon. Offenbar war Qeesha ohne Vorankündigung mitten in der Nacht verschwunden.«

So wie Adriana es bei den Changs gemacht hatte. »Wie lange ist das her?«

»Qeesha war nur kurze Zeit bei uns – ein paar Jahre, würde ich sagen.«

»Reverend«, sagte Milo, »wenn es um Mord geht, müssen wir alle möglichen Fragen stellen. Sie sagten, Adriana und Qeesha wurden unzertrennlich. Ist es möglich, dass sie mehr verband als Freundschaft?«

»Sie meinen, ob sie ein Paar waren?«, fragte Goleman. »Hm, das ist mir nie in den Sinn gekommen. Anzeichen dafür gab es jedenfalls nicht. Wir haben Homosexuelle in der Gemeinde – es wäre also kein Stigma gewesen. Obwohl manche unserer Mitglieder das sicher nicht gern sehen. Aber wenn Sie mich so fragen – nein. Aber ich bin da auch kein Experte.«

»Was ist das denn für eine Kirche?«

»Nicht konfessionell, aber ziemlich orthodox, was die Auslegung der Heiligen Schrift angeht. Und ja, auch ich habe meine persönliche Meinung zur Homosexualität, aber die behalte ich für mich. Uns geht es um Glauben, Gebet und das Studium der beiden Testamente, mit Betonung textueller Exegese, vor allem jedoch um gute Werke. Wir sind eine aktive Gemeinde.«

»Nächstenliebe«, sagte Milo.

»Nächstenliebe bedeutet, dass man einander Gutes tut, Lieutenant. Wir sind der Meinung, dass der, der gibt, ebenso beschenkt wird, wie der, der nimmt. Das klingt ein bisschen selbstgerecht, funktioniert in der Praxis aber ziemlich gut. Alle unsere Mitglieder entrichten ihren Beitrag, und die meisten übernehmen außerdem irgendein Ehrenamt. Wir sind nicht reich, aber wir tun unser Bestes, um die Bedürftigen zu speisen und ihnen ein Dach über dem Kopf zu bieten.«

Milo nickte. »Könnten wir wieder zu Clyde zurückkommen?«

Goleman sagte: »Außer seinem Vornamen weiß ich nur eine Sache über ihn, die mich einigermaßen entsetzt hat: Er ist Polizeibeamter.«

»In New Orleans?«

»Adriana hat das nie explizit gesagt, aber ich habe es angenommen. Sie sagte mir, dass das Qeeshas Angst noch verstärkt habe: dass Clyde sich als Polizist alles erlauben konnte.«

»Gab es Hinweise darauf, dass Clyde Qeesha gefunden hat?«

»Nein, Sir«, sagte Goleman. »Darf ich aus Ihrer Frage schließen, dass sie möglicherweise auch zum Opfer geworden ist?«

»Die Ermittlungen stehen noch am Anfang, also können wir dazu nichts sagen. Hatte Qeesha ein Auto?«

»Nein. Wie alle, die aus New Orleans kamen, besaß sie praktisch nichts mehr.«

»Hatte Adriana einen Führerschein?«

»Natürlich. Warum fragen Sie?«

»Weil sie in Kalifornien nicht Auto gefahren ist.«

»Tatsächlich«, sagte Goleman.

»Tatsächlich.«

»Tja, dazu kann ich leider nichts sagen, Lieutenant. In Boise hat sie immer Dwaynes Pick-up gefahren. Seine Eltern, also meine Schwester und mein Schwager, wollten unbedingt, dass Adriana das Auto bekommt. Als sie die Stelle in Portland annahm, bestand sie darauf, es Nancy und Tom zurückzugeben, und nahm den Greyhound-Bus. Die Wahrheit ist, dass meine Schwester dieses Auto am liebsten nie wiedergesehen hätte. Der Aufkleber von Dwaynes Highschool klebte noch im Heckfenster, und Adriana hatte noch nicht einmal seine Sachen aus dem Handschuhfach genommen. Doch sie ließ sich nicht umstimmen.«

»Warum ist Adriana aus Boise weggegangen?«, wollte ich wissen.

»Das hat sie mir nie erzählt«, sagte Goleman. »Ich nahm an, dass sie genug hatte.«

»Wovon?«

»Kummer, Erinnerungen. Sie brauchte Veränderung.«

24

Milo und Goleman tauschten Visitenkarten, und Goleman rang Milo das Versprechen ab, ihm Bescheid zu geben, wenn »alles aufgeklärt« sei.

Wir sahen ihm nach, wie er davonbrauste, und Milo sagte: »Mit dem Optimismus des Aufrechten.« Wir kehrten in sein Büro zurück, wo er Delano Hardy unter dessen Privatnummer in Ladera Heights anrief.

Hardy war Milos erster Partner gewesen, als er noch bei der West Los Angeles Division tätig war, und vor wenigen Monaten erst in Rente gegangen. Die Abteilung hatte damals bewusst zwei Außenseiter zusammengesteckt: den Schwulen mit dem Schwarzen. Die Partnerschaft hatte bestens funktioniert, bis Dels Frau fand, dass er seine Zeit nicht mit »so einem« verbringen sollte.

Ebendiese Frau meldete sich jetzt am Telefon.

»Martha, hier ist Milo. Ist Del da?«

»Milo, wie nett.« Honigsüß. »Er ist draußen im Garten. Wie geht's Ihnen?«

»Danke, gut.«

»Das ist aber schön. Alles läuft in geregelten Bahnen?«

»Ganz wie immer.«

»Das ist wirklich schön zu hören, Milo. Einen Moment, bitte.«

Del kam. »Was gibt's?«

»Ärger in New Orleans. Du gärtnerst?«

»Ich zupfe Unkraut aus ihren Blumenbeeten, hurra«, sagte

Hardy. »Im alten Revier?« Er war als Jugendlicher nach Kalifornien gekommen, war aber in einem der von Katrina weggefegten Orte aufgewachsen. Die Polizeistation hatte für einige seiner Verwandten Spenden gesammelt. Ich hatte mich mit ein paar Hundert Dollar beteiligt, und Del hatte mich angerufen, um sich persönlich zu bedanken. Dasselbe hatte er mit Sicherheit auch für Milos tausend Dollar getan.

»Wie kann ich dir helfen, alter Freund?«

Milo schilderte die Geschichte von Qeesha D'Embo und dem gewalttätigen Polizisten namens Clyde.

»Die einzige Verbindung, die ich noch habe, ist Onkel Ray«, sagte Del. »Mein Patenonkel Ray Lhermitte, der ist mit meinem Vater Streife gefahren und hat sich zum Captain hochgedient. Aber er ist ein ganzes Stück älter als wir, Milo. Soweit ich weiß, ist er längst in Rente.«

»Ich bin schon lange nicht mehr wählerisch. Hast du eine Telefonnummer?«

»Warte, ich gehe sie holen. Wenn du willst, kann ich gern zuerst bei ihm anrufen, um dich anzukündigen.«

»Danke.«

»Ich sollte dir danken«, sagte Del.

»Wofür?«

»Dafür, dass du mir das Gefühl gibst, nützlich zu sein. Diese Rentengeschichte ist wie im Stehen zu sterben.«

Achtzehn Minuten später rief Commander Raymond Delongpre Lhermitte an. Mit einer Bassstimme zwischen Reibeisen und Rübensirup sagte er: »Lassen Sie mal hören, worum es geht, mein Sohn.«

Milo folgte der Aufforderung.

»Aha«, erwiderte Lhermitte. »Sie tragen Ihren Fall gekonnt vor. Das Problem ist, dass wir hier schwer mit Korruption zu tun haben. Der Hurrikan hat die Situation noch verschlimmert, es ist alles noch ziemlich frisch, und ich will da nicht noch mehr Staub aufwirbeln.«

»Ich auch nicht.«

»Aber schließlich versuchen Sie, einen Mordfall zu klären, also was soll's.«

»Stimmt.«

»Mir könnte es ja egal sein«, sagte Lhermitte. »Ich züchte Orchideen und jage Biberratten, aber ich kann mich einfach nicht losreißen. Weder von der Polizei noch von meiner wunderbaren, verrückten Stadt. Es gibt keinen besseren Ort zum Leben. Aber manchmal scheint es mir, als hätten wir den Allmächtigen verärgert.«

»Muss heftig sein«, sagte Milo.

»Also«, fuhr Lhermitte fort, »das Mädchen war eine der Überlebenden des Brandes? Üble Geschichte, das Feuer brach in einem Hotel aus und verwüstete einen gesamten Block aus alten Holzhäusern. Wie war der Name noch?«

»Qeesha D'Embo.«

»Klingt afrikanisch, aber irgendwie ausgedacht. Ich kenne leider niemanden, der so heißt.«

»Sie können ja nicht alle kennen, Sir.«

»Ich kenne jede Menge Leute«, sagte Lhermitte. »Einschließlich Clyde Bordelon.«

»Polizist?«

»Leider ja, mein Sohn. Wenn wir damals schon ein Regelwerk gehabt hätten, wie wir es heute kennen, wäre jemand wie er nie eingestellt worden.«

»Ist er noch im Dienst?«

»Nein, er sieht die Radieschen von unten. Starb durch einen Schuss aus seiner schlecht gewarteten Dienstwaffe im Garten seines verwahrlosten Hauses.«

»Wann war das?«

»Ist schon ein paar Jahre her. Der Fall ist immer noch nicht geklärt.«

»Gibt es Verdächtige?«

»Viel zu viele. Er war ein schlimmer Mensch.«

»Inwiefern schlimm?«

»Clyde hatte, was man im Allgemeinen eine lose Moral nennt. Das bezog sich nicht unbedingt auf sexuelle Dinge, wobei, wenn Sie mir sagen würden, Clyde hatte Verkehr mit einer Herde Ziegen auf Koks, würde mich das auch nicht überraschen. Moral war etwas, das nicht für ihn galt. Aber die Sünden, für die sich die Polizei interessierte, waren anderer Natur: Bestechung, Schmiergelder, Überfälle auf Zigaretten- oder Alkoholtransporte, kriminelle Machenschaften aller Art. Sie verstehen, was ich damit meinte, als ich sagte, es gibt viel zu viele Verdächtige.«

»Irgendjemand, der besonders verdächtig ist?«

»Ein Mädchen«, sagte Lhermitte. »Tänzerin, kein Kind von Traurigkeit. Aber sie hieß nicht Qeesha, sondern Charlene Rae Chambers.«

»Tänzerin …«

»Stripperin. Sie nannte sich CoCo. So wie die Modedesignerin. Ein hübsches Ding, aber nicht von hier. Sie war ein Yankee aus dem Norden, irgendwo aus der Gegend von New York, und hat im Deuces Wild Club an der Stange getanzt. Clyde ging dort gern nach Feierabend hin. Nachdem sie dort anfing zu arbeiten, ist er nur noch dorthin gegangen.«

»Besessen von ihr?«

»Könnte man so sagen.«

»Wieso ist sie besonders verdächtig?«

»Weil sie der letzte Mensch ist, der Clyde lebend gesehen hat, und es hieß, dass er sie verfolgt hat und nicht lockergelassen hat. Ein Stalker. Obwohl sie sich über ihn beklagte, haben Zeugen sie an jenem Abend in sein Auto steigen und mit ihm wegfahren sehen. Es hat eine Weile gedauert, bis unsere Detectives mit ihr sprachen. Bis es so weit war, konnte sie nicht mehr auf Schmauchspuren untersucht werden und hatte außerdem ein Alibi. Clyde habe sie nach Hause gebracht, sie habe geduscht und acht Stunden durchgeschlafen. Ihre Mitbewohnerin, ebenfalls Stripperin, hat das bestätigt.«

»Nicht unbedingt hieb- und stichfest.«

»Oh, es kann gut sein, dass sie es war«, sagte Lhermitte. »Oder jemanden damit beauftragt hat. Um ehrlich zu sein, ich bin überzeugt davon, dass sie etwas damit zu tun hat. Zwei Tage nach ihrer Vernehmung war sie spurlos verschwunden.«

»Ich würde Ihnen gern ein Foto von Qeesha schicken.«

»Das müssen Sie dann per Schneckenpost tun, wie meine Enkel sagen würden. Ich habe keinen Computer, kein Faxgerät, nur ein antikes Bakelittelefon mit Wählscheibe. Aber wissen Sie was, ich werde zusehen, dass ich auf der Wache jemanden finde, der Ihnen weiterhelfen kann.«

»Vielen Dank, Sir, das ist sehr nett. Hat Charlene denn in der Brandgegend gewohnt?«

»Das weiß ich nicht«, sagte Lhermitte. »Aber auch das werden wir herausfinden.«

»Danke Ihnen, Sir.«

»Keine Ursache.«

Bis sich ein Detective namens Mark Montecino aus New Orleans per E-Mail meldete, um nach Milos Faxnummer zu fragen, hatte dieser bereits aus der zentralen Kriminaldatenbank zwei Polizeifotos von Charlene Rae Chambers gezogen: Geschlecht weiblich, Hautfarbe schwarz, Haare und Augen braun, Größe ein Meter zweiundsechzig, Gewicht sechsundvierzig Kilo. Nach ihrem Geburtsdatum wäre sie siebenundzwanzig Jahre alt.

Ihre Konflikte mit dem Gesetz hielten sich in Grenzen. Vor fünf Jahren war sie wegen Prostitution festgenommen worden, vor vier Jahren wegen tätlichen Angriffs auf einen Gesetzeshüter, beide Male in Brooklyn, New York. Die erste Anklage wurde fallengelassen, für die zweite hatte sie vier Tage eingesessen.

»Kann dann kein schwerer tätlicher Angriff gewesen sein«, meinte er.

Selbst zerzaust und mit angstvoll aufgerissenen Augen sah Charlene Chambers auf den Fotos hübsch aus.

»Sie sieht ängstlich aus«, sagte ich.

»Allerdings.«

Sein Fax piepste und spuckte ein Polizeifoto aus New Orleans aus. Charlene, wegen Prostitution festgenommen, in voller Schönheit und weniger ängstlich. Mark Montecino hatte dazugeschrieben: *Sie hat nicht in der Brandregion gewohnt.*

Milo ließ ihren Namen durch die Datenbanken laufen. Weder in New York noch in Louisiana, Idaho oder Kalifornien gab es eine Sozialversicherungsnummer oder eine Steuer-ID auf ihren Namen. Keinen Führerschein, kein Fahrzeug, weder rot noch andersfarbig.

»Sie ist geflohen«, sagte er, »aber nicht vor Clyde, sondern weil sie Angst hatte, dass man sie für den Mord an ihm zur Rechenschaft ziehen würde. Die Leute von der Kirche in Idaho nahmen sie großzügig auf, als sich dann in Los Angeles eine Chance bot, ist sie wieder abgehauen.«

»Ich weiß, das klingt nach Klischee, aber New Orleans und Voodoo passt gut zusammen, und gewachste Knochen könnten durchaus Teil eines Fluches sein.«

»Finden wir's heraus«, sagte er und wandte sich wieder seinem Bildschirm zu. »Zum ersten Mal seit Langem fühle ich mich nicht verflucht.«

25

Eine Internetrecherche über Voodoo in New Orleans ergab nichts über gewachste Babyknochen. Der beste Treffer war ein »Tag der Toten«, an dem man einem Ahnengeist namens Gede Opfer brachte, unter anderem Knochen.

Milo sah das Datum des Ritus nach. »Erster November. Das ist Monate entfernt.«

»Improvisation?«

»Irgendein Spinner hat sich eigene Blutrituale ausgedacht?«

»Sich selbst etwas auszudenken ist viel einfacher und effektiver, als Theologie zu studieren, mein Freund. Religion Marke Eigenbau, das passt doch zu Südkalifornien.«

»Ein neuer Charlie Manson? Na toll.«

»Für eine gläubige Frau wie Adriana wäre so etwas der größte Frevel gewesen. Aber Qeesha könnte eine okkulte Gruppe spannend gefunden haben, weil sie sie an ihre Zeit in New Orleans erinnerte. Als sie dann irgendwann doch wieder aussteigen wollte und Adriana davon erzählte, hat sich Adriana sicher nicht lange bitten lassen, ihr zu helfen.«

»Qeesha war diejenige, die sie im roten Auto abgeholt hat.«

»Sieht nicht so aus, als hätte Qeesha Probleme damit gehabt, an ein Auto zu kommen.«

»Zwei alte Freundinnen, die versuchen, den Zombies zu entkommen.«

Ich sagte: »Was, wenn Qeesha während ihrer Zeit bei der Sekte schwanger wurde? Und der Daddy ein übergeschnappter Hexenmeister war, der schließlich sie und das Baby umbrachte? Adriana hat nach ihnen gesucht und für ihre Treue bezahlt.«

»Adriana ist vor drei Monaten von den Changs weggelaufen, aber erschossen wurde sie vor wenigen Tagen. Was ist in der Zwischenzeit passiert, Alex? Heißt das, dass die Spinner so geduldig waren? Nichts weist darauf hin, dass sie festgehalten wurde. Es gibt keine Spuren an ihrem Körper, und die Fesselmale sahen relativ frisch aus.«

»Vielleicht war sie sehr vorsichtig und hat sich im Verborgenen gehalten. Bis sie dann doch entdeckt wurde.«

Er rieb sich das Gesicht. »Mir kommt da gerade ein Bild in den Sinn.«

»Schwarz gekleidete Unholde, die im Mondschein unheimliche Gesänge anstimmen?«

»Du kannst manchmal ganz schön beängstigend sein, Kumpel.«

»Wusstest du das nicht?«

»Was?«

»Wer in Psychologie promoviert«, erklärte ich, »bekommt vom Staat eine Lizenz zum Gedankenlesen.«

»Was denke ich gerade?«

»Du bist wieder in Gruselhausen und hast kein einziges mickriges Indiz in der Hand.«

»Oh Mann«, sagte er. »Falls wir diesen Fall je abschließen, werden wir zwei definitiv anfangen, mit Aktien zu spekulieren.«

Das Telefon auf seinem Schreibtisch schrillte.

Dr. Clarice Jernigan meldete sich. »Neues aus dem Labor«, sagte sie. »Dein Opfer Adriana Betts stand unter Drogen, als sie erschossen wurde. Nichts Illegales, aber ihr Blut zeigt eine hohe Konzentration eines Antihistaminikums. Diphenhydramin, einer der ersten Wirkstoffe dieser Art.«

»Was heißt hohe Konzentration?«

»Nicht tödlich, aber hoch genug, um sie zu sedieren.«

»Sie wurde erst narkotisiert, bevor sie getötet wurde.«

»In dieser Reihenfolge, ja. Mir sagt das, dass der Täter strategisch vorging und bestens organisiert war. In Anbetracht der Tatsache, dass der Mord an ihr wahrscheinlich mit dem Babyskelett zusammenhängt, haben wir es mit jemandem zu tun, der psychologisch auf einem ganz anderen Dampfer unterwegs ist. Hast du in letzter Zeit mit Delaware gesprochen?«

Ich sagte: »Ich bin hier, Clarice.«

»Hi, Alex. Ich denke an einen Soziopathen mit gelegentlichen Totalausfällen oder einen richtig Geistesgestörten, der seinen Wahnsinn gut verbergen kann. Muss nicht unbedingt Schizophrenie sein, vielleicht eine Form von paranoidem Wahn. Was meinst du?«

»Könnte sein, Clarice. Ich frage mich außerdem, ob es unserem Täter möglicherweise an Körperkraft mangelt.«

»Er hat ein Beruhigungsmittel benutzt, um sie handlungsunfähig zu machen? Ja, schon möglich. Was meinst du zum Baby?«

»Über alle Maßen grausam.«

»Ja, okay, die Frage war idiotisch.«

Als sie aufgelegt hatte, sagte Milo: »Mangelnde Körperkraft? Eine Frau vielleicht?«

»Ray Lhermitte hält Qeesha für eine potenzielle Mörderin. Vielleicht hat sie Geschmack an der Macht gefunden und wurde zur Sektenkillerin?«

»Kein Hexenmeister, sondern eine kleine böse Hexe«, sagte Milo. »Das gibt dem Ganzen einen völlig neuen Dreh.

Du meinst, sie hat Adriana umgebracht? Aber was war ihr Motiv? Und warum hat sie Adriana erst nach Los Angeles geholt, um es zu tun?«

»Könnte etwas mit der Sekte zu tun gehabt haben«, mutmaßte ich. »Adriana war außer sich über die Gruppe und hat gedroht, zur Polizei zu gehen. Das könnte auch das Antihistaminikum erklären. Eine relativ humane Art, eine Freundin umzubringen.«

»Aber warum hat sie sie in den Kopf geschossen? Warum hat sie sie nicht gleich vergiftet?«

Dafür hatte ich keine Erklärung.

»Qeesha als Teufelsbrut«, sagte er. »Wir fangen an, uns zu verzetteln. Wenn wir so weitermachen, haben wir bald weitere neunundneunzig Varianten.«

Er stand auf und zog seine Hose hoch. »So oder so muss ich Ms D'Embo alias Chambers alias Wer-weiß-wie-sonst-Noch finden.«

»Dass sie einen nicht registrierten Wagen fährt, deutet darauf hin, dass sie anonym bleiben will.«

»Dann konzentrieren wir uns jetzt auf das Auto. Vielleicht ist es als gestohlen gemeldet.«

»Fangen wir mit den Personen an, die regelmäßig in den Park gehen.«

»Und dann sehen wir uns die Strafzettel an, in der Gegend ist das Parken nämlich eingeschränkt. Ja, das hört sich super an. Nach ganz normaler Polizeiarbeit.«

Moe Reed und Sean Binchy hatten sich Parkangestellte, Besucher und Anwohner vorgenommen, aber nichts Verwertbares zu berichten. Als Nächstes würden sich die beiden roten Autos und dunklen SUVs zuwenden.

Während Milo in Richtung Autodiebstahl recherchierte, trat ich in den Flur hinaus und rief Holly Ruche an.

Sie sagte: »Ich hoffe, Sie sind nicht sauer, weil ich abgesagt habe.«

»Ich bin sicher, Sie hatten einen guten Grund.«

»Ich … ich erklär's Ihnen, wenn wir uns sehen. Falls ich noch kommen darf.«

»Kein Problem.«

»Einfach so? Haben Sie morgen Zeit?«

Ich sah in meinem Kalender nach. »Elf Uhr würde gehen.«

»Wow«, sagte sie. »Sie haben nicht so viel zu tun, was?«

»Ich freue mich, Sie zu sehen, Holly.«

»Verzeihen Sie bitte, das war unverschämt.«

»Wie läuft es mit dem Haus?«

»Dem Haus?«

»Die Renovierung.«

»Oh«, sagte sie. »Da passiert nicht viel … Ich erzähle Ihnen morgen alles. Um elf, ja?«

»Genau.«

»Vielen Dank noch mal, Dr. Delaware. Sie sind sehr großmütig.«

Ich ging in Milos Büro zurück. Er sagte: »An dem Abend wurde kein einziger Strafzettel verteilt. Hier sind die Diebstahlstatistiken. Nicht so übel, wie ich dachte.«

Er zeigte mir, was er notiert hatte. Im letzten Jahr waren in Los Angeles sechzehntausend Fahrzeuge gestohlen worden. In den letzten drei Monaten waren es 3854, davon 633 rote. Auf der Westside waren achtundzwanzig rote Autos gestohlen worden, von denen zehn wiedergefunden worden waren.

Milo rief die Detectives an, die für die achtzehn offenen Fälle zuständig waren. Sieben davon waren mutmaßlich Versicherungsbetrug, alle um den Bezirk Pico-Robertson herum passiert und gemeldet von Mitgliedern einer kleineren ukrainischen Schieberbande. Unter den übrigen elf Autos waren ein vierhunderttausend Dollar teurer Ferrari, der aus den Palisades verschwunden war, und ein Lamborghini vergleichbarer Preisklasse aus den Holmby Hills – beide so laut und auffällig, dass es Lilly Chang mit Sicherheit nicht entgangen wäre.

Die Kollegin, die mit den Exoten zu tun hatte, hieß Loretta Thayer. »Wenn Ihre Zeugin kein markerschütterndes Röhren gehört hat, war es keiner der beiden Wagen. Und auch nicht der rote Porsche Turbo, der noch nicht aktenkundig ist, weil ich ihn gerade erst aufgenommen habe.«

Milo sagte: »Ganz schöne Häufung von Flitzern.«

»Ja, interessant, nicht wahr?«, erwiderte Thayer. »Ich denke, die gehen alle an einen Sammler in Übersee, wahrscheinlich in Asien oder dem Nahen Osten.«

»Spielzeuge für den zwölfjährigen Sprössling eines Ölscheichs, der damit in der Wüste herumrast?«

»In dem Alter«, sagte Thayer, »war ich schon froh über ein paar Rollerskates.«

Milo mailte Fotos von Charlene Chambers alias Qeesha D'Embo an Thayer und zwei weitere Kollegen und bat sie, die Bilder ihren Diebstahlopfern zu zeigen.

Eine Stunde später rief sie zurück. »Tut mir leid. Keine Übereinstimmung.«

»Das ging schnell.«

»Die Polizei, dein Freund und Helfer. In der Westside ist das einfacher, da hat jeder einen Computer oder ein iPhone. Ich konnte sie elektronisch erreichen.«

Von den anderen Detectives war in der folgenden halben Stunde nichts zu hören. Milo arbeitete ein paar liegen gebliebene Akten ab, und ich las psychologische Fachartikel auf seinem Computer.

Er sah auf seine Armbanduhr. »Je länger ich darüber nachdenke, umso absurder erscheint mir diese Autogeschichte. Es könnte ein nicht registriertes Fahrzeug sein, das trotzdem nicht gestohlen wurde. Oder Lilly Chang hat sich geirrt und es war nicht einmal rot – verdammt, vielleicht war es auch ein Motorroller. Oder ein Wohnmobil. Oder eine Pferdekutsche.«

»Die Kraft des positiven Denkens.«

»Willst du mal was Positives hören? Zeit fürs Mittagessen.«

»Das Übliche?«

»Nein. Ich habe Lust auf vegetarisch«, sagte er. »Quatsch«, fuhr er ohne Pause fort. »War natürlich ein Witz.«

Wir fuhren zu einem Steakhaus ein bis zwei Kilometer von der Polizeistation entfernt, sägten uns jeder durch ein T-Bone und fuhren dann sofort zurück, weil er hören wollte, was die Kollegen über die Autodiebstähle zu sagen hatten. Keines der Opfer hatte Qeesha erkannt, doch einer der Detectives namens Doug Groot sagte: »Es kann sein, dass eines meiner Opfer lügt.«

»Wie kommen Sie darauf?«

»Die üblichen Anzeichen«, erklärte Groot. »Hat hauptsächlich an mir vorbeigesehen, immer sofort eine Antwort parat, wie einstudiert. War von Anfang an verdächtig. Es war eine nette Karosse, ein 5er BMW, mit allen Finessen, erst ein paar Jahre alt, geringe Laufleistung. Aber es schien den Typ nicht wirklich zu belasten, dass sie geklaut worden war. Er hat zwar die richtigen Sprüche abgelassen, aber keine Gefühle gezeigt – wie gesagt, wie einstudiert.«

»Eine Versicherungssache?«, fragte Milo.

»Einen Tag nach der Befragung hat er den Diebstahl jedenfalls gemeldet.«

»Wann war das?«

»Vor neunzehn Monaten.«

»Tatumstände?«

»Mitten in der Nacht aus seiner Einfahrt geklaut«, sagte Groot. »Das wäre nicht undenkbar, denn das Gebäude hat einen offenen Carport. Aber angeblich waren Zentralverriegelung und Wegfahrsperre aktiviert, und ich habe mit den Nachbarn gesprochen, niemand hat einen Alarm gehört. Der Typ kam mir so windig vor, dass ich ihn überprüfen ließ. Aber er hatte keine nachweislichen kriminellen Verbindungen, keine Vorstrafen.«

»Wie heißt denn der Musterbürger?«

»Melvin Jaron Wedd.«

»Der Typ hat Ihnen wirklich keine Ruhe gelassen, was?«

»Sie wissen, wie das ist, Lieutenant. Manchmal hat man so ein Bauchgefühl. Leider hat mich das auch nicht weitergebracht. Der Wagen ist nie wieder aufgetaucht.«

»Loretta meinte, schicke rote Karren gehen gern in den Nahen Osten.«

»Ein zwei Jahre alter BMW ist schick«, sagte Groot, »aber wahrscheinlich nicht schick genug dafür. Eher Mittelamerika, Mexiko vielleicht. Ich könnte mir vorstellen, dass sich irgendeiner von den Zeta-Killern damit herumkutschieren lässt.«

»In welcher Branche arbeitet Wedd?«

»Irgendwas mit Showbusiness. Darf ich fragen, wieso Sie sich so für den Wagen und diese Frau interessieren?«

»Sie ist entweder ein richtig böses Mädchen«, sagte Milo. »Oder ein Opfer. Oder keines von beiden. Ich versuche es mit Kartenlesen.«

Groot lachte. »Kommt mir bekannt vor. Wollen Sie sich Wedd näher ansehen?«

»Ja, warum nicht.«

»Hier sind seine Daten.«

Milo schrieb mit, bedankte sich und legte auf. Sekunden später hatte er Melvin Jaron Wedds Führerschein auf dem Bildschirm.

Männlich, weiß, Alter siebenunddreißig, Größe ein Meter neunundachtzig, Gewicht sechsundachtzig Kilo, Augenfarbe braun, Haarfarbe braun, Kontaktlinsen.

Das Foto zeigte ihn mit flächigem rosa Gesicht, kleinen Augen, schmalen Lippen, Kurzhaarschnitt. Mit seiner schwarzumrandeten Brille sah er aus wie der typische Hipster von der Westside, der mit seinem Mac bei Starbucks sitzt.

»Sieht nicht aus wie ein Hexer«, sagte Milo.

»Mehr wie Superman privat.«

Er ließ Wedds Namen durch die Datenbanken laufen, nur für den Fall, dass sich seit Groots Ermittlungen etwas getan hatte. Keine Vorstrafen, nur ein paar Strafzettel, die aber alle pünktlich bezahlt wurden, der jüngste davon vor dreißig Monaten.

Milo wechselte zu den Fahrzeugdaten. »Schau mal an.«

Wedds neuer Wagen war ein schwarzer Ford Explorer, den er drei Wochen nach dem Diebstahl des roten BMW gekauft hatte. »Wäre interessant zu erfahren, ob er ihn hochgelegt und schicke Felgen dranmontiert hat.«

Er ging ins Internet, rief ein Foto von einem Explorer auf, der entsprechend umgebaut war, und schickte das Bild an Heather Goldfeder.

Die Antwort kam Sekunden später: Kann sein, kA. Wg? xoxo

Er schickte einen lächelnden Smiley zurück.

Antwort: ☺

Milo hatte Wedds Festnetz und Handynummer von Groot bekommen, doch weder da noch dort meldete sich jemand. Kein Anrufbeantworter, keine Mailbox.

Er sagte: »Der Mann liebt seine Privatsphäre. Lass uns eindringen.«

Die Adresse war eine Wohnung westlich der Barrington Avenue und nördlich vom Wilshire Boulevard. Die Ecke gehörte offiziell zum Nobelstadtteil Brentwood, was man allerdings kaum glauben mochte.

Von der Polizeistation aus brauchte man eine Viertelstunde, wenn es schlecht lief. Dank Milos Bleifuß lief es gut, und wir schafften es in acht Minuten.

26

In den Fünfzigerjahren hatte jemand die grandiose Idee gehabt, einen zweistöckigen Kasten zu errichten, bei dem das obere Stockwerk über eine offene Betongarage ragte, das Ganze mit hellblauem Rauputz zu beschmieren und auf die nackte, gesichtslose Fassade in leuchtendem Gold einen zwei Meter großen Stern und die Aufschrift *Dawn-Lite Apartments* zu sprühen.

Jahrzehnte später hielt jemand diesen Klotz für historisch wertvoll und ließ ihn in seiner ursprünglichen Pracht wiederherstellen.

Als wir auf das Haus zufuhren, in dem Melvin Jaron Wedd wohnte, war ein Maler in weißem Overall dabei, den Stern neu zu vergolden, während sein Kollege die blaue Wand ausbesserte.

»Mittelschweres Vergehen, wenn nicht sogar Kapitalverbrechen«, sagte Milo.

»Magst du die Fünfziger nicht?«

»Kommt auf das Jahrhundert an.«

»Wusste gar nicht, dass du dich mit Architektur auskennst.«

»Ich nicht, aber Rick. Ich lass das nur in mich hineindiffundieren.«

Wir stiegen aus und betrachteten den Carport, aus dem der BMW gestohlen worden war. Es waren insgesamt sechs Parkplätze, nur einer war besetzt mit einem staubigen braunen Acura. Es gab keine Namensschilder, noch nicht einmal Apartmentnummern. Am Fuß der verdreckten Treppe, die nach oben führte, stand ein Briefkasten, der J. Wedd der Wohnung Nummer drei zuordnete.

Die Eingangstüren befanden sich auf einem Außenflur. Nummer drei war im Erdgeschoss auf der Rückseite. Das einzige Fenster war mit einer billigen vertikalen Jalousie zugehängt. Neben der Tür stand ein Plastikterracottatopf mit einer vertrockneten Pflanze. Daneben lagen stapelweise Postwurfsendungen. Milo drückte auf die Klingel. Der Ton klang nach Flatulenz.

Keine Reaktion. Er versuchte es erneut und klopfte dann energisch mit seinen schwieligen Kripobeamtenhänden.

Die Nachbartür ging auf, und ein Kopf erschien, blond gebleichte Dreadlocks, dunkel nachgewachsen. Die Strähnen hingen auf ein schwarzes T-Shirt herab. Das Gesicht unter den Haaren war braungebrannt, faltig, zerfurcht und von einem Dreitagebart überzogen. Aus verquollenen Augen blickte uns Misstrauen entgegen. Eine tiefe Stimme sagte: »Polizei, oder?« Der Blick wurde freundlich.

»Ja, Sir«, erwiderte Milo.

»Mein Bruder ist Bulle.« Ein Meter fünfundachtzig sonnenverbrannte Sehnigkeit trat aus der Tür. Das enge schwarze T-Shirt trug die Aufschrift: *Think. It's Not Illegal Yet.* Seine weiten Shorts endeten an Knien, die von Beulen verdickt waren. Die nackten Füße offenbarten rissige Nägel und weitere Verdickungen. Kalkeinlagerungen, typisch für Surfer.

Nach dem Grad seiner Sonnenverbrennung zu urteilen, war er um die fünfunddreißig. Sein Daumen krümmte sich in Richtung von Wedds Tür. »Hat er was angestellt?«

»Wir sind hier, weil wir mit ihm sprechen wollen.«

»Er war schon seit ein paar Tagen nicht mehr hier.«

»Irgendeine Idee, wo er sich aufhalten könnte?«

»Er ist dauernd weg. Anscheinend hat er noch einen anderen Platz zum Pennen.«

»Wann haben Sie ihn denn zum letzten Mal gesehen, Mister …«

»Robert Sommers.« Dreadlocke grinste schief, als wäre sein Name superwitzig. »Das letzte Mal war … vor ein paar Wochen? Ich hab kein gutes Zeitgefühl. Außer wenn es um die Gezeiten geht.«

»Immer auf der Jagd nach der perfekten Welle?«

»So oft es nur geht.«

»Die ganz großen?«

Sommers grinste. »Nicht auf Maui oder so, aber Laird Hamilton ist mein großes Vorbild. Meine Eltern haben eine Wohnung in Malibu. Manchmal fahre ich dahin.« Sein Grinsen wurde breiter. »Unter anderem zum Wäschewaschen. Meine Mutter behauptet immer noch, ich würde ihr fehlen.«

»Schön, wenn man diese Freiheiten hat.«

»Ich bin Webdesigner und kann mir meine Zeit einteilen.«

»Wir haben gehört, Webb sei im Showbusiness tätig.«

Sommers schnaubte. »Das könnte auch bedeuten, dass er bei einem Caterer arbeitet.«

»Wie lange wohnen Sie schon hier?«

»So etwa drei Jahre, er ist nach mir eingezogen, vielleicht vor zwei, zweieinhalb Jahren. Ich hab keine Probleme mit ihm, er bleibt für sich. Nur freundlich ist er nicht. Er grüßt nie als Erster, und wenn er zurückgrüßt, klingt er, als hätte man ihn genötigt. Typisch Einzelgänger, würd ich sagen. Mein Bruder meint, das könnte ein schlechtes Zeichen sein, aber ich kann nicht sagen, dass hier seltsame Dinge vor sich gehen.«

»Ist Ihr Bruder ein Detective?«, fragte Milo.

»Er ist Sheriff in Malibu, fährt auf dem Highway One Streife. Einmal hat er mich angehalten und so getan, als wollte er mich verknacken. Als Rache dafür, dass ich ihn früher immer fertiggemacht hab.«

»Stattdessen hat er Sie nur verwarnt.«

Sommers dehnte sich kurz und lachte. »Man könnte eher sagen, ich hab ihn gewarnt.«

»Können Sie sich noch erinnern, dass Mr Wedds Auto gestohlen wurde?«

»Ach, deshalb sind Sie hier. Haben Sie es gefunden?«

»Noch nicht.«

»Oh«, sagte Sommers. »Der kleine BMW war nett. Den hätte ich nie durch so ein Monstermobil ersetzt.«

»Den Explorer.«

»Explorer mit allem Drum und Dran, schwarz lackiert, geschwärzte Scheiben, irre Räder.«

»Was für Räder?«, fragte Milo.

»Riesige«, sagte Sommers und beschrieb mit den Händen einen großen Kreis. »Chromfelgen vom Feinsten, richtig edel und teuer. Und das Gefährt ist auch noch hochgelegt. Vielleicht kann er es hydraulisch runterfahren, keine Ahnung. Manche Leute betreiben einen irren Aufwand mit ihren Autos.«

»Große Räder, hochgelegt und schwarz«, sagte ich. »Ganz schön Macho.«

»Meine Exfreundin meint, wer sich seiner Männlichkeit sicher ist, hat es nicht nötig, sein Auto zu tunen.« Sommers lachte. »Aber vielleicht wollte sie mir damit nur meinen Kackhaufen schönreden.«

»Den braunen Acura?«

»So könnte man ihn auch nennen«, sagte Sommers. »Er hat der Putzfrau meiner Eltern gehört. Als sie ein neues Auto bekam, hab ich mir El Klappo unter den Nagel gerissen. Sie denken, die Geschichte mit Clarks BMW ist ein Versicherungsbetrug?«

»Clark?«

»Ja, er sieht original aus wie Clark Kent, der Superman ... außerdem benimmt er sich ziemlich – selbstgerecht, würden Sie wahrscheinlich sagen.«

»Er nimmt sich wichtig«, sagte ich.

»Immer auf dem Sprung, die Welt zu retten.«

»Mit wem ist er so zusammen?«

»Nie mit Jungs, aber mit jeder Menge Mädchen. Meist höre ich sie mehr, als dass ich sie zu Gesicht bekomme.«

»Dünne Wände.«

Sommers lachte. »Das meine ich nicht. Das wär ja noch unterhaltsam. Nein, meist wache ich davon auf, dass sie reden. Morgens zum Beispiel. Ich hab Kunden in Asien, da muss ich zeitlich flexibel sein und versuche zu schlafen, wann immer es geht. Wenn er zu Hause ist, geht es hier zu wie im Taubenschlag.«

Milo schnalzte mitfühlend mit der Zunge und zog ein Foto von Charlene/Qeesha aus der Tasche. Das Bild war so retuschiert worden, dass es nicht mehr als Polizeifoto zu erkennen war. Trotzdem sah sie immer noch nicht besonders glücklich darauf aus.

»Robert, haben Sie dieses Mädchen schon mal bei Wedd gesehen?«

»Seit einer Weile nicht mehr.«

»Aber Sie haben sie schon gesehen.«

»Klar«, sagte Sommers. »Ich erinnere mich an sie, weil sie die einzige Schwarze war. Außerdem war sie schwanger, und zwar dermaßen, ich so, wow, Clark hält sich für Superman, vergisst aber das Kondom. Mir tat sie irgendwie leid, sie war ständig da, öfter als die anderen. Und die ganze Zeit über macht er mit anderen Tussis rum.«

»Wann haben Sie sie denn zuletzt gesehen?«

»Hm ... vielleicht vor einem halben Jahr.«

»Haben Sie mal mitbekommen, wie die beiden sich gestritten haben?«

»Na ja, einmal, ich denke, das war das letzte Mal, dass ich sie gesehen habe, da hab ich gehört, wie die Tür zugeschlagen wurde. Ich hab aus dem Fenster geschaut, und da ging sie gerade, ziemlich schnell. Aber er ist ihr nicht gefolgt, und ich hatte sie nicht streiten hören, also weiß ich nicht, ob das ein Streit war – ist das ein Polizeifoto?«

»Ja.«

»Ist sie kriminell? Ziehen sie zusammen Versicherungsbetrüge durch, Clark und sie?«

»Sie war öfter hier als die anderen?«

»Definitiv. Die meisten waren nur ein- oder zweimal hier.« Sommers drehte an einer Locke. »Die Schwarze habe ich vielleicht sechs-, siebenmal gesehen.«

»Er steht auf One-Night-Stands?«, sagte ich.

»Sieht so aus.« Er schnaubte. »Clark, der Superstecher.«

Milo zeigte ihm ein Foto von Adriana Betts.

»Die hab ich hier noch nie gesehen. Gehört sie auch zu der Betrügerbande? Sieht ein bisschen schräg aus.« Er umfasste mehrere seiner dicken Strähnen mit den Fingern. »Je länger ich darüber nachdenke, umso mehr bin ich sicher, dass sie sauer auf ihn war, die Schwarze. Sie war so schnell, als könnte sie gar nicht abwarten, von ihm wegzukommen. Vielleicht waren es die Hormone? Babyhormone. Das war bei meiner Freundin auch so, als sie schwanger war. Je dicker sie wurde, umso zickiger wurde sie, das war die Hölle.«

»Sie haben ein Kind?«

»Nein, sie hat es wegmachen lassen. Ihre Entscheidung. Sie wollte lieber Anwältin werden.« Sommers zuckte mit den Schultern. »Ich hätte das cool gefunden, Vater zu werden. Aber sie hatte eben andere Pläne.«

27

Milo gab Sommers seine Karte und bat ihn anzurufen, falls Wedd auftauchte.

Sommers nickte. »Klar, aber wie gesagt, er ist nicht oft hier.«

Wir versuchten es bei den übrigen vier Wohnungen, erhielten jedoch dreimal keine Antwort. Bei der vierten Tür öffnete eine Frau, die einen Infusionsständer vor sich herschob. Eine klare, zähe Flüssigkeit tropfte in ihre Venen. Ihr Haar war zerzaust und grau und nur einen Ton dunkler als ihr Gesicht.

»Entschuldigen Sie …« Sie unterbrach sich, um zu atmen. »Ich gehe nie raus … ich kenne hier niemanden.«

»Er wohnt unten in Nummer drei«, sagte Milo. »Vor einer Weile wurde sein Auto gestohlen.«

»Ach das.« Ihr Kiefer mahlte. Sie konnte zwischen fünfzig und achtzig sein. »Die Leute waren … überrascht.«

»Wieso das, Ma'am?«

Sie atmete zweimal durch und stützte sich gegen den Türrahmen. »Nachts … ist hier immer … volle Beleuchtung an.«

»Es wäre aufgefallen, wenn jemand sich an einem Wagen zu schaffen macht?«

»Ja … seltsam.«

Sie bemühte sich zu lächeln, was ihr schließlich gelang. Man erahnte, dass sie einmal sehr schön gewesen sein musste. »So was … kommt vor.«

Wir kehrten zu Milos Wagen zurück. Er steckte den Schlüssel ins Zündschloss, ließ aber den Motor nicht an.

»Groot hat seine Intuition nicht getrogen, der BMW ist wahrscheinlich Versicherungsbetrug, und Superman macht mit seinem neuen fahrbaren Untersatz einen auf ganz böser Junge. Denkst du, er ist unser Daddy?«

»Es sind ständig Frauen bei ihm ein und aus gegangen, doch nur Qeesha ist mehrmals hier gewesen. Das spricht für mehr als eine lockere Beziehung, außerdem war sie das letzte Mal, als Sommers sie gesehen hat, sichtbar schwanger und sah wütend aus. Vielleicht wollte Wedd, dass sie abtrieb? Wenn sie Webb erpresst hat, könnte das den Versicherungsbetrug erklären: Er besorgt ihr ein Auto, damit sie eine Zeitlang Ruhe gibt, und benutzt das Versicherungsgeld für eine neue Karre, einen aufgemotzten SUV, wie ihn Heather an dem Abend vor dem Park gesehen hat.«

»Wo er an seinem Plan arbeitet. Qeesha hat ihn geärgert, deshalb bringt er sie und das Baby um. Ebenso Adriana, weil sie zu viel wusste. Clark klingt nach einem richtig bösen Buben.« Er runzelte die Stirn. »Der keine Vorstrafen hat.«

»Zeitlich passt alles«, sagte ich. »Qeesha ist vor ein paar Jahren aus Idaho weggegangen. Da war viel Zeit, um mit Wedd zusammenzukommen und schwanger zu werden. Was ich interessant finde, ist, dass Adriana ihr nicht nach Los Angeles gefolgt ist. Allerdings ist sie etwa zur gleichen Zeit von zu Hause weggegangen. Reverend Goleman nahm an, dass sie Veränderung brauchte. Vielleicht hat Qeesha sie mit ihrem Freiheitsdrang inspiriert. Adriana hat die Kindertagesstätte der Kirche geleitet, später hat sie als Nanny für die Van Dynes, dann die Changs gearbeitet. San Diego ist nicht weit von Los Angeles, man kann also durchaus annehmen, dass sie wieder Kontakt aufgenommen haben. Vielleicht war das Postfach ein Trick, damit sie heimlich korrespondieren konnten. Auf diese Weise konnte sie an Qeeshas Leben teilhaben und trotzdem auf Distanz bleiben. Vor vier, fünf Monaten wurde dann alles anders, als Qeesha Adriana um Hilfe bat und Adriana mit den Changs nach Los Angeles kam. Das war etwa um die Zeit, als Sommers Qeesha schwanger und unglücklich gesehen hat. Was, wenn Qeesha gespürt hat, dass sie in Gefahr ist, vielleicht weil Wedd ihr Angst gemacht hat, und Schützenhilfe wollte? Oder eine Zeugin?«

Er blickte zu dem Gebäude hinüber. Die Maler saßen am Straßenrand und aßen Burritos. »Diese Käfer. Das Wachs. Wenn Wedd unser Mann ist, ist er alles andere als ein Mensch.« Kopfschütteln. »Alle diese Frauen. Er muss irgendeine besondere Wirkung auf sie ausüben.«

»Frauen, die nicht öfter als ein- oder zweimal gesehen wurden.«

Er sah mich an. »Oh nein, lass mich mit deiner Fantasie in Frieden. Es ist noch zu früh am Tag.«

Er startete den Wagen, fuhr aber nicht los. Seine linke Hand packte das Lenkrad, die rechte umfasste sein Knie. Er rieb sich das Gesicht.

»Entschuldige«, sagte ich.

»Nein, nein, jetzt spielt mir meine Fantasie Streiche. Was, wenn das Baby gar nicht ungewollt war, Alex? Wenn es zu einem bösen Zweck gewollt war? Ich meine, buchstäblich. Für irgendein krankes Ritual.«

Seine normale Blässe war einem ungesunden Beige-Weiß gewichen. Ich spürte, wie mir Kühle über die Haut strich.

»Guter Gott im Himmel«, sagte er, »was, wenn das arme kleine Ding gezüchtet war.«

28

An der Einfahrt zum Parkplatz der Polizeistation stand eine Frau. Sie war groß, schlank, langbeinig, hatte krauses Blondhaar und trug einen dunklen Hosenanzug mit monströsen Achtzigerjahre-Schulterpolstern. Mit einem Blatt Papier in der Hand musterte sie die einfahrenden Autos. An ihrem Revers klemmte ein Namensschild.

»Abteilung Erbsenzähler?«, fragte ich.

»Ihre Steuergelder bei der Arbeit«, erwiderte Milo und reihte sich hinter einem Polizeiwagen und einer blauen Corvette ein, die jemandes Privatfahrzeug sein musste. Beide Wagen durften unbehelligt an der krausen Blondine vorbeifahren. Als Milo das Tastenfeld erreichte, sah sie ihn an und wedelte mit dem Blatt Papier.

»Lieutenant Sturgis?« Sie trat an die Fahrerseite heran.

»Schon wieder eine Umfrage? Nicht heute.« Er ließ das Seitenfenster hochfahren.

»Tun Sie das nicht!«, kreischte sie. Ihr Anzug hatte die Farbe von eingelegter Roter Bete, wobei der Stoff aus nichts bestand, das je mit Erde zu tun gehabt hätte oder geerntet worden wäre. Sie trug eine hellblaue Plastikbrille, ihr Rouge war zu dick aufgetragen, während der Lippenstift zu blass war. Sie war knochig, ohne ein Gramm Fett am Leib, nicht maskulin, aber auch nicht wirklich feminin.

Sie legte eine Hand auf das halb hochgefahrene Fenster. Ihr Abzeichen zeigte ein Foto, leider saß ich zu weit weg, um die Schrift lesen zu können. Sie zeigte Milo das Blatt Papier: Es war ein großflächiges Farbfoto von ihm.

Er sagte: »Nie gesehen, den Typ.«

»Ach, Lieutenant.«

Er ließ das Fenster herunter. »Was kann ich für Sie tun?«

»Sie könnten aufhören, mir aus dem Weg zu gehen.« Sie zog ihr Schild vom Revers und hielt es ihm vor die Nase. »Kelly LeMasters, *Los Angeles Times*.«

Milo enthielt sich einer Antwort.

»Aha, so soll das also laufen?«, sagte sie. »Schön, ich muss Ihnen also jedes Stück Info aus der Nase ziehen. Wobei es nicht so sein sollte, denn schließlich arbeite *ich* für das Leitmedium, *ich* habe Sie mehrmals wegen der Skelette angerufen, während Sie mich am langen Arm verhungern lassen, als wäre ich Ihre Exfrau, die mehr Unterhalt verlangt.«

Sie lächelte. »Oder, in Ihrem Fall, Ihr Exmann.«

»Eine Komikerin.«

»Hauptsache, es hilft«, sagte Kelly LeMasters. Ihr Tonfall verriet, dass sie Abfuhren gewohnt war – sich aber noch nicht damit abgefunden hatte.

Hinter uns hielt ein brandneuer Chevrolet, ein ziviles Polizeifahrzeug mit einem dicken Schwarzen am Steuer. Dunkler Anzug, weißes Hemd, rote Krawatte. Ungeduldige Miene. Hupen.

»Da ist ein Captain hinter uns«, sagte Milo. »Ich werde jetzt also weiterfahren. Nehmen Sie's nicht persönlich.«

»Sie entwischen mir nicht mehr. Ich werde Sie hier erwarten, wenn Sie wieder rausfahren.«

Tatsächlich stand sie später immer noch da. Mit einem Blick auf mich sagte sie: »Das ist doch der Psychiater. Hat er Ihnen empfohlen, mich zu ignorieren?«

»Niemand ignoriert Sie. Tut mir leid, wenn es so rüberkam.«

»Danke recht herzlich. Sind Sie vielleicht allergisch gegen Zusammenarbeit?« Sie musterte mich von oben bis unten. »Ergrauter Kripobeamter und schneidiger Psychiater.« Die blauen Augen wanderten zu Milo. »Wir streichen *ergraut* und ersetzen es durch *zerknittert*.«

Er griff nach seiner Krawatte, die verdreht auf seiner Wampe lag. Die unwillkürliche Bewegung brachte Kelly LeMasters so zum Lachen, dass sie sich mit der Hand aufs Knie schlug. Das hatte ich schon lange niemanden mehr tun sehen. Jedenfalls nicht seit meiner letzten Tour durch die Provinz.

»Freut mich, dass ich Ihnen so gute Laune bereite.«

Kelly LeMasters erwiderte: »Sehen Sie? Sie sind ja doch menschlich. Und genauso eitel wie alle anderen auch. Also, warum in aller Welt wollen Sie nicht mit mir zusammenarbeiten? Ich könnte Sie berühmt machen. Zumindest zeitweise, das ist doch ziemlich cool, oder?«

»Nein danke.«

»Sie wollen sich bitten lassen? Was hält Sie davon ab, ein Star zu sein? Nicht genug, dass Sie ein Vorreiter in Sachen Geschlechterpräferenz sind, wofür Ihnen nie auch nur annähernd gedankt wurde, Sie sind auch noch verdammt gut in dem, was Sie tun. In den letzten zwanzig Jahren haben Sie mehr Mordfälle aufgeklärt als jeder andere Detective. Und trotzdem weiß niemand so richtig, was Sie alles geleistet haben, weil Sie medienscheu sind. Okay, Sie tauchen hin und wieder auf und geben einen kurzen, markigen Kommentar ab. Aber in den meisten Fällen überlassen Sie irgendeinem Vorgesetzten die Lorbeeren, die Ihnen zustehen.«

»Ist doch mir egal.«

»Na schön, Sie machen einen auf schwuler James Stewart,

aber wieso darf ich nichts über diese Babyfälle erfahren? Woran liegt es? An meinem Atem?«

Sie beugte sich herunter und atmete geräuschvoll aus. »Sehen Sie? Minzfrisch.« Mir wurde ebenfalls eine Brise Kräuterduft zuteil. »Machen Sie mich schlau, Doc.«

Milo und ich lachten.

»Sehen Sie«, sagte sie. »Ich bin witzig. Belohnen Sie mich, Milo Sturgis.«

»Es ist nicht so einfach.«

»Was ist schon einfach?« Sie streckte ihm die Hand entgegen. An einem der knochigen Finger steckte ein goldener Ehering. Ihre Nägel waren kurz geschnitten. Außer dem Ring trug sie keinen Schmuck.

»Ist das jetzt ein Deal?«

»Na klar«, sagte Kelly LeMasters. »Wir sind jetzt Partner, die sich gegenseitig stützen und fördern.«

Vom Santa Monica Boulevard her näherte sich ein Auto. Ein auf Hochglanz poliertes ziviles Polizeifahrzeug, so neu, dass es noch keine Nummernschilder hatte.

Milo bedeutete LeMasters, vom Eingang wegzutreten, und drehte dem näher kommenden Auto den Rücken zu.

»Wer ist das?«

»Unwichtig. Aber wir sollten uns woanders unterhalten.«

»Kein Problem«, sagte LeMasters. »In Ihrem indischen Lieblingsrestaurant?«

Er sah sie an. »An keinem meiner Lieblingsorte würde ich mich mit Ihnen blicken lassen. Minzfrischer Atem hin oder her.«

»Schön«, erwiderte sie. »Wenn das bedeutet, dass Sie mir irgendwas Spannendes zu berichten haben.«

»Keine Verpflichtung.«

»Das sagen sie alle.«

Wir machten uns zu Fuß auf den Weg in das Wohnviertel südlich der Polizeistation. Milo und LeMasters gingen voraus, ich hielt mich zwei Schritte weit hinter ihnen. Nach ein paar Blocks blieb er vor einem hässlichen Apartmenthaus stehen. Es war nicht hellblau, sondern weiß, aber sonst dem von Melvin J. Wedd nicht unähnlich.

War das Milos Vorstellung von einem Insiderwitz? Nichts an seiner Miene verriet, dass ihm nach scherzen war, als er sich zu voller Größe aufbaute. Das tat er immer, wenn er sein Gegenüber einschüchtern wollte.

Bei Kelly LeMasters jedenfalls schlug der Versuch fehl. Sie nahm Block und Stift aus der Tasche und sagte: »Schießen Sie los.«

»Das können Sie weglegen, das hier ist alles inoffiziell. Wenn ihr Schreiberlinge das nur mal einsehen würdet.«

»Milo, Milo«, sagte sie. »Wenn das inoffiziell ist, was nützt es mir dann?«

»Das wird Sie jetzt wahrscheinlich hart treffen, *Kelly*: Ihnen nützlich zu sein ist nicht meine oberste Priorität.«

»Natürlich. Das ist natürlich die Aufklärung schlimmer Morde, blablabla. Aber Sie wissen genauso gut wie ich, dass hier eine Hand die andere wäscht. Wie viele Ihrer gelösten Fälle wären noch immer ungelöst, wenn Sie nicht zu einem geeigneten Zeitpunkt die Medien genutzt hätten?«

»Eine freie Presse ist unerlässlich. Aber mir sind die Hände gebunden.«

»Von wem?«

»Inoffiziell?«

»Bei dieser Randnotiz? Klar.«

»Von der Bürokratie.«

»Das ist nicht Ihr Ernst«, sagte sie. »Das soll ein sensationelles Geheimnis sein? Wir alle haben mit Zensur zu kämpfen, glauben Sie, mein Arbeitgeber ist ein Menschenrechtler?«

»Danke für Ihr Verständnis.«

»Sie müssen mir nicht erklären, warum Ihre dummen, korrupten Vorgesetzten Ihnen bei dem zweiten Skelett den Mund verboten haben: Politik wie üblich. Die ganze Geschichte um Maxine Cleveland und ihren Hausverkauf. Haben Sie die Frau mal kennengelernt? Hirntot und von nichts eine Ahnung – passt perfekt nach Washington, D. C. Die Masche hat ihr überhaupt nichts gebracht. Im Gegenteil.« Sie nahm die Brille ab. »Am Ende ist mir deswegen eine alberne Unizeitung zuvorgekommen.«

»Wenn Sie sich beschweren wollen, hätte ich ein paar Telefonnummern für Sie.«

»Was würde mir das bringen?«

»Genau mein Punkt, Kelly. Man könnte genauso gegen eine Wand reden.«

Sie musterte ihn. »Sie sind ein ganz Ausgefuchster, was? Okay, wir bleiben inoffiziell, aber nur solange es irgendwann offiziell wird, und ich spreche nicht von Monaten.«

»Ich kann Ihnen da keinen Termin nennen.«

»Ich will keinen Termin. Ich will, dass Sie vernünftig sind.« Sie setzte ihre Brille wieder auf und schrieb irgendetwas auf ihren Block, den sie so drehte, dass Milo nichts sehen konnte. Er tat das Gleiche, wenn er Zeugen befragte, um Spannung und Dominanz zu erzeugen.

Die beiden würden ein interessantes Pärchen abgeben.

»Definieren Sie *vernünftig*, Kelly.«

»Verstand benutzen, Schluss mit Spielchen, wie auch immer Sie es definieren wollen. Ich werde nicht schweigen, nur um dann zusehen zu müssen, wie jeder Volltrottel in Fernsehen und Internet die Story bringt.« Ihre knochigen Hände stemmten sich in ihre knochigen Hüften. »Verstanden?«

»Verstanden.«

»Schön.« Ihr Stift schwebte in der Luft. »Los geht's.«

»Stecken Sie den Block weg.«

»Sie glauben mir nicht, dass ich die Sache unter Verschluss halte?«

»Sie sagten gerade, Sie könnten nichts garantieren.«

»Wir verschwenden hier beide unsere Zeit«, sagte sie. »Das ist Mist.«

»Wie wär's, wenn wir unsere Maßnahmen offenlegen? Sobald etwas Neues auftaucht, melde ich mich bei Ihnen. Versprochen.«

»Warum sollten Sie das tun?«

»Weil Sie recht haben.«

Sie musterte ihn. »Sie verarschen mich doch. Netter Versuch.«

»Nein. Sie haben recht.«

»Sie geben zu, dass Sie einen Fehler gemacht haben? Haben Sie in letzter Zeit mal Ihr Y-Chromosom überprüft?«

»Wenn es nach mir ginge, Kelly, würde ich Ihnen alles Mögliche erzählen, das morgen in der Zeitung stehen könnte. Nicht Ihretwegen oder weil Sie Reporterin sind, sondern weil ich mir selbst etwas davon verspreche. Dummerweise lässt sich nach Ihrem Auftritt auf dem Parkplatz alles, was demnächst in der Zeitung steht, direkt zu mir zurückverfolgen.«

»Ich … okay, vielleicht war das ungeschickt, aber was hatte ich für eine Wahl?«

Milo zuckte mit den Schultern.

»Also schön«, sagte sie, »keine Notizen, und ich schwöre, Ihre Identität zu verschleiern.« Block und Stift wanderten in ihre Tasche zurück.

»Das Gleiche gilt auch für das Diktiergerät, das Sie da drin haben.«

»Wie … okay, Sie sind ein erstklassiger Detective.« Sie zog das Gerät heraus und schaltete es aus.

Er nahm es, entnahm ihm eine Minikassette, die er einsteckte, ehe er ihr das Gerät zurückgab.

Ihre Nasenflügel bebten. »Wollen Sie das etwa behalten?«

»Zu unserer beider Wohl.«

»Wollen Sie sehen, ob ich einen laserbetriebenen Gedankenleser da drin habe?«

»Ach nee, so was ist ja total aus der Mode. Also, was wollen Sie wissen, Kelly?«

»Jetzt soll ich auch noch Fragen stellen? Erzählen Sie mir einfach, was Sie über die Babyskelette wissen.«

»Das erste Skelett hatte vielleicht nichts mit einem Verbrechen zu tun.«

»Wie kommen Sie darauf?«

»Keine Hinweise auf Trauma oder Verletzung.«

»Vielleicht wurde es erdrosselt.«

»Alles ist möglich, aber ich brauche Beweise.«

»Eine Leiche, die unter einem Baum vergraben ist, ist ein Beweis«, sagte sie. »Wenn es kein Verbrechen war, warum wurde dann die Leiche vergraben?«

»Vielleicht ist das Baby an einer natürlichen Ursache gestorben, und jemand wollte das verbergen.«

»Was für natürliche Todesursachen gibt es bei Babys?«

»Eine Erkrankung.«

»Warum sollte jemand das verbergen wollen?«

»Wenn ich das wüsste, Kelly. Vielleicht werde ich es nie erfahren.«

»Warum so pessimistisch?«

»Zu alt, zu kalt.«

»Ich nehme an, Sie haben die früheren Eigentümer des Hauses gefunden?«

»Richtig. Keine Spuren hier.«

»Ich weiß«, erwiderte sie. »Das habe ich mir selbst angesehen. Ich habe den alten Opi in Burbank gefunden, die ganze John-Wayne-Nummer, aber er hatte nichts beizutragen. Ebenso wenig war in Cheviot Hills in Erfahrung zu bringen. Nicht mal die Kleine, die in der Studentenzeitung war, wollte etwas sagen. *Ich rede nur mit Lieutenant Sturgis.*«

»Die Macht der Presse.«

»Ja, wir sind wirklich superbeliebt. Also, den ersten Fall soll ich einfach vergessen.«

»Sie dürfen so viel recherchieren, wie Sie wollen, Kelly. Falls Sie irgendwas Neues erfahren, wäre ich Ihnen dankbar, wenn Sie's mir erzählen.« Er klang aufrichtig. Kein Wort über Eleanor Green oder einen großen blauen Duesenberg.

Ich sagte kein Wort über Dr. Jimmy Asherwood. Zu keinem von beiden.

»Okay«, sagte LeMasters, »dann kommen wir jetzt zum zweiten Skelett.«

»Auch hier, Kelly, gibt es keinen Hinweis auf ein Trauma. Dennoch gehe ich von Mord aus, weil auf der anderen Seite des Parks die Leiche der Frau gefunden wurde. Außerdem haben wir eine vorläufige DNA-Analyse vom Kind machen lassen, die ergab, dass es ein Mädchen war.«

Kelly LeMasters zeigte keine Regung. »Okay, weiter.«

»Nach den Zähnen zu urteilen, war es zwei oder drei Monate alt.«

»Das ist alles? Was ist mit der Frau?«

»Berührt Sie das gar nicht?«, fragte Milo.

»Was?«

»Ein Baby.«

Ihr Kiefer wurde fest, und ihre Arme verspannten sich. »Berührt es Sie?«

»Aber hallo.«

»Also, mich auch«, sagte sie. »Damit wäre das auch geklärt. Wir verdienen beide unser Geld mit dem Elend anderer Leute und sind doch Menschen geblieben.« Sie wandte sich mir zu. »Ich nehme an, das gilt auch für Sie – das mit dem Elend. Sagen Sie, beraten Sie ihn bei seiner psychologischen Kriegsführung?« Sie sah wieder Milo an. »Ob es mich berührt? Sagen wir so: Ich habe ein Kind, und ich hatte vorher drei Totgeburten, also nein, tote Babys finde ich überhaupt nicht toll, ich finde sie nicht im Geringsten unterhaltsam. So. Reicht Ihnen das?«

»Entschuldigen Sie bitte«, sagte Milo.

»Ich pfeif auf Ihre Entschuldigung. Geben Sie mir was Handfestes.«

»Wir haben das erwachsene Opfer identifiziert. Nichts in ihrer Vergangenheit deutete darauf hin, dass sie so enden würde.«

»Name«, sagte LeMasters.

»Adriana Betts aus Idaho. Sie war gläubig, arbeitete als Nanny und hatte keine schlechten Angewohnheiten.«

»Sie hat Kinder betreut?«

»Ja.«

»Auch Babys?«

»Gelegentlich.«

»Sehen Sie da keinen Zusammenhang?«

»Theoretisch schon, Kelly, aber wir haben mit ihren Arbeitgebern gesprochen, und deren Kinder sind alle gesund und munter. Niemand wusste ein schlechtes Wort über sie zu sagen.«

»Religiöse Menschen können scheinheilig sein.«

»So wie jeder andere Mensch auch.«

»Sind Sie etwa auch bei dem Verein? Trotz dem, was die Kirche über Leute wie Sie sagt?«

»Bleiben wir doch beim Fall, Kelly.«

»Leuchtet mir nicht ein«, sagte LeMasters. »Wie man gleichzeitig schwul und katholisch sein kann.« Sie lachte. »Außer natürlich, man ist Pfarrer.«

»Sind Sie katholisch?«

»Früher mal gewesen.«

»Schön zu wissen, dass Sie keine Vorurteile haben.«

Sie runzelte die Stirn. »In welche Richtung wollen Sie die Ermittlungen lenken?«

»Schwer zu sagen.«

»Oh nein«, widersprach sie. »Jeder erzählt, Sie würden ebenso methodisch wie intuitiv vorgehen, hätten immer eine Strategie. Also nur raus damit. Was passiert als Nächstes?«

»Gleiche Antwort, Kelly.«

Sie verschränkte die Arme vor der Brust. »Ich nehme nichts offiziell auf, und Sie kommen mir mit Gemeinplätzen?«

»Das kommt daher, dass ich mehr nicht zu bieten habe. Ich könnte Ihnen Dinge erzählen, die Ihre Neugier wecken und Sie auf eine sinnlose Jagd schicken. Aber damit wäre mir auch nicht gedient, es könnte mir sogar schaden, wenn Sie irreführenden Mist schreiben.«

»Ich dachte, wir versuchen hier, Vertrauen zu schaffen.«

»Tun wir doch«, sagte er. »Haben wir's schon geschafft?«

»Was?«

»Sind wir Partner, die sich gegenseitig stützen und fördern?«

»Nicht mal annähernd«, erwiderte sie. »Ich habe versprochen, alles geheim zu halten, aber Sie weichen mir die ganze Zeit nur aus.«

Er hob eine Braue. »Ich werde Ihnen noch etwas erzählen, aber Sie müssen schwören, dass Sie es nicht benutzen, bis ich es Ihnen erlaube. Und das meine ich ernst, Kelly.«

»Okay, okay. Was?«

»Obwohl Adriana Betts offenbar moralisch einwandfrei war, ist sie möglicherweise mit bösen Menschen in Kontakt gekommen.«

»Was für böse Menschen?«

»Es gibt noch keine Fakten dazu«, sagte er. »Möglicherweise eine Sekte.«

»Keine Fakten? Und worauf stützt sich dann die Aussage?«

»Rückschlüsse.«

»Ihre oder die von Dr. Delaware?«

»Meine.«

»Sie haben von der Leiche Rückschlüsse gezogen?«, fragte sie. »Rituelle Verstümmelungen? Ich dachte, sie wäre erschossen worden.«

»Tut mir leid, mehr kann ich dazu nicht sagen, Kelly.«

»Eine brave Kirchgängerin in den Fängen von Satansanbetern? Irgendwelche speziellen Spinner?«

»Nein«, antwortete er. »Ich will mich aber in der Szene umsehen und würde mich freuen, wenn Sie was beitragen könnten.«

»Ich kenne mich mit Sekten nicht aus.«

»Da sind wir schon zwei.«

Ihre Arme entspannten sich, und ihre Augen leuchteten. »Ist das wieder so was wie damals Manson?«

»Hoffentlich nicht.«

»Diese Stadt ist voller Irrer. Können Sie das nicht irgendwie eingrenzen?«

»Schön wär's, Kelly. Und Sie halten schön dieses Gespräch hier unter Verschluss, klar?«

»Wie gesagt, ich schütze meine Quellen.«

»Ich meine nicht, rechtlich gesprochen, ich meine, total und vollständig.« Er machte einen Schritt auf sie zu. Die dicken schwarzen Augenbrauen zogen sich zusammen, als er sich in voller Größe vor ihr aufbaute. Kelly LeMasters wich zurück. Erneut überschritt er ein paar Zentimeter weit ihren persönlichen Sicherheitsabstand. Sie versuchte, sich zu behaupten, doch die Urangst vor etwas Großem, Aggressivem ließ sie zurückweichen.

»Total«, wiederholte er. »Wenn Sie das vermasseln, werde ich nie wieder mit Ihnen reden, ebenso wenig wie irgendjemand anders aus dem Dezernat.«

Er hatte die Stimme gesenkt. Das Flüstern klang nach Kinobösewicht.

LeMasters zwinkerte und bemühte sich zu lächeln. »Soll das eine Drohung sein?«

»Ich zeige nur Konsequenzen auf. Aber um Ihnen zu zeigen, was für ein netter Mensch ich bin: Wenn Sie sich an die Abmachung halten, werden Sie die Erste sein, die davon erfährt, falls ich den Fall abschließe.«

»Falls, nicht wenn?«

»Freuen Sie sich über dieses Vertrauensvotum, Kelly. In jedem Fall werden Sie die Erste sein. Versprochen.«

»Wie viel Zeitvorsprung werde ich haben?«

»Genug, um die Konkurrenz auszustechen.«

»Können Sie mir das garantieren?«, fragte sie. »Was ist mit Ihren Chefs?«

»Scheiß auf die«, brummte er.

Seine Augen waren zu grünen Schlitzen verengt.

Kelly LeMasters war klug genug, sich nicht weiter mit ihm anzulegen.

Wir gingen mit ihr zurück in die Butler Avenue und sahen ihr nach, wie sie als braunlila Fleck kleiner wurde und schließlich in den Santa Monica Boulevard abbog und verschwand.

»Wie Killer-Kelly sagen würde: Was jetzt?«, fragte ich.

»Ich werde mir Mr Wedd näher ansehen, und du wendest dich deinem normalen Leben zu.«

»Was immer das heißt.«

»Es heißt, schönen Tag noch. Soweit möglich.«

29

Holly Ruche kam sechs Minuten zu spät. Blanche und ich begrüßten sie an der Tür. Sie sagte: »Ich mag Hunde nicht. Aber ich denke, ich werde mir trotzdem einen zulegen. Für das Baby.«

Als ob das ein Grund wäre. »Ich kann sie gerne rausschicken«, bot ich an.

»Ist sie so was wie ein Therapiehund?«

»Nicht offiziell, aber sie hat genug geleistet, um einen Doktortitel zu verdienen.«

Sie sah zu Blanche hinunter.

Blanche strahlte zu ihr herauf.

»Wie heißt sie?«

»Blanche.«

»Sie ist schon irgendwie süß ... sieht fast aus, als würde sie lächeln. Also gut, ich denke, sie kann bleiben.«

»Wie Sie möchten, Holly.«

»Ist schon in Ordnung. Ja, es ist definitiv in Ordnung, sie ist brav.« Sie betrachtete das Wohnzimmer. »Schick. Sie stehen auf modern.«

Wenn ein Psychopath dein Haus niedergebrannt hat, empfindest du klare Nüchternheit als etwas Wohltuendes.

Ich lächelte.

»Wohnen Sie schon lange hier?«, fragte sie.

»Ein paar Jahre.«

»Die Gegend sieht sündhaft teuer aus.«

»Gehen wir in mein Büro.«

Nachdem sie sich auf der ramponierten Ledercouch niedergelassen hatte, sagte sie: »Entschuldigen Sie bitte. Von wegen sündhaft teuer. Geht mich überhaupt nichts an. Ich glaube, ich bin im Moment einfach ein bisschen übersensibel, was Preise angeht. Vor allem bei Immobilien.«

»Wie geht es mit der Sanierung voran?«

»Wird noch diskutiert.«

»Zwischen Matt und Ihnen.«

Sie verschränkte ihre Finger und senkte den Blick. »Eher zwischen mir und mir.«

»Eine Art Monolog.«

Sie strich sich über den Bauch, der an Umfang zugenommen hatte. Auch ihr Gesicht war voller geworden. Sie hatte ihre Haare zurückgebunden, am Haaransatz sprossen winzige Pickel. »Ich denke, das ist einer der Gründe, warum ich hier bin. Er ist nie da. Weder physisch noch emotional. Das gehört wahrscheinlich sowieso zusammen. Er arbeitet ununterbrochen.«

»Ist das etwas Neues?«

Ihre Unterlippe rollte sich ein. Tränen traten aus ihren Augen und liefen ihr über die Wangen.

»Ich denke nicht«, sagte sie schließlich. »Vermutlich ist genau das das Problem. Nichts hat sich geändert.«

Ich reichte ihr ein Taschentuch. Kleenex sollte mir eine Provision bezahlen. »Matt war seine Arbeit immer extrem wichtig.«

»Das respektiere ich auch, Dr. Delaware. Er ist sehr verantwortungsbewusst, und das ist doch etwas, oder? Er könnte genauso gut ein Loser sein.«

»Sicher.«

»Er hält das für männlich, sich ums Geschäft zu kümmern. Das ist es wohl auch. Ich weiß, dass es das ist.«

Ich sagte: »Genau das hat Ihnen ja auch an ihm gefallen.«

»Ja – woher wissen Sie das?«

»Gut geraten.«

»Tja, da haben Sie voll ins Schwarze getroffen. Es ist nur … ich denke, Sie müssen mehr über meinen Vater wissen. Über die Tatsache, dass ich keinen hatte.«

Ich wartete.

»Ich habe ihn nie kennengelernt«, fuhr sie fort. »Ich bin nicht einmal sicher, ob meine Mutter ihn wirklich kannte.« Ihre Finger krallten sich um das Taschentuch. »Es fällt mir schwer, darüber zu reden … aber ich muss doch ehrlich sein, oder? Das hier ist doch der Ort dafür.«

Ihre Finger entspannten sich wieder. Sie warf das Tuch in den Papierkorb. »Seit ich schwanger bin, denke ich über alle möglichen Dinge nach, über die ich nie nachdenken wollte.«

»Ihre Eltern, Ihre Familie.«

»Wenn man sie so nennen darf.«

»Es war keine richtige Familie.«

»Nur meine Mutter und ich, und sie war …«

Sie saß eine Zeitlang nur stumm da. »Man kann es nicht anders sagen, meine Mutter hatte keine Moral. Nicht mir gegenüber, da war sie toll, aber im Rückblick … sie hat in einer Cocktailbar bedient – ich will nicht sagen, dass das schlecht war, sie hat unglaublich hart gearbeitet, sie hat sich um mich gekümmert, sie hat etwas zu essen auf den Tisch gebracht. Aber sie hat nebenbei … ihr Gehalt aufgebessert. Indem sie Männer mit nach Hause brachte. Als ich klein war, hielt ich das für ganz normal. Sie hat mich mit Keksen und Süßigkeiten in meinem Zimmer eingeschlossen.«

Sie biss sich auf die Lippe. »Trotzdem habe ich manche von ihnen gesehen. Und gehört. Es waren alle möglichen Männer, verschiedenen Alters, verschiedener Rasse, es war wie … sie nannte sie ihre Bekannten. ›Es ist mal wieder Zeit für Oreos und Kitkats, meine Süße. Es kommt ein Bekannter vorbei.‹«

»Irgendwann wurde Ihnen klar, dass so etwas nicht überall vorkam«, sagte ich.

»Als ich in die Vorschule kam und sah, wie andere Kinder lebten. Meine frühe Kindheit war ziemlich einsam, wir wohnten in einem Trailerpark. Verstehen Sie mich nicht falsch, es war ein schönes Haus, Mom hat es gepflegt, Blumen gepflanzt, es gab eine kleine Vogeltränke, in der Finken und Spatzen plantschten. In der Nähe war ein nettes Wohnviertel, Arbeiter, gestandene Leute, viele davon Kirchgänger. Ich habe nicht lange gebraucht, um mitzubekommen, dass andere Mütter nicht das taten, was meine tat. Ich habe nie etwas gesagt, weil Mom mich liebhatte und für mich gesorgt hat; ich hatte immer schöne Klamotten und etwas zu essen. Genau wie andere Kinder. Sollte ich etwa undankbar sein?«

Mehr Tränen. »Das hätte ich nicht sagen sollen. Sie unmoralisch zu nennen, das war wirklich gemein.«

Ein neues Taschentuch musste her.

»Sie ist tot, sie kann sich nicht rechtfertigen … Aber ich habe einfach das Gefühl, es ist Zeit, das alles aufzuarbeiten, wissen Sie? Damit ich mich selbst besser verstehen kann.«

»Nun da Sie selbst Mutter werden.«

»Ich will nicht werden wie sie«, sagte sie. »Ich meine, in mancher Hinsicht schon, ich möchte meiner Aimée eine liebevolle, umsorgende Mutter sein, ihr alles geben. Deshalb habe ich Matt geheiratet, er ist ein großartiger Versorger.«

»Als wir uns bei Ihnen im Haus unterhalten haben, sagten Sie, Sie hätten bis vor Kurzem selbst eine Karriere gehabt.«

»Das stimmt.«

»Sie wollten unabhängig sein.«

»Ja. Und?«

»Obwohl Sie Matts Reife und Fleiß mochten, hatten Sie nicht vor, sich voll und ganz auf ihn zu verlassen.«

»Ich … ja, das stimmt, ich denke, Sie haben recht. Sie meinen, meine Mutter hat mich zu einer Kämpferin gemacht?«

»Ich meine, Sie sind zweifelsohne ein tüchtiger, rücksichtsvoller Mensch. Sicherlich hat Ihre Mutter daran einen Anteil, aber letztendlich haben Sie Ihre eigenen Entscheidungen getroffen.«

»Ja, das stimmt wohl … aber es tut mir trotzdem so leid, dass ich das über Mom gesagt habe. Ich vermisse sie so!«

Sie fing an zu schluchzen und brauchte eine Weile, bis sie sich wieder beruhigt hatte. »Sie ist vor drei Jahren gestorben, Doktor, und sie hat schlimm gelitten. Ich glaube, ich war wütend auf sie, weil sie so früh gegangen ist, sie war erst vierundfünfzig. Auch wenn das total irrational ist. Ich war eigensüchtig, ich bin immer noch eigensüchtig, Punkt, ich hätte das nicht sagen dürfen.«

»Haben Sie sie denn schlecht behandelt, als sie noch lebte?«

»Nein, natürlich nicht. Sie hatte ALS, eine Erkrankung des Nervensystems, und ich war immer für sie da. Es war schrecklich. Sie hat drei Jahre gelitten. Alles, was Medi-Cal und Krankenversicherung nicht abdeckten, habe ich bezahlt. Ich war immer für sie da. Ihr Hirn war noch voll da, auch als nichts anderes mehr funktionierte, und das war das Schlimmste daran. Am Ende konnte sie nur noch ihre Augen bewegen, aber ich habe immer noch den Ausdruck von Liebe gesehen, der darin stand. Also wie konnte ich so etwas sagen?«

»Ihr Leben ist in ständigem Fluss, Holly, es ist ganz normal, dass alte Gefühle wieder hochschwappen. Sie lieben Ihre Mutter, aber manche der Dinge, die sie getan hat, haben Ihnen Angst oder Scham eingeflößt. Sie haben nie zum

Ausdruck gebracht, wie Sie das empfunden haben. Es ist okay.«

»Sie sagen, es ist okay, so etwas zu sagen? Sie *unmoralisch* zu nennen?«

»Es ist nur ein Wort, Holly. Ihre Taten sprechen eine viel deutlichere Sprache.«

Langes Schweigen. »Sie sind so gut zu mir. Und Ihre Frau kann von Glück reden – sind Sie verheiratet?«

Ich lächelte.

»Ach, entschuldigen Sie bitte, ich sollte mich um meine eigenen Angelegenheiten kümmern.«

»Das ist es nicht, Holly. Es geht um Sie.«

Sie lächelte. »Das ist etwas anderes, ja. Der Star zu sein. Wobei ich glaube, dass ich für Mom der Star war. Sie hat keine anderen Kinder mehr bekommen. Ich denke, ein Ausrutscher war ihr genug.«

»Sind Sie sicher, dass Sie ein Unfall waren?«

»Wieso nicht?«

»Es hört sich an, als wäre Ihre Mutter ziemlich gut organisiert gewesen.«

»Sie meinen, sie wollte mich?«

»Hatte sie denn noch andere Ausrutscher?«

Sie zog ein Taschentuch aus der Box. Zupfte an ihrem Pferdeschwanz. »Ich verstehe, was Sie meinen. Sie hat mir immer gesagt, ich sei das Beste, was ihr je passiert sei.«

»Dessen bin ich mir sicher.«

Sie sah zu Blanche hinüber. Ich gab Blanche mit einem Nicken die Erlaubnis aufzustehen und zum Sofa zu watscheln.

»Darf sie hoch?«, fragte Holly.

»Absolut.«

»Wenn du möchtest, darfst du zu mir hochkommen, Schätzchen.« Blanche sprang mühelos neben sie und schmiegte sich an sie. Holly streichelte ihren faltigen Nacken. »Sie ist so weich. Wie ein Plüschtier.«

»Goldig wie ein Teddy«, erwiderte ich, »nur viel, viel schlauer.«

»Sie haben alles, nicht wahr?«, sagte sie. »Haus, Hund. Vielleicht auch eine Frau … sorry … Vielleicht glauben Sie deshalb, ich wäre ein Wunschkind gewesen. Okay, damit kann ich leben. Meine Aimée ist ein Wunschkind, und das ist es, was zählt. Darf ich Sie was fragen? Welchen Erziehungsstil halten Sie für besser: permissiv oder Strenge?«

»Kommt auf das Kind an.«

»Manche Kinder brauchen mehr Disziplin.«

Ich nickte.

»Matt sicher nicht, er hat mehr Selbstdisziplin als alle, die ich kenne.«

»Und Sie?«

»Bei mir geht es … ich denke, ich komme ganz gut klar … Ich bin gespannt, wie Aimée sein wird. Nicht, dass ich ihr meine Erwartungen überstülpen will. Ich meine, natürlich wünsche ich mir, dass sie schön und klug ist – und vor allem gesund, das ist das Wichtigste. Gesundheit. Sie meinen also, ich soll sie erst kennenlernen, bevor ich eine Erziehungsstrategie für sie ausarbeite.«

»Vielleicht brauchen Sie gar keine.«

»Nein?«

»Viele Menschen haben gute Instinkte.«

»Manche aber nicht.«

»Wie war das bei Ihrer Mutter?«

»Sie hatte fantastische Instinkte«, sagte sie. »Die besten überhaupt.« Ein breites Lächeln. »Jetzt geht's mir besser. Ich habe etwas Positives über sie gesagt, zum Ausgleich für das von vorhin.«

Sie überschlug ihre Beine. »Das war Ihre Absicht, stimmt's? Mich dazu zu bringen, etwas Nettes zu sagen.«

»Wie gesagt, Holly, manchmal braucht man keine Strategie.«

»Sie kennen mich schon gut genug, um mich einfach machen zu lassen.«

»Sie kennen sich selbst.«

»Das ist wohl so, Dr. Delaware.« Sie legte eine Hand auf ihren Bauch. »Das hier ist meins, das gehört mir. Ich will damit nicht sagen, dass Aimée kein eigenständiger Mensch ist. Das ist mir völlig klar. Ich meine alles, was damit zusammenhängt. Sie auszutragen, sie mit meinem Körper zu schützen und zu nähren. Eine Frau braucht das Gefühl, dass das alles ihr gehört. Es geht mir jetzt viel besser. Darf ich Sie wieder anrufen, wenn ich Sie brauche?«

»Selbstverständlich.«

»Mir ist jetzt auch das Haus und die Sanierung und der ganze materielle Kram egal«, sagte sie. »Diese Art von Besitz ist völlig unbedeutend.«

30

Ich belegte zwei Thunfischsandwiches und nahm sie mit in Robins Atelier.

»Der perfekte Mann«, begrüßte sie mich, wusch sich die Sägespäne von den Händen und gab mir einen Kuss. Wir gingen zum Teich, um zu essen, sprachen über alles Mögliche, nur nicht die Arbeit, und kehrten dann an die Arbeit zurück. Blanche entschied sich dafür, bei Robin zu bleiben, schleckte mir aber die Hand ab.

»Meisterdiplomatin«, sagte ich.

Robin hielt ein halbes Sandwich hoch, das sie in eine Serviette gewickelt hatte. »Liegt bestimmt eher an den Leckereien, die ich hier habe.«

»Diplomatie ist auch nur eine Frage der Interpretation.«

Ich saß da und fragte mich, womit Adriana Betts in den Monaten zwischen ihrem Verschwinden aus La Jolla und ihrem Tod im Park ihren Lebensunterhalt verdient hatte.

Vielleicht hatte sie ja genug Ersparnisse gehabt. Oder sie hatte auf das zurückgegriffen, was sie am besten konnte: sich um die Kinder anderer Leute kümmern. Ich druckte mir eine Liste sämtlicher Arbeitsagenturen in L. A. County aus, die Nannys, Au-pair-Mädchen, Erzieherinnen und alle Arten von Hauspersonal vermittelten.

Eine Stunde lang erzählte ich immer wieder meine sorgfältig zurechtgelegte Lüge: Ich sei Adrianas potenzieller Arbeitgeber, und sie habe mir gesagt, dass diese Agentur sie schon vermittelt habe. Ich muss ziemlich überzeugend gewesen sein, denn mir schlug jede Menge Empörung über so viel Unverfrorenheit entgegen. Mehrere sagten, ich könne von Glück reden, dass die junge Frau ihren Charakter gleich von Anfang an gezeigt habe. Die meisten versicherten mir, dass ihre Kandidatinnen weitaus besser seien.

Als ich noch etwa ein Dutzend Anrufe vor mir hatte, machte ich Kaffeepause und rief meinen Telefondienst an. Ein Familienrichter hatte angerufen und sich für ein »hilfreiches« Sorgerechtsgutachten bedankt, ebenso einer der Anwälte in derselben Sache. Dritter Anrufer war Holly Ruche, die sich noch einmal bedankte, aber sonst keine weiteren Details lieferte.

Die Servicemitarbeiterin, mit der ich nie zuvor gesprochen hatte, sagte: »Arbeiten Sie zufällig auch mit Teenagern, Doktor?«

»Warum?«

»Alle scheinen sehr begeistert von Ihnen zu sein. Wenn Ihre Teenager das auch sind, mache ich vielleicht auch mal einen Termin.«

Ich lachte.

»So fröhlich, wie Sie klingen, weiß ich Bescheid: keine Teenager.«

Ich hatte meine Liste bis auf vier Agenturen abgearbeitet, als ich bei Gold Standard Professionals in Beverly Hills landete. Der Mann am anderen Ende hörte sich meinen Spruch an, erwiderte aber nichts darauf.

»Kennen Sie Adriana?«, fragte ich.

»Warten Sie bitte einen Moment.« Eine tiefe, einschmeichelnde Stimme.

Während ich wartete, sah ich mir den Internetauftritt der Firma an. Zu sehen waren Cartoon-Zeichnungen im Zwanzigerjahrestil, Butler, Diener, Köche mit Hut, Dienstmädchen in Uniformkleidchen mit Spitzenbesatz, Schriftart: Art déco; Titel: *Klassischer Service in Vollendung, Diskretion inklusive.*

Vielleicht hatte es mit der Diskretion zu tun, dass ich sieben Minuten in der Leitung hing, ehe die Verbindung beendet wurde.

Ich rief erneut an und landete beim Anrufbeantworter. Nachdem ich bei drei weiteren Agenturen nichts als Empörung geerntet hatte, versuchte ich es erneut bei Gold Standard.

Diesmal bekam ich gar keine Antwort.

Ich googelte die Firma. Ein einziger Link erschien, ein Artikel aus dem *Beverly Hills Clarion*, der entweder eine bezahlte Werbung oder Gefälligkeit sein konnte. Die Inhaber von Gold Standard seien Jack und Daisy Weathers, »ehemalige Showstars, heute Unternehmer auf dem Gebiet hochklassigen Services«, die sich in »Psychologie und Ergonomie universitär weitergebildet« hätten, um den »speziellen Anforderungen der Filmindustrie« gerecht werden zu können.

Jack besaß einen Master von einem Fernlehrinstitut, für Daisy waren keine Referenzen aufgeführt. Das Foto zeigte die Weathers als weißhaariges, braungebranntes Pärchen in rosa T-Shirts. Ihr Lächeln offenbarte zumindest das Werk eines universitär gebildeten Zahnarztes.

Die volltönende Stimme konnte einem Schauspieler gehört haben, vielleicht hatte ich also mit dem Boss persönlich gesprochen. Die Adresse von Gold Standard war ein Postfach in Beverly Hills, Postleitzahl 90211. Das war am südlichen Ende der Stadt. Eine Briefkastenfirma?

Brauchten sie kein Büro, weil die erlesene Kundschaft sowieso Hausbesuche bevorzugte? Oder musste man als Interessent erst einmal Club-Status erwerben, um ins Allerheiligste eingelassen zu werden? In diesem Fall hatte ich es vermurkst. Vielleicht hatte das überhaupt nichts mit Adriana zu tun, sondern war reine Verachtung gegenüber diesem impertinenten Abschaum, der keinerlei Verbindung zur »Filmindustrie« vorweisen konnte. Andererseits hatte keine andere Agentur so reagiert.

Ich rief Milo an. Er sagte: »Ich wollte gerade dich anrufen. Schon gegessen?«

»Ein Sandwich.«

»Das ist ein Snack, kein Essen. Bis gleich am üblichen Ort.«

»Keine Reporterin in der Nähe, was?«

»Was unsere Presseamazone angeht, da habe ich möglicherweise was losgetreten. Ich geh jetzt gleich rüber und fange schon mal an zu futtern. Schließlich hattest du ja schon ein Sandwich.«

Er saß an seinem üblichen Tisch im Café Moghul, hinter Bergen von Lamm, Huhn, Hummer und Taschenkrebs, dazu eine Art Fleischball, der so groß war, dass man ihn auch als Baseball hätte einsetzen können, und das übliche Himalajagebirge aus Naan-Brot, Gemüse und geheimnisvollen Saucen.

Mir gefiel die Vorstellung, dass in einer gespiegelten Gegenwelt ein Detective in Mumbai saß und sich den Magen mit Burger, Grillhähnchen und Pizza vollstopfte.

Anders als sonst war das Restaurant fast voll. Der Gastraum war besetzt mit uniformierten Polizisten und Kripobeamten in Zivil, die alle großzügige Portionen vor sich stehen hatten, wenn auch nicht so aberwitzige Mengen wie Milo.

Ich setzte mich. »Sieht so aus, als wären die Massen auf den Geschmack gekommen.«

»Was die Massen anzieht, ist das Mittagsangebot: alles zum halben Preis.«

Ein Detective, den ich kannte, winkte uns mit einer Hummerschere zu. »Alles Knauser und Barbaren«, murmelte Milo.

Die Frau mit der Brille brachte mir Eistee und einen leeren Teller. Sie sah erschöpft aus.

»Ganz schön was los«, sagte ich.

Sie lächelte Milo an. »Man hat auf ihn gehört.«

»Glauben Sie mir«, sagte er, »das war der Flyer, den Sie in der Polizeistation ausgelegt haben.«

Ihr Lächeln verwandelte sich in ein leuchtendes Strahlen. Ihr Gott war auch noch bescheiden.

»Was gibt's Neues, Mahatma?«, fragte ich.

Er beugte sich näher und senkte die Stimme. »Die gute Kelly hat sich festgebissen und lässt nicht mehr locker. Bislang hat sie mir etwa fünfzig Seiten E-Mail-Anhänge über Kindsmorde geschickt. Keiner davon relevant. Unterdessen hab ich mich mit Adriana, Wedd und Charlene Chambers alias Qeesha D'Embo befasst. Doch keine der Sektenseiten, die ich gefunden habe, scheint zu passen. Auch die Werbefotos nicht.«

»Sekten posten Werbefotos im Internet?«

»Na sicher, die sind ja stolz auf sich. Im Grunde ist es eine Partyszene, Alex, mit viel nackter Haut und Gegrapsche. Das Abartigste, was ich gefunden habe, war ein Haufen Beelzebub-Anbeter, die sich selbst mit Nahrungsmitteln beschmieren, bevorzugte Opfergabe: gebackene Bohnen. Vegetarisch natürlich.«

»Aber würde jemand für wirklich hässliches Benehmen Werbung machen?«

Er nickte und vertilgte einen halben Teller Lamm, wischte sich Mund und Hände ab, blickte durch den Raum und flüsterte mit heiserer Gnomenstimme: »Ich habe mir einen kleinen Scherz erlaubt. Habe Mrs LeMasters Namen und Telefonnummer einer gewissen Maria Thomas gegeben und ihr gesagt, ich hätte nichts dagegen, wenn sie den Bossen auf die Füße treten würde, damit sie ausgewählte Infos bekanntgeben.«

»Von dir ausgewählte Infos.«

»Natürlich, von wem sonst?«

»Du meinst, Maria kann nicht eins und eins zusammenzählen?«

»Kelly wird ihr erzählen, dass sie die Schnauze voll hat von mir, weil ich alles abblocke. Sie habe deshalb beschlossen, mich ab jetzt zu übergehen. Wenn Maria auf sie eingeht, bestens. Wenn nicht, wird sie trotzdem einen Folgeartikel über die Parkmorde schreiben. Zu meinem großen Kummer.«

»Teuflisch gut.«

»Man passt sich den Methoden an. Es gibt übrigens keinerlei Verbindung von Wedd zu einer Sekte, dafür habe ich alles mögliche andere über ihn herausgefunden, leider nichts wirklich Vielversprechendes. Er hat nicht nur keine Vorstrafen, sondern ist laut seinem Vermieter auch noch ein Mustermieter, der immer pünktlich zahlt und sich nie beschwert. Ganz im Gegensatz zu Surferboy Sommers, der chronisch mit der Miete im Rückstand ist und ständig was zu meckern hat. Der Vermieter hält ihn für einen Junkie. Könnte sein, dass er sogar als Zeuge wegfällt. Ich habe außerdem rausgefunden, dass vor zwei Wochen jemand von einer Klimaanlagenfirma in Wedds Wohnung war, um neue Thermostate einzubauen. Der Vermieter hat den Mann reingelassen und die Bude ordentlich und sauber vorgefunden.«

»Vermieter müssen vorher ankündigen, wenn sie wegen

Reparaturen in die Wohnung wollen. Wedd hätte also Zeit gehabt, um aufzuräumen.«

»In diesem Fall hat der Vermieter von Wedd am selben Tag telefonisch die Erlaubnis eingeholt. Er meinte, so wie die Wohnung aussah, scheint Wedd sie nicht viel zu benutzen. Was wiederum zu der Theorie passt, dass er noch einen zweiten Schlafplatz hat. Immerhin habe ich seine Handynummer und E-Mail-Adresse, außerdem eine Liste früherer Arbeitgeber aus seiner Selbstauskunft.«

Er holte sein Notizbuch heraus. »Er war über drei Jahre durchgehend bei einer Firma namens CAPD, Inc. beschäftigt. Interessant an der Geschichte ist, dass CAPD keine Adresse zu haben scheint. ›PD‹? Vielleicht eine private Sicherheitsklitsche, die nach Polizei klingen will? Es gibt jedenfalls unter diesem Namen keinen gewerblichen Eintrag in diesem Land. Als ich die Telefonnummer anrief, die Wedd angegeben hatte, wurde ich automatisch an eine Firma desselben Namens auf den Cayman-Inseln weitergeleitet, wo ich auch nur ein elektronisches Piepsen zu hören bekam, das unvermittelt abbrach. Adresse auf den Inseln ist ebenfalls Fehlanzeige.«

»Die Caymans sind berühmt für Offshore-Geldanlagen«, sagte ich.

»Das war Hypothese Nummer zwei, irgendwelche ominösen Finanztricksereien, bei denen unser böses Mädchen Qeesha die Finger im Spiel hat. Ich rief also Ray Lhermitte in New Orleans an, aber CAPD hat ihm nichts gesagt.«

»Wedd hat Sommers erzählt, dass er in der Filmindustrie arbeitet – ich habe das zum Anlass genommen, selbst ein bisschen zu recherchieren.«

Ich erzählte ihm von meinen Anrufen bei den Serviceagenturen und der ausweichenden Reaktion von Gold Standard.

»Vielleicht mochte er nur meine Stimme nicht, aber mein Bauch sagt mir, dass er was zu verbergen hat.«

Auf der anderen Seite des Raums hielt ein Polizist den Daumen hoch. Milo fauchte: »Schleimer.« An mich gewandt fuhr er fort: »Gold Standard. Warum nicht Platin? Also gut, lassen wir diese Horde schnöder Nachmacher hier sitzen und sehen uns an, was es mit dem Goldstandard auf sich hat.«

Er warf ein paar Scheine auf den Tisch. Die Frau im Sari eilte herbei und versuchte, ihm das Geld wiederzugeben. »Für Ihre Vermittlung!«

»Spenden Sie es einem guten Zweck«, sagte er.

»Welchem guten Zweck, Lieutenant?«

»Irgendwas Nettes, Freundliches.«

»So wie Sie.«

Er stapfte aus dem Restaurant.

Die Frau sagte: »Was für ein wunderbarer Mensch!«

Einer der Polizisten rief: »Verzeihung, könnten wir bitte noch etwas von diesem Spinat bekommen?«

31

Auf dem Weg in den Süden von Beverly Hills fiel mir etwas ein. »Sommers sagte, Wedd sei immer abweisend und eigenbrötlerisch gewesen. Woher wusste er dann, dass Wedd für die Filmindustrie arbeitet?«

»Finden wir's raus.«

Sommers meldete sich. »Er hatte das *Variety*-Magazin abonniert.«

»Hatte?«

»Ich hab schon länger keins mehr gesehen. Außerdem, schon allein sein Gang hat alles gesagt. Voll von sich überzeugt. So nach dem Motto: Ich kenn mich aus. Hat er den Mädels was angetan?«

»Gibt keine Beweise dafür, Robert.«

»Könnte also sein«, sagte Sommers. »Okay, falls er auftaucht, gebe ich Bescheid.«

Die Adresse von Gold Standard war ein zweistöckiges Haus, das mit lachsfarbenem Granit verkleidet war. Ein Postservice namens Quick 'n Easy Postal and Packaging nahm das Erdgeschoss ein. Die Angestellte hinter der Empfangstheke war jung und süß und hatte Rehaugen und ein Fuchsgesicht. Ihr Haar war ein roter Tsunami.

Tattoos an den Handgelenken und ein Piercing an ihrem Kinn deuteten darauf hin, dass Schmerz für sie kein Thema war. Ebenso wenig wie Diskretion.

»Wo finde ich die Leute, die das Postfach 335 gemietet haben?«, fragte Milo.

»Gehen Sie draußen die Stufen hoch.«

Offenbar doch nicht nur eine Briefkastenfirma. Wie schön, wenn ich mich geirrt hätte.

»Wenn sie ihr Büro gleich hier haben, wozu brauchen sie dann Sie?«

Die Angestellte sagte: »Hm. Weil ich so süß bin?«

Er las blinzelnd ihr Namensschild. »Ja, klar, das bleibt auch mir nicht verborgen, Cheyenne. Gibt es außerdem noch einen Grund?«

Sie drehte mit den Fingern am Kinnpiercing. Es blieb kurz hängen, sie zuckte zusammen, dann bewegte es sich. »Der Hausbesitzer stellt den Mietern keine Briefkästen zur Verfügung.«

»Wieso nicht?«

»Weil, das war der Deal, wegen dem wir einziehen konnten. Hat auch funktioniert, die meisten mieten bei uns. Haben die Leute was angestellt oder so? Weil, die sehen gar nicht so aus.«

»Wie sehen sie denn aus?«

»So … alt?« Sie musterte uns. »Ich mein jetzt echt alt.«

»Omi und Opi.«

»Nicht wie meine. *Die* haben keinen Plan von gar nichts.«

»Aber diese Leute schon.«

»Die ziehen sich voll cool an und so. Für ihr Alter.«

»Haben die Seniorenmodels einen Namen?«

»Was?«

»Wie heißen die Leute, Cheyenne?«

Ein Fingernagel zupfte am Piercingstecker, bis sich ein Blutstropfen zwischen Haut und Metall bildete. Sie wischte ihn weg. »Haben sie was angestellt? Wow.«

»Nein, Cheyenne. Wir müssen nur mit ihnen reden.«

»Aha. Sie heißen Daisy und Jack. Sie hat früher Fernsehen gemacht, und er war so ’n Musiker.«

»Das haben sie Ihnen erzählt.«

»Ja, aber es stimmt, ich habe sie mal gesehen.«

»Wo?«

»Im Fernsehen. Einer dieser Filme, Cowboys und Pferde. Sie war so das Girl vom Ober-Cowboy.«

»Vom Filmhelden.«

»Total. Er hat sie aufs Pferd gehoben und dann haben sie geknutscht. Sie war voll sexy.«

»Hat Jack im Hintergrund Gitarre gespielt?«, fragte ich.

»Hm? Oh nein, er war mehr so Trompeter oder so. In einer Fernsehband.«

»In einer dieser Late-Night-Shows?«

Verständnisloser Blick. Wäre ich Fernsehmacher, würde ich mir ernsthaft Gedanken über die Nachhaltigkeit von Programmen machen.

»Was ist das denn für ein Geschäft, das Daisy und Jack hier betreiben?«, erkundigte sich Milo.

»Keine Ahnung.«

»Was für Post bekommen sie denn?«

»Auch keine Ahnung.«

Er lächelte. »Schauen Sie sich die denn nie an?«

»Die Post kommt morgens«, sagte sie. »Ich bin erst ab mittags hier. Gehen Sie doch einfach hoch und reden Sie mit ihnen, wenn Sie es so genau wissen wollen.«

»Sind sie da?«

»Keine Ahnung.«

»Okay, danke, Cheyenne.«

»Kann also sein, dass sie was angestellt haben, oder?«

Die Treppe war mit billigem blauem Polyesterteppich ausgelegt und führte zu einem fensterlosen Eingangsbereich, von dem fünf Türen abgingen. Nirgends war etwas zu hören. Die Nachbarn von Gold Standard boten Elektrolyse, Buchbinden, Steuerhilfe und Geschenkberatung an.

»Geschenkberatung?«, sagte Milo. »Was soll das denn sein?«

»Vielleicht eine Filiale vom Weihnachtsmann.«

»Als Nächstes gibt es dann Verdauungsberatung: ›Wir öffnen ganz neue Kommunikationskanäle.‹ Okay, das hier wird eh nichts.« Er klopfte bei Gold Standard.

Eine männliche Stimme fragte: »Wer ist da?«

»Polizei.«

»*Was?*«

»Polizei. Bitte machen Sie auf.«

Erneut war ein »Was?« zu hören, doch die Tür knarrte.

Seit seinem Interview mit dem *Clarion* hatte sich Jack Weathers einen sauber gestutzten weißen Schnurrbart und ein paar mehr Falten zugelegt. Er war groß, gut gebaut, zwischen siebzig und fünfundsiebzig, trug ein weißes Polohemd unter einem meergrünen Kaschmirpullover mit V-Ausschnitt, eine braungraue Baumwollhose und Kalbslederslipper ohne Socken. Seine Haut schimmerte bronzefarben, seine Augen waren von einem dunkleren Braun. An seinem linken Ringfinger steckte ein Ehering mit Brillanten in Pavé-Fassung. An einem kleinen Finger glitzerte ein in Weißgold gefasster Smaragd, am anderen eine rotgoldene Kreation mit einem großen Amethyst. Das Goldkettchen um seinen Hals war erstaunlich zart.

»Polizei? Ich verstehe nicht.«

Milo zückte seine Marke. »Könnten wir bitte hereinkommen, Mr Weathers?«

»Habe ich denn eine Wahl?«

»Selbstverständlich, Sir.«

Eine weibliche Stimme meldete sich: »Jack? Was ist da

los?« Ehe Weathers antworten konnte, erschien hinter ihm eine Frau und zog die Tür weiter auf.

Daisy Weathers war gut dreißig Zentimeter kleiner als ihr Mann, trug eine schwarze Jacquard-Seidenbluse, cremefarbene Gabardinehosen und rote Highheels, die makellos pedikürte Fußnägel offenbarten. An allen üblichen Stellen glitzerte es teuer. Ihr weißes Haar schimmerte silbern und war zu einem kunstvollen Sahnebaiser aufgetürmt. Ihre Augen waren gletscherblau und eigentümlich arglos. Mit ihrem zarten Körperbau und dem Puppengesicht sah sie trotz ihres Alters zuckersüß aus.

»Polizei«, erwiderte Jack Weathers.

Daisy Weathers sagte mit erotischer Stimme: »Hallo, Jungs. Sammelt ihr für den Polizeiball? Wir spenden jedes Jahr.« Sie zwinkerte uns zu.

»Nicht direkt, Ma'am.«

»Die schicken uns doch nicht Männer in Anzügen zum Spendensammeln, Daze. Die schicken Kinder – Pfadfinder oder was weiß ich, wie die heißen.«

»Wie süß«, sagte Daisy, »die Jungs sind heutzutage viel größer als früher. Was können wir für euch tun?«

»Wir würden gern über Adriana Betts sprechen.«

Daisy wirkte irritiert. »Tja, ich kann nicht behaupten, dass ich wüsste, wer das ist.«

Jack Weathers' Gesicht verdüsterte sich. Er schlug die Faust in seine Handfläche. »Ich wusste es – einer von Ihnen hat heute schon mal angerufen, nicht wahr? Wenn Sie eine Nummer hinterlassen hätten, hätte ich zurückgerufen.«

»Ich bin aus der Leitung geflogen, und danach bin ich nicht mehr durchgekommen«, sagte ich.

Seine Augen irrten nach rechts. »Also, dazu kann ich nichts sagen. Unsere Apparate funktionieren einwandfrei.«

»Jack, was ist da los?«, fragte Daisy.

»Sie hätten doch anrufen können.«

»Der junge Mann sagt, er hätte es versucht.«

»Na, dann hätte er es eben noch mal versuchen sollen.« Vielleicht war Weathers ein von Grund auf ehrlicher Mensch, denn das Lügen fiel ihm ganz offensichtlich nicht leicht. Binnen drei Sekunden fielen mir mindestens drei verräterische Zeichen auf: Lippennagen, Stirnzucken, Fußklopfen. Dann fingen seine Augen an zu wandern.

»Wie dem auch sei«, sagte ich, »jetzt sind wir hier. Ist ja nichts passiert.«

Milo machte einen Schritt auf den Eingang zu. Jack Weathers schien kurz zu überlegen und trat dann zur Seite.

»Wie war der Name, Jungs?«, fragte Daisy.

»Adriana Betts.«

»Ist das eine Person, die ich kennen sollte, Jack?«

Ihm traten fast die Augen aus den Höhlen.

Als sie ihn am Handgelenk nahm, zuckte er reflexartig.

»Jackie? Was ist?«

»Es ist nichts, Baby.«

»Sie hat also für Sie gearbeitet«, sagte ich.

»Niemand arbeitet für uns«, korrigierte Jack Weathers. »Wir sind nur eine Vermittlung.«

»Jackieee?«, sagte seine Frau. »Bitte!«

Weathers wandte den Blick ab.

»Jack!«

»Alles harmlos, Daze.«

»So harmlos, dass die Polizei hierherkommt?«

Er fluchte leise.

»Jungs«, sagte sie, »ihr kommt besser rein und klärt die Sache.«

Der Büroraum war mit zwei billigen Schreibtischen und drei Plastikstühlen ausgestattet. Die Wände waren krankenhausbeige und schmucklos. Das einzige Fenster, zur Hälfte von einer verbogenen Kunststoff-Jalousie verdeckt, wies auf eine rückwärtige Hofzufahrt und die angrenzende Klinkermauer des Nachbarhauses. Ein Schreibtisch stand voll mit Telefonanlage, Modem, Computer, Drucker und Faxgerät. Auf dem anderen reihten sich Nippesfiguren – schlanke Höflinge mit weißen Puderfrisuren, in anmutig-beseeltes Spiel vertieft. Daisy Weathers nahm hinter dem Porzellan Platz und nahm eine Dame mit Ballkleid und Flöte in die Hand. Als einer ihrer sechs Ringe gegen die Puppe schlug, zuckte ihr Mann zusammen.

Er setzte sich hinter die Phalanx aus Bürogeräten und versuchte, es sich mit seinen langen Gliedmaßen so bequem wie möglich zu machen.

»Erzählen Sie uns von Adriana Betts«, forderte Milo ihn auf.

»Ja, schieß los, mein Lieber.«

»Sie kam mit guten Referenzen«, sagte Jack.

»Hast du sie überprüft, Jackie?«

»Es war ein dringender Fall, Daze.«

Sie schlug sich mit der Hand gegen die Stirn. »Gegen die Regeln. Was für ein Schock.« An uns gewandt meinte sie: »Mein Süßer hier hat ein Herz, das ist weicher als eine Dattelpflaume.« Das klang wie aus einem Drehbuch.

»Wenn sich jemand in Not an mich wendet, versuche ich zu helfen«, verteidigte sich Jack.

»Das stimmt wirklich, Jungs. Ich wünschte, ich könnte sauer auf ihn sein, aber er ist einfach Everybody's Darling.«

»Wie sieht denn Ihre Überprüfung normalerweise aus?«, fragte Milo.

»Nun, umfassend«, erwiderte Jack. »Genau wie bei Ihnen.«

»Bei uns?«

»Also … was Sie auch so tun, wenn Sie neue Beamte einstellen.« Weathers lächelte um Zustimmung heischend. »Um die Besten zu finden. Alle wissen, dass die Beverly Hills Cops die Besten sind.«

»Ich werde das gern weiterleiten«, versprach Milo. »Ich bin nämlich beim Los Angeles Police Department.«

»Oh«, machte Jack Weathers. »Tja, ich denke, das Gleiche gilt auch für Sie. Wir haben mal in Los Angeles gewohnt. Am Hancock Park, das war wunderschön, wir hatten ein herrliches Haus mit riesigem Garten. Die Polizei war immer für uns da.«

»Das freut mich zu hören, Sir. Bei Adriana Betts wollten Sie also die gewohnte Überprüfung durchführen.«

Daisy stieß einen langen Seufzer aus. Jack warf ihr einen Blick zu, den man als Warnung auffassen konnte. Oder als Ausdruck von Angst.

»Wie gesagt, es war dringend.«

»Jemand war in einer Notlage«, sagte ich.

»Das ist genau unser Gebiet«, erklärte Jack. »Wir helfen in Notlagen.«

»Hatte die Notlage in Ms Betts' Fall mit Kinderbetreuung zu tun?«

Er antwortete nicht.

Daisy sagte: »Es ist immer schwierig, jemand Passendes zu finden, ganz gleich, wer der Kunde ist.«

Ich sah Jack an. »Das hört sich nach Prominenz an. Zu wem haben Sie Adriana geschickt?«

Er schüttelte den Kopf.

»Sir?«, sagte Milo.

»Was soll denn überhaupt passiert sein?«, fragte Jack Weathers. »Ich weigere mich zu glauben, dass es etwas Ernstes ist. Ich bin stolz auf meine Menschenkenntnis, und dass diese junge Dame einen guten Charakter hatte, war für mich ohne Zweifel. Sie war gläubig und hatte sogar ein Schreiben von ihrem Pastor dabei.«

Milo zog eines von Qeeshas Polizeifotos heraus. »Was ist mit dieser jungen Dame?«

»Die?«, platzte Daisy heraus.

Jack zischte eine Warnung.

»Ich verstehe wirklich gar nichts mehr«, sagte sie. »Würde mir bitte jemand erklären, was hier los ist?«

Jack verschränkte die Arme vor der Brust.

»Qeesha hat für dieselben Leute gearbeitet, zu denen Sie auch Adriana geschickt haben.«

Schweigen.

»Qeesha hat für Adriana gebürgt«, mutmaßte ich. »Deshalb haben Sie sie nicht gesondert überprüft.«

»Normalerweise tun wir das trotzdem«, erklärte Daisy, »aber wenn es eilig ist…«

»Sie haben es kapiert«, sagte ihr Mann.

Sie zog einen Schmollmund. »Jackie?«

»Wir sagen nichts weiter dazu, meine Herren, nicht ohne einen Anwalt.«

»Sie wollen einen Anwalt, um ein paar Routinefragen zu beantworten?«, fragte Milo.

»Allerdings.«

Daisy stellte die Flötenspielerin ab. Sie zitterte nicht sichtbar, doch das Porzellan klirrte auf der Schreibtischplatte.

»Wir beschuldigen Sie nicht, ein Verbrechen begangen zu haben, Mr Weathers.«

»Trotzdem«, beharrte Jack.

»Sie haben Adriana nicht überprüft, aber Qeesha.«

»Den Namen habe ich noch nie gehört«, sagte Daisy, »wir kannten sie unter einem anderen – wie war der noch gleich, Jackie?«

Weathers schüttelte den Kopf und legte den Finger auf die Lippen.

»Sie ist eine Schönheit«, sagte sie. »Typisch für diese schwarzen Mädchen mit ihren großen dunklen Augen. Wie hieß sie noch gleich … irgendwas mit S, glaube ich, ich muss nur mal eben in der …«

»Sei still, Daze!«

Daisy Weathers sah ihren Mann an. Eine Hand ruderte über dem Schreibtisch, die andere hob sie ans Gesicht und kniff sich in die Wange. Ihre Augen wurden feucht.

»Oh Baby«, sagte Weathers.

Daisy schniefte.

Er wandte sich uns zu. »Jetzt sehen Sie, was Sie angerichtet haben – ich möchte, dass Sie gehen.«

Er stand auf und deutete zur Tür.

»Wie Sie wünschen, Mr Weathers«, sagte Milo und stand ebenfalls auf. »Aber eines gibt mir doch zu denken. Sie führen ein Geschäft auf der Basis Ihrer guten Menschenkenntnis. Vorhin haben Sie gesagt, Adriana kann nichts Schlimmes passiert sein, weil sie einen guten Charakter hatte. Ihre Trefferquote liegt da bei höchstens fünfzig Prozent.«

»Wovon reden Sie überhaupt?«

»Sie hatten in einem Punkt recht, im anderen nicht. Ja, Adriana scheint ein Mensch mit außergewöhnlich gutem Charakter gewesen zu sein. Aber was passiert ist, war wirklich schlimm.«

»Was ist denn passiert?«, wollte Weathers wissen.

»Das kann Ihnen Ihr Anwalt sagen. Nachdem wir mit Ihren Freunden vom Beverly Hills Police Department und einem Durchsuchungsbeschluss für Ihre Daten hier waren.«

»Unmöglich!«, rief Weathers.

»Jack?« Daisy sah ihn fragend an.

»Das ist nicht nur möglich, sondern höchst wahrscheinlich.«

»Das ist doch alles Unsinn, was Sie da reden!«, sagte Weathers. »Adriana war so ein guter Mensch und soll trotzdem … etwas Böses getan haben?«

»Sie hat nichts getan, Mr Weathers. Ihr wurde etwas getan.«

»Ist sie verletzt?«, fragte Daisy.

»Sie ist tot, Ma'am. Jemand hat sie ermordet.«

»Oh nein!«

»Ich fürchte doch, Mrs Weathers.«

»Ich habe sie nie kennengelernt, Jack hat sie aufgetan. Das arme Ding.« Sie weinte. Es wirkte echt, aber sicher sein konnte man da auf der Westside von L. A. nicht.

Die Augen ihres Mannes blieben trocken.

»Möchten Sie uns aufklären, Sir?«, fragte Milo.

»Fällt mir überhaupt nicht ein«, erwiderte Jack Weathers. »Und wenn Sie sich auf den Kopf stellen.«

32

Wir blieben vor der Tür stehen, nachdem Jack Weathers sie geschlossen hatte.

Gesprächsfetzen drangen durch das Holz: Daisy Weathers' Stimme, erst weinerlich, dann drängend. Keine Reaktion von Jack. Dann wieder Daisy, lauter. Ein Bellen von ihrem Mann, das sie verstummen ließ.

Sekunden später ertönte seine Stimme, diesmal weicher, weniger abgehackt. Eine lange Aneinanderreihung von Sätzen.

Milo flüsterte: »Er telefoniert. Mit seinem Anwalt.«

Wir verließen das Gebäude.

Milo fuhr einen Block weit, wendete und suchte eine Stelle, von der aus man das Granithaus gerade noch sehen konnte. Es war eine Parkverbotszone, aber ein wunderbarer Aussichtspunkt, solange kein Scherge vom Ordnungsamt daherkam.

»Wartest du darauf, dass er das Haus verlässt?«, fragte ich.

»Vielleicht habe ich genug Wellen geschlagen, dass er sich sofort mit seinem Anwalt treffen will. Dann kann ich ihm folgen und herausfinden, mit wem ich es zu tun habe. Ansonsten habe ich gerade keine Möglichkeit, an ihn heranzukommen.«

»Was ist mit dem Durchsuchungsbeschluss?«

»Ach ja, richtig. Auf welcher Grundlage?«

»Jacks Verhalten.«

»Weil er nervös geworden ist? Für einen Psychologen mag das ein Grund sein. Für einen Richter? Vergiss es.« Er streckte sich und rieb sich ein Auge mit dem Fingerknöchel. »Auf jeden Fall hat er ein Problem. Betreibt ein Geschäft, bei dem es auf Image und Vertrauen ankommt, und engagiert eine Frau mit Vorstrafenregister und eine, die am Ende ermordet wird. Nachdem das böse Mädchen sie empfohlen hatte. Von wegen Überprüfung.«

»Vielleicht steckt noch mehr dahinter. Weathers gibt sich als Hollywood-Insider aus, vielleicht hat er auch Wedd vermittelt. An denselben Kunden, der auch Qeesha und Adriana eingestellt hat. Jemand, der so reich ist, dass er sein Einkommen auf den Caymans versteckt und Weathers sofort zum Anwalt rennen lässt.«

»CAPD«, sagte er.

»Finden wir heraus, was es damit auf sich hat.«

»Leichter gesagt als getan.«

»Vielleicht auch nicht.«

Ich holte mein Handy heraus und drückte Kurzwahl Nummer eins.

Robin meldete sich: »Hallo, Schatz, was gibt's?«

»Hast du einen Augenblick Zeit für eine kleine Recherche?«

»Worüber?«

»Schon mal was von CAPD gehört?«

»Nein.«

»Wen würdest du anrufen, wenn du Auskünfte über einen Showstar wolltest?«

»Worum geht's denn, Alex?«

Ich erklärte es ihr.

»Spannend«, sagte sie. »Ich sehe, was ich tun kann.«

Die meisten Gitarren und Mandolinen, die Robin baut, werden von Profimusikern und Sammlern bestellt. Ein paar aber landen auch in den Schatzkammern reicher Leute, die Trophäen anhäufen – Sprösslinge finanzkräftiger Eltern, Immobilienmagnaten, mathematische Inselbegabungen und Filmstars.

Und nicht zuletzt all diejenigen, die ihr Geld mit Filmstars verdienen. Ich betrachte meine Frau eigentlich nicht als Hollywood-Gewinnlerin, aber sie wird regelmäßig zu Partys eingeladen, auch wenn wir selten hingehen.

Sechs Minuten später zahlte sich das aus. »Ich habe, was du brauchst.«

»Das ging schnell.«

»Ich hab's bei Brent Dorf probiert.«

Dorf war ein hohes Tier bei einer der großen Talentagenturen. Ich hatte ihn im vorigen Jahr kennengelernt, als er vorbeikam, um die Replik einer Gitarre aus dem achtzehnten Jahrhundert abzuholen, die als Wandschmuck enden würde. Als er hörte, womit ich meinen Lebensunterhalt verdiene, fing er an zu schwärmen, dass er ja auch Psychologie studiert habe in Yale, und bedauerte, dass er das Gebiet aufgegeben habe, schließlich sei es seine »größte Leidenschaft«, Menschen zu helfen. Meine Erfahrung ist, je mehr jemand von Leidenschaft redet, umso weniger echt ist sie.

Brent war der typische Politiker, mit beeindruckend viel Oberfläche und kaum Tiefgang, auf Smalltalk geeicht. Seine Gags waren clever, seine Aufmerksamkeitsspanne kurz. Der eigentümliche Charme, den er ausstrahlte, wurde von den ausdruckslosen Augen und dem blutrünstigen Grinsen eines Warans abgeschwächt. Zumindest zahlte er seine Rechnungen pünktlich.

»Dorf kannte CAPD?«, fragte ich.

»Und wie. Leider wird das deinem Freund ganz und gar nicht gefallen.«

Sie erklärte, warum.

Ich erzählte es Milo.

Er sagte: »Oh.«

Dann fluchte er.

33

Prema-Rani Moon gehörte zum Hollywood-Adel, und wie beim echten Adel ging damit eine Mischung aus Privilegien und Dekadenz einher.

Großvater Ricardo (geborener Luna) war einmal für den Oscar nominiert worden, hatte den Preis aber dann nicht bekommen. Großmutter Gretas Erfolgsquote lag bei drei zu eins. Onkel Maximilian war in seiner vierzigjährigen Karriere mit zwei zu zwei am erfolgreichsten gewesen.

Daddy Richard juniors Stern hatte hell gestrahlt, um dann im Verlauf von sieben unbedeutenden Filmen zu verglimmen, denen der Absturz in die Treibsandtiefen der Heroinsucht folgte. Rick Moons letzter Entzugsversuch war ein Aufenthalt in einem Aschram in Kalkutta, dessen Guru später als Vergewaltiger überführt wurde. Der Flirt mit der fernöstlichen Philosophie inspirierte Moon dazu, seinem einzigen Kind einen indischen Doppelnamen zu geben: Prema ist Sanskrit für »Liebe«, Rani bedeutet »Königin« auf Hindi.

Als das kleine Mädchen fünf Jahre alt wurde, hatte ihr Vater sämtliche Gedanken an Religion aus seinem vernebelten Hirn verbannt. Sie lebten in Montmartre zusammen mit der Mutter der Kleinen, einem zweitklassigen Chanel-Model, das durch die Heirat mit dem gut aussehenden, zerrissenen Hollywood-Gewächs zu einer gewissen Berühmtheit gelangt war.

Ricks Cola-Konsum führte zu einem Herzinfarkt, der ihn im Alter von achtunddreißig das Leben kostete. Lulu

Moon behauptete, sie habe versucht, ihren Mann wiederzubeleben. Falls das stimmt, muss das Pulver in ihrer Nase sie wohl dabei behindert haben. Vierzehn Monate später wurde sie neben Rick auf dem Père Lachaise Cimetiere begraben, nachdem sie sich die Pulsadern aufgeschnitten hatte, während ihre Tochter nebenan schlief.

Prema, wie sie inzwischen genannt wurde, entdeckte die Leiche. Da sie nie zur Schule gegangen war, konnte sie kaum den Abschiedsbrief lesen, der Lulus Behauptung, die Sorbonne besucht zu haben, Lügen strafte.

Das Mädchen wurde nach Bel Air zurückgeschickt, wo sie von ihren Großeltern aufgenommen wurde, die sie in ein Internat nach dem anderen steckten, weil sie sich nirgendwo einfügen wollte. Die Kindererziehung in der Bellagio Road grenzte an Vernachlässigung. Ricardo und Greta, die noch immer gelegentlich Filmrollen übernahmen, waren dem Alkohol ebenso verfallen wie der Schönheitschirurgie und hatten keinerlei Interesse an Kindern – sie interessierten sich ausschließlich für sich selbst. Als Prema vierzehn war, waren ihre Großeltern in polnischem Wodka mariniert und ähnelten den Wachsfiguren eines geistesgestörten Bildhauers. Zwei Jahre später starben Ricardo und Greta, und Prema war eine halbwüchsige Erbin, deren beträchtliche Vermögenswerte von einer Privatbank in Genf treuhänderisch verwaltet wurden.

Mangels Alternativen übernahm Maximilian Moon, der inzwischen zum Ritter geschlagen war und in London lebte, die Vormundschaft für seine Nichte. Sie bekam eine Zwei-Zimmer-Suite im zweiten Stock von Sir Max' Villa im Londoner Nobelviertel Belgravia, wo sie das unterirdische Klavierspiel ihres Onkels und den erlauchten Kreis schlanker junger Männer ertragen musste, die er als seine »Galane« bezeichnete.

Im Alter von sechzehn fiel Prema auf einer von Max' Partys dem Boss einer großen Modelagentur auf, ein großes, dünnes blondes Mädchen mit modellierten Wangenknochen, Pfirsichlippen und riesigen indigoblauen Augen, das mit einem nicht angezündeten Joint in der Hand in einer Ecke stand. Es dauerte nicht lange, da hatte sie ihren ersten Vertrag.

Prema gähnte sich als Gaultier-Kleiderständer über die Laufstege, zog wieder nach Paris in eine Mansarde nahe des Boulevard Saint-Germain, besuchte jedoch das Grab ihrer Eltern kein einziges Mal. Dank ihrem doppelten Einkommen aus Vermögenszinsen und Modelgagen konnte sie sich regelmäßig bei tunesischen Dopedealern mit Pieces versorgen, die die Größe von Seifenstücken hatten, ein Laster, das sie mit ihren langgliedrigen Kolleginnen teilte.

Ihre Apathie während der Fashion Week machte sie nur noch attraktiver. *Elle* und *Marie Claire* sahen in ihr schon das neue Model des Jahrzehnts. Prema enttäuschte dann aber alle Erwartungen, indem sie der Modebranche unvermittelt den Rücken kehrte, weil sie das Modeln »dumm und öde« fand. Wieder in London, fand sie Anschluss an eine Gruppe gleichermaßen gelangweilter junger Leute, doch zum Kiffen blieb sie meist für sich.

Eines Tages unterbrach Onkel Max seine qualvollen Rachmaninow-Übungen und schlug seiner Nichte vor, ein Studium anzufangen. Als sie nur lachend abwehrte, bot er ihr die Rolle einer Elfe in einer Produktion der Royal Shakespeare Company des *Sommernachtstraums* an, in der er den Elfenkönig Oberon zu geben gedachte.

Prema war einverstanden.

Sie fand es toll, jemand anders zu sein.

Der Rest ist Fan-Fiction.

Donald Lee Rumples wurde in Oklahoma City geboren, wo sein Vater als Rohrschlosser arbeitete, während die Mutter die fünf Kinder großzog. Von Natur aus gut aussehend, jedoch ohne die sportliche Begabung seiner Brüder oder die schulische Ausdauer seiner Schwestern, brach er mit siebzehn die Highschool ab und arbeitete als Pförtner und im Schlachthof, bevor er schließlich nach Los Angeles trampte, wo er in Hollywood in einem 7-Eleven Böden schrubbte.

Diese Karriere dauerte vier Monate. Im Anschluss daran jonglierte er mit zwei Jobs, tagsüber als Golfcaddie, abends als Putzmann in einem Pizzarestaurant in Brentwood. Dort warf schließlich die Frau eines Fernsehproduzenten ein Auge auf den schwarzhaarigen, dunkeläugigen jungen Mann, der die Peperoni aufwischte, und bot ihm eine Stelle als Hausdiener in ihrer Villa in Holmby Hills an.

Nach einem Jahr als gar nicht so heimlicher Liebhaber der ziemlich korpulenten Dame in ihrem Riesenhaus wurde Donald entdeckt, als er bei der Weihnachtsparty seiner Arbeitgeberin Horsd'œuvres servierte. Ein Castingagent bot ihm einen Statistenjob in einem billigen Horrorstreifen an.

Am Set fiel Donald einer Regieassistentin ins Auge, und schon am nächsten Tag zog er zu ihr nach Venice. Wenige Wochen später wechselte er nach Encino, auf das Anwesen ihres Chefs, des Regisseurs. Wiederum einige Monate später trat eine Studiomanagerin in sein Leben, die in Bel Air wohnte und ihm einen Agenten besorgte. Der organisierte ihm eine Sprechrolle in einer Hundefutterwerbung. Der Spot war erfolgreich, und Donald bekam eine Sprechrolle in einem Actionfilm und einen neuen Namen: Donny Rader. Die Kamera liebte sein Gesicht und seinen Körper, und wenn er genug Zeit zum Üben hatte, konnte er ein paar Zeilen auswendig lernen.

Der Film war eigentlich auf halbwüchsige Jungs zugeschnitten, doch dann fuhren vor allem Frauen darauf ab. Marketingstudien enthüllten den Grund dafür: Es war der »starke und doch sensible« Ranger Hemos mit seinen schwarzen Haaren und dunklen Augen, gespielt von Donny Rader. Seine eigentümlich vernuschelte Aussprache wäre einem weniger attraktiven Mann nie verziehen worden, doch an ihm fanden es die Frauen sexy.

Einer seiner weiblichen Fans war Prema Moon, die inzwischen vierunddreißig war und ein etablierter Star. Sie ließ den jungen Mann mit dem anziehenden Zungenschlag zu ihrem Anwesen am Coldwater Canyon kommen. Donny war gerade erst mit seiner letzten Filmpartnerin zusammengezogen, einer gutmütigen B-Movie-Darstellerin mit dem IQ einer Tonscherbe. Prema nahm darauf keine Rücksicht. Laut dem *People Magazine* beschrieb sie ihre erste Zeit zusammen »mit entwaffnender Offenheit« als: »Der Junge war Frischfleisch. Ich habe ihn verschlungen wie ein Raubtier.«

Donny zog zu ihr. Seine Rollen wurden größer und besser. In den zwei Jahren, in denen er mit Prema zusammen war, verdienten sie jeder zwanzig Millionen pro Film – ein echtes Powerteam. Paparazzi wurden mit Schnappschüssen der beiden reich. Die nächste Stufe zündeten Donny und Prema, als sie anfingen, zusammen Filme zu drehen: Zwei schnittige Komödien floppten, doch das düstere Science-Fiction-Epos *Wizardine* spielte international über zwei Milliarden Dollar ein.

Mit siebenunddreißig erklärte Prema Moon, ihr Leben ab jetzt ruhiger angehen zu lassen, adoptierte ein Waisenkind aus Afrika und zwei aus Fernost, wurde Sprecherin mehrerer Menschenrechtsorganisationen und brachte bei den Diplomaten die Hosen zum Spannen, wenn sie mit ihrer rauchigen Stimme vor den Vereinten Nationen sprach.

Mit vierzig fügte sie ihrer »Bande«, wie sie ihre Kinder nannte, noch ein kleines Mädchen hinzu.

Donny Rader, zehn Jahre jünger als seine Frau, verschwand mit ihr aus dem Rampenlicht.

Das Vermögen des Paares wurde auf dreihundert Millionen Dollar geschätzt. Alle Welt ging davon aus, dass sie ein Comeback geben würden. Der Hollywood-Reporter nannte sie »zusammen unschlagbar« und verpasste ihnen den Spitznamen »die Premadonnys«.

»CAPD«, sagte Milo, »das steht für: Creative Aura of Prema and Donny. Klingt wie etwas, das man sich ausdenkt, während man im Unterricht sitzt und langsam wegdämmert.«

»Ja, nachdem man keine Lust mehr hatte, alberne Raumschiffe zu malen. Robins Quelle sagt, das war eine ihrer Holdings, die jedoch zerschlagen wurde, vermutlich wegen veränderter Steuergesetze.«

»Lord Donny, Lady Prema, die Spitze der Hackordnung im Filmbusiness. Jack Weathers wirft wahrscheinlich längst Blutdrucksenker ein.«

»Wenn Wedd auch für sie arbeitet, ist klar, warum er seine Wohnung kaum nutzt. Ihr Anwesen umfasst über vier Hektar, da ist mit Sicherheit Platz für ein ganzes Heer von Hausangestellten.«

Sein Telefon spielte Liszts Ungarische Rhapsodie. Kelly LeMasters sagte: »Sie haben mein Mitgefühl. Verdammt hart mit so einer Zicke als Chef.«

»Dann war Maria also charmant wie immer.«

»Maria«, sagte sie, »ist einer von diesen Robotern, die glauben, sie seien in der Lage, selbstständig zu denken.«

»Sie hat Sie abgeblockt, oder?«

»Sie hat's auf jeden Fall versucht«, erwiderte LeMasters. »Ich habe ihr gesagt, dass ich die Geschichte weiterverfolge, komme, was wolle, und wenn ich Ihnen dazu Tag und Nacht hinterherschleichen muss. Sie hat versucht, sich rauszureden. Wir haben uns schließlich darauf geeinigt, dass sie Sie beauftragen wird, ›einen ordentlichen Datenpool‹ zusammenzustellen und sich dann wieder bei mir zu melden.«

»Gut gemacht.«

»Sind wir jetzt Freunde?«

»Gemeinsamer Feind und so, Kelly.«

Klick.

»Vier Hektar«, sagte er. »Wusste gar nicht, dass du auf Filmstars stehst.«

»Vor ein paar Jahren hat einmal jemand in ihrem Namen bei mir angerufen und wollte einen Termin für ein angeblich ihm nicht bekanntes ›Familienmitglied‹. Ich wollte wissen, wer mich empfohlen hatte. Er meinte, dass er das auch nicht wisse und nur Anweisungen befolge, und wollte wissen, ob ich auch Hausbesuche mache. Ich war einverstanden, sofern sie mir die Anfahrt bezahlten. Er sagte, Geld spiele keine Rolle, und nannte mir die Adresse. Ich war so irritiert, dass ich ein bisschen recherchierte, unter anderem mit Google Maps. Am nächsten Tag sagten sie über meinen Anrufservice ab. Ich rief mehrmals zurück, um nach dem Grund zu fragen, kam aber nicht mehr durch.«

»Haben sie einen anderen Psychiater genommen?«

»Ich habe keine Ahnung.«

»Zum Glück«, sagte er. »Wenn du die beiden oder ihre Kinder je kennengelernt hättest, müsstest du dich jetzt aus dem Fall zurückziehen. Es hat also keinen Kontakt, keinen Vertrag, keine Vertraulichkeitsvereinbarung gegeben?«

»Nein, aber wenn jemand mit so viel Einfluss mich verklagen will, macht er das so oder so.«

»Also hältst du dich raus?«

»Unsinn. Wie kommst du darauf?«

34

Wir hatten genau neun Minuten lang die Granitfassade studiert, als Maria Thomas anrief.

»Ich hatte gerade ein nervtötendes Telefonat mit einer Reporterin von der *Times*. Sie hat mir ganz stolz erklärt, wie sie sich an Ihre Fersen zu hängen gedenkt.«

»Kelly LeMasters, Weltrekord im Auf-die-Nerven-Gehen?«

»Stört sie Sie bei der Arbeit?«

»Wenn sie so weitermacht, ja«, sagte Milo. »Bislang ist sie einfach nur lästig.«

»Nun«, sagte Thomas, »sie droht damit, Sie so lange nicht in Ruhe zu lassen, bis Sie ihr Exklusivmaterial bieten. Falls Sie das nicht tun, wird sie sich alternative Quellen suchen und deren Auskünfte drucken. Wir beide wissen, dass sie diese Quellen finden wird, es gibt genügend hirnlose Quasselstrippen in dieser Abteilung.«

»Ist das denn mein Problem, Maria?«

»Jetzt ja.«

Milo brummte, wandte sich mit hochgestrecktem Daumen zu mir und grinste wie ein Betrunkener.

»Am besten«, fuhr Thomas fort, »geben Sie ihr ausgewählte Informationen, das wird sie mundtot machen.«

»Sie haben leicht reden, Maria. Sie werden ja nicht verfolgt.«

»Ja, ja. Auf jeden Fall machen wir das so. Sie haben die Anweisung, sich sofort mit ihr zu treffen und ihr wohlüberlegte Auskünfte zu geben.«

»Was genau meinen Sie mit: *wohlüberlegt?*«

»Nun ja«, sagte Thomas, »der Hausverkauf der Clevelands ist sowieso im Eimer, Sie müssen sich also nicht mehr zurückhalten, was die Wohngegend um Cheviot Hills angeht. Geben Sie ihr irgendetwas, mit dem sie die Ermittlungen nicht behindern kann.«

»Erst habe ich sie abgeblockt, und jetzt auf einmal soll ich eine Hundertachtzig-Grad-Wende machen?«

»Das nennt man Flexibilität«, erklärte Thomas. »Ein Zeichen psychischer Stärke. Fragen Sie Delaware.«

»Wenn ich ihn sehe, kann ich ihn fragen.«

»Tun Sie das. Jetzt werfen Sie erst einmal dieser Zeitungszicke ein paar Brocken hin, aber nicht zu viel. Irgendwelche Fortschritte in den Ermittlungen?«

»Nicht viel.«

»Dann wird das ja nicht schwierig sein. Servieren Sie ihr irgendwas leicht Verdauliches, diese Schreiberlinge haben einen feinen Sinn dafür.«

Klick.

»Da hatte Mr Machiavelli mal wieder eine Sternstunde, was?«

Er lachte. »Im Krieg und in der Liebe, mein Freund, ist alles erlaubt.« Sein Kopf drehte sich in Richtung Beverly Drive. Ein Wagen war vor dem Gold-Standard-Gebäude vorgefahren, eine silbergraue Mercedes-Limousine.

Ein Mann mittleren Alters mit Lockenfrisur und dunkelblauem Anzug stieg aus und aktivierte die Zentralverriegelung. Ohne an der Postfachrezeption vorbeizugehen, öffnete er die Tür zum ersten Stock und ging nach oben.

»Vielleicht braucht er ja Talentberatung«, bemerkte Milo, »andererseits steigt mir der unverkennbare muffige Geruch einer Anwaltskanzlei in die Nase.«

Er wendete, stellte sich hinter den Mercedes und schrieb

das Nummernschild ab. Auf dem Weg zurück in die City kreuzte er den Pico Boulevard und bog links in die Casio Street ein, parkte und ließ das Kennzeichen durchs System laufen.

Der Halter hieß Floyd Banfer, wohnhaft am South Camden Drive, Beverly Hills.

Ein Anruf bei der Auskunft ergab, dass er Rechtsanwalt war und seine Kanzlei am Roxbury Drive lag, nördlich vom Wilshire Boulevard in Beverly Hills.

»Aha, man bleibt in der Gegend«, sagte Milo. »Soll ich zurückgehen und sie gleich festnageln oder mir lieber Zeit lassen und in Ruhe planen? Ich tendiere zu Letzterem.«

»Klingt, als wüsstest du, was du tun musst.«

»Da spricht der Meistertherapeut.«

Wir kehrten zur Polizeistation zurück. Milo fuhr am Mitarbeiterparkplatz vorbei und blieb hinter meinem Seville stehen, ohne den Motor abzustellen.

»Kindergeburtstag vorbei?«, fragte ich.

»Ich bringe das Treffen mit der LeMasters am besten schnell hinter mich. Ich würde dich ja mitnehmen, aber ich vermute, dass sie sofort hellhörig wird, wenn sie hört, dass du beteiligt bist, und ich denke, dir ist es lieber, nicht in der Zeitung zu stehen.«

»Viel wichtiger ist, dass Kelly sich besser fühlt, wenn sie deine ungeteilte Aufmerksamkeit bekommt.«

»Auch das.«

»Kann ich in der Zwischenzeit irgendetwas tun?«

»Räum dein Zimmer auf und sei nicht so frech zu deiner Mutter. Was du tun kannst? Ich weiß was: Finde raus, wie ich ins Reich der Premadonnys gelange, um Mr Wedd zu finden.«

»Vielleicht musst du gar nicht so weit gehen«, sagte ich.

»Wenn er sich da verkrochen hat, wird er auch irgendwann wieder auftauchen.«

»Ich soll ihn beobachten lassen?« Er zückte seinen Block. »Hast du die Adresse noch im Kopf?«

»Nein, aber es ist leicht zu finden. Coldwater Canyon Richtung Norden, etwa anderthalb Kilometer hinter dem Mulholland Drive kommt auf der linken Seite eine Privatstraße, die zu einer Toreinfahrt führt.«

»War das auch Teil deiner Recherchen?«

»Ich bin ein Empiriker.«

»Jemand hat dich in ihrem Namen angerufen, soso. Wie wär das denn, wenn Wedd dieser Jemand gewesen wäre?«

»Das wär was.«

»Du hast auch schon daran gedacht.«

Ich wünschte ihm alles Gute und stieg aus.

»Ein Hoch auf Hollywood«, sagte er und brauste davon.

35

Meine Recherchen über die Premadonnys hatten mehr ergeben, als ich Milo verraten hatte.

Nach dem Anruf hatte ich die Wahl zwischen Millionen Google-Treffern gehabt. Biografien aus ihren frühen Jahren brachten haufenweise schmutzige Wäsche ans Licht, doch alles danach war reine PR-Propaganda, clever formuliert und mit sicherem Gespür platziert.

Ausschnitte aus ihren Filmen ließen keine Zweifel an ihrer körperlichen Perfektion. Jeder Renaissancekünstler hätte sich die Finger danach geleckt, die beiden malen zu dürfen.

Prema Moon präsentierte sich als routinierte Darstellerin mit gelegentlichen Sternstunden, die ihren Sexappeal anpassen konnte, als hätte sie einen eingebauten Dimmer dafür. Ihre Kinder erwähnte sie nur ein einziges Mal, als sie bei einer Pressekonferenz ankündigte, sich aus dem Filmgeschäft zurückzuziehen, um sich »voll ihrer Familie zu widmen«. Donny Rader verlieh seiner Zustimmung Ausdruck, indem er seine Frau »Urmutter« nannte, die »ihre Kinder wie eine Löwin« verteidigt.

Raders Schauspiel war erstaunlich eindimensional. Seine Markenzeichen waren das langsame, theatralische Senken der Augenlider und sein Nuscheln.

Der Mann, der wegen eines Termins angerufen hatte, hatte aufgeregt und abgehackt gesprochen, war jedoch alsbald in undeutliches Genuschel verfallen.

Ich sah mir ein paar von Raders Filmausschnitten mehrfach an, erkannte die gleichen verwischten Silben. Die Stimme ähnelte der des Anrufers erstaunlich.

War es der besorgte Vater gewesen, der wegen seines Kindes anrief, das aber lieber geheim halten wollte, weil Hollywood-Prominenz solche Dinge nicht selbst erledigte?

Oder gab es ein gravierenderes Motiv für die Heimlichtuerei?

Wer auch immer der Anrufer war, er war meiner Frage nach dem Namen des Kindes ausgewichen und hatte mir versichert, ich würde es schon noch früh genug erfahren, ehe er auflegte. Seine Anspannung war deutlich zu spüren gewesen, das Problem schien also ernster Natur zu sein.

Ich gab *Premadonny* und *Kinder* in die Suchzeile ein.

Millionen Treffer zu den Eltern, aber praktisch nichts über die Kinder.

Eine Bildersuche ergab ein einziges Foto, das ein paar Monate zuvor in New York aufgenommen worden war: Prema und ihre Kinder bei einem Disney-Musical am Broadway.

Der Hintergrund aus rotem Samt und Gold belegte, was die Bildunterschrift behauptete, dass sie in einer Theaterlobby fotografiert worden seien. Außer ihnen jedoch war niemand zu sehen, sonderbar für eine Show dieser Art, und die Beleuchtung war schummrig bis auf einen grellen Spot, der auf die Personen gerichtet war. Vielleicht waren Prema und ihre Sprösslinge vorab eingelassen worden. Oder sie hatten eine Privatvorstellung bekommen.

Ich betrachtete das Foto. Prema Moon im konservativen dunklen Hosenanzug, über den sich ihre goldenen Locken ergossen, stand hinter den vier Kindern. Das Licht setzte ihr herzförmiges Gesicht, ihre makellose Haut und ihre modellierten Wangenknochen bestens in Szene.

Das älteste Kind, ein zehn- bis elfjähriger Junge, hatte fein geschnittene Züge und ebenholzfarbene Haut und konnte aus Somalia oder Äthiopien stammen. Ein etwa achtjähriges asiatisches Mädchen mit Puppengesicht und ein ernst dreinschauender asiatischer Junge, der etwas jünger war, flankierten ein platinblondes Kleinkind mit Schmollmund, Knubbelbäckchen und Grübchen auf den Händen.

Alle trugen weiße Oberteile und dunkle Hosen, gleichförmig wie die Schüler einer Klosterschule. Namen waren nicht genannt, es war nur die Rede von »Prema und ihrem hübschen Quartett«.

»Hübsch« war eine echte Untertreibung. Die Kinder waren bildschön. Alle außer dem jüngsten lächelten steif und standen da wie Zinnsoldaten.

Prema gewährte dem Fotografen ein kaum merkliches Lächeln – nur die leise Andeutung auf ihren leicht geteilten vollen Lippen verriet, dass sie theoretisch zu Heiterkeit in der Lage war. Ihre Augen dagegen blieben unberührt, scharf wie ein Laser war ihr Blick auf irgendeinen fernen Punkt gerichtet.

Es gab keinen Körperkontakt zwischen ihr und den Kindern. Sie hielt die Arme fest an ihre Seiten gepresst.

Ich suchte in den Gesichtern der Kinder nach etwas, das mir verriet, mit welchem von ihnen ich wohl verabredet war. Gefühle waren nicht herauszulesen, was bei Kindern darauf hindeutet, dass jede Menge Emotionen im Spiel sind.

Voller Neugier, was mich wohl hinter den Toren des Anwesens erwarten würde, ging ich offline.

Nach der Absage des Termins beschäftigte mich die Sache noch ein oder zwei Tage lang, doch dann war mein Terminplan wieder voll wie immer, und ich musste mich um Mordopfer kümmern und Patienten, die tatsächlich zu ihren Terminen erschienen.

Seitdem waren fast zwei Jahre vergangen. Mit wiedererwachter Neugier fuhr ich nach Hause.

Diesmal war das Internet etwas kooperativer, und ich fand mehrere Hundert Links zu den Kindern, einschließlich ihrer Namen.

Kion, dreizehn.

Kembara, elf.

Kyle-Jacques, acht.

Kristina, vier.

Doch kein einziges Foto. Der Schnappschuss aus dem Theater war entfernt worden.

Ein genauerer Blick auf die Links offenbarte Enttäuschendes. Überall wurde darüber diskutiert, wie eifrig die Premadonnys ihre Nachkommenschaft vor der Öffentlichkeit schützten. Ein paar wenige bissige Kommentatoren befanden, das Paar wende »CIA-Methoden bei ihrer Erziehung« an, doch die meisten der Chatter, Blogger und Tratschgurus unterstützten den Versuch, die Kinder vor der »Gier der Paparazzi« zu schützen.

Schon möglich, dass es so war. Es gab aber auch andere, weniger edle Gründe, Kinder von der Außenwelt zu isolieren.

Milo konzentrierte sich auf Melvin Jaron Wedds Verbindung zum Mulholland Drive. Meine Gedanken gingen in eine ganz andere Richtung.

Ich machte Kaffee, gab Milchschaum und Zimt dazu und brachte einen Becher davon zu Robin ins Atelier.

Robin legte ihren Meißel weg und lächelte. »Das wird allmählich zur Gewohnheit.«

Blanches platte kleine Nase bebte, als sie den Duft einatmete. Ich gab ihr einen Hundeknochen aus der Packung, die Robin immer griffbereit hielt. Mit der ihr eigenen Vorsicht nahm sie mir das Leckerli aus den Fingern und trabte los, um es in einer Ecke des Raumes hingebungsvoll zu zernagen. Robin trank einen Schluck Kaffee und sagte: »Du hast mir sogar einen Mädchen-Kaffee gemacht, was für ein toller Freund du doch bist.«

»Das Mindeste, was ich für dich tun kann.«

»Schuldest du mir was?«

»Kosmisch gesehen schulde ich dir ein Vermögen. Wenn du Brent Dorf noch einmal anrufen würdest, würde meine Dankbarkeit noch weiter wachsen. Wenn er selbst nichts mehr beizutragen hat, kann er mich vielleicht an jemanden verweisen.«

»Verdächtigst du die beiden?«

»So weit bin ich noch nicht, aber eines der Mordopfer hat für sie gearbeitet und möglicherweise auch einer der Hauptverdächtigen. Wenn man Qeesha D'Embo dazunimmt, die sowohl Opfer als auch Tatverdächtige sein könnte, wird es richtig spannend.«

»Sonderbare Vorgänge hinter verschlossenen Toren«, sagte sie. »Vielleicht haben sie ja nur die falschen Leute engagiert.«

»Vielleicht«, gab ich zu, »aber das alles erinnert mich an etwas, das vor ein paar Jahren passiert ist.«

Ich erzählte ihr von dem abgesagten Termin und meinem Verdacht, dass der Anrufer Donny Rader selbst gewesen war. »Meine Intuition hat mir damals gesagt, dass diese Familie ein ernsthaftes Problem hat. Heute frage ich mich, ob das fragliche Kind so gestört ist, dass es möglicherweise ein Baby misshandeln kann.«

Sie stellte ihren Becher ab. »Das ist entsetzlich.«

»So entsetzlich, dass man die Möglichkeit unbedingt überprüfen muss. Prema Moon hat ihre Karriere aufgegeben und sich als hingebungsvolle Übermutter neu erfunden. Er hat den Mustervater gegeben. Kannst du dir vorstellen, was los ist, wenn sich herausstellt, dass sie einen kleinen Mörder großgezogen haben? Selbst wenn der Tod des Babys nicht beabsichtigt war – wenn Kinder toben, kann alles Mögliche passieren –, so eine Enthüllung wäre vernichtend. Jede Mutter würde wahrscheinlich sofort die Polizei einschalten. Doch Qeesha D'Embo hatte Übung in Betrugsdingen und kam nach reiflicher Überlegung zu dem Schluss, dass sie am meisten davon hätte, wenn sie die Leute erpresste. Wir wissen, dass sie und Wedd gestritten haben, und nahmen an, dass es eine Beziehungskrise war. Doch Wedd kann genauso gut den Geldboten für die Premadonnys gespielt haben.«

»Sie wollte mehr, er lehnte ab, sie musste auch sterben.«

Ihre Fingernägel klimperten auf dem Kaffeebecher.

»Tut mir leid, wenn ich dir den Tag versaut habe«, sagte ich.

»Kein Problem – die Geschichte mit dem Auto, Alex. Warum sollten sich die Premadonnys zu einem Versicherungsbetrug herablassen?«

»Vielleicht hat Wedd improvisiert, um das Erpressungsgeld selbst einstecken zu können.«

»Oder er ist der wahre Bösewicht, und sie hatten nur Pech, dass sie an ihn geraten sind. Was genau macht er denn eigentlich für sie?«

»Weiß ich nicht. Die Agentur schweigt sich aus.«

»Ein kindlicher Mörder«, sinnierte sie. »Wie alt sind die Kinder?«

»Vier, acht, elf, dreizehn.«

»Also das älteste.«

»Höchstwahrscheinlich.«

»Junge oder Mädchen?«

»Junge.«

»Was weißt du über ihn?«

»Nichts. Die Kinder wurden komplett abgeschirmt. Es gibt gute Gründe, seine Sprösslinge vor der Öffentlichkeit zu verbergen. Manche davon sind ehrenhaft, manche nicht.«

»Wie zum Beispiel einen dreizehnjährigen Mörder zu schützen.«

»Um eine Parallelwelt zu schützen, die einen dreizehnjährigen Mörder hervorgebracht hat. Rob, wenn ich auf ungewöhnlich isolierte, abgeschottete Familien treffe, ist fast immer ein verwirrter Geist im Spiel. Meistens geht es um Machtmissbrauch, wie bei Sekten. Manchmal bleibt es bei exzentrischem Verhalten. Manchmal passieren aber auch wirklich schlimme Dinge.«

Sie trank von ihrem Kaffee und stellte den Becher auf ihren Schreibtisch. »Gut, ich rufe jetzt Brent an.«

»Danke, meine Liebe. Gib ihm zu verstehen, dass ich ihn brauche, weil er den totalen Durchblick hat.«

»Brent weiß alles. Das ist der perfekte Ansatz.« Sie lächelte. »Aber das wusstest du natürlich.«

36

Brent Dorf war gerade erst geschäftlich nach New York gereist. Sein Assistent behauptete, er habe nicht gesagt, wann er zurück sein wolle, versprach aber, die Nachricht zu übermitteln.

Robin sagte: »Brent wird gespannt sein, was ich für ihn habe. Ich zähle auf Sie, Schätzchen.«

Sie legte auf.

»Schätzchen?«, wiederholte ich.

»Charles ist Brite und schwul, aber er flirtet gern mit Mädchen. Brent ist auch schwul, aber ihm sind Frauen total egal.« Sie lachte. »Ich stelle mir gerade vor, wie er mit Milo im Grill on the Alley zu Mittag isst.«

»Ist da Polyester zugelassen?«

»Jeden zweiten Dienstag.«

»Wir waren schon lange nicht mehr dort.«

»Ich glaube, wir waren überhaupt noch nie dort.«

»Noch ein Grund mehr, um hinzugehen«, sagte ich. »Wie wär's mit heute Abend?«

»Hast du Lust?«

»Auf einen Abend mit dir? Immer.«

»Anders ausgedrückt, du hast keine Lust mehr nachzudenken.«

Ich versicherte ihr, dass es damit überhaupt nichts zu tun habe und dass ich sie liebte, und ging zurück in mein Arbeitszimmer.

Das Abendessen war eine zweistündige Verschnaufpause. Als wir das Restaurant verließen, war ich locker und entspannt. Die Abendluft war klar und mild und lud zu einem Spaziergang ein. Der Rodeo Drive ist gleich um die Ecke, und sobald die Touristen zu Bett gegangen sind, herrscht hier Ruhe und Frieden. Robin hatte sich bei mir eingehängt, während wir an Schaufenstern vorbeischlenderten, deren Auslagen sich kein Mensch leisten kann. Um elf waren wir zu Hause.

Sex war die nächste Stufe der Ablenkung, doch wenn einen wirklich schlimme Dinge verfolgen, kehrt man in Gedanken trotzdem alsbald wieder an den düsteren Ort zurück. Während Robin friedlich an meiner Seite schlummerte, wälzte ich Fragen über Fragen.

Am folgenden Morgen, während Robin duschte, ging ich mit Blanche raus und holte auf dem Rückweg die Post aus dem Briefkasten. Beim Durchblättern stieß ich auf Kelly LeMasters Folgeartikel über die Parkmorde.

Seite zehn, etwa fünfhundert Wörter, aber immerhin in der oberen Hälfte.

Milo hatte versprochen, ihr Fakten zu liefern, aber davon war in dem Artikel nichts zu spüren. Stattdessen spielte LeMasters mit Gemeinplätzen: Welch rätselhafte Verwandlung Adriana Betts von der Kirchenmaus zum Mordopfer durchgemacht hatte, welche Folgen die zwei Mordfälle in einer Edelwohnlage wie Cheviot Hills auf die wohlhabenden Anwohner hatten.

Adrianas Schwester Helene und Reverend Goleman wurden zitiert, doch ihre Interviewbeiträge waren auch nicht wertvoller als das, was sie in der Polizeistation ausgesagt hatten. Das tragische Rätsel eines »verstreuten Babyskeletts« wurde als »schaurige Parallele« zu dem Knochenfund unter Matt und Hollys Baum beschrieben. Nichts über die ethnische Herkunft des Babys im Park.

Milos Name tauchte erst im letzten Abschnitt auf, wo er als »altgedienter Kriminaler« beschrieben wurde, der »vor einem Rätsel steht«. Der Artikel endete mit einem Aufruf an die Leser, sich mit Informationen zu melden, und Milos Dienstnummer.

Ich nahm an, dass er den ganzen Vormittag am Telefon verbringen würde, und war überrascht, als er um neun Uhr anrief.

»Machst du Pause?«

»Ich habe Moe und Sean auf die Informanten angesetzt, weil ich jetzt losmuss. Floyd Banfer, Jack Weathers' Anwalt, will sich mit mir treffen, Beverly Hills Parkway, Ecke Rexford.«

»Das ist gleich neben der City Hall.«

»Banfer reicht eine Klage gegen das Beverly Hills Police Department ein und meint, er kommt zu Fuß rüber.«

»Er verklagt die Polizei?«

»Irgendwas mit einer Abfindung für einen gefeuerten Polizisten. Nichts, wie er mir versicherte, woran ich Anstoß nehmen würde.«

»Was hat er vor?«

»Wollte er nicht sagen, aber er ist auf jeden Fall ziemlich heiß, Alex. Ich mag das bei Anwälten. Sie erscheinen dann fast menschlich.«

Milo und ich trafen um zwanzig nach zehn am Parkway ein und fanden auf der Nordseite der Straße eine Parkbank, die uns einen unverstellten Blick auf den Verwaltungskomplex von Beverly Hills bot. Das ursprüngliche Rathaus ist ein architektonisches Meisterwerk aus den Dreißigerjahren im Stil Spanischer Renaissance. Das ein halbes Jahrhundert später angefügte Civic Center versucht, Elemente aus Art déco und Moderne darunterzumischen, sieht aber vor allem aus wie drangeklatscht. Ein mit Granit gepflasterter Weg und Chinesische Ulmen trennten uns vom Santa Monica Boulevard. Der Verkehr rauschte in beiden Richtungen. Ein alter Mann in Begleitung eines stämmigen Pflegers schob im Schneckentempo einen Rollator an uns vorbei. Drei persische Frauen in Fila-Trainingsanzügen joggten den Gehweg entlang und plauderten auf Farsi. Eine junge Frau, die leicht ein Victoria's-Secret-Model hätte sein können – jedenfalls wenn die Dessousmarke ihre ästhetischen Ansprüche erhöhen würde –, überholte alle, Verzweiflung im Blick.

Direkt vor uns erhob sich ein mindestens zwei auf drei Meter großes Gebilde aus verbeultem Chrom.

»Was ist das denn?«, fragte Milo.

»Kunst im öffentlichen Raum.«

»Sieht aus, als hätte ein Jumbojet Verdauungsprobleme gehabt.«

Um 10.26 Uhr trat Floyd Banfer aus der Polizeistation, überquerte die Straße und kam auf uns zu, mit einem Lächeln in seinem erhitzten Gesicht. Er war klein und kompakt, hatte einen erdnussförmigen Kopf, helle blaue Augen und die Art weißer Bartstoppeln, die Milo gern als »Terroristenbart« bezeichnete.

»Pünktlich«, donnerte er. »Macht Spaß, mit Profis zu arbeiten.« Ein stämmiger Typ mit voluminösem Bass.

Eine Hand schoss vor. »Floyd Banfer.«

»Milo Sturgis, und das ist Alex Delaware.«

Man schüttelte einander die Hand. Banfer drückte einen Tick zu fest, sein Arm blieb steif, die Augen wachsam. Das Lächeln, mit dem er gekommen war, schien in sein Gesicht gemeißelt. »Schöner Tag, was?«

»Beverly Hills würde doch etwas anderes gar nicht zulassen, oder?«

Banfer grinste. »Wenn Sie wüssten.« Er trug denselben grauen Anzug wie gestern, aus leicht schimmerndem Wolle-Seide-Mischgewebe, dazu ein blaues Hemd mit Haifischkragen und eine rosa Hermès-Krawatte mit Jagdhörnern. Er war Anfang, Mitte fünfzig, hatte schüttere Locken, die braun gefärbt waren und den typischen Rotstich gefärbter Männerhaare aufwiesen, und strahlte eine sonderbare Mischung aus Anspannung und Fröhlichkeit aus. Als ob er Spaß daran hätte, nervös zu sein.

Milo deutete auf den freien Platz zwischen uns.

»Können wir ein paar Schritte gehen?«, fragte Banfer. »Dieses Monstrum, was die hier Kunst nennen, regt mich auf. Außerdem freue ich mich über jede Gelegenheit, mich zu bewegen.«

»Klar.«

Wir wandten uns Richtung Westen. Der Granitbelag auf den Gehwegen soll eigentlich Staub abweisen, doch Banfers schwarze Lederschuhe waren binnen Sekunden grau. Alle paar Meter wischte er sie an seinen Waden ab, ohne seine Schritte zu unterbrechen. Am Crescent Drive blieben wir stehen, bis der Querverkehr zum Halten kam. Ein Radfahrer mit Helm kam um die Ecke und raste auf uns zu, sodass Banfer zur Seite treten musste, um eine Kollision zu vermeiden.

»Total illegal«, sagte er immer noch lächelnd. »Hier sind Fahrräder nicht erlaubt. Wollen Sie ihm nachjagen und einen Strafzettel verpassen, Lieutenant?«

Milo hatte Banfer nicht gesagt, welchen Rang er hatte. Banfer hatte seine Hausaufgaben gemacht.

»Das übersteigt meine Gehaltsklasse.«

Banfer grinste wieder. »Warum also wollte ich mich mit Ihnen treffen?«, sagte er und schwieg dann, als erwartete er tatsächlich eine Antwort.

Milo und ich gingen wortlos weiter.

»Erstens, vielen Dank für Ihr Entgegenkommen«, sagte Banfer schließlich. »Ich habe eine harte Woche, wenn es heute nicht geklappt hätte, hätte es eine Weile gedauert.«

»Keine Ursache, Mr Banfer. Was haben Sie auf dem Herzen?«

»Nennen Sie mich ruhig Floyd. Okay, fangen wir mit einem Fakt an: Jack Weathers ist ein guter Mensch.«

Milo sagte nichts.

Banfer fuhr fort: »Sie haben ihm ein bisschen Angst eingejagt, als Sie so plötzlich vor seiner Tür standen.«

»War nicht meine Absicht.«

Banfer nahm Fahrt auf. »Mag sein, Lieutenant, die Sache ist folgende: Jack und Daisy sind gute Menschen, sie führen ein gutes Geschäft und liefern guten Service – wussten Sie, dass sie früher beim Film waren? Vor allem Fernsehen, Jack war Musiker und Schauspieler, hat jede Menge Serien gedreht, *Hawaii Fünf-Null*, *Rauchende Colts*, *Magnum*. Daisy war jahrelang in der *Lawrence Welk Show*. Jack fing irgendwann an, als Immobilienmakler im San Fernando Valley zu arbeiten, und Daisy gab Tanzunterricht. Vor ihrer Schauspielkarriere war sie Tänzerin gewesen, hat mit Martha Graham gearbeitet, war mit Fred Astaires Tanzpartnerin befreundet – ein echtes Talent.«

»Beeindruckend«, bemerkte Milo.

»Kann man so sagen.«

Wir gingen weiter. Ein Grüppchen junger Perserinnen glitt an uns vorbei, in figurbetonendem schwarzem Samt, mit Perlen und Diamanten behangen, iPods auf den Ohren.

Banfer fuhr fort: »Was ich versuche, Ihnen klarzumachen, ist, dass die beiden ehrlich und anständig sind, ihr Leben lang gearbeitet haben, keiner von beiden ist reich geboren. Sie haben eine Nische gefunden, sich etabliert, und es geht ihnen zum Glück so gut, dass sie sogar darüber nachdenken könnten, in Rente zu gehen. Irgendwann. Wobei ich nicht weiß, ob sie das wollen, das ist ganz ihre Entscheidung.«

»Klingt logisch.«

»Was?«

»Dass es ihre Entscheidung ist, ob und wann sie in Rente gehen.«

»Ja, natürlich. Aber nur für den Fall, dass Sie nicht wissen, wie das im Filmbusiness läuft: Es gibt da eine klare Hierarchie. Vom Boden der Pyramide bis hoch zur Spitze ist das alles sauber strukturiert. Erfolg hängt davon ab, welche Leute man kennt. Doch alles kann von jetzt auf gleich schon wieder ganz anders sein.« Er atmete durch. »Aber wem erzähle ich das. Das hier ist Los Angeles, Sie wissen ja Bescheid.«

Wir erreichten den Canon Drive. Ein Obdachloser schlurfte an uns vorbei und hinterließ eine übelriechende Wolke.

Banfer rümpfte die Nase. »Keine gesetzlichen Regelungen mehr für das. Ich bin da hin- und hergerissen. Es wäre mir lieber, wenn man sich um diese Leute kümmern würde. Andererseits kann man sie auch nicht einfach von der Straße auflesen, wie ich das in Europa gesehen habe, als ich in den Achtzigern als Rucksacktourist dort unterwegs war. Das hatte so was von Gestapo.«

Milo blickte unverhohlen auf seine Uhr.

»Zeit, die Bremse reinzuhauen? Klar, leuchtet mir ein.«

Auf halbem Weg zurück zum Beverly Drive sagte Milo: »Floyd, was genau kann ich für Sie tun?«

»Die Informationen annehmen, die ich zu bieten habe, in dem Geist, in dem ich sie biete.«

»Was bedeutet das konkret?«

»Jack und Daisy müssen aus Mordermittlungen herausgehalten werden, außerdem wird ihr Kunde – der Kunde, um den es geht – nicht darüber informiert, dass sie mit der Polizei zu tun hatten.«

»CAPD«, sagte Milo. »Creative Aura of Prema and Donny.«

Banfers Kinn bebte. »Sie wissen also Bescheid. Okay, dann wissen Sie ja, was ich meine.«

»Gehen Sie oft vor Gericht, Floyd?«

Die Frage brachte Banfer aus dem Konzept, und er spannte die Arme an. »Wenn es nötig ist. Warum?«

»Nur so.«

»Sie meinen, ich bin langatmig? Ich würde eine Jury langweilen? Keine Sorge, ich komme schon klar. Vielleicht bin ich ein wenig zu detailverliebt, kann schon sein. Aber ich habe Jack und Daisy versprochen, dass ich mich um die Sache kümmere, und ich will ihnen nicht unter die Augen treten, bevor ich das getan habe. Sie sind anständige Menschen.«

»Mit wem von beiden sind Sie verwandt?«

Banfer lief puterrot an. »Wie kommen Sie darauf?«

»Sie scheinen außergewöhnlich engagiert zu sein, aber entschuldigen Sie bitte, wenn ich mich irre.«

»Seien Sie versichert, Lieutenant, ich würde dasselbe für jeden anderen Mandanten tun.« Er stockte. »Aber wenn Sie es unbedingt wissen wollen, Jack war mit der Schwester meiner Mutter verheiratet, und als sie starb, hat er Daisy geheiratet. Streng genommen ist Daisy also meine Stieftante, aber ich betrachte sie als richtige Tante, ich mag sie sehr, sie ist eine liebenswerte Person.«

»Sie scheint sehr nett zu sein.«

»Jack ist auch nett.«

»Zweifellos.«

»Also sind wir uns einig?«

»Das kommt darauf an, was Sie zu bieten haben.«

»Ich habe die Wahrheit, Lieutenant Sturgis – darf ich Sie Milo nennen?«

»Sicher.«

»Milo, wir können die Sache ganz simpel angehen. Ich gebe Ihnen Informationen, die Sie für Ihre Ermittlungen nutzen können, aber Sie lassen Jack und Daisy aus dem Spiel.«

»Es liegt nicht in meiner Absicht, den beiden das Leben schwerzumachen. Aber ich will ehrlich sein: Wenn sie wichtige Informationen haben, wird das sicherlich Eingang in die Akten finden.«

»Nicht unbedingt«, fauchte Banfer. »Sie müssen sie nur als vertraulich behandeln, dann läuft alles wie geschmiert.«

»Das kann ich tun, aber ich kann nicht versprechen, dass nicht irgendwann ein Staatsanwalt daherkommt und ihre Namen wissen will.«

»Wenn das passiert, winken Sie eben ab.«

»So funktioniert das nicht, Floyd.«

»Dann … haben wir ein Problem.«

»Sie werden Probleme bekommen, wenn Jack und Daisy nicht kooperieren, Floyd. Ich muss Ihnen nicht erzählen, welche unangenehmen juristischen Tricks ein Bezirksstaatsanwalt in petto hat.«

»Ich werde mich jedem einzelnen stellen.«

»Damit geraten Jack und Daisy erst recht ins Scheinwerferlicht.«

Banfer neigte sich vor und ging schneller.

»Der ganze Aufwand nur, damit die Premadonnys nicht sauer werden?«, fragte Milo.

»Das trifft es nicht«, entgegnete Banfer. »Es ist mehr die Furcht vor der Exkommunizierung. Wissen Sie, wie einflussreich die beiden sind?«

»A-Promis.«

»Oh nein.« Banfers Hand schoss über seinen Kopf, als wäre er ein Kind, das Flugzeug spielt. »Meilenweit darüber. Es ist, als würde man die Königin von England gegen sich aufbringen.«

»Soweit mir bekannt ist, hat die Königin von England noch nie jemanden exkommuniziert, Floyd.«

»Okay«, sagte der Anwalt, »vielleicht war der Vergleich ein bisschen weit hergeholt. Trotzdem, wenn irgendwie bekannt wird, dass Jack sich nicht an die Regeln gehalten hat, könnte das beruflich und finanziell verheerende Konsequenzen haben.«

»Jack und Daisy haben eine Schweigeklausel unterschrieben.«

Banfer runzelte die Stirn. »Das ist bei Kunden dieser Größenordnung Standard.«

»Schon möglich, aber wir wissen bereits, dass Jack Adriana Betts an die Premadonnys vermittelt hat, und wir sind ziemlich sicher, dass er das auch mit anderen Personen getan hat, die möglicherweise in den Mord an Adriana Betts verwickelt sind. Haben Sie heute die *Times* gelesen?«

»Natürlich«, sagte Banfer. »Deshalb habe ich Sie angerufen.«

»Die Reporterin ist scharf auf alles, was von mir kommt. Im Augenblick halte ich sie hin, aber das könnte sich ändern.«

»Sie drohen damit, die Identität meiner Mandanten preiszugeben?«

»Sie wollten sich mit mir treffen, Floyd. Ich erkläre Ihnen nur, wie der Stand der Dinge ist.«

Banfer presste die Zähne zusammen. »Lieutenant Sturgis«, sagte er, als hörte er den Titel zum ersten Mal. »Haben Sie zufällig eine juristische Ausbildung?«

»Ich nehme das als Kompliment, wobei ich nicht sicher

bin, ob ich das tun sollte. Die Antwort ist, ich habe in meinem Beruf einiges gelernt.«

»Milo, Sie sind ein Schlitzohr. Das hätte ich nicht erwartet. Ehrlich gesagt sind die meisten Polizisten, die ich kennengelernt habe, nicht gerade Intelligenzbolzen.«

»Kennen Sie denn viele?«

»Ich habe bei einer Reihe von Abfindungsfällen Kollegen von Ihnen vertreten und gelernt, wie sie ticken. Typischerweise gehen ihre langfristigen Ziele nicht über ein neues Motorrad oder Ferien auf Hawaii hinaus.«

»Ah. Sie meinen die Irren in Blau.«

»Das war als Kompliment gemeint. Sie scheinen anders zu sein, Milo. Sie scheinen sorgfältig zu planen.«

»Mit Dank angenommen, Floyd. Was wollen Sie mir denn nun erzählen, in der Hoffnung, dass Jack und Daisy aus der Schusslinie bleiben?«

Banfer blieb stehen, griff sich an seine knubbelige Nasenspitze und fing an, daran zu drehen. Sein Atem war abgehackt. »Setzen wir uns.«

37

Parkbänke in Beverly Hills sind komplizierte Gebilde aus verschnörkeltem, schwarzem Schmiedeeisen mit einer geteilten Sitzbank, die es fast unmöglich macht, mit mehr als zwei Personen darauf Platz zu nehmen. Milo bot Banfer den linken Platz an und dirigierte mich mit einem Kopfnicken nach rechts.

Er selbst blieb stehen und blickte auf uns herab.

Erneut schlurfte ein Obdachloser vorbei, der vor sich hin stammelte und dabei die Augen verdrehte.

Banfer sagte: »So was ist wahrscheinlich der Hintergrund für den Film *Down and Out in Beverly Hills*. Da haben sie es ja noch geschönt, aber so ist eben das Filmbusiness … Gut, zurück zum Thema. Jack und Daisy sind …«

»Wundervolle Menschen. So weit, so gut, Floyd.«

»Menschen mit Moral«, verbesserte Banfer. »Okay, Jack hat in seinem Leben ein paar Fehler gemacht, aber er hat das Herz am rechten Fleck. Um die beiden müssen Sie sich wirklich keine Gedanken machen.«

»Fehler? Zum Beispiel Adriana Betts zu engagieren, ohne sie zu überprüfen.«

Banfer rieb sich die Schläfen. »Im Umgang mit Menschen helfen einem trockene Fakten nicht immer weiter, Milo. Jack hat auf seine Intuition vertraut, und Ms Betts hat ihn beeindruckt, weil sie so anständig war.«

»Außerdem war es eine Notsituation«, warf ich ein.

Banfer presste wieder die Zähne zusammen. »Angeblich.«

»Sie haben Zweifel?«

»Nun, Jack bekam einen Anruf von einer Angestellten, die er einige Zeit zuvor dorthin vermittelt hatte. Angeblich brauchten die Kunden dringend zusätzliches Personal für die Kinderbetreuung. Jack sollte so schnell wie möglich jemanden besorgen. Die Person kannte jemanden, der ideal passen würde – mit der richtigen Ausbildung und Erfahrung. Jack versucht, auf die Wünsche seiner Kundschaft einzugehen, will es allen recht machen. Es sah aus, als würde alles passen.«

»Da sehe ich kein großes Problem, Floyd«, sagte Milo. »Wenn er Adriana überprüft hätte, hätte er nur entdeckt, dass sie nichts zu verbergen hat.«

Banfer überschlug die Beine und zog eine Socke über seine haarlose Wade. »Das ist schön zu hören.«

»Etwas komplizierter wird es, wenn die Angestellte, von der die Empfehlung kam, Qeesha D'Embo hieß.«

»Der Name sagt mir nichts.«

»Wie wär's mit Charlene Chambers?«

»Auch nicht.«

Milo zog das Polizeifoto hervor.

Banfers Schultern sanken.

»Unter welchem Namen kennen Sie sie, Floyd?«

»Sie hat sich Jack und Daisy als Simone Chambord vorgestellt. Das ist der Name, den die beiden überprüft haben, und der stellte sich als lupenrein heraus.«

»Wann wurde sie eingestellt?«

»Vor dreiundzwanzig Monaten.«

Kurz nachdem sie Boise verlassen hatte.

»Zu welchem Zweck wurde sie eingestellt?«, fragte ich.

Die Frage schien Banfer zu irritieren. »Zur Kinderbetreuung natürlich.« Er tippte auf das Foto. »Nachdem Sie Jack das hier gezeigt hatten und er mich völlig aufgelöst angerufen hatte, habe ich sie mir näher angesehen beziehungsweise die Sozialversicherungsnummer überprüft, die sie in ihrer Bewerbung angegeben hatte. Sie passte zwar auf den Namen Simone Chambord, doch die stellte sich als Neunundachtzigjährige heraus, die in einem Altenheim in New Orleans wohnt. Ich rief dort an und erfuhr von der Leiterin, dass die Dame im fortgeschrittenen Stadium Alzheimer hat und das schon seit fünf Jahren.«

»Das ist Jack und Daisy bei ihrer Überprüfung nicht aufgefallen?«

»Sie haben sich auf andere Dinge konzentriert. Vorstrafen, Kreditwürdigkeit.«

»Das passt doch perfekt«, sagte ich. »Wer Alzheimer hat, begeht vermutlich kein Verbrechen.«

Banfer schüttelte den Kopf. »Der Zusammenhang mit Gold Standard ist offensichtlich. Aber es geschah unbeabsichtigt.«

»Ihre Mandanten haben erst eine Meisterbetrügerin als Nanny für Filmstarnachwuchs vermittelt, dann eine Frau, die durch Mord ums Leben kam. Das könnte man als ›Zusammenhang‹ bezeichnen«, sagte Milo.

»Aber es ist nicht repräsentativ für ihre Arbeit. Sie haben Scharen von großartigen Leuten an wundervolle Kunden vermittelt.«

Sonderlich überzeugt klang das nicht.

Ich meldete mich zu Wort. »Ich habe Jack geraten, ruhig zu bleiben, aber er ist ganz offensichtlich außer sich. Zu allem Überfluss hat Daisy nichts von der ganzen Sache gewusst.«

»Frau unglücklich, Leben unglücklich«, kommentierte Milo.

»Es ist wirklich ein Desaster. Ich habe übrigens auch Ms Betts Sozialversicherungsnummer überprüft, und sie stimmt. Habe ich irgendwas übersehen? Chambord und sie sind so ein ungleiches Pärchen.«

»Zu Adriana ist nichts Krummes aufgefallen«, stimmte Milo zu.

»Das Baby, das im Park gefunden wurde – die Knochen –, wie ist da die Verbindung?«

»Wissen wir noch nicht, Floyd. Deshalb wollten wir mit Jack und Daisy sprechen.«

»Tja, darüber können sie Ihnen mit Sicherheit gar nichts erzählen.«

»Qeesha – Simone – wurde vor dreiundzwanzig Monaten eingestellt. Und Adriana?«

»Erst kürzlich. Jack zufolge vor etwa drei bis vier Monaten.« Banfer blickte starr geradeaus.

»Hat er die Unterlagen vernichtet?«, fragte Milo.

»Darüber darf ich nichts sagen.«

»Ihr Mandant hat potenzielle Beweismittel vernichtet. Wenn Sie ihm dazu geraten haben, können Sie wegen Behinderung der Justiz belangt werden.«

»Das ändert leider nichts an meiner Antwort.«

Banfer sah Milo an. Der erwiderte seinen Blick, woraufhin Banfer wieder geradeaus starrte. »Ich möchte doch eines klarstellen«, erklärte er. »Unter den gegebenen Umständen bin ich wesentlich offener, als ich sein müsste.«

»Was sind denn die Umstände, Floyd?«

»Bislang ist niemand verklagt worden, Sie tappen immer noch im Dunkeln, weder mein Mandant noch ich sind verpflichtet, mit Ihnen zu reden. Dennoch haben wir uns bewusst dafür entschieden zu kooperieren, gerade weil wir die Justiz nicht behindern wollen. Und was die Unterlagen angeht – ich wüsste nicht, dass es ein Gesetz gibt, laut dem ein Kleinunternehmer Berge von Papier anhäufen muss.«

»Nun gut«, sagte Milo.

Und schon war der Ton wieder locker und freundschaftlich. Banfer traute sich erneut, Milo ins Gesicht zu sehen. Der lächelte.

»Also dann«, sagte der Anwalt, »ich freue mich, dass wir uns einig sind.«

»Ich mich auch. Dann können wir ja jetzt mit Jack persönlich reden.«

»Halten Sie das wirklich für notwendig?«

»Sonst würde ich es nicht erwähnen, Floyd.«

Banfer seufzte und tippte auf seinem Handy. »Hallo, ich bin's … den Umständen entsprechend gut … habe ich ihnen gesagt … sie wollen trotzdem mit dir sprechen … Ich bin dabei, keine Sorge … ja, warum nicht, du hast nichts zu verbergen … Lieber früher als später, Jack, bring es hinter dich … wir sind am Beverly Hills Parkway, zwischen Parkway und Camden Drive … gute Idee.« Er legte auf und betrachtete den Verkehr. »Ist auf dem Weg.«

Jack Weathers trug einen blauen Kaschmirblazer, ein weißes Seidenhemd, eine taubengraue Hose und dunkelblaue Wildlederslipper mit Goldschnallen. Er sah aus wie Thurston Howell III. aus der Sechzigerjahre-Sitcom *Gilligan's Island*, nur die hängenden Schultern passten nicht, die Tränensäcke und die Falten, die sich seit unserer letzten Begegnung einen Tag zuvor tiefer eingegraben hatten.

Er schlurfte daher wie ein müder alter Mann.

Ich stand auf und bot ihm den Platz neben Banfer an. Weathers zögerte.

»Legen Sie die Bürde ab, Jack«, sagte Milo.

Weathers' Wangen bebten. Seine Augen waren rot geädert. An mehreren Fingern hing die Nagelhaut in Fetzen, was bei seinen ansonsten makellos manikürten Fingerspitzen besonders auffiel.

Er setzte sich unbeholfen, und Banfer brachte ihn auf den neuesten Stand. Wenn der Mann wollte, konnte er durchaus kurz und bündig sein.

Jack Weathers verschränkte die Finger und blickte auf seine Knie.

Milo sagte: »Erzählen Sie mir alles, was Sie über die Frau wissen, die sich als Simone Chambord vorgestellt hat.«

»Wie heißt sie denn in Wahrheit?«, fragte Weathers.

»Wie wär's, wenn Sie mich die Fragen stellen lassen und sich auf die Antworten beschränken.«

Weathers legte den Kopf in den Nacken und blickte zu Milo hoch.

»Fass dich kurz, Jack«, sagte Banfer, »dann bist du sie bald los.«

Weathers erwiderte nichts. Das Grüppchen junger Perserinnen kam wieder vorbei. Er sah ihren wohlgeformten Rückseiten nach, was ihn zu entspannen schien. »Ein hübsches Mädchen, schwarz, aber relativ hellhäutig. Ich hielt sie für eine Möchtegern-Schauspielerin.«

»Wegen ihres Aussehens?«

»Und wegen ihrer Art.«

»Wie war sie denn, Jack?«

»Lebhaft«, erwiderte Weathers. »Lebhaft bis theatralisch überspannt.«

»Als würde sie eine Rolle spielen?«

»In dieser Stadt spielt jeder eine Rolle. Ich meine eher, alles an ihr war ein bisschen übertrieben.« Er musterte Milo. »Sie haben auch etwas Exzentrisches an sich.«

»Sie hielten Simone also für eine Möchtegern-Schauspielerin.«

»Ja, aber sie hatte die richtigen Voraussetzungen für den Job. Erfahrung, Empfehlungsschreiben.«

»Von wem?«

»Früheren Arbeitgebern.«

»Wie wär's mit Namen?«

»Kann mich nicht erinnern«, sagte Weathers.

»Dann schauen Sie doch in Ihren Unterlagen nach.«

»Nichts mehr da.« Weathers errötete. »Wir misten regelmäßig aus.«

»Um Papierberge zu vermeiden.«

Floyd Banfer rieb ein Bein am anderen.

Jack Weathers sagte: »Genau.«

»Na gut, aber als sie sich beworben hat, haben Sie doch sicher jemanden angerufen, der sie empfohlen hat. Irgendwelche Erinnerungen daran, wer die Leute waren und was sie Ihnen erzählt haben?«

»Nein. Ich bekomme so viele Bewerbungen, da ist eine wie die andere.«

»Das Geschäft läuft gut.«

»Wie auch immer. Ich kann Ihnen nur eines sagen: Das Mädchen war sauber.«

»Ein Möchtegern-Filmstar«, sagte Milo. »Solche sehen Sie bestimmt viele.«

»Ich denke, die jungen Leute tun das, weil sie damit ihre Karriere vorantreiben wollen. Was ein Trugschluss ist.«

»Es funktioniert nicht so?«

»Es ist eher kontraproduktiv.«

»Wie das?«

»Wenn jemand erst einmal eine Bedienstetenrolle übernommen hat, wird er sie meist nicht wieder los.«

»Weil er als minderwertig betrachtet wird?«

»Nicht minderwertig«, sagte Weathers. »Aber anders.«

»Donny Rader hat als Golfcaddie und Hausdiener bei einem Produzenten angefangen.«

»Das ist die offizielle Geschichte.«

»Die stimmt gar nicht?«

Weathers grinste höhnisch. »Ich weiß nicht, was wahr ist und was nicht. Ich kenne nicht jedermanns Geschichte.«

»Es geht vor allem darum, den Informationsfluss zu kontrollieren«, warf Floyd Banfer ein. »Wir erfahren nur, was sie freigeben.«

»Stars«, sagte Milo.

»Alle, die Einfluss haben.«

»Sie haben also nichts dagegen, Möchtegern-Stars einzustellen«, sagte ich.

»Nicht, wenn sie wissen, wo ihr Platz ist, und ihre Arbeit ordentlich machen.«

»Wusste Simone Chambord, wo ihr Platz ist?«

»Es hat sich nie jemand beschwert.«

»Soweit Sie wissen, arbeitet sie immer noch für die Premadonnys.«

»Das nehme ich an, ja.«

»Was ist Ihnen noch von ihr im Gedächtnis geblieben?«

»Ihr Aussehen«, erwiderte Weathers. »Sie war wirklich sehr attraktiv. Auf eine frische Art und Weise. Tolle Figur … und sie konnte sich gut unterhalten, sie sagte, sie liebe Kinder und zeigte mir ein Buch über die kindliche Entwicklung, das sie gerade las.«

»Sie haben sie dann als Nanny vermittelt.«

»Nein«, verbesserte Weathers. »Als Betreuungsassistentin.«

»Was ist der Unterschied?«

»Der liegt erst einmal in der Bezahlung. Wenn ein Kunde auf einer richtigen Nanny besteht, holen wir ein Mädchen aus England, die eine dieser pädagogischen Schulen besucht hat, die sie dort drüben haben. Die sind gut ausgebildet, aber manche sind auch ein bisschen streng. Manche Kunden mögen das. Andere wollen lieber jemand, der lockerer ist.«

»Prema Moon und Donny Rader standen mehr auf locker.«

»Das nehme ich an.«

»Wie oft haben Sie jemanden dorthin vermittelt?«

»Kann ich nicht sagen.«

»Schätzen Sie mal.«

Weathers sah Banfer an. Banfer nickte.

»Geschätzt würde ich sagen, etwa ein halbes Dutzend.«

»Für welche Art von Jobs?«

»Hausangestellte, denke ich. Haushälterinnen. Wir machen das inzwischen nicht mehr, weil wir nicht mit den Spezialagenturen konkurrieren können, die ihre Anzeigen in spanischsprachigen Zeitungen schalten. Aber zu der Zeit haben wir das noch gemacht. Ich denke, es waren hauptsächlich Hausangestellte.« Er wandte sich zu Banfer. »So in Ordnung?«

»Bislang ja, Jack.«

»Sie fürchten die Schweigeklausel?«, fragte Milo.

»Verdammt ja«, entgegnete Weathers. »Der reinste Knebelvertrag.«

»Schlimmer als …«

»Normalerweise«, ergänzte Banfer und grinste über seine eigene Antwort.

»Klären Sie mich auf, Floyd.«

»Es ist ganz einfach, Milo. Normalerweise geht es darum, dass den Medien gegenüber nichts verlautbart wird, dass man kein Buch veröffentlicht, solche Dinge. Diese spezielle Klausel verbietet darüber hinaus, dass überhaupt ein Wort über die Premadonnys in der Öffentlichkeit ausgesprochen wird. Ob das rechtlich bindend ist? Wahrscheinlich nicht, aber es würde sicherlich jede Menge Ärger einbringen, das auf die Probe zu stellen. Jack hat Ihnen jedenfalls alles gesagt, was er über diese Chambord und Ms Betts weiß.«

»Dann können wir ja zum nächsten Punkt kommen«,

sagte Milo und zog das vergrößerte Passfoto von Melvin Jaron Wedd aus der Tasche.

Floyd Banfer verzog keine Miene.

Jack Weathers sagte: »Ach du Schande.«

38

Floyd Banfer legte eine Hand auf Jack Weathers' Kaschmirärmel. »Ist er auch einer von deinen Leuten?«

»Wer ist er, Jack?«, fragte Milo.

Weathers wrang die Hände. »Ein Typ ... M. J.«

»Melvin Jaron Wedd. Wann haben Sie ihn an die Premadonnys vermittelt?«

Weathers murmelte etwas Unverständliches.

»Sprechen Sie lauter, Jack.«

»Vor drei Jahren. Ungefähr.«

»Als was?«

»Als Verwalter. So hatte ich ihn schon vorher vermittelt.«

»Wessen Anwesen hat er denn zuvor verwaltet?«

»Einen Riesenpalast in Bel Air, der einer Saudi-Familie gehörte. Vor vier, fünf Jahren.«

»Und davor?«

»Das war das erste Mal. Sie hatten keine Probleme mit ihm, ich meine die Araber. Sie sind nach Riad zurückgegangen.«

»Deshalb haben Sie ihn zu den Premadonnys geschickt.«

»Ja, genau.«

»Wer hat Sie als Vermittlung eingeschaltet?«

»Ein Businessmanager.«

»Wie heißt er?«

Weathers' Augen wanderten nach rechts. »Nicht der Manager selbst, irgendein Assistent.«

Floyd Banfer sagte: »Oder der Assistent vom Assistenten.«

Weathers sah seinen Neffen verärgert an. »So ist das bei Leuten auf dieser Ebene.«

»Wer ist ihr Manager?«, fragte Milo.

»Eine Firma namens Apex Management. Die betreuen jede Menge Promis.«

»Was fällt Ihnen zu M. J. ein?«

»Hm«, sagte Weathers. »Er hatte, glaube ich, Erfahrung in Buchhaltung. Ihn habe ich jedenfalls durchleuchtet. Was gibt es denn für ein Problem mit ihm?«

»Möglicherweise gibt es gar keins.«

»Ach, und deshalb tragen Sie sein Foto mit sich herum?«

»Wir sind auf seinen Namen gestoßen.«

»Was bedeutet das?«

»Dass wir auf seinen Namen gestoßen sind.«

Weathers wedelte mit der Hand. »Ehrlich gesagt will ich es gar nicht wissen. Kann ich jetzt gehen? Ich muss nämlich noch ein paar Rechnungen bezahlen. Ich bin kein Beamter mit hübscher Pension und bezahlten Überstunden.«

»Klar. Schönen Tag noch.«

»Sicher?«

»Es sei denn, Sie haben uns noch mehr zu erzählen, Jack.«

»Nein. Ich habe nichts zu erzählen und nichts zu verbergen. Ich bin ein Dienstleister, ich finde im Auftrag meiner Kunden Servicepersonal. Was die Leute tun, sobald sie eingestellt sind, entzieht sich meiner Kenntnis.«

Er stemmte sich an der mittleren Armlehne hoch, um aufzustehen, und knöpfte seinen Blazer zu. Banfer stand mit ihm auf und nahm ihn am Ellbogen. Weathers schüttelte die Hilfe mit erstaunlicher Vehemenz ab. »Noch brauche ich keinen Rollator, Floyd, komm, wir gehen frühstücken, zu Nate 'n Al oder Bagel Nosh oder was weiß ich.«

Hörte sich nach harter Arbeit an.

Banfer tippte auf seine Rolex Oyster. »Tut mir leid, aber ich habe Termine.«

»Viel beschäftigt, der Mann«, sagte Weathers. »So wie alle. Ich auch.«

Er humpelte davon.

»Sein Blutdruck ist zu hoch«, meinte Banfer, »ich hoffe nur, der Stress macht es nicht schlimmer.«

Milo zwinkerte. »Planen Sie eine Zivilklage?«

»Das ist nicht witzig, Lieutenant. Sind wir fertig?«

Ohne eine Antwort abzuwarten, ging Banfer auf dem Parkway nach Osten. Eine kurvenreiche Joggerin kam ihm entgegen, aber er würdigte sie keines Blickes.

Milo setzte sich auf die Bank. »Ich bin heute Morgen an dieser Privatstraße vorbeigefahren. Alles videoüberwacht, genau wie ich es mir dachte. Das Anwesen umfasst laut Grundstücksregister viereinhalb Hektar, aufgespalten in drei Teile, die alle auf eine Holding namens Prime Mayfair eingetragen sind. Ich habe versucht, mich durchzutelefonieren, bin aber nur bei einem Sesselpupser gelandet, der für Apex Management arbeitet.«

»Allerlei Irrungen und Wirrungen«, sagte ich.

Er sah die Nummer von Apex nach, rief an, wurde mehrmals weitervermittelt und legte schließlich kopfschüttelnd auf.

»Irgendein subalterner Laufburschenknecht hat mich abgewimmelt. Wobei ich nicht glaube, dass ich irgendetwas Nützliches erfahren hätte, selbst wenn ich durchgekommen wäre. Dass Weathers seine Akten vernichtet hat, ist auch nicht unbedingt hilfreich. Wetten, dass er Wedds Unterlagen sofort verbrennt, sobald er vom Frühstücken zurückkommt? Und die markigen Sprüche gegenüber Banfer – in Wahrheit kann ich nicht viel tun.«

»Zumindest weißt du jetzt sicher, dass sie alle drei zusammen dort gearbeitet haben.«

Er trat gegen ein Bein der Bank, faltete Wedds Passfoto auf und betrachtete es eine Zeitlang. »Ich muss mich mit diesem Typ hier unterhalten, aber in diese Villa zu gelangen ist genauso schwer, wie auf die Aftershowparty bei der Oscar-Verleihung eingeladen zu werden.« Er lächelte. »Rick ist vor ein paar Jahren tatsächlich mal eingeladen gewesen. Die Tochter von irgendeinem Superproduzenten hat im Suff oder Drogenrausch ihren Aston Martin gegen eine Wand gefahren, und er hat sie wieder zusammengeflickt.«

»Wart ihr dort?«

»Nein, wir hatten beide Bereitschaft an dem Abend … okay, ich überlege mir, wie ich dieses Gelände beobachten kann. Danach werde ich den Park noch mal unter die Lupe nehmen und sehen, ob Arbeiter oder Stammbesucher sich an etwas erinnern.«

Er rief Reed und Binchy an, um zu erfahren, dass Kelly LeMasters' Artikel nichts gebracht hatte. Auch die Nummer, unter der Bürger anonym Verbrechen melden konnten, hatte niemand angerufen.

»Frühstück?«, fragte ich. »Nate 'n Al, Bagel Nosh?«

»Nein danke, ich habe schon gegessen.«

Das hatte ihn noch nie abgehalten.

»Gute Besserung«, sagte ich.

Wieder zu Hause rief ich Dr. Leonard Coates an.

Len und ich hatten zusammen studiert und ein Jahr lang im Western Pediatric Hospital gearbeitet. Ich war danach im Krankenhaus geblieben und hatte mich den Krebspatienten gewidmet, während Len in Beverly Hills eine Privatpraxis eröffnete.

Er engagierte einen PR-Spezialisten und tauchte daraufhin alsbald regelmäßig in der Zeitung auf. Es dauerte nicht lange, da hatte er einen Stamm prominenter Patienten, und wenige Jahre später übernahm er eine Penthouse-Praxis am Roxbury Drive mit sechs Mitarbeitern. Er entwickelte eine ausgeprägte Form von Hollywooditis, einer Störung mit schleichend progressivem Verlauf, auch bekannt als gutartiges Schaut-mich-an-Syndrom. Die Erkrankten fallen durch verstärktes Auftreten in der Öffentlichkeit, ausgeprägten Drang zur Selbstdarstellung und Ruhmsucht auf.

Als Folge dieser Störung hatte Len nicht nur einen nutzlosen Psychoratgeber geschrieben, sondern auch zahllose Treatments für Drehbücher und Reality-Shows; außerdem liebte er es, sich auf gewissen Partys zusammen mit schönen Frauen ablichten zu lassen. Der große schlanke Mann mit dem sorgfältig getrimmten Bart schleppte reihenweise Frauen ab. Was seine Ehen anging, hatte ich bei vier aufgehört zu zählen. Soweit mir bekannt war, hatte er zwei Kinder; die seltenen Male, die ich sie zu Gesicht bekam, sahen sie irgendwie deprimiert aus. Len und ich waren uns zuletzt bei einer Benefizveranstaltung für ein Krankenhaus über den Weg gelaufen. Mit eingemeißeltem Lächeln auf den Lippen und die Augen beständig auf der Menschenmenge um uns herum hatte er ausgiebig über seine »undankbare Brut« gewettert. Die Kinder seien wie ihre Mütter; »gegen die Gene kann man einfach nichts machen«.

Seine Telefonistin schickte mich in die Warteschleife, in der Werbung für »Dr. Coates' spannendes neues Buch: *Bring dein Leben ins Gleichgewicht* lief.

Sie meldete sich wieder, als die Zusammenfassung von Kapitel eins zum Ende kam. Tenor: »Halt inne und genieße den Duft der Rosen.« Ich hatte nicht gewusst, dass Len gärtnerte.

»Tut mir leid«, sagte sie, »der Doktor ist nicht zu sprechen, aber er wird die Nachricht erhalten.«

»Wie läuft es mit dem Buch?«

»Wie bitte?«

»Dr. Coates' neues Buch.«

Sie lachte. »Ich sitze hier nur in einem kleinen Kämmerchen und bediene das Telefon. Das Letzte, was ich gelesen habe, war meine Gasrechnung.«

Zu meiner Überraschung rief Len neun Minuten später auf meiner Privatnummer an.

»Hallo, Alex! Schön, von dir zu hören! Wie geht's dir so?«

»Gut, Len, danke. Und dir?«

»Wahnsinnig busy, es nimmt kein Ende. Aber was ist die Alternative? Stagnation? Wir sind doch wie Haie, oder? Wir müssen uns bewegen.«

»Gratuliere zum neuen Buch.«

»Oh, hast du das Band gehört? Ja, schauen wir mal, wie es läuft. Ich habe mal meinen Stundenlohn ausgerechnet, der liegt bei unter zehn Dollar, aber meine Agentin meint, es wäre ein Meilenstein. Sie hat schon eine Anfrage von einer Talkshow und meint, ich hätte mehr Ausstrahlung als Du-weißt-schon-Wer, also vielleicht klappt das. Was gibt's denn?«

»Was weißt du über Prema Moon und Donny Rader?«

Kurzes Schweigen. »Darf ich fragen, was dich an solchen Leuten interessiert?«

»Hollywood-Prominenz?«

»Hohlblöcken«, sagte er. »Das ist mein Revier, du wirst doch nicht anfangen, in meinem Revier zu wildern, oder, Alex?« Er lachte. »War nur ein Scherz, wenn du sie willst, nur zu. Wobei du zugeben musst, dass ich auf diese Art Kundschaft besser eingerichtet bin als du – wir beide wissen, dass ich nicht viel zu geben habe. Du dagegen … erzähl mir bitte nicht, du bist am Ende, Alexander. Ich habe dich immer als Vorbild gesehen.«

Lachsalve, laut, voll- und wohltönend.

»Stell doch dein Licht nicht unter den Scheffel.«

»Oh, nichts liegt mir ferner. ›Kenne dich selbst‹ ist mein erstes Gebot. Übrigens habe ich mir gerade einen neuen Audi R8 gekauft, als Cabrio. Hab ihn tunen lassen, ist ein richtig fauchendes Monster jetzt, und glaub mir, den hab ich mir nicht verdient, indem ich jammernde Mütter getröstet habe. Du hast bestimmt immer noch deinen alten Cadillac, oder?«

»Stimmt.«

»Siehst du«, sagte er. »Du bist eben loyal und solide. Vielleicht wird er eines Tages ein Oldtimer-Klassiker.«

»Das hoffe ich.«

»Also, wieso interessierst du dich plötzlich für die Goldenen Götter?«

»Du kennst sie?«

»Würde ich über sie reden, wenn ich sie kennen würde? Nein, persönlich kenne ich sie nicht, aber nach all den Jahren … wie soll ich es ausdrücken … sagen wir einfach, wenn mir jemand erzählen würde, so einer hätte Proust auf dem Nachttisch liegen, würde ich sagen, er benutzt das Buch als Untersetzer.«

»Keine Intellektuellen.«

»Keiner davon«, sagte er mit unvermittelter Verve. »Sie sind von Natur aus Freaks – Zirkushunde auf zwei Beinen, die sich kurze Texte merken können. Sitz, Platz, bleib, flipp aus. Sie mögen durchaus ein bisschen natürliche Intelligenz mitgebracht haben, aber da sie gnadenlos ungebildet sind, ist davon nichts zu spüren. Da kam mal eine aus diesem Haufen – deren Namen ich dir natürlich nicht nennen werde –, die wollte mit einem meiner Leute über ein Problemkind sprechen. Zuvor war sie allerdings schon beim Hundetherapeuten gewesen, der sie aber weggeschickt hatte. Warum sie erst zu einem Hundetherapeuten gegangen ist? Wahrscheinlich wollte sie damit ins Fernsehen. Uns hat sie erklärt, wir seien doch schließlich alle Tiere. Es brauche bloß die richtigen Vibes, dann würde schon alles klappen.«

Ich lachte.

»Klar ist das witzig«, sagte Len, »nur hatten wir es mit einer Fünfjährigen zu tun, die sämtliche Störungen des DSM-5 auf sich vereinte, während Mami sie behandeln lassen wollte, als wäre sie ein Pudel. Aber was Prema und Donny angeht, nein, ich kenne sie nicht persönlich, ich habe nur gehört, dass sein IQ knapp über dem eines Hausschweins liegt und sie den Laden schmeißt. Und damit komme ich auf meine Frage zurück: Woher deine Neugier?«

»Ich möchte, dass du mein Therapeut wirst, Len.«

»Wie bitte?«

»Du musst das vertraulich behandeln.«

»Natürlich. Klar.«

Ich erzählte ihm von dem abgesagten Termin vor zwei Jahren und dass die Premadonnys in laufende Ermittlungen verwickelt waren.

»Ach du liebe Zeit«, sagte er. »Jetzt verstehe ich, was du meinst. Aber abgesehen von Berufsethos und so weiter ist es besser, sich mit solchen Leuten nicht anzulegen.«

»Sind sie wirklich so einflussreich?«

»So ist die Stadt, in der wir leben, Alex. Du bist nicht hier aufgewachsen, stimmt's? Stammst du nicht irgendwo aus dem tiefen Osten – Nebraska oder Kansas oder so?«

»Missouri.«

»Kommt auf das Gleiche heraus. Tja, ich bin in Baja Beverly Hills geboren, mein Dad war Flugzeugingenieur. Auch damals war das Filmbusiness schon mächtig, aber es ging doch hauptsächlich um Raketen und Flugzeuge, um reale Menschen, die reale Produkte herstellten. Nicht um diese Gerüchtegroßküche, die diese Stadt heute ist. Viel Glück jedenfalls.«

»Er ist kein Genie, und sie schmeißt den Laden.«

»Nach dem, was man so hört, ist er annähernd retardiert – Entschuldigung, entwicklungsverzögert. Da muss sie sich schließlich um alles kümmern, oder?«

»Klingt, als wäre sie die ideale Politikerfrau.«

»Ha! Da ist er wieder, der beißende Witz, den wir so an Alexander mögen. An der Uni fand ich das immer toll, wenn du so was gesagt hast. Dann habe ich mich mit meiner eigenen sarkastischen Sicht der Dinge nicht mehr so allein gefühlt. Auch später im Krankenhaus war das noch so, Alex. Die haben uns wie Galeerensklaven schuften lassen, aber wir wussten, dass wir unsere Sache gut machten, und es war eine aufregende Zeit, oder? Wir wussten nie, was der nächste Tag bringen würde.«

»Das stimmt.«

»Wie das eine Mal, als wir zu Mittag essen wollten, daran erinnere ich mich noch, als wäre es gestern gewesen, da hatten wir endlich unsere Tabletts mit Thunfischsalat und Kaffee und wollten zehn Minuten Pause machen, da geht dein Pager los, und du machst dieses typische Gesicht und gehst sofort los. Als ich dich später getroffen habe, hast du mir erzählt, dass auf der Onkologie der Vater eines Patienten mit einer Waffe aufgetaucht ist und du eine Stunde lang auf ihn eingeredet hast.«

»Die gute alte Zeit«, sagte ich.

»Aber hallo. Vor allem weil ich deinen Thunfisch gegessen habe.« Er lachte. »Stell dir das mal vor – Psychiater wird gerufen, regelt die Sache, fertig. Heutzutage würde es eine Massenpanik geben, irgendeine Mordsintervention, weil das Notfallprotokoll es so vorschreibt, und am Ende würde wahrscheinlich auch noch jemand verletzt. Ich habe solche Sachen auch gemacht, solange ich dort gearbeitet habe, Alex. Kriseninterventionen, von denen nie jemand erfahren hat, schlichtweg, weil sie erfolgreich waren. Das *war* eine gute Zeit.«

»Absolut.«

»Aber jetzt zurück auf den Boden der Tatsachen, was? Ich liebe meinen R8. Wie viele Kilometer hat dein Caddy auf dem Buckel?«

»Beim dritten Motor habe ich aufgehört zu zählen.«

»Das ist schon nicht mehr Loyalität, das ist Hingabe. Freut mich für dich. Schön, dass du dich gemeldet hast, mein Freund, wir müssen unbedingt mal zusammen Mittag essen gehen.«

39

Ich durchstöberte im Internet ein paar Klatschseiten und die Links, die sie zu Prema Moon und/oder Donny Rader hergaben.

Bis vor vier, fünf Jahren waren die beiden ständig präsent gewesen, sie waren in Clubs aufgetaucht, bei Previews, Premieren, Benefizgalas und Shoppingtouren, sogar bei Staatsbesuchen. Die einzigen beiden Treffer aus den letzten beiden Jahren betrafen nur Prema allein, beide Male in L. A.: eine Tagung des World Affairs Council über Hunger in Afrika, ein Galadinner unter dem Motto »Nie wieder Hunger«, bei dem die Schauspielerin einen Preis verliehen bekam.

Es war an der Zeit, dass ich mich der Glitzerwelt erneut persönlich annäherte. Robin wischte ihre Werkbank. Aus dem Mülleimer ragten Schwämme mit Schellackpolitur. Die Flamencogitarre war zum Trocknen aufgehängt.

»Wunderschön.«

»In ein paar Tagen darfst du sie gern für mich ausprobieren.«

»Das nenn ich mal ein nettes Goody«, sagte ich. »Apropos Goody – hast du eigentlich immer noch Möglichkeiten, an Paparazzi heranzukommen?«

»Einige meiner Kunden schaffen das sicher spielend.«

»Würdest du einen für mich anrufen?«

»Immer noch den Stars auf den Fersen?«

Ich erzählte ihr, dass die Premadonnys buchstäblich von

einem Tag auf den anderen aus dem Rampenlicht verschwunden waren.

»Verkriechen sie sich vielleicht, weil sie schrullig geworden sind?«, mutmaßte sie. »Also gut, ich werde es bei Zenith versuchen. Er ist nicht mehr so groß im Geschäft, aber er bewegt sich immer noch im Dunstkreis der Superstars. Seine aktuelle Flamme ist die Schauspielerin aus dieser Arztserie, die hält ihren Busen immer gern in die Kamera.«

Zenith Streak alias James Baxter gab vor, von »dem ganzen Scheiß« keine Ahnung zu haben, und verwies Robin an seinen Werbeagenten, der sie an den persönlichen Manager eines Rockstars weiterempfahl. Nach drei weiteren Anrufen bekam sie die Nummer eines Paparazzos namens Ali, dem sie erst einmal Honig ums Maul schmierte, ehe sie das Telefon an mich weiterreichte.

Ich stellte mich vor.

»Hey, Mann, was geht?« Sein Akzent klang nach Nahem Osten.

»Von den Premadonnys ist in letzter Zeit nicht mehr viel zu sehen.«

Seine Stimme schraubte sich eine halbe Oktave höher. »Hey, kennst du die?«

»Nein. Ich frage mich nur, warum.«

»Oh Mann … warum willst du … die kotzen mich an.«

»Warum?«

»Was meinst du, Mann? Weil sie sich nicht zeigen, verstehen?«

»Keine Fotos mehr.«

»Brauch was zu beißen, Mann, die sind mein Futter. Wir lassen die doch voll in Ruhe, Mann, alles easy.«

»Sie haben also keine Idee, warum …«

»Die waren immer da, Mann. Pünktlich wie Uhrwerk. Wir kriegen Anruf, die stehen da, lächeln, winken, lächeln, winken. Wir drücken ab, ziehen durch, schicken die Fotos weg. Dann gibt's Asche.«

»Das ist also alles vorab arrangiert.«

»Hä?«

»Die Fotos sind abgesprochen.«

»Logisch, Mann, was denkst du?«

»Haben Sie mal Fotos von den Kindern gemacht?«

»Nein, nur von den beiden. Das ist scheiße, hast du eine Ahnung, was ein Baby einbringt?«

»Haben Sie eine Ahnung, warum sie nicht mehr anrufen?«

»Die spinnen.«

»Inwiefern?«

»Die spinnen, weil sie nicht anrufen. Aus dem Auge, aus dem Sinn. Und du, bist du bessere Hälfte von so einer Musikerin?«

»Genau.«

»Kennst du Katy?«

»Leider nein.«

»Taylor?«

»Nein …«

»Adam, Justin – vielleicht sogar Christina, das wär cool – oder Bono? Wenn du irgendeinen kennst, kriegst du einen Anteil.«

»Tut mir leid …«

»Du kennst überhaupt niemand?«

Ich entschied mich für eine philosophische Antwort. »Nicht wirklich.«

»Und tschüss.«

Robin sagte: »Entweder sie haben sich in ihren Bau verkrochen.« Ein schelmisches Lächeln erschien unvermittelt auf ihren Lippen. »Oder sie haben sich für ein Leben in Einfachheit entschieden.«

»Gemüse anbauen, hochbegabte Bio-Rindviecher halten. Wegen der Milch.«

»Nicht zu vergessen, die selbstgenähten Hanfklamotten.«

Wir lachten beide. Ich versuchte, so überzeugend wie möglich zu klingen.

Während ich im Atelier war, hatte Holly Ruche angerufen. Ich rief zurück. Wahrscheinlich, so vermutete ich, hatte sich ihre Euphorie nach einer Sitzung gelegt. Das kam häufig vor.

Doch als sie sich meldete, klang sie hochzufrieden. »Vielen Dank, Dr. Delaware, für Ihre erfolgreiche Arbeit.«

Ich war nicht sicher, was sie meinte. »Freut mich, dass alles gut läuft.«

»Es läuft alles bestens, Dr. Delaware. Matt redet. Ich meine, über das übliche ›Hallo, wie geht's‹ hinaus.«

»Das ist toll, Holly.«

»Ich musste ihm einfach mal *erklären*, dass mir wichtig ist, was er zu sagen hat. Seine Eltern haben ihm das Reden regelrecht abgewöhnt, sein Vater war der Meinung: ›Kinder soll man sehen, nicht hören.‹ Ist das zu fassen? Jedenfalls hab ich es getan. Ich habe es ihm gesagt. Daraufhin hat er sein Herz ausgeschüttet. Und ich auch, über meine Probleme. Er war überrascht, als ich erzählte, was ich meiner Mutter gegenüber empfinde. Aber das ist ganz logisch, denn ich habe nie über sie gesprochen, bis Sie mich auf den richtigen Weg gebracht haben. Matt hat ganz unvoreingenommen zugehört, voller Interesse. Und dann hat er mir mehr über seine Kindheit erzählt. Dann haben wir … also, jedenfalls haben wir irgendwie eine ganz neue Ebene erreicht. Ich habe das Gefühl, jetzt wirklich alles im Griff zu haben, meine Schwangerschaft und mein Leben.«

»Das ist fantastisch, Holly.«

»Ohne Sie hätte ich das nicht geschafft, Dr. Delaware.«

Ein Psychotherapeut soll sich von lobenden Patientenworten nicht beeinflussen lassen, schließlich geht es darum, sie zu heilen, und nicht um das eigene Ego.

Zum Henker damit, ich nehme, was ich kriegen kann. »Vielen Dank, dass Sie mir das sagen, Holly.«

»Klar«, erwiderte sie. »Haben Sie noch einen Moment Zeit?«

»Was gibt's?«

»Die Geschichte … mit dem … Baby. Ich nehme an, man hat noch nichts weiter herausgefunden? Ich habe nämlich von dem anderen kleinen Ding gelesen, und das hat mich so erschüttert, dass ich geweint habe, Dr. Delaware.«

»Tut mir leid, Holly, noch keine Fortschritte.«

»Ich kann mir vorstellen, dass so ein Fall schwer zu lösen ist. Es ist so lange her. Das wird Ihnen jetzt wahrscheinlich auch nicht weiterhelfen, aber diese Kiste – die blaue Metallkiste aus dem Krankenhaus? –, aus irgendeinem Grund ist sie mir nicht aus dem Sinn gegangen. Dass jemand ein Baby in so etwas packt.«

Ihre Stimme brach. »Das klingt bestimmt seltsam, aber ich habe im Internet nach solchen Kisten gesucht und tatsächlich welche gefunden. Auf einer Sammlerseite mit dem Namen OldStuff.net. Sogar von demselben Krankenhaus. Die Verkäuferin bezeichnet das Ding als Tresorkassette für Geld, sie hat mehrere davon, auch aus anderen Krankenhäusern. Ich habe sie angerufen, und sie hat mir erzählt, dass die damals solche Metallboxen benutzt haben, wenn sie Bargeld zur Bank gebracht haben. Irgendwann waren die Tresorfahrzeuge dann so sicher, dass man Säcke benutzen konnte.«

»Interessant.«

»Könnte das wichtig sein?«

»Jede Information ist wertvoll.«

»Schön. Dann war die Zeit, die ich im Internet verbracht habe, wenigstens nicht verschwendet.«

Ich suchte die Seite auf und fand die Kassette. Neue Erkenntnisse brachte mir das aber nicht ein.

Robin klopfte an meiner Bürotür. »Willst du noch länger arbeiten?«

»Nein, lass uns was Schönes machen.«

Sie sah auf den Bildschirm. Ich klärte sie auf.

»Ich habe Krankenhäuser nie als profitorientierte Unternehmen betrachtet«, sagte sie.

»Der Laden hier war eine Abtreibungsfabrik zu einer Zeit, als Abtreibungen Schwerverbrechen waren. Illegalität bedeutet hohe Gewinnspannen.«

Ich ging offline.

»Was Schönes machen klingt gut«, sagte sie wenig überzeugend.

Ich legte meinen Arm um sie. »Komm, das Leben ist kurz, lass es uns genießen. Wie wär's mit Musik?«

»Klingt gut.«

»Warte, ich schau mal, was der Catalina Jazz Club heute zu bieten hat … Hier. Jane Monheit.«

»Mag ich«, sagte sie. »Wenn es noch Karten gibt, sollten wir hingehen.«

Monheit sang wie ein Engel, ihre Musiker swingten, das Essen im Club war anständig, und ein paar großzügig eingeschenkte Chivas Regal rundeten den Abend ab.

Wir schwankten nach Hause und ins Bett, ich fiel für ungewöhnlich lange sieben Stunden in komatösen Schlaf und wachte mit Brummschädel auf, der sich alsbald mit Bildern und Erinnerungen füllte.

Als ich ins Arbeitszimmer kam, summte mein Handy, und mein Anrufbeantworter blinkte.

Mehrere Anrufe, gleich hintereinander. Ich drückte auf Play.

Milos Stimme sagte: »Ich habe Wedd gefunden.«

40

Melvin Jaron Wedd war auf dem Beifahrersitz seines aufgemotzten schwarzen Ford Explorer gefunden worden, mit einer Schusswunde an der linken Schläfe. Das Einschussloch sprach für eine großkalibrige Waffe, die Schmauchspuren auf der Haut für einen Schuss aus nächster Nähe, wenn auch ohne direkten Kontakt.

Gehirnmasse war auf die Rückbank gespritzt. Zwischen seinen Knien lag eine Plastiktüte mit Gras. Neben seinem linken Fuß schimmerte eine gläserne Wasserpfeife. Durch die Wucht des Schusses war er in sich zusammengesunken und verharrte in einer sonderbar gekrümmten Haltung, die im Leben äußerst unbequem gewesen wäre.

Sein Mund stand auf, die Augen waren geschlossen, sein Darm hatte sich entleert. Fäulnisgrad und Insekten deuteten darauf hin, dass er schon mehrere Tage tot war.

Gloria von der Gerichtsmedizin war mit Gesichtsmaske und Handschuhen dabei, seine Taschen zu durchsuchen. Seine Brieftasche, Führerschein, Kreditkarten und achtzig Dollar waren bislang aufgetaucht. Doch Milo wusste auch so, wer das Opfer war. Kurz nach sechs Uhr morgens hatte er eine E-Mail erhalten, der zufolge Wedds zur Fahndung ausgeschriebener Explorer aufgetaucht war. Zu dem Zeitpunkt war er schon eine Stunde lang im Büro und online gewesen und hatte »so gut wie nichts gefrühstückt«.

Das Blut im Wagen verriet, dass die Tat dort stattgefunden hatte. Der SUV stand hinter einer Baustelle östlich vom

Laurel Canyon Boulevard, einhundertzwanzig Meter eine ruhige Seitenstraße entlang, nördlich vom San Fernando Valley. Es war eine nette Wohngegend in den Hollywood Hills; vor einiger Zeit hatte Milo einen Fall hier bearbeitet, eine Kindergärtnerin, die in einer Badewanne voller Trockeneis gefunden worden war.

Der Rohbau ließ ahnen, dass hier ein großes, kunstvolles Haus errichtet werden sollte. Das verwitterte Holz und die verrosteten Nägel allerdings deuteten darauf hin, dass das Objekt schon eine Weile brachlag. Im hinteren Teil des Grundstücks ragten alte Eukalyptusbäume auf, die schon lange nicht mehr beschnitten worden waren; Äste reichten bis zum Boden und zogen sich zerfurcht und grün wie riesige Raupen über den Boden. Das Laub hatte den Explorer verborgen; doch wäre jemand zum Arbeiten hier gewesen, hätte er den Wagen zwangsläufig entdeckt.

»Eine Zwangsversteigerung?«, fragte ich.

»Ja, letztes Jahr«, antwortete Milo. »Der Mann, der die Leiche gefunden hat, sieht sich nach Immobilien um, die in Bankbesitz sind. Die ursprünglichen Eigentümer sind ein nettes älteres Pärchen aus Denver, die hierhergezogen sind, um in der Nähe ihrer Enkel zu sein. Sie wollten ihr Traumhaus bauen, mussten dann aber ihr Reinigungsgeschäft aufgeben, weil sie die Steuern nicht mehr bezahlen konnten. Ich habe die Kollegen in Denver gebeten, die beiden zu befragen. Sie haben noch nie von Wedd gehört und scheinen blütenweiße Westen zu haben. Das war's dann wohl mit meinem Adriana-Fall, denn der gute alte Melvin wird uns nichts mehr erzählen können.«

Gloria rief Milos Namen. Wir gingen zur ihr, blieben aber in gebührendem Abstand stehen, um den herüberwehenden Fäulnisschwaden zu entgehen.

»Das war in seiner Jackentasche, Milo. Obere Innenseite.«

Sie hielt ein Streichholzbriefchen hoch. Es war weiß und hatte keine Aufschrift, so wie man sie bekommt, wenn man im Schnapsladen Zigaretten kauft.

»Er hatte anscheinend eine Quelle für sein Dope«, sagte Milo.

Gloria öffnete das Briefchen, das nur die Reste von abgebrochenen Hölzern enthielt. Auf der Innenseite des Deckels stand etwas geschrieben, winzig, eng, mit blauem Kugelschreiber.

Milo setzte seine Lesebrille auf, streifte Handschuhe über und nahm das Briefchen.

Ich sah ihm über die Schulter.

Das ist Schuld.

»Darf ich ein bisschen spekulieren?«, fragte Gloria.

»Sicher.«

»Wenn wir eine Waffe vorgefunden hätten, hätte ich das hier für eine Abschiedsbotschaft gehalten. Da es jedoch eindeutig Mord ist, war entweder das Opfer auf Rache aus und hat es selbst geschrieben, oder jemand anders war der Ansicht, der Mann hier müsse für etwas bezahlen.«

»Haben Sie die anderen Taschen schon durchsucht?«

»Zweimal. Ich habe sogar seine Unterwäsche überprüft.« Sie rümpfte die Nase. »Aber mein Engagement geht nur bis zu einem gewissen Punkt. Irgendwelche Ideen, worin die Schuld von Mr Wedd bestehen könnte?«

»Bislang hatte ich mehrere, aber jetzt?« Milo schüttelte den Kopf. »Sonst noch was?«

»Der Fahrersitz war auf Wedds Größe eingestellt, das bedeutet entweder, dass er selbst gefahren ist und dann auf die Beifahrerseite gewechselt hat oder dass der Täter etwa so groß ist wie er. Ich nehme an, das Dope und die Shisha sollen eine Kifferparty andeuten. Aber nachdem es weder im Briefchen noch sonst irgendwo Streichhölzer gibt und außerdem weder Asche noch sonstige Rückstände zu finden sind …«

»Sie denken, das Ganze war inszeniert?«

»Das – oder die Party wurde unterbrochen, bevor es richtig losgehen konnte«, sagte Gloria. »War Wedd denn in der Szene unterwegs?«

»Nicht dass ich wüsste. Aber ich weiß sowieso nur, dass ich nichts weiß.«

Milo trat aus der übelriechenden Wolke heraus. Gloria und ich folgten. Sie sagte: »Ich sehe zu, dass ich möglichst rasch DNA von Tüte und Shisha bekomme, um zu überprüfen, ob da noch jemand Spuren hinterlassen hat. Vom Wagen hat die Spurensicherung schon Fingerabdrücke genommen, die sind schon auf dem Weg ins Labor. Vielleicht haben Sie ja Glück.«

»Das ist mein zweiter Vorname«, erwiderte Milo.

»Glück?«

»Nein. Vielleicht.«

Ein Abschleppwagen kam, um den SUV abzutransportieren. Nachbarn waren zusammengelaufen, und die Uniformierten verscheuchten sie mit wie immer ausdruckslosen Mienen, ohne einen Gedanken an ein paar beschwichtigende Worte zu verschwenden.

Milo sah zu, wie der große weiße Sack mit der Leiche weggeschoben wurde. »Melvin, Melvin, Melvin, jetzt bist du also auch zum Opfer geworden.« An mich gewandt fuhr er fort: »Bei all den Frauen, die bei ihm ein und aus gegangen sind, könnte es haufenweise eifersüchtige Ehemänner geben.« Zu dem Sack: »Besten Dank auch für deinen ausschweifenden Lebensstil, Kumpel.«

»Kannst du dir vorstellen, dass Wedd mit einem erbosten Ehemann in ein Auto steigt? Ihn vielleicht sogar ans Steuer lässt?«

»Wenn derjenige bewaffnet ist? Natürlich. Oder der Täter ist eine Verflossene. Wie schon der gute alte William Congreve wusste: Die Hölle ist nichts gegen den Zorn einer Frau und so weiter.«

»Die Dame muss ziemlich groß gewesen sein.«

»Solche gibt es jede Menge in Südkalifornien … sag mal, die Eifersuchtsvariante gefällt dir anscheinend nicht, was?«

»Es ist ein beliebtes Motiv.«

»Aber du hast eine andere Idee.«

Ich erzählte ihm von meinem wachsenden Verdacht gegenüber den Premadonnys, wobei ich den Gedanken an ein gewalttätiges Kind nicht erwähnte.

»Das Spukhaus vom Coldwater Canyon?«, sagte er. »Was wäre denn ein Motiv, um zwei, vielleicht sogar drei Hausangestellte um die Ecke zu bringen, Alex? Missbrauchen die ihre Kinder und müssen das Personal zum Schweigen bringen?«

»So ausgedrückt klingt es ziemlich schwach.«

»Nein, nein, ich nehme alles ernst, was dein produktiver Geist hervorbringt, es kam nur falsch rüber. Lass mich einen Augenblick nachdenken: Sie wollten zu dir, weil sie ihre Kinder abschotten. Vielleicht hatten sie irgendwann genug von dem Getue und sagten sich, pfeif drauf.«

»Könnte sein.«

»Aber.«

»Kein Aber.«

Er kniff die Haut an seiner Nasenwurzel zusammen, sodass sich die Falte, die Alter und Zeit dort eingegraben hatten, zusätzlich vertiefte. »Solche Verdächtigen. Muss das sein? Gott, hoffentlich irrst du dich.«

»Vergiss, was ich gesagt habe.«

Sein Handy schnarrte Tschaikowski. Er sagte: »Okay, danke«, und schob das Telefon wieder in die Hosentasche.

»Es sind Abdrücke von zwei Personen im Wagen, Wedd und ein Unbekannter, der nicht in der AFIS-Datenbank ist. Die vom Unbekannten sind auf der Fahrerseite der Mittelkonsole, die von Wedd am Hecktürgriff und im Kofferraum. Mir sagt das, dass unsere Filmstars nichts damit zu tun haben.«

»Wieso nicht?«

»Ein Hollywood-Promi, der sein Personal fährt? Ich denke eher, wir haben es mit irgendeinem Ganoven zu tun, dem Wedd auf die Füße getreten ist. Nicht, dass das etwas daran ändern würde, dass es um Adriana und das Baby täglich stiller wird.«

Er ließ mich stehen und steuerte auf den SUV zu, hielt inne und kam zurück. »Der abgesagte Termin damals, hat der Anrufer irgendwas angedeutet, welche Art von Problem sie mit dem Kind hatten?«

»Er hat noch nicht einmal sagen wollen, um welches Kind es sich handelt.«

»Okay, sie sind sonderbar verschwiegen. Vielleicht sind sie auch schlechte Eltern, das wäre kein Wunder bei dem vielen Geld. Aber von da zu meinen Morden ist es immer noch ein weiter Weg. Auf der anderen Seite habe ich Qeesha, die nachweislich kriminell und wahrscheinlich eine Mörderin ist. Ich habe Wedd, der sich durch Versicherungsbetrug hervorgetan hat, und ich habe Adriana, die möglicherweise ein geheimes Leben hatte. Wer weiß, was da rauskommt, wenn man die alle in einem Topf kocht.«

»Gangstereintopf.«

»Du glaubst, ich verdränge. Zur Hölle, ja, klar tu ich das. Aber sagst du nicht immer, verdrängen kann nützlich sein?«

»Ich liebe es, zitiert zu werden.«

»Hey«, sagte er, »entweder du oder die Bibel, und im Moment ist mir nicht danach, die Heilige Schrift zu bemühen. Komm, ich bring dich zu deinem Wagen.«

41

Angst und Zwanghaftigkeit können belastend sein. Ich bin aber auch der Meinung, dass sie evolutionstechnisch gesehen äußerst nützlich waren.

Man stelle sich Höhlenmenschen vor, umgeben von Raubtieren. Uug, der nervös ist und die anderen mit seiner Vorsicht zur Weißglut bringt, schläft unruhig, weil er ständig brüllende Kreaturen im Kopf hat, die ihn auffressen wollen. Immer wieder wacht er mit trockenem Mund und klopfendem Herzen auf.

Der lockere Muug dagegen versinkt in süße Träume. Eines Morgens wacht er leider nicht mehr auf, weil irgendein Karnivore sein Herz zu Hackfleisch zernagt und sich seine übrigen Innereien als frisch dampfenden Nachtisch einverleibt hat.

Überentwickelte Wahrnehmung ist Fluch und Segen gleichermaßen; mich hat sie veranlasst, einer Familiensituation zu entfliehen, die mich zunehmend zerstört und am Ende vielleicht sogar vernichtet hätte. Seither hat mir meine Vorsicht mehr als einmal das Leben gerettet.

Dafür bin ich gern bereit, ein Stück Gelassenheit zu opfern.

Milo hatte recht; Verdrängung konnte der richtige Weg sein, aber heute Morgen war mir nicht danach. Ich konnte es kaum erwarten, nach Hause kommen und weiterzuforschen.

Eine Stunde am Computer führte zu zwei Stunden am

Telefon. Meine Masche wurde mit jedem Mal besser, erwies sich aber trotzdem als erfolglos. Erst als ich die Strategie änderte, klappte plötzlich alles.

Um vier Uhr nachmittags stand ich in einem stahlgrauen italienischen Anzug, offenem weißen Hemd und braunen Schuhen in Beverly Hills an der südwestlichen Ecke der Kreuzung Linden Drive und Wilshire Boulevard.

Auf diesem belebten Abschnitt der Straße war es einfach, in der Menge nicht aufzufallen, während ich langsam zwischen zwei Querstraßen auf und ab ging und so tat, als würde ich Schaufenster betrachten.

Mein Seville stand auf einem der städtischen Parkplätze von Beverly Hills, die zwei Stunden lang kostenlos waren, damit die Konsumenten unbeschwert shoppen und essen gehen konnten.

Ich hatte nicht vor, etwas zu kaufen. Ich wollte etwas verkaufen – oder eintauschen, je nachdem, wie die Sache lief.

Apex Management hatte seinen Sitz in einem dreistöckigen Gebäude aus den Vierzigerjahren, das aussah, als hätte es einmal Arztpraxen beherbergt. Ein paar Monate zuvor hatte ich gelesen, dass der Stadtrat von Beverly Hills plante, gegen solche Ärztehäuser vorzugehen, weil sie Massen von – Überraschung! – kranken Leuten anzogen, die alle Parkplätze besetzten, aber im Gegensatz zu Touristen kein Geld ausgaben.

Showbiz-Peripherie wie Apex dagegen trieb die Rechnungen in umliegenden In-Restaurants in die Höhe und zog Publikumslieblinge und Paparazzi an, und bekanntlich ist jede Form von Publicity gute Publicity.

Ich betrachtete gerade eine Kollektion irrsinnig teurer Kaschmirpullover und sinnierte darüber, ob die Ziegen, die dafür Haare gelassen hatten, jetzt frieren mussten, als die geschnitzten Eichentüren des Apex-Gebäudes zum ersten Mal aufschwangen.

Drei Männer zwischen zwanzig und vierzig, dann vier weitere, alle genau wie ich in italienischen Anzügen und weißen Hemden mit offenem Kragen. Die Uniform der Hollywood-Zuarbeiter.

Als Nächstes erschienen ein Mann und zwei Frauen in maßgeschneiderten Anzügen, gefolgt von zwei jüngeren Frauen, die im gleichen Stil, wenn auch weniger exklusiv gekleidet waren. Die beiden ließen achtlos die Tür zufallen, obwohl noch jemand hinter ihnen war – ein müde wirkender älterer Mann in einem grünen Hausmeisterkittel.

Drei Minuten später kam mein Opfer in Sicht.

Er war groß, Ende zwanzig, mit einem dichten Schopf blondgesträhnter hellbrauner Haare und trug eine schwarzumrandete Nerdbrille, die zu breit für sein käsiges, knochiges Gesicht war. Auf den Fotos von der Firmenweihnachtsfeier hatte er ein Drahtgestell auf der Nase gehabt.

Er war außerdem immer ein bisschen abseits seiner Kollegen gestanden, was in mir die Hoffnung keimen ließ, dass er ein Einzelgänger war.

Diese Hoffnung schien sich zu erfüllen: Er war auch jetzt allein und sah erschöpft und geistesabwesend aus.

Die perfekte Beute.

Ich sah zu, wie er nervös stehen blieb. Er trug einen schwarzen Anzug mit rosa Nadelstreifen und schmalem Revers, auf Figur geschnitten, bei näherem Hinsehen ein Modell von der Stange, bei dem mindestens so viel geklebt wie genäht war. Das Gehalt eines Assistenten aus der zweiten Reihe erlaubte keinen edlen Zwirn.

Während ich mich ihm näherte, fiel mir auf, dass von einer Kragenspitze ein Faden weghing. *Ts ts.*

Obwohl ich direkt auf ihn zuging, bemerkte er mich nicht, weil er zu Boden blickte. Als mein Schatten in sein Blickfeld kam, hob er den Kopf, zuckte zusammen und versuchte, sich an mir vorbeizuschieben.

Ich stellte mich vor ihn. »Kevin?«

»Kenne ich Sie?«

»Nein, aber Sie kennen die Firma JayMar Laborzubehör.«

»Hm?«

Ich hielt meinen Beraterausweis vom Los Angeles Police Department neben meine Wange, gerade so hoch, dass er mit Mühe ablesen konnte, was ich nicht mit dem Daumen abdeckte.

Das eindrucksvolle Logo der Kriminalabteilung war zu sehen, mein Name und der verschwommene Titel nicht.

»Polizei?«

»Kann ich Sie einen Augenblick sprechen?«

Ihm sank der Unterkiefer, und hinter ihm öffnete sich die Eichentür, um noch mehr Anzugträger und -trägerinnen zu entlassen, die beschwingt auf uns zukamen und dabei laut lachten.

Jemand sagte: »Hallo, Kev.«

Das Opfer winkte.

»Ich kann denen auch meine Marke zeigen«, sagte ich.

Sein Kiefer verspannte sich. »Bitte nicht.«

»Ganz wie Sie wünschen, Kev.« Ich ging zum Wilshire Boulevard mit seinen Kaschmirpullovern zurück und tat, als würde ich mein Smartphone beobachten, während ich in Wahrheit Kevin nicht aus den Augen ließ.

Die Kollegen umringten ihn. Eine Frau sagte etwas und deutete auf die andere Straßenseite. Kevin lächelte gequält und schüttelte den Kopf. Das Grüppchen zog fröhlich plaudernd weiter. Sie überquerten die Straße und gingen auf ein Restaurant im Parterre eines schwarz verglasten Bürogebäudes zu.

El Bandito Grill.

Ein Banner verkündete: *Happy Hour.* Drei Ausrufezeichen.

Nicht für Kevin Dubinsky.

Während ich auf ihn wartete, trat er sich mit einer Schuhspitze in die andere Hacke und überlegte offenbar, ob er andere Optionen hatte. Als ihm keine einfiel, nahm er seine Brille ab und ließ sie an seiner Seite schwingen, während er auf langen Steckenbeinen zu mir herüberbalancierte.

In Hörweite angekommen murmelte er: »Also, was ist?«

»Wie wär's, wenn wir ein Stück gehen, während wir uns unterhalten?«

»Unterhalten? Worüber?«

»Wir können auch hier stehen bleiben und reden, Kevin.« Ich zog die Kopie des Bestellformulars heraus: JayMar Laborzubehör, Chula Vista, Kalifornien. Fünfhundert Speckkäfer und ein Satz Chirurgenbesteck inklusive Knochensäge, erworben vier Monate zuvor.

Ich hatte eine Weile gebraucht, um so weit zu kommen. Immer wieder hatte ich vergeblich versucht, telefonisch diese Bestellung zu erneuern und mich dabei auf die Adresse am Coldwater Canyon berufen.

Doch niemand wusste, wovon ich redete. Dann wurde mir irgendwann klar, dass ich großen Mist gebaut hatte. Solche Leute erledigten Dinge dieser Art nicht selbst. Nachdem ich beim siebten Versuch die Postadresse von Apex Management angegeben hatte – ein Lagerhaus in Culver City –, bekam ich postwendend ein sauberes Fax der ersten Bestellung.

Als »Käufer« war Kevin Dubinsky eingetragen.

Facebook und LinkedIn lieferten mir alles, was ich über ihn wissen musste. Ein Hoch aufs Internet.

Er wandte den Blick von dem Blatt ab. »Na und? Das ist mein Job.«

»Stimmt genau, Kev. Über Ihren Job werden wir jetzt reden.«

»Warum?«

»Kaufen Sie regelmäßig fleischfressende Insekten und Skalpelle?«

»Ich dachte, das wäre …« Er schwieg.

»Was?«

»Nichts.« Ein kurzes bitteres Lächeln. »Ich werde nicht fürs Denken bezahlt.«

»Werden Sie dafür bezahlt, nicht zu denken?«

Keine Antwort.

»Sie sollten in Ihrer Jobwahl vielleicht andere Prioritäten setzen, Kev.«

»Gibt's ein Problem?«

»Nur wenn Sie nicht kooperieren.«

»Wobei?«

»Ich stelle die Fragen.«

»Ist was Schlimmes passiert?«

»Ich komme nicht vorbei, um über Falschparken zu reden, Kev.«

»Oh Scheiße, was ist los?«

»Wie gesagt, Kev, je weniger Sie wissen, umso besser.«

»Scheiße.« Er fuhr sich mit der Zunge über die Lippen und marschierte in östlicher Richtung los. Dank all der Jahre mit Milo konnte ich gut mit seinen langen Schritten mithalten.

»Erzählen Sie«, forderte ich ihn auf.

»Ich erinnere mich nicht an Einzelheiten.«

»Sie kaufen, was man Ihnen aufträgt; gehört alles zum Job, was?«

»Das ist der Job. Fertig.«

»Servicemitarbeiter.«

»Ja, total hohl, ich weiß. Aber von irgendwas muss ich leben.«

»Sie bekommen also einen Anruf…«

»Nein, das geht immer per E-Mail.«

»Bestellen Sie mir Käfer.«

»Ich bestelle alle möglichen Dinge. Dafür werde ich bezahlt.«

»Erledigen Sie alle Einkäufe für die Premadonnys?«

»Nein, nur…« Kopfschütteln.

»Nur die, bei denen ihr Name nicht auftauchen soll?«

Schweigen. Falsch getippt. Ich würde später noch mal auf die Frage zurückkommen.

»Also, wie oft haben Sie Käfer und Messer bestellt?«

»Nur einmal.«

»Fanden Sie das nicht seltsam?«

»Sich wundern kostet Zeit.«

»So viel zu tun?«, sagte ich. »Die halten Sie ganz schön in Trab.«

»Wie gesagt, ich muss von etwas leben.«

»Geht uns das nicht allen so?«

Er blieb stehen. »Sie kapieren das nicht. Ich stelle keine Fragen, und ich darf auch keine Fragen beantworten.«

»Fragen zu…«

»Gar keine. Überhaupt nie. Das ist Gebot Nummer eins. Nummer zwei bis zehn haben den gleichen Inhalt.«

»Das klingt, als hätte Ihr Chef Ihnen das eingetrichtert.«

Keine Antwort.

»Privatsphäre ist den Premadonnys heilig«, sagte ich.

»Sie sind doch alle so.«

»Die Stars?«

»Wenn Sie sie so nennen wollen.«

»Wie nennen Sie sie denn?«

»Die Götter.« Seine Mundwinkel krümmten sich nach unten zu einem verächtlichen Schnauben. Die gleiche Klangfarbe hatte ich in Len Coates' Stimme gehört.

Eine Steilvorlage für mich.

»Witzig, nicht wahr, man sollte meinen, sie wollen nichts anderes als Aufmerksamkeit.«

»Schon, aber nach ihren Regeln.« Er atmete langsam ein. »Jetzt bin ich erledigt. Ich habe schon viel zu viel gesagt.«

»Servicemitarbeiter. Das kann alles bedeuten.«

Kevin Dubinsky stieß einen hohen rauen Laut aus, der auch im Entferntesten nichts mit Lachen zu tun hatte. »Es bedeutet Scheißknecht. Haben Sie eine Ahnung, was die mir bezahlen?«

»Nicht viel, nehme ich an.«

»Noch viel weniger.« Er lachte.

Ich widerstand der Versuchung, ihm den losen Faden vom Kragen zu zupfen. »So läuft das im Filmbusiness. Die Götter thronen auf dem Olymp, die Irdischen müssen katzbuckeln.«

»So sieht's aus.«

»Es lohnt sich also gar nicht, sich für die zu opfern, Kevin.«

»Ich muss von irgendwas leben, Mann.«

»Ich bin verschwiegen. Erzählen Sie mir von Ihrem Job.«

»Was soll ich da erzählen? Ich bestelle Sachen.«

Zeit, um auf meine frühere Frage zurückzukommen, der er ausgewichen war. »Aber nicht für alle auf dem Anwesen.«

Er nagte an seiner Lippe.

»Wir finden es sowieso irgendwann heraus, Kevin, machen Sie sich nicht das Leben schwer.«

»Bitte. Ich kann Ihnen nicht helfen.«

»Für wen haben Sie das Zeug gekauft?«

Schweigen.

»Vielleicht sollten wir annehmen, dass Sie es für sich gekauft haben, da würde es dann erst wirklich interessant.«

»Für sie, okay? Ich kaufe nur für sie ein. Er hat seinen eigenen Sklaven.«

»Wer ist das?«

»Woher soll ich das wissen? Ich tue nur, was man mir sagt.«

»Sie kaufen Sachen, wenn sie nicht will, dass ihr Name auftaucht.«

»Ich kaufe für sie ein, weil sie es sich nicht leisten kann, ein ganz normaler Mensch zu sein.« Lachend klopfte er sich auf die Hosentasche. »Ich habe eine American Express Centurion – die Black Card –, nur für ihre Shoppingorgien. Ich tue jeden Tag als ob.«

»Muss spannend sein.«

»Ist aber scheiße.«

»Langweilige Sachen?«

»Langweilig, aber teuer.« Er tat so, als würde er auf seinen Finger brechen.

»Sie kaufen ein, die Sachen werden nach Culver City geschickt, und die Belege dazu werden irgendwo anders abgelegt, sodass niemand nachvollziehen kann, was sie so treibt.«

»Vielleicht ist das auch ein Grund«, sagte er. »Ich dachte immer, sie dürften auf gar keinen Fall irgendwas selbst erledigen.«

»Kümmern Sie sich auch um Lebensmittel und solche Dinge?«

»Nein, das macht ihr Personal auf dem Anwesen.«

»Was kaufen Sie denn?«

»›Spezielle Dinge.‹«

»Zum Beispiel?«

»Alles, worauf sie Lust hat.«

Wir gingen einen halben Block weit, bis er wieder stehen blieb und mich zu einem Schaufenster zog. Die Puppen hinter der Scheibe hätte man aufblasen müssen, damit sie zumindest magersüchtig gewirkt hätten. Sie waren in schwarze Kreppgewänder gehüllt, die als Mäntel durchgehen konnten. Ihre glatten weißen Gesichter zeigten Trauer. Es geht doch nichts über eine schöne Beerdigungsszene, wenn man etwas verkaufen will.

»Ich erzähle Ihnen jetzt etwas, damit Sie verstehen, okay?«, sagte er. »Einmal – ich war nicht dabei, ich habe die Geschichte auch nur erzählt bekommen –, da haben sie tatsächlich alles so hergerichtet, dass sie wie ein ganz normaler Mensch zum Tanken fahren konnte. Sie haben eine Tankstelle in Brentwood ausgesucht, Apex hat den Laden für einen Tag gemietet und mit diesem Silberpapier abgeschirmt, das Fotografen benutzen. Sie haben ihr ein fremdes Auto besorgt, irgendeine Allerweltskarre, und sie tat dann so, als würde sie tanken.«

»Für eine dieser Fotostrecken von *Stars – They're just like us?*«

Wieder verzog er verächtlich das Gesicht. »Sie hat fünf Takes gebraucht, bis sie kapiert hat, wie man das Benzin in den Tank füllt. Sie hatte keinen blassen Schimmer.«

»Irreal.«

»Ihr ganzes Leben ist irreal, Mann. Also, wofür hat sie die Käfer gebraucht?«

Ich lächelte.

»Okay, ich hab's kapiert, Klappe halten und mitspielen.«

»Werden Ihre Einkäufe kontrolliert?«

»Einmal im Monat kommt ein Arschloch aus der Buchhaltung vorbei und sieht alles durch. Ein Bleistift, der nicht nachvollziehbar ist, und du bist im Arsch. In der Box neben mir hat eine Kollegin gearbeitet, die für – ich darf nicht sagen, wen – eingekauft hat; ist wegen einem Nagellack geflogen.«

»Das ist das Letzte. Was war denn das Teuerste, was Sie je für sie gekauft haben?«

»Das ist einfach«, sagte er. »Das war letztes Jahr, eine Beteiligung an einer Gulfstream V. Siebenstellig, plus stolze laufende monatliche Unkosten. Sie benutzt das Ding nie.«

Ich pfiff durch die Zähne.

»Das ist es, was ich meine. Dinge tun, die niemand anders tun kann, nur um zu zeigen, dass man Gott ist. Eines Tages werde ich mir eine richtige Arbeit suchen.«

»Wie lange sind Sie schon bei Apex?«

»Etwas über drei Jahre«, antwortete er. »Angefangen habe ich als Botendepp. Umschläge von einem blöden Chef zum anderen tragen, Mittagessen besorgen, solchen Mist. Als ich mich beworben habe, dachte ich, es wäre nur vorübergehend, bis ich genug gespart hätte, um weiterstudieren zu können.«

»Was war denn Ihr Fach?«

»Was meinen Sie?«

»Schauspiel?«

Er grinste. »Die haben Ihnen gut beigebracht, Menschen einzuschätzen. Ja, ich bin wie so viele andere Idioten nach L. A. gekommen und dachte, weil ich im Highschool-Theater in *Die Katze auf dem heißen Blechdach* gespielt habe und mein Schauspiellehrer mich toll fand, könnte ich auch … in den Olymp.« Er schüttelte den Kopf. »Meine Bude ist ein Loch in Reseda, ich komme kaum über die Runden, und jetzt habe ich auch noch die Cops am Hals. Vielleicht ist es Zeit, etwas Vernünftiges zu lernen. So was wie Immobilienhandel. Oder Online-Poker.«

Er streckte die Hand nach meinem Arm aus, zog sie aber

zurück, ehe er ihn berührte. »Bitte, bringen Sie mich nicht in Schwierigkeiten. Ich habe nur getan, was man mir gesagt hat.«

»Wenn das stimmt, können Sie auch nicht belangt werden, Kevin.«

»Ich meine ja nicht Schwierigkeiten mit der Polizei. Ich meine die Arbeit. Gebot Nummer eins.«

»Ich werde alles tun, um Sie herauszuhalten.«

»So wie Sie das sagen, bekomme ich Angst.«

»Warum?«

»Das könnte alles bedeuten.«

»Es bedeutet nur, dass wir einander brauchen, Kev.«

»Wie?«

»Sie wollen nicht, dass ich Sie ins Spiel bringe, und meine Chefs wollen nicht, dass Sie etwas von dieser Unterredung verlauten lassen, weil wir uns in laufenden Ermittlungen befinden.«

»Alles klar, ich werde kein Wort sagen.«

»Dann sind wir uns einig.«

Ich hielt ihm die Hand hin, und er schlug ein. Seine Handfläche war verschwitzt.

»Danke, dass Sie mit mir gesprochen haben, Kev.«

»Glauben Sie mir, ich kann schweigen wie ein Grab. Aber darf ich Sie noch was fragen? Nur so aus Neugier?«

»Was?«

»Hat sie mit dem Kram was Schlimmes angestellt? Ich dachte, es wäre für die Kinder, für irgendein Schulprojekt, wissen Sie? Sie kauft dauernd Zeug für die Kinder.«

»Schon mal was vom Lacey Act gehört?«

»Nein, was ist das?«

»Ein Gesetz zum Schutz bedrohter Arten.«

»Das ist es? Die blöden Käfer waren illegal?«

»Unter Artenschutz.« Ich fuhr mit den Fingern über

meine Lippen. »Nicht weitersagen. Einen schönen Tag noch, Kevin.«

»Ich werde mich bemühen«, sagte er. »Wird nicht einfach, aber ich werd's versuchen.«

42

Am nächsten Morgen zog ich Jogginghose und T-Shirt an, schlüpfte in meine Laufschuhe und zog eine Dodgers-Kappe auf. Als ich um acht Uhr das Haus verlassen wollte, sprang Blanche lächelnd an mir hoch, weil sie dachte, es ginge um ihren Morgenspaziergang.

»Tut mir leid, Süße«, sagte ich und gab ihr zum Trost einen Streifen Speck, den sie traurig betrachtete, ehe sie ihn vorsichtig anknabberte. Dann trug ich sie zu Robin ins Atelier und verließ das Haus.

Ich fuhr den Beverly Glen Boulevard hoch, bog rechts in den Mulholland Drive ein, passierte die Feuerwache am Benedict Canyon Drive und hielt einmal an, um einen großen Ast aufzuheben, der von einer alten Platane gefallen war. Malerische, taubedeckte Hügellandschaften zogen vorbei, bis ich die Kreuzung am Coldwater Canyon erreichte, nur ein paar Hundert Meter südlich der Privatstraße, die zum Anwesen der Premadonnys führte.

Ich fuhr zwei Meilen Richtung Norden an dem Grundstück vorbei, fand eine Abzweigung, an der man eigentlich nicht parken durfte, und ließ mein Auto dort stehen. Den Stock in der Hand machte ich mich zu Fuß auf den Weg Richtung Süden.

Krähen krächzten, Eichhörnchen zeterten, alle möglichen Tierlaute waren zu hören. Man musste nur einmal darauf achten. Ich entdeckte ein Reh, das am vertrockneten Gras zupfte und dann wegsprang, in Richtung einer Wohnanlage, die viel zu viel von der Landschaft verdeckte, und schließlich die verdorrten Überreste einer prachtvollen rot-gelb gestreiften Königsnatter. Der Größe nach zu urteilen ein junges Tier, doch es waren keine Spuren von Gewalt an dem kleinen Reptil zu sehen. Manchmal stirbt etwas auch einfach so eines natürlichen Todes.

Ich benutzte meinen Ast als Wanderstock, weil ich hoffte, damit wie ein Routinier auszusehen. Es war ein schöner Tag für eine kleine Wanderung, störend waren nur die Fahrzeuge, die mir entgegenrasten, am Steuer Idioten, die SMS schrieben oder ins Telefon plärrten, einer rasierte sich sogar, und die Fußgänger entweder für Freiwild oder Trugbilder hielten. Ich musste mich mehrmals gegen die Böschung drücken, um nicht plattgemacht zu werden.

In gleichmäßigem Tempo schritt ich voran und stach im Rhythmus dazu meinen Stock in den Boden, als wäre ich tief in mein Wandern versunken. In Los Angeles war so etwas verrückt. Doch Verrückte werden in dieser Stadt am wenigsten wahrgenommen.

Am Ziel angekommen suchte ich mir auf der gegenüberliegenden Straßenseite eine Stelle im Schutz der Bäume und betrachtete die Einfahrt zum Grundstück, die von einem drei Meter hohen elektrischen Tor verschlossen war. Ein Schild verbot unerlaubtes Eintreten. Die Straße zum Tor, die im Schatten von Lorbeerbäumen und wild wuchernden Birkenfeigen lag, war einspurig und gehörte dringend frisch asphaltiert. Aus dem Gestrüpp leuchtete ein Stück Abfall, ein Becherdeckel, hervor. Alles sah abgeschieden, aber ein bisschen schäbig aus. Kein Hinweis, dass sich hier der Buckinghampalast der Westküste verbarg.

Ich ging weiter und sah mich nach Polizei um, aber es war niemand zu sehen. Vielleicht war Milo noch nicht dazu gekommen, die Überwachung zu organisieren.

Seit wir uns an Melvin Wedds Tatort getroffen hatten, hatte ich nichts mehr von ihm gehört. Vermutlich durchsuchte er Wedds Wohnung, machte die nächsten Angehörigen ausfindig – das Übliche.

Wenn er mit Wedds Familie sprach, würde er geschickt versuchen müssen, unter dem Mantel tröstender Worte unauffällig etwas über den Toten zu erfahren, der sowohl Opfer als auch mutmaßlicher Täter sein konnte. Milo war gut darin, ich hatte ihn schon oft dabei beobachtet. Hinterher brummte er dann immer etwas über die Macht positiver Scheinheiligkeit.

Ich legte weitere anderthalb Kilometer zurück, kehrte um und sah mir die Zufahrt noch einmal an. Diesen Prozess wiederholte ich mehrere Male, ohne dabei einem einzigen Fußgänger zu begegnen.

Es heißt, Gehen sei der beste Sport; wenn wir mehr zu Fuß gehen würden, müssten wir nicht joggen oder uns auf Fitnessgeräten quälen. Als ich mein Auto erreichte, fingen meine Füße an zu protestieren. Da hatte ich bestimmt fünfzehn Kilometer hinter mich gebracht.

Eine lehrreiche Erfahrung – für Körper und Geist.

Wenige Minuten bevor ich zu Hause ankam, rief Robin an. »Stell dir vor, Brent ist wieder da und kann es kaum erwarten, dich zu sprechen.«

»Scharf darauf, seine Bürgerpflicht zu erfüllen?«

Sie lachte. »Glaube nicht, dass ihn hehre Ziele leiten. Er hasst sie, Alex. O-Ton. Rate mal, wo er gerade sitzt und zu Mittag isst?«

»Im Spago.«

»Im Grill on the Alley. Karma, was?«

»Das letzte Mal war ich mit einer viel netteren Begleitung dort.«

»Die aber viel weniger informativ war, Baby. Viel Glück.«

Am Abend ist das Restaurant angenehm gefüllt, während es zur Mittagszeit brodelt, angeschürt von großen Mengen Hollywood-Testosteron. Die Tische sind besetzt mit Machern und Mächtigen und solchen, die so reich sind, dass sie sich um gar nichts mehr kümmern müssen. Die Bar ist voll, doch niemand trinkt Alkohol. Ein Heer abgeklärter Kellner in weißen Jacken trägt geräuschlos Teller umher. Manchmal verirren sich Touristen oder andere ahnungslose Passanten ohne Reservierung hierher und stehen dann wie Asylsuchende vor der Tür, wo sie von den drei Inhabern mit scheinbar aufrichtig zerknirschten Mienen abgewiesen werden.

Meine Wanderklamotten waren alles andere als passend für den Rahmen, doch die Dame am Empfang ließ sich nichts anmerken. »Wie kann ich Ihnen helfen?«, fragte sie strahlend.

»Ich bin mit Brent Dorf verabredet.«

»Gewiss.« Mit einer gehobenen Augenbraue zoomte sie einen Kellner heran, der mich zu einem Tisch abseits des Hauptraums führte.

Weit weg vom Sehen und Gesehenwerden. Brents Einfluss schien sich in Grenzen zu halten.

Er kauerte vor einem Caesar Salad, den er in sich hineinschaufelte, als müsste er längst woanders ein. Er unterbrach sich nicht, als er mich sah. In seinem Glas stand ein winziger Rest Weißwein.

Der Kellner fragte: »Ein Cocktail? Oder Chardonnay wie Mr Dorf?« Er reichte mir die Speisekarte.

»Eistee, bitte. Ich bekomme auch einen Caesar Salad.«

»Ohne Croûtons und das Dressing extra wie Mr Dorf?«

»Mit allem, bitte. Auch Anchovis.«

Der Kellner lächelte zufrieden, als hätte endlich einmal jemand verstanden.

»Nur zu mit den Kalorien und dem Salz«, sagte Brent. »Kein Problem für schlanke Leute wie Sie.«

Er war schlanker als ich, mit entsprechenden Falten und eingesunkenen Wangen. Sein Schädel war rasiert, ebenso sein Gesicht, so glatt, dass ich unwillkürlich an ein Elektrolyseverfahren dachte. Als ich ihn das letzte Mal gesehen hatte, war er fünfzehn Kilo schwerer gewesen und hatte ein Kinnbärtchen getragen.

»Sie sind aber auch nicht gerade fettleibig, Brent.«

»Meine Klamotten sind gut geschnitten, aber Sie wollen mich nicht nackt sehen.« Er sah auf das Schälchen mit Salatdressing, das an seinem rechten Ellbogen stand, überlegte und schob es dann weg. »Ich stehe unter Druck, mein Freund.«

»Harter Job.«

»Nicht diese Art von Druck. Körperlich.«

»Ehrlich, Brent, Sie sehen gut aus.«

»Ja, ja, alles ist relativ«, sagte er. »Ich habe mich mit einem achtundzwanzigjährigen Tänzer eingelassen, mit Konturen wie Michelangelos David, ich rede von physischer Perfektion.« Er seufzte. »Todd sagt, er liebt mich, aber wir wissen beide, dass er sein Leben genießen will. Wenn ich *wir* sage, meine ich nicht ihn und mich, sondern Sie und mich. In Anbetracht dessen, dass Sie ein Seelenklempner sind.«

Mein Tee kam.

»Wie geht es Ihrer Traumfrau?«, fragte Brent.

»Bestens.«

»Robin, Robin«, sagte er. »Ich fand immer, dass sie ganz besonders ist. Eine Frau wie sie, die mit schwerem Gerät umgehen kann? Sexy.«

»Ich kann nicht widersprechen, Brent.«

Seine Lider senkten sich, bis seine schlammfarbenen Augen halb verborgen waren. Er sah sich im Raum um und beugte sich näher zu mir. »Sie wollen also mehr über Lancelot und Guinevere erfahren«, sagte er mit gesenkter Stimme.

»Was immer Sie mir erzählen können.«

»Witzig«, sagte er, »ich dachte, Sie könnten mir etwas über sie erzählen.«

»Wieso das?«

»Weil ich sie zu Ihnen geschickt habe. Ich dachte, inzwischen wüssten Sie über alles Bescheid.«

»Sie waren das?«, erwiderte ich. »Der Termin wurde abgesagt. Ich habe sie nie zu Gesicht bekommen.«

»Kann ich mir vorstellen. In so was sind sie gut.«

»Im Absagen?«

»Im Brechen von Versprechen.« Seine Hand spannte sich an, beschrieb einen kleinen Bogen und erwischte sein Glas, das dabei umfiel. Der winzige Rest Wein tropfte harmlos auf die Tischdecke, doch Brent wich zurück, als wollte er einem Schwall ausweichen. Ziemlich nervöser Typ.

Als der Kellner kam, um zu helfen, bellte er ihn an: »Alles gut, bringen Sie einfach sein Essen bei.«

»Ja, Sir.«

Ich trank Eistee, während Brent die benachbarten Tische musterte. Niemand reagierte.

»Sie sind also nie bei Ihnen aufgetaucht«, sagte er. »Na ja, die haben mich so was von verarscht. Deshalb habe ich auch kein Problem damit, schmutzige Wäsche zu waschen. Aber zuerst erzählen Sie mir, warum Sie das alles wissen wollen.«

»Geht nicht.«

»*Geht nicht?*«

»Tut mir leid, Brent, mehr kann ich leider nicht sagen.«

»Och, großes Polizeigeheimnis? Muss was richtig Böses sein, wenn der Bulle Sie drauf angesetzt hat.« Er zwinkerte. »Wieder so was wie mit O.J. Simpson? Oder was noch Besseres?«

»Nicht mal in der Nähe davon. Ich hatte gehofft, Sie würden mir ein bisschen weiterhelfen.«

»Ich gebe, Sie nehmen?« Er lachte. »Dann haben Sie ja Todd schon kennengelernt.«

Mein Salat kam. Brent nahm eine Anchovis von meinem Teller, kaute und schluckte. »Mein Blutdruck ist wahrscheinlich schon jenseits von Gut und Böse. Aber lecker sind die Dinger.«

»Wieso haben Sie sie eigentlich an mich verwiesen?«

»Ich hatte mit ihnen zu tun, und dabei kam das Problem auf. Und bei Kinderpsychologie denke ich sofort an Sie.«

»Was für ein Problem war das denn?«

»Woher soll ich das wissen? Ich unterhalte mich ja nicht mit den Leuten.«

»Ihre Leute haben mit deren Leuten alles vorbereitet. Dann haben Sie zusammen Mittag gegessen.«

»Hahaha. Aber um ehrlich zu sein, so war es tatsächlich. Hochrangige Leute. Leute, die Entscheidungen treffen dürfen. In dem Stadium waren wir schon, und ich hatte das Gefühl, der Deal läuft.«

Sein Zeigefinger rieb das leere Weinglas, um sich zu versichern, dass er nicht zitterte. »Mein Haus hat einen Weinkeller. Ich habe zwölfhundert Flaschen, mehr als ich jemals werde trinken können, und Todd rührt keinen Alkohol an.«

»Qual der Wahl.«

»Ja … jedenfalls so war es. Jemand hat nach einem Therapeuten gefragt, ich sagte, ich kenne jemanden.«

»Sie haben speziell nach einem Kindertherapeuten gefragt?«

»Hm«, sagte er. »Ich glaube schon. Wie lange ist das her? Zwei Jahre?«

»So in etwa.«

Seine Augen wanderten Richtung Bar und folgten vier

Männern in Anzügen, offenen Hemden und Slippern. Er winkte, hörte aber auf, weil sie nicht reagierten – oder ihn ignorierten. Er trank den letzten verbliebenen Schluck Wein.

»Kein Hinweis darauf, was das Problem war«, sagte ich.

»Genau.« Er sah immer noch prüfend durch den Raum.

Während ich meinen Salat aß, warf er immer wieder begehrliche Blicke auf meine Anchovis. »Ich will ehrlich sein, Alex. Ich habe nicht viel darüber nachgedacht, ich war voll auf den Deal konzentriert. Außerdem kommt so was dauernd bei mir vor.«

»Dass jemand nach einem Therapeuten fragt.«

»Nach Ärzten, Zahnärzten, Chiropraktikern, Masseuren. Gehört alles zum Job.«

»Die richtigen Leute zu kennen.«

»Zu sehen, wer zu wem passt. Ich dachte, Sie wären der Richtige, weil Sie alle notwendigen Zeugnisse haben und es höchstwahrscheinlich nicht vermasseln würden.«

Ich lächelte. »Danke für die anerkennenden Worte, Brent.«

»Sie haben also abgesagt? Was gibt's sonst noch Neues?«

»Warum haben sie den Deal mit Ihnen platzen lassen?«

»Das war kein Deal mit mir, das war ein Deal zwischen Titanen, ich meine, oberste Kategorie, ein Ding, das gigantisch hätte werden können. Ich hatte es perfekt eingefädelt. Wenn das geklappt hätte, hätte ich mir mein Leben lang keine Sorgen mehr machen müssen.«

»Ein Blockbuster.«

»Ein Blockbuster hoch zehn, Alex. Action, Romantik, Spannung, Merchandisingpotenzial ohne Ende, Sequels zum Abwinken. Das größte Ding, das die beiden je zusammen gemacht hätten, *vieeel* größer als *Passion Power* und dieser Schrottstreifen in zweistelliger Millionenhöhe, der es bis nach Europa geschafft hat. Die Gewinne wären astronomisch gewesen. Aber viel wichtiger noch, ich habe mein ganzes Herzblut da reininvestiert. Alles hat gepasst, die Verträge waren fertig, sämtliche Klauseln inbegriffen, allein für die Anwaltskosten hätte man früher schon einen Film drehen können. Die Unterzeichnung stand an, wir wollten ein großes Ding daraus machen, mit Pressekonferenz, Fototermin, mit allem Drum und Dran. Einen Tag davor haben sie es sich anders überlegt.«

»Wieso?«

»Als müssten solche Leute eine Begründung abgeben.« Seine Faust schlug auf den Tisch. Das Weinglas hüpfte. Er fing es auf. »Hab dich, du Scheißding.«

Er winkte den Kellner heran und deutete auf das Glas. »Nehmen Sie das mit, das macht mich wahnsinnig.«

»Ja, Sir.«

In Brents Mundwinkeln hatte sich Schaum gebildet. Er krümmte seine Finger zu Klauen und kratzte in die Luft. »Ich habe alles für die Sache gegeben, Alex. Das ganze Jahr über habe ich keinen anderen Kunden angenommen, und ich rede von echten Promis, die jetzt richtig sauer auf mich sind. Ich habe alle Anfragen an Kollegen weitergeleitet, die natürlich alles behalten haben, nachdem ich … nachdem der Deal geplatzt war. Ich hatte nichts mehr, konnte wieder bei null anfangen, und meine Glaubwürdigkeit war ungefähr auf dem Niveau eines Politikers. Alles war anders. Ich musste in ein anderes Büro umziehen. In ein größeres? Oh nein.« Er seufzte. »Aber ich werde mir meinen Platz an der Sonne zurückerobern. Jeden Tag geht es ein Schrittchen voran.«

Er schob seinen Teller zur Seite. »Der Deal war perfekt, sämtliche Meetings liefen super. Und dann platzen lassen wegen *so was*? Das darf ja wohl nicht wahr sein.«

»Ich dachte, sie hätten keine Gründe genannt«, sagte ich.

»Hab ich das behauptet? Das hab ich nie gesagt. Ich habe

nur gesagt, solche Leute brauchen keine Begründung zu nennen. Doch, doch, sie hatten eine Ausrede: Familienangelegenheiten. Und das war, *nachdem* ich sie an Sie vermittelt hatte – also, was war das verdammte Problem?«

Seine Lider sanken weiter. »Ich muss Ihnen was gestehen, Alex. Eine Zeitlang war ich regelrecht paranoid. Ihretwegen. Ich habe mich gefragt, ob sie wohl bei Ihnen waren und Sie ihnen erzählt haben, sie sollten mehr Zeit mit ihren Kindern verbringen – und deshalb der Deal geplatzt ist. Eine Zeitlang war ich … besessen von dem Gedanken. Aber dann wurde mir klar, dass ich durchdrehe, wenn ich nicht aufpasse, dass ich total den Verstand verliere.«

Er tätschelte mein Handgelenk. »Ehrlich gesagt ist das einer der Gründe, warum ich mich mit Ihnen treffen wollte. Ich wollte erfahren, was da los war. Und jetzt höre ich, dass Sie keine Ahnung haben, was los war, sondern das von mir wissen wollen. Witzig. Absurd. Hahaha. Die stecken also in Schwierigkeiten. Gut. Das freut mich. Von mir aus sollen sie in der Hölle schmoren.«

»Was sind es denn für Leute?«

»Was denken Sie denn? Egoistisch, narzisstisch, rücksichtslos, er ist ein Idiot, sie ein Kontrollfreak. Glauben Sie diese Super-Mami-Super-Papi-Scheiße? Das ist doch alles nur Fassade, bei solchen Leuten ist alles Fassade. Haben Sie ihn je reden gehört? Blablablabla. Und so was kommt heutzutage als neuer James Dean rüber. Willkommen in meiner Welt.«

Der Kellner trat an den Tisch. »Darf es noch etwas sein, die Herren? Ein Kaffee vielleicht?«

»Nein. Die Rechnung.«

Ich zahlte.

Brent sagte: »Brav, brav.«

43

Milo war in der Gerichtsmedizin, als ich ihn erreichte.

»Ich habe gerade zugesehen, wie eine .45er-Kugel aus Wedds Kopf gezogen wurde. Das kann Weihnachten werden, bevor da eine Waffe auftaucht. Seine Wohnung war leer bis auf eine Matratze im Schlafzimmer und ein paar rezeptfreie Arzneien auf dem Klo. Er litt an Sodbrennen und Kopfschmerzen, was er übrigens beides an mich weitergegeben hat. Hab die Bude durchsuchen lassen, Matratze und Medikamente ins Labor geschickt und einen Verwandten ausfindig gemacht, Wedds Bruder, Cowboy, lebt in Montana, wo Wedd ursprünglich herkommt. Der hatte seit Jahren keinen Kontakt mehr zu seinem Bruder Mel und war angemessen schockiert über den Mord. Er meinte, Mel sei immer wild gewesen, aber er hätte sich nicht vorstellen können, dass er so böse endet.«

Er schwieg kurz.

»Wild, aber keine Vorstrafen«, sagte ich.

»Das waren ein paar kleinere Vergehen in seiner Jugend – Fahren ohne Führerschein, böse Streiche, Nachbarn ärgern, ein paar Prügeleien. Er hat kein Vorstrafenregister, weil der Sheriff sein Onkel war; der hat Mel heimgebracht, wo der Vater ihm den Hintern versohlt hat. Dann wurde Mel größer als sein Dad, und die Eltern gaben ihn mehr oder weniger auf.«

»Wann ist er nach Los Angeles gezogen?«

»Vor zehn Jahren. Seither hat der Bruder keinen Kontakt

mehr zu ihm. Er war nicht überrascht, als er hörte, dass Mel nach Hollywood gegangen war. Er meinte, das Einzige, was Mel in der Highschool Spaß gemacht habe, sei das Theaterspielen gewesen, er habe immer Hauptrollen gespielt, konnte singen wie Hank Williams und Stars imitieren wie John Wayne, Clint Eastwood und so weiter.«

»Ich habe etwas, das du möglicherweise als Fortschritt werten wirst.«

Ich erzählte ihm von der Bestellung beim Laborzubehörhandel und meinen Unterredungen mit Kevin Dubinsky und Brent Dorf. Len Coates erwähnte ich nicht, weil alles, was er mir gesagt hatte, aus zweiter Hand stammte.

»Skalpelle und Käfer. Für sie«, sagte Milo.

»Bestellt etwa zu der Zeit, als das Baby geboren wurde. Das arme kleine Ding wurde womöglich schon in utero zur Zielscheibe.«

»Das muss ich erst mal verdauen ... Hast du Zeit? In einer Stunde, in meinem Büro.«

Auf halbem Weg zur Polizeistation bekam ich einen Anruf von Len.

»Alex, ich kann dir nicht sagen, von wem ich das habe, also frag mich bitte nicht, okay?«

»Okay.«

»Die Person, über die wir gesprochen haben, wollte nicht dich, sondern einen anderen Therapeuten. Außerdem war nur von einer einzigen Sitzung die Rede, offenbar gab es da massive Widerstände, nichts gegen dich.«

»Danke für die Versicherung, Len.«

»Nun«, sagte er, »auch wir Therapeuten haben Gefühle. Es ist nicht schön, abgelehnt zu werden.«

»Stimmt. Worum ging es bei der Sitzung?«

Er räusperte sich. »Ich sage dir jetzt alles, was ich sagen

kann. Bitte lass es dabei bewenden: Die Person kommt zu spät, kann nicht recht erklären, warum sie überhaupt da ist, und geht wieder, bevor die Sitzung zu Ende ist.«

»Konzentrationsschwäche.« Ich dachte an Donny Raders Stimme am Telefon und seinen Ruf als ungebildeter Trottel.

Doch dann warf Len mit einem Wort alles über den Haufen. »Die Frau … machte einen allgemein ängstlichen Eindruck und schien Probleme zu haben, ihre Gefühle zu artikulieren. Im Grunde kam überhaupt nichts heraus, Alex, ich denke nicht, dass du damit was anfangen kannst.«

Die Frau.

»Ja, du hast sicher recht, Len. Danke.«

»Polizei hin oder her, Alex, du darfst das auf keinen Fall verwenden.«

»Schon verstanden, Len. Du hast mein Wort.«

»Gut … nimmst du eigentlich noch Patienten an?«

»Hin und wieder.«

»Ich frage, weil ich manchmal Patientenüberhang habe. Gute Fälle. Wenn es zu viel wird, könnte ich Verstärkung gebrauchen.«

»Über deine Mitarbeiter hinaus.«

»Das sind doch alles Grünschnäbel. Wir sind alte Hasen. Lust?«

»Was Kurzfristiges, wenn es eng wird, da könnte ich schon aushelfen.«

»Bist selbst ganz schön ausgebucht.«

»Das kommt schon vor.«

»Als Sherlock, was? Hast du mal überlegt, zum Fernsehen zu gehen? Könnte ein gutes Format geben.«

»Eigentlich nicht.«

»Kein Interesse?«

»Ich habe lieber meine Ruhe.«

Auf dem restlichen Weg zur Polizeistation ließ ich mir durch den Kopf gehen, wie Donny Rader einen Termin ausmachte, wie Prema Moon kommt, zu spät, um dann früh zu gehen, nachdem sie nicht erklären konnte, warum sie da war.

Übervorsichtige, nervöse Eltern? Das passte nicht zu kaltblütigen Babykillern. Irgendwas war da sonderbar. Ich grübelte noch, als Milo anrief.

»Bin gleich da«, sagte ich.

»Planänderung.«

Auf seine Erläuterung hin fuhr ich auf den Freeway und brauste in die Innenstadt.

44

Der Polizeichef hatte offenbar beschlossen, die Anonymität der Masse als Tarnung zu nutzen, und uns in den Number One Fortune Dim Sum Palace bestellt, eines dieser riesigen Restaurants in Chinatown, die immer noch schleimiges Chopsuey, ölgetränktes Moo Goo Gai Pan und Meeresfrüchte rätselhafter Herkunft servierten.

Die Luft war geschwängert von Dampf, Schweiß und Geschmacksverstärker. Der Linoleumboden war von jahrzehntelangem Getrappel stumpf. Die Wände waren rot und grün, und die rote Wandvertäfelung zeigte goldene Medaillons mit Drachen und übergroße Vögel, Fische und Fledermäuse. Dazu chinesische Schriftzeichen, die etwas bedeuten mochten oder auch nicht. Hunderte von Gästen drängten sich in gewölbeartigen Speisesälen; betagte Kellner in schwarzen Polyester-Mao-Anzügen und goldenen Käppis mit Quaste sausten herum, als ginge es um Leben und Tod.

Der Lärmpegel ließ den Grill im Vergleich wie einen Klostergarten erscheinen. Wenn ein Kastenwesen hinter der Sitzordnung stand, war es nicht zu erkennen. Milo bat die Empfangskellnerin, uns zum Tisch des Polizeichefs zu führen, aber sie sah ihn an, als wäre er schwer von Begriff.

»Wir machen keine Reservierungen, und wir haben acht Säle.«

Also machten wir uns auf die Suche, bis wir ihn schließlich im sechsten Raum an einem kleineren Tisch entdeckten, inmitten von Horden von Menschen, die mit gebeugtem Rücken über ihren Tellern hingen. Niemand beachtete den weißhaarigen Mann mit Schnurrbart im Schattenstreifenanzug, weißen Seidenhemd mit Tab-Kragen und einer schreiend grau-gelb-roten Leonard-Krawatte.

Als wir noch zehn Meter entfernt waren, entdeckte er uns; er sah von seiner Schale auf, aus der er sich mit Stäbchen Nudeln in den Mund schaufelte, wischte sich den Mund ab und trank aus einem Glas mit dunklem Bier.

Ich sah mich nach seinen Bodyguards um und erkannte zwei vierschrötige Typen mit kühlem Blick, die ein paar Tische weiter saßen und so taten, als konzentrierten sie sich auf ihre Teller und deren braunen Inhalt.

»Setzen Sie sich. Ich habe Spareribs, Pfeffersteak, gebratenen Reis mit Shrimps und irgendwas Frittiertes vom Huhn bestellt, hoffentlich ohne Füße.« Er sah Milo an. »Sie essen ja alles.« Zu mir: »Denken Sie, Sie können das verdauen?«

»Klar.«

»So entgegenkommend heute, Doc? Liegt's an der Mondphase?«

Er hatte jahrelang versucht, mich zu einer Festanstellung zu überreden, und hatte meine Weigerung nie besonders gut weggesteckt.

Die Stäbchen wie Stricknadeln in der Hand machte er sich wieder über seine Nudeln her. Dank bestens geschulter Feinmotorik beförderte er erstaunliche Mengen unter seinen Schnauzer. Er kaute, trank und sah sich um. »Verdammter Schuppen.«

Einer der Kellner-Opas brachte Tee und Bier und eilte sofort wieder davon.

Der Polizeichef sagte: »Sie haben da in ein Wespennest gestochen, Doc.«

»Macht das Leben spannend.«

»Ihres vielleicht. Okay, geben Sie mir eine kurze Zusammenfassung. Wenn ich kurz sage, meine ich kurz. Sie, nicht Sturgis. Er hat mir am Telefon schon ein paar Eckdaten genannt, die mein Leben ganz schön kompliziert gemacht haben.«

»Mindestens drei Personen, die auf dem Anwesen der Premadonnys gewohnt haben, wurden ermordet.«

»Drei?«, fragte er. »Ich weiß nur von der Nanny und dem Typ – Wedd.«

»Das Baby im Park.«

»Ach das«, sagte er. »Gut, weiter. Wieso vermuten Sie dunkle Vorgänge im Wunderland?«

»Vor ein paar Jahren habe ich einen Anruf von einem Mann bekommen – Donny Rader meiner Meinung nach –, der mich um professionelle Hilfe bat.«

»Wie kommen Sie darauf, dass er es war?«

»Die Art, wie er gesprochen hat.«

»Wie ein Volltrottel.«

»Undeutlich«, präzisierte ich.

»Okay, er brauchte einen Therapeuten für seine Brut, er ist Schauspieler, kein Wunder. Was sonst noch?«

»Ich habe einen Termin gemacht, der dann aber abgesagt wurde. Ich habe mir damals nicht viel dabei gedacht. Doch der Tod einer Nanny, vielleicht sogar von zweien, hat mir jetzt doch zu denken gegeben, und ich habe versucht, so viel wie möglich über die familiäre Situation herauszufinden. Das war leider nicht viel, weil die Familie gewissermaßen abgetaucht ist. Moon und Rader waren früher ununterbrochen in der Öffentlichkeit, sie haben ihre Bekanntheit wie ein Banner vor sich hergetragen. Doch jetzt sind sie von der Bildfläche verschwunden, kein Erscheinen in der Öffentlichkeit, keine Spuren im Netz, und etwa zu der Zeit, als der Termin abgesagt wurde, haben sie ein großes Filmprojekt platzen lassen, angeblich aus familiären Gründen.«

»Vielleicht gefiel ihnen das Drehbuch nicht.«

Der Kellner kam wieder und stellte uns ruppig die Teller vor die Nase.

Der Polizeichef sagte: »Sie sind also schwer unangepasst. Und weiter?«

»Meine Erfahrung ist, dass es in extrem isoliert lebenden Familien häufig zu psychopathologischen Phänomenen kommt. Drei Menschen mit Verbindung zu ihnen sind tot. Da geht irgendetwas vor.«

»Klingt, als hätten Sie nichts in der Hand, Doc.«

»Bis vor Kurzem hätte ich Ihnen zugestimmt. Doch dann erfuhr ich, dass Prema Moon fleischfressende Käfer und Chirurgenbesteck gekauft hat. Zu der Zeit, als das Baby geboren wurde.«

»Den Beweis möchte ich sehen.«

Ich zog das Bestellformular von JayMar hervor und fing an, den Vorgang zu erklären.

Er unterbrach mich. »Die haben Sklaven, die ihnen den Hintern abwischen – auch das ist nichts Neues.« Er setzte seine Brille auf, las, runzelte die Stirn und schob das Blatt in eine Innentasche seiner Jacke.

»Das Einzige, was fehlt, Sir, ist das Bienenwachs«, sagte Milo. »Wenn wir Zugriff auf ihre …«

Der Polizeichef winkte ab. »Käfer. Heilige Scheiße. Wie genau sind Sie an diese Bestellung gekommen, Doc?«

»Ich habe Laborzubehörfirmen angerufen, unter dem Vorwand, für Apex zu arbeiten und eine Nachbestellung zu wollen. Irgendwann hatte ich die richtige Firma.«

»Hatten Sie vor, dem Dezernat Ihre Zeit in Rechnung zu stellen?«

»Daran hatte ich noch gar nicht gedacht.«

»Sie tun das nur so zum Spaß, was?«

»Ich bin ein wissbegieriger Mensch.«

»Wie lange hat es gedauert, bis Sie die richtige Firma hatten?«

»Ein paar Stunden.«

»Sie sind ganz schön hartnäckig, was?«

»Wenn es sein muss.«

»Und clever dazu … ich will mir gar nicht vorstellen, was ein aggressiver Anwalt daraus macht. Wenn man Sie als Polizeibeamten betrachtet, könnte es Klagen ohne Ende hageln, mit der Begründung, die Ermittlungen wären ohne gesetzliche Grundlage gewesen. Was wahrscheinlich Quatsch ist, aber bei Richtern weiß man nie. Wenn man Sie hingegen als Zivilisten behandelt, könnten Sie am Ende in einem hochnotpeinlichen Kreuzverhör landen, ganz zu schweigen davon, dass man Sie wegen Verletzung von Privatsphäre verklagen würde – wenn es dazu kommt, ist es für die absehbare Zukunft erst einmal vorbei mit dem friedlichen Leben. Diese Leute sind wie Staaten, sie ziehen in den Krieg. Sind Sie bereit, dieses Risiko einzugehen?«

»Hört sich an, als wollten Sie mir den Schneid abkaufen.«

Er legte seine Essstäbchen weg. »Ich sehe die Dinge auf lange Sicht, Alex.« Es war das erste Mal, dass er mich mit Namen angesprochen hatte. »Das unterscheidet mich von neunundneunzig Prozent der Bevölkerung. Harvard-Absolventen eingeschlossen.«

Es machte ihm Spaß, die Elite-Unis schlechtzumachen, gleichzeitig ließ er selten die Gelegenheit aus, daran zu erinnern, dass er an einer der elitärsten von allen studiert hatte.

»Sie halten es für falsch, dass ich nachgebohrt habe.«

»Ich denke, das könnte sehr unschön werden.«

»Was mit dem Baby geschehen ist, war mehr als unschön.«

Er starrte mich an. »Ich habe hier einen Retter in der Not.« Er nahm eine von den Spareribs und nagte sie bis auf den Knochen ab, Fleisch, Knorpel, Fett. »Nehmen Sie auch eine,

Sturgis. Es macht mich nervös, Sie nicht essen zu sehen. Es ist, als würde die Sonne plötzlich am Himmel stehen bleiben.«

Milo löffelte sich etwas gebratenen Reis auf den Teller.

»Heute keine Lust auf Spareribs, Lieutenant?«

»Danke, nein, Sir.«

Der Polizeichef grinste. »Aha, Sie möchten Ihre Eigenständigkeit demonstrieren? Wenn Sie sich damit erwachsener fühlen, bitte sehr.« An mich gewandt fügte er hinzu: »Das ist eine Schweinerei.«

Er griff nach dem Teller und nahm noch eine Rippe, die er wieder bis zum Knochen abnagte.

Ich sagte: »Außerdem habe ich dann noch…«

»Noch was? Allmächtiger, glauben Sie etwa, Sie können hier einfach auf eigene Faust ermitteln?« Sein Blick wanderte zu Milo. Der saß über seinen Reis gebeugt, den er sich in den Mund schaufelte, und sah nicht auf.

Der Polizeichef wandte sich wieder mir zu. »*Was?*«

Ich erzählte ihm von meiner kleinen Wanderung am Morgen. »Von unseren Hauptakteuren hat keiner das Grundstück verlassen oder betreten, dennoch ging es zu wie in einem Taubenschlag. Binnen drei Stunden waren da ein Gärtnerteam mit sieben Mann, ein Lebensmittellieferant, ein Elektriker von einer Fernsehfirma und ein Installateur. Ich habe die Autonummern notiert…«

»Wozu?«

»Ich dachte, man könnte sich damit auf irgendeine Weise Zutritt…«

»Sturgis soll so tun, als wäre er Gärtner oder Installateur? *¿Habla español*, Sturgis? Wissen Sie, wie man einen verstopften Abfluss frei macht? *Ich* schon, mein Vater war Installateur, ich habe in den Sommerferien grundsätzlich bis zu den Ellbogen in der Scheiße reicher Leute gesteckt. Haben Sie das je gemacht, Sturgis? In der Scheiße reicher Leute gewühlt?«

»Das tu ich ständig.«

»Und? Gefällt es Ihnen nicht?«

»Doch, Sir. So ist es eben.«

Der Polizeichef sah aus, als wollte er ausspucken. »Don Quichotte und Sancho Panza … Und Sie als Psychologe, Doc, haben sich gedacht, es wäre doch clever, sich unter die Bauern zu mischen, um Zutritt zum Schloss zu erlangen. Und dann? Würden Sie aufs Geratewohl herumschnüffeln, in der Hoffnung, zufällig über einen Beweis zu stolpern?«

»Ich hatte gehofft, Moon, Rader oder eines der Kinder beim Verlassen des Grundstücks zu sehen. Aber als ich die vielen Menschen ein und aus gehen sah, dachte ich, das wäre vielleicht auch eine Möglichkeit, an sie heranzukommen.«

»Wenn Moon oder Rader weggefahren wären, wären Sie ihnen gefolgt.«

»Unauffällig.«

Sein Gesicht verfinsterte sich. »Dr. Tausendsassa. Können Sie auch mit Tieren sprechen?«

»Tut mir leid, wenn ich zu weit gegangen bin.«

»Zu weit gegangen?« Er lachte. »Sie haben praktisch neue Tanzschritte erfunden. An welchem Tag wird der Müll in der Gegend abgeholt?«

»Ich finde es heraus«, sagte Milo und ging Richtung Ausgang, das Handy am Ohr.

Der Polizeichef wandte sich wieder den Spareribs zu und probierte dann vom Pfeffersteak. Pflückte mit sicherem Griff eine dicke kleine rosa Krabbe aus dem gebratenen Reis. »Keinen Hunger, Doc?«

»Doch, eigentlich schon.« Ich versuchte eine der Spareribs. Fettig und lecker.

»Genau wie Sie«, sagte der Polizeichef.

»Wie bitte?«

»Sie sind genau wie diese verdammten Rippchen. Ungesund, aber sättigend. Glückwunsch, Sturgis müht sich ab, aber Sie sind derjenige, der Informationen beschafft.«

»Er …«

»Kein Grund, ihn zu verteidigen. Ich weiß, was er ist und was er drauf hat, was Besseres krieg ich nicht. Sie dagegen sind von einem ganz anderen Schlag. Sie bringen mich mühelos regelmäßig auf die Palme. Wenn ich Sie sehe, frage ich mich jedes Mal, wie das Dezernat wohl wäre, wenn jeder so superschlau und krankhaft motiviert wäre wie Sie. Erzählen Sie Sturgis nicht, dass ich das gesagt habe, das könnte seine Gefühle verletzen.«

Wir aßen schweigend, bis Milo wiederkam.

»Die Müllabfuhr kommt übermorgen, Sir.«

»Fahren Sie hin, bevor die kommen, Sturgis. Ziehen Sie was Bequemes an, und nehmen Sie leere Behälter mit, damit Sie jede Menge Abfall einpacken können. Lassen Sie sich nicht erwischen. Sortieren Sie alles aus, was möglicherweise DNA-Spuren enthalten könnte, und lassen Sie diese mit den Babyknochen vergleichen. Vielleicht ist diese Qeesha noch am Leben und sondert Zellen ab. Wenn wir einen Augenbrauenstift, einen Tampon oder sonst was von ihr finden, sind wir schon einen Schritt weiter. Dann könnten wir die exakte Zahl der Opfer bestimmen und sie als Kindsmörderin betrachten.«

»Eine DNA-Analyse könnte eine Weile dauern«, gab Milo zu bedenken.

»Ich sehe zu, dass es so schnell wie möglich geht.«

»Bis dahin …«

»Bis dahin werden Sie und Ihre Genietruppe tun, was der Doktor, ein mutmaßlicher Zivilist ohne Polizeitraining, offensichtlich zu tun versucht hat: das verdammte Grundstück zu beobachten, ohne gesehen zu werden. Sollten Prema oder

Donny oder Qeesha auftauchen, werden sie verfolgt. Mit Gespür. Verführen, nicht vergewaltigen, Sturgis.«

»Kapiert, Sir.« Milo wollte aufstehen.

»Wo wollen Sie denn hin?«

»Zurück an die Arbeit.«

»Das hier *ist* Arbeit, Sturgis. Unterhalten Sie Ihren Boss. Enttäuschen Sie mich jetzt nicht, ich will Kalorienaufnahme sehen.«

45

Den Boss zu unterhalten bestand darin, eine Viertelstunde lang nahezu schweigend vor sich hin zu schlingen. Der Polizeichef war schlank, konnte aber unglaubliche Mengen vertilgen. Wir sahen zu, wie er die Rippen blank nagte und sämtliche Shrimps aus dem Reis pickte, ehe er seine Ärmelmanschette umschlug und auf seine Patek Philippe herablächelte. Auf das Stichwort standen die zwei Bodyguards auf und kamen auf uns zu. Der Polizeichef erhob sich und knöpfte sein Jackett zu.

Er sah auf Milo herab. »Und wer bezahlt?«

»Wenn Sie möchten …«, setzte Milo an.

»War nur ein Scherz, Sturgis, ich werde doch die werktätige Bevölkerung nicht ausbeuten. Oder in Ihrem Fall, Doc, die Intelligenzija.«

Er warf ein paar Scheine auf den Tisch. »Bleiben Sie, so lange Sie möchten. Aber in zehn Minuten sollten Sie hier verschwunden sein, damit Sie die Tätigkeit wieder aufnehmen können, für die Sie bezahlt werden, Sturgis.«

Milo betrachtete den Shrimps-Reis ohne Shrimps. »Würden deine Hollywood-Freunde das als gutes Meeting bezeichnen?«

»Meine Hollywood-Freunde?«

»Kontakte oder was weiß ich.«

»Tja«, sagte ich. »Kommt darauf an, ob der Film gedreht wird oder nicht.«

Wir verließen das Restaurant und gingen zu einem Parkplatz auf der gegenüberliegenden Seite der Hill Street.

»Aus all dem, was er da erzählt hat, habe ich nur rausgehört, wir sollen ein paar Gänge runterschalten.«

»Warum hast du ihn angerufen?«

»Hab ich gar nicht. Ich habe Maria angerufen. Sie hat zugehört, aufgelegt, und zwei Minuten später rief seine Sekretärin an, um mir mitzuteilen, wo ich heute zu Mittag essen würde.«

»Er muss doch wissen, dass er das Unvermeidliche nicht verhindern kann«, sagte ich.

»Schon möglich, aber versuchen wird er es trotzdem. Okay, Prema bestellt Käfer und Skalpelle, warum macht sie das?«

»Vielleicht um Konkurrenz auszuschalten.«

»Bedeutet?«

»Ein Weibchen tötet den Nachwuchs des anderen, um seine Vormachtstellung zu halten und die Konkurrenz um das begehrte Männchen auszuschalten. Unter Raubkatzen und Primaten ist das weit verbreitet, ebenso in polygamen menschlichen Gesellschaften.«

»Donny ist der Daddy?«

»Der Filmstar und die attraktive jüngere Frau mit Talent für Täuschungsmanöver?«

»Ja, das könnte aufgehen. Also, Donny hat böse Sachen mit Qeesha angestellt – oder Simone, oder wie sie heißt –, doch Prema will ihn trotzdem halten?«

»Prema will vor allem nicht öffentlich bloßgestellt werden.«

»Täuschungsmanöver«, sagte er. »Wenn das stimmt – meinst du, Qeesha hat die Schwangerschaft geplant?«

»Könnte sein. Ein Baby mit Donny Rader hätte ihr Leben eindeutig verbessern können.«

»Vorausgesetzt, sie wollte ihr Leben behalten.«

»Vielleicht wollte Qeesha mehr als nur großzügigen Unterhalt«, überlegte ich. »Vielleicht dachte sie, sie könnte tatsächlich das Alphaweibchen ersetzen. Zu ihrem Pech hat das Alphaweibchen davon Wind bekommen und die Sache in die Hand genommen. Das könnte auch erklären, warum das Skelett so gründlich zerlegt wurde: Die Konkurrenz wird im wahrsten Sinne des Wortes demontiert, das Problem auf eine Laborprobe reduziert, und zwar auf eine eiskalte und effiziente Art und Weise. Es könnte zusätzlich eine Warnung für Donny gewesen sein: Schau, wozu ich fähig bin, wenn ich mich bedroht fühle.«

»Wie passt Wedd ins Bild?«

»Mir gefällt er immer noch als Adrianas Mörder. Ich kann mir nicht vorstellen, wie Prema körperlich in der Lage gewesen sein soll, eine andere Erwachsene zu überwältigen, in den Park zu schleppen und zu erschießen, selbst wenn das Opfer bewusstlos war. Außerdem ist Wedds Auto in der Nähe des Tatorts gesehen worden. Wedd könnte auch Qeesha beseitigt haben – als tüchtiger Verwalter. Doch dann wurde er irgendwann entbehrlich.«

»Das Alphaweibchen macht den Sack zu.«

»Prema ist groß«, sagte ich. »Die Sitzposition in Wedds Explorer würde zu ihr passen. Wedd zu bitten, sie irgendwohin zu fahren, wäre kein Problem, schließlich war es sein Job, ihre Wünsche zu befriedigen. Und die Stelle, wo er erschossen wurde, ist nicht weit vom Anwesen entfernt. Den Laurel Canyon Boulevard hoch bis Mulholland Drive, dann Richtung Westen in den Coldwater Canyon, ein paar Kilometer weit. Für jemanden, der fit ist, wäre es kein Problem, zu Fuß von dort nach Hause zu gehen.«

»Typ erschießen, heimgehen, Pilates machen«, sagte Milo. »Und auf dem Weg vielleicht noch die Waffe entsorgen.«

Er rief Sean Binchy an und schickte ihn los, um den Mulholland Drive auf der Höhe zwischen Laurel Canyon und Coldwater nach einer .45er abzusuchen.

Ich sagte: »Qeesha war Gewohnheitsverbrecherin und clever genug, um zu spüren, dass auf dem Anwesen etwas nicht rund lief. Sie rief Adriana um Hilfe, weil sie nicht bereit war, ihren Traum aufzugeben. Sie dachte, wenn sie nur durchhielte, bis das Baby geboren war, würde Donny das Kind lieben und sie beschützen.«

»Dann hat die Alpha-Löwin kurz gebrüllt, und der König der Wüste hat den Schwanz eingezogen.«

Wir erreichten den Seville. Er deutete auf seinen Wagen, der ein paar Meter entfernt in der gleichen Parkreihe stand. »Auf geht's zur Müllstreife.«

»Wann willst du mit der Observierung beginnen?«

»Nach der Müllernte. Warum?«

»Ich hätte Lust, ein bisschen zu wandern«, sagte ich. »Wegen des Trainingseffekts.«

Er sah mich an. »Das ist ein freies Land. Hoffentlich spielt das Wetter mit.«

Um neun Uhr am folgenden Morgen war ich wieder am Coldwater Canyon, diesmal mit einem kleinen Rucksack, der ein Minifernglas, zwei Flaschen Wasser und ein paar Snacks enthielt.

Gesehen zu werden war kein Problem, ganz im Gegenteil. Beim zweiten Mal war ich schon der Typ, der immer seinen Cadillac an der Abzweigung parkt und sich dann im Namen der Fitness todesmutig dem Verkehr entgegenstemmt.

Ich hatte außerdem eine Begleitung mitgebracht. Blanche trabte zufrieden am Ende der kurzen rosa Leine, die sie für solche Anlässe bevorzugte. Ich sorgte dafür, dass sie auf der von der Straße abgewandten Seite lief, und sie begriff schnell, blieb eng an meiner Seite und passte sich meinen Schritten an. Ihr Atem ging hörbar, aber leicht.

Nichts lässt einen so harmlos aussehen wie ein Hund. Am besten ein kleiner, niedlicher Hund, und es gibt nichts Niedlicheres als eine Französische Bulldogge.

Und von allen Frenchies ist Blanche die niedlichste.

Natürlich ist sie kein Setter oder Retriever, und selbst bei kühlem Wetter und ausreichender Wasserversorgung war meine Zeit durch ihre Stummelbeinchen und die flache Nase begrenzt, das war mir klar.

Um 9.18 Uhr warf ich den ersten Blick auf das Grundstück. Sechzehn Minuten später meldete ich per Telefon eine Lieferung von einem Biomarkt in der Melrose Avenue; der Transporter kam nach acht Minuten wieder heraus.

Kurz vor zehn Uhr erschien eine Reinigung aus Beverly Hills, dann passierte eine halbe Stunde lang nichts. Blanche und ich ließen uns etwas weiter oben an der Straße an einer schattigen Stelle nieder. Wir tranken, ich aß einen Powerriegel, während sie kurzen Prozess mit einem Kauknochen machte. Mit einem zufriedenen Rülpsen ließ sie sich von Blumen, Fliegen, Schmetterlingen, Bienen und Kartoffelkäfern in ihren Bann ziehen und einem kleinen Flugzeug, das für einige Sekunden am Himmel kreiste.

Um 10.48 Uhr waren wir zurück an der Einfahrt, um das Anwesen zu beobachten. Sekunden später fuhr ein Ford-Transporter mit geschwärzten Scheiben aus östlicher Richtung an uns vorbei, offensichtlich kein Mietfahrzeug, da er keine Identifikationsnummer trug. Als er in die Einfahrt einbog, holte ich mein Fernglas heraus.

Ein Arm schoss aus dem Fahrerfenster und drückte den Knopf der Gegensprechanlage. Während der Wagen stand, konnte ich den Rahmen des Nummernschildes entziffern.

Da war eine Telefonnummer mit 323er Vorwahl.

Auf dem unteren Rand stand *Home Sweet Home School.*

Das Tor schwang auf, und der Transporter fuhr hinein. Ich rief die Nummer von *Home Sweet Home* an und landete bei einem AB, der sich mit »Oxford-Bildungseinrichtung« meldete und eine kurze Beschreibung des Services folgen ließ: *Unterricht für Ihr Kind, individuell zugeschnitten, bei Ihnen zu Hause, von Absolventen der besten Universitäten. Für eine bessere und umfassendere Lernerfahrung zu Hause.*

Ob das auch Anatomie und forensische Anthropologie einschloss?

Neun Minuten nachdem der Ford das Tor passiert hatte, kam er wieder heraus und fuhr auf dem Coldwater Canyon Richtung Süden. Eines der Fenster war halb offen, und ich konnte kurz ein kindliches Profil erkennen, bevor die Scheibe wieder hochfuhr.

Bei Ihnen zu Hause.

Eine Exkursion?

Ich klemmte mir Blanche unter den Arm und rannte zum Seville zurück.

46

Noch auf dem Coldwater Canyon entdeckte ich den Transporter. Ein Jaguar und ein Porsche waren zwischen uns, die perfekte Tarnung, während wir durch Beverly Hills kreuzten.

Am Beverly Drive fuhren die beiden Wagen vor mir geradeaus, während der Ford rechts abbog und langsam am Coldwater Park entlangrollte.

Der Park war klein, aber gut ausgestattet, es gab einen flachen schmalen »Wildbach«, einen Spielplatz und große Rasenflächen. Kleinkinder quietschten vor Vergnügen. Mütter stillten ihre Babys. Die kleine Blonde aus dem Premadonny-Clan würde sich hier bestimmt wohlfühlen, doch die älteren Geschwister würden sich langweilen. Andererseits kamen diese Kinder nur selten raus. Vielleicht wären sie von Schaukeln und Rutschen ganz begeistert.

Der Ford machte meine Überlegungen hinfällig, indem er weiterfuhr. Statt stattlicher Villen säumten jetzt kleinere, enger stehende Häuser die Straße, die von einem Dach knorriger alter Bäume beschattet wurde und zunehmend mehr Schlaglöcher aufwies. Die Atmosphäre hier war weniger luxuriös als malerisch, ganz ähnlich wie in dem Abschnitt von Beverly Glen, wo ich wohnte.

Alle paar Meter kamen Schilder, die fünfundzwanzig km/h vorschrieben, und Holperschwellen. Der Ford war ohnehin die ganze Zeit schon im Schneckentempo gefahren und hielt vor jeder Schwelle. Ich ließ mich so weit wie möglich zurückfallen, ohne den Sichtkontakt zu verlieren, und ließ einen Gärtner-Pick-up zwischen uns einscheren. In dem neuen Konvoi ging es anderthalb Kilometer weiter, dann bog der Transporter rechts ab, während der Pick-up auf dem Beverly Drive blieb.

Jetzt war mir unser Ziel klar. Harmloser Spaß für Jung und Alt.

Der Franklin Canyon Park ist ein verstecktes Stück Wildnis, nur wenige Minuten entfernt von der bewussten Sich-zur-Schau-Stellung und Überspanntheit der Innenstadt. Über zweihundertfünfzig Hektar ungezähmte Flora, turmhohe Zedern, Pinien und Kalifornische Eichen mit kilometerlangen Wanderwegen und einem sonnenbeschienen See in der Mitte. Ein angrenzender kleinerer Teich bietet zahlreichen Enten, Schildkröten, Gotteslachsen und Elritzen ein Zuhause.

Ich kannte den Park, weil ich dort oft mit Blanches Vorgänger gewesen war, wenn ihn die Unruhe packte. Spike, ein schwarzgescheccktes Energiebündel, war ein großartiger Entdecker gewesen. Seine Vorliebe für Geflügel allerdings machte den Teich zu einer Herausforderung.

Angeblich streunten Rudel verwilderter Hunde durch die oberen Bereiche des Parks, doch wir waren nie welchen begegnet. Dafür hatten wir Streifenhörnchen gesehen, Eichhörnchen, hin und wieder auch ein verspätetes Stinktier, Eidechsen und Schlangen, einschließlich ein oder zwei Klapperschlangen, die Spike als unter seiner Würde betrachtet hatte. Mehrere Male hatte unsere Gegenwart Kojoten in der Ferne zum Heulen gebracht. Ich musste alles geben, um Spike davon abzuhalten, die flegelhaften Eindringlinge zu jagen.

Mit Blanche war ich nie hier gewesen, vermutlich weil sie

vollauf damit zufrieden war, kurz um den Block zu schnüffeln, mit Robin im Atelier zu verweilen oder mich bei klinischen Fällen zu beraten.

Auf den drei Kilometern über die gewundene Bergstraße, die zum Parkeingang führte, saß sie mit gespitzten Ohren da, den Kopf fragend zur Seite geneigt.

»Es gibt für alles ein erstes Mal, meine Süße.«

Der Parkplatz war nicht besonders groß, deshalb konnte ich mir erlauben, mich weiter zurückfallen zu lassen, nachdem der Ford eingefahren war. Ich hielt an der nächsten Abzweigung und nahm zusätzliche Vorräte vom Rücksitz, die ich in meinen Rucksack packte.

Dann fuhr ich auf den Hauptparkplatz, eine unbefestigte Fläche, umfriedet von einem einfachen Zaun aus Holz und Maschendraht, der hüfthoch mit Gräsern zugewuchert war. Sonst waren keine Fahrzeuge zu sehen.

Ich leinte Blanche an, schwang mir den Rucksack auf den Rücken und machte mich auf den Weg in den Eichenwald. Hinter einer Biegung entdeckte ich den Ford, genau dort, wo ich ihn vermutet hatte – gleich oberhalb der eingezäunten Senke mit dem See, wenige Meter über dem Teich.

Zu dieser Tageszeit waren nicht viele Besucher da. Genau das war vermutlich der ausschlaggebende Grund. Ein Pfleger stützte eine alte Dame, die sich mühsam über den Weg schleppte. Ein paar Hundebesitzer mit ihren vierbeinigen Begleitern waren unterwegs. Alle blickten lächelnd auf Blanche, und eine Frau mit einem Kurzhaardackel blieb stehen, um zu plaudern, und stellte die üblichen Hundefragen.

Die Frau war nett, aber der Hund begann sofort zu knurren und zu schnauben. »Ruhig, Hansel«, wies ihn die Frau zurecht.

Blanche sah mit *Was hat er denn*-Miene zu mir auf.

Hansel zerrte an seiner Leine.

»Böser Hund«, sagte die Frau lahm. Der Dackel fing an zu bellen. »Je, Ihrer ist aber ruhig«, lächelte sie und ging weiter.

Meine Aufmerksamkeit wurde auf eine Stelle weiter oben an der Straße gelenkt. Dem Transporter entstiegen zwei Personen.

Die erste war der Fahrer, ein soft wirkender junger Mann Anfang, Mitte zwanzig mit Fusselbart, in Jeans, blauem Hemd und Turnschuhen. Er stellte einen Rollkoffer auf den Boden.

Auf der Beifahrerseite stieg eine etwa gleichaltrige Frau aus, mit Locken, Brille, ähnlich gekleidet. Sie trug eine bunte Paisleytasche, die so schwer war, dass sie beide Hände brauchte.

Der Mann zog die hintere Tür des Transporters auf und streckte seine Hand hinein. Ein püppchenhaftes asiatisches Mädchen ließ sich beim Aussteigen von ihm helfen, während sie die Gurte ihres rosa Rucksacks anzog. Sie trug ein gelbes T-Shirt, fliederfarbene Shorts, kaugummifarbene Sportschuhe mit Rüschensöckchen. Ihr langes schwarzes Haar war mit einem silbernen Band zusammengebunden.

Sie lachte, als ein jüngerer asiatischer Junge heraussprang und sofort in die Luft boxte, sobald er gelandet war. Seine Haare waren so kurz, dass sie abstanden, sein Rucksack war schwarz mit weißen Punkten, vermutlich Totenköpfe. Sein weites weißes T-Shirt hing ihm über die grünen Shorts, die lang und ebenfalls weit waren, ganz im Stil der coolen Skater.

Als Nächster stieg ein älterer Junge aus, klein und dünn, kohlrabenschwarz. Ich wusste, dass er dreizehn war, doch die Pubertät hatte noch nicht zugeschlagen, und seine Glieder sahen aus wie Lakritzstangen. Sein lila Trikot und die gelben Basketballshorts trugen das Logo der Los Angeles

Lakers. An den Füßen hatte er schwarze Sportschuhe mit silbernem Rand.

Kembara.

Kyle-Jacques.

Kion.

Der kleinere Junge versuchte, Kion in ein Gerangel zu verwickeln. Kion verwuschelte dem Bruder die Haare, fuchtelte mit den Armen, tat so, als wollte er zurückschlagen, nahm aber den Kampf nicht an.

Kyle-Jacques rief: »Aaaah – du bist tot!«

Kion deutete mit den Daumen auf seine Brust und grinste, als wollte er sagen: *Wer – ich?*

Kyle-Jacques hüpfte umher und wandte sich dann seiner Schwester zu, um sie auf die gleiche Weise zu piesacken. Sie sah ihn an wie eine milde Göttin ihre Sünder, woraufhin er sich zu beruhigen schien. Dann sprang er in die Luft und stieß einen Schrei aus, der für Unkundige nach asiatischer Kampfkunst klingen musste. Bei der Landung stolperte er und fiel beinahe rückwärts um, schaffte es aber, sich auf den Beinen zu halten.

Der bärtige junge Mann sagte: »Sauber gerettet, KJ.«

Kion und Kembara lachten haltlos.

Kyle-Jacques verzog das Gesicht, sprang herum und blieb dann, wie von einer Betäubungsspritze getroffen, abrupt stehen.

»Okay, Bande«, sagte der junge Mann, »wir machen heute eine Runde Naturwissenschaften – Julie, kriegen wir die Bande komplett, oder ist unsere Bubu noch nicht so weit?«

»Ich sehe mal nach.« Julie verschwand auf der anderen Seite des Transporters und kam Sekunden später zurück, an der Hand ein flachsblondes kleines Mädchen.

Die vierjährige Kristina hatte eine weiße Bluse an, ein rosa Chiffonröckchen und Glitzersandalen, die verrieten, dass sie sich selbst angezogen hatte. Sie rieb sich gähnend die Augen.

»Bist du noch müde, Häschen?«, fragte Julie. »Soll ich dich tragen?«

Sie versuchte, Kristina hochzunehmen. Das Kind wehrte sich. Julie trat zurück. Kristina jammerte.

»Es ist alles gut, Bubu, du bist gerade erst aufgewacht. Möchtest du die Schildkröten sehen?«

Kopfschütteln.

»Wie wär's mit den Enten – weißt du noch, die mit den lustigen roten Köpfchen?«

Schweigen.

Kristina setzte sich auf den Boden.

»Immer das gleiche Drama«, sagte Kion.

»Immer«, ergänzte Kembara.

Kyle-Jacques nahm sein Schattenboxen wieder auf.

»Sam?«, fragte Julie.

Sam zuckte mit den Schultern. »Wenn sie noch müde ist …«

»Okay, Bubu, du darfst im Auto bleiben, ich bringe dich zurück.«

Kristina fing an, mit dem Zeh in der Erde zu malen.

»Also gut«, sagte Sam, »ihr drei Übrigen, Julie wird sich um die Kleine kümmern, und wir lernen was über Urtierchen und andere tolle Sachen.«

Julie kniete sich neben Kristina, doch das kleine Mädchen beachtete sie gar nicht und stieß nur ein tiefes trotziges Brummen aus.

Eine Frau kam um den Transporter herum. Sie war groß und schlank und trug einen grauen Jogginganzug und einen breitkrempigen Strohhut, der ihr Gesicht verdeckte. Sie ging zu Kristina, hockte sich neben sie und hielt ihr die Hand entgegen.

Kristina schüttelte den Kopf. Die Frau mit dem Hut nahm sie auf den Arm, und Kristina schmiegte sich an sie. Die Frau sagte etwas, auf das Kristina nicht reagierte. Erst als die Frau sie leicht am Kinn kitzelte und sie auf die Wange küsste, drehte sie kichernd ihren Kopf weg, woraufhin sie mehr Küsse auf Wange und Augenlider bekam.

Die Frau schaukelte die Kleine in ihren Armen und sprach wieder leise mit ihr, woraufhin Kristina nickte.

Kembara sang laut los: »Draaa-maaa!«

Mit Kristina auf dem Arm ging die Frau zu dem älteren Mädchen und küsste sie ebenfalls.

Kembara machte »Bäh«, sah aber zufrieden aus.

Die Frau mit dem Hut hatte ihren Kopf geneigt, sodass ich ihr Kinn sehen konnte. Reine, feste Haut, zu einem breiten Lächeln gespannt.

Sie stellte Kristina auf den Boden und nahm das Mädchen an der Hand.

»Für dich ist es auch an der Zeit zu lernen, Bubu. Es wird dir gefallen.«

Kristina überlegte und nickte dann.

Die kleine Prozession setzte sich in Bewegung.

47

Dem Transporter und seinen Passagieren den Rücken zugewandt hatte ich gelauscht, nach außen hin mit Hundetoilette beschäftigt.

Blanche erledigte brav ihr Geschäft auf die ihr eigene, feine Art. Zunächst schnüffelte sie am Boden, um die ideale Stelle für ihre Hinterlassenschaft zu finden, und danach schippte sie mit den Vorderpfoten ein wenig Dreck darauf. Eines der strategischen Requisiten, die ich vom Rücksitz genommen hatte, war eine Hundetüte, und die perfektionierte jetzt meine Tarnung. Der nächste Mülleimer lag direkt auf dem Weg. Karma.

Die Tüte demonstrativ von mir weg haltend überholte ich die Gruppe. Die Frau mit dem Hut hatte Kristina wieder auf dem Arm. Julie zog den Koffer, Sam trug die Tasche.

Als ich ein paar Schritte vor ihnen war, sagte einer der Jungen, vermutlich Kyle-Jacques: »Cooler Hund.«

»Sieht aus wie ein Gremlin«, sagte Kembara.

»Das ist eine Bulldogge«, erklärte Sam. »Die wurden gezüchtet, um mit Bullen zu kämpfen. Aber das ist lange her, heute sind es nur noch Haustiere.«

»Der da könnte gegen niemand kämpfen«, meinte Kyle-Jacques.

»Gegen niemand*en* kämpfen«, verbesserte eine Stimme, die ich bislang noch nicht gehört hatte; sie klang erwachsen und weiblich – und vertraut, wenn auch aus einem anderen

Zusammenhang. Im Moment klang sie statt verrucht-erotisch nur mütterlich zurechtweisend.

Kyle-Jacques sagte: »Von mir aus.«

Ohne uns umzudrehen, wanderten Blanche und ich weiter zum Teich.

Mehrere Dutzend Enten schwammen und plantschten im Wasser. Konzentrische Kreiswellen verrieten die Anwesenheit von Fischen. Schildkröten, so groß wie Essteller, lagen faul am Rand des Teichs. Ein alter, im Absterben begriffener Klebsamenbaum, dessen Wurzeln schon langsam nachgaben, neigte sich gefährlich über das Wasser. Auf seinem schrumpeligen Stamm saß ein halbes Dutzend Schildkröten, ordentlich in Reih und Glied wie Matrosen beim Appell. Mit ihren eingezogenen Köpfen und Gliedmaßen sahen die Reptilien aus wie exotische Früchte, die aus dem Holz sprossen.

Am anderen Ende des Teiches standen im Schatten von Platanen und Eichen zwei Parkbänke. Ich entschied mich für eine davon, stellte den Rucksack neben meine Füße, hob Blanche vom Boden auf und setzte sie neben mich. Nachdem sie vom Beifahrersitz aus das Treiben draußen beobachtet, durch den Park spaziert und ihr Geschäft verrichtet hatte, war sie ziemlich erschöpft. Sie schmiegte sich an meinen Oberschenkel, legte ihren knubbeligen kleinen Kopf in meinen Schoß, schloss die Augen und fing an zu schnarchen.

Ich streichelte ihren Nacken, bis ihr Atem rhythmisch und gleichmäßig ging. *Träum schön, meine Süße.*

Das Grüppchen erreichte den Teich, als ich gerade ein weiteres Requisit aus meinem Rucksack holte: die aktuelle Ausgabe des *International Journal of Child Psychology and Psychiatry*. Der Leitartikel war eine Studie über die Reaktion von Kindern auf längere Krankenhausaufenthalte – ein Forschungsthema, das mich selbst immer gereizt hatte.

Während ich abwechselnd las und über den Rand des Journals lugte, blieb das siebenköpfige Grüppchen vor dem Baumstamm mit den Schildkröten stehen. Sam dozierte gestenreich und deutete dann auf Julie, die ihn ablöste. Die Kinder – einschließlich Klein Kristina – hörten aufmerksam zu. Kion und Kembara standen ruhig da, Kyle-Jacques war dagegen etwas zappeliger und ging auf den Baum zu, um nach einem der Reptilien zu greifen.

Julie hielt ihn am Arm zurück.

Er fragte sie etwas, woraufhin sie ihn näher zu den Amphibien zog und auf ein Detail eines Panzers deutete.

Kyle-Jacques nickte und trat zurück.

Sam öffnete den Rollkoffer und nahm eine Decke heraus, die er auf dem Boden ausbreitete. Als Nächstes kam ein Stereomikroskop zum Vorschein, das er in die Mitte stellte, dann ein Fischernetz, eine Schöpfkelle und ein Plastikfläschchen. Zum Schluss eine Holzschatulle, deren Inhalt glitzerte, als Sam den Deckel öffnete. Er hielt etwas ins Licht.

Gläserne Objektträger.

Julie sagte etwas. Die drei älteren Kinder nahmen ihre Rucksäcke ab, stellten sie auf den Boden und öffneten sie. Kristina hielt die Hand der Frau mit dem Hut.

Jetzt kommen die neuesten Schnickschnack-Tablets, dachte ich.

Stattdessen wurden drei Spiralblöcke und Filzschreiber zutage gefördert.

Falsch gedacht, Schlaumeier.

Und das nicht nur in diesem Fall.

Während Julie dozierte und mit dem Finger zeigte, saßen Kion, Kembara und Kyle-Jacques mit gekreuzten Beinen auf der Bank, zeichneten und machten sich Notizen. Sam ging zum Teich und schöpfte in gebührendem Abstand zu den regungslosen Schildkröten mit der Kelle Wasser, das er in das Fläschchen füllte. Er schraubte den Deckel zu und brachte es zu dem Mikroskop auf der Decke.

Es brauchte mehrere Versuche, um den Objektträger mit einem Wassertropfen in das Mikroskop einzusetzen. Als Sam so weit war, war auch Kristina neugierig geworden, löste sich von der großen Frau mit dem Strohhut und stellte sich neben den Lehrer. Sam passte die Okulare auf das Gesicht des kleinen Mädchens an.

Sie spähte hindurch und sah mit strahlender Miene auf. Dann sah sie wieder hindurch.

Die Frau mit dem Hut sagte etwas. Kristina setzte sich zu ihren Geschwistern. Julie reichte ihr einen Block und einen grünen Buntstift.

Die Frau machte ein paar Schritte und blieb dann stehen. »Ist alles okay, Bubu?«

Kristina nahm sie gar nicht zur Kenntnis.

»Bubu, ich werde mich dort drüben auf die Bank setzen.« Sie deutete auf die freie Bank neben mir.

»Geh nur, Mommy!«

Ich unterbrach meine Lektüre nicht, während sie wenige Meter weiter Platz nahm. Sie nahm ein Buch aus ihrer Tasche: *Das Glück der frühen Kindheit.*

Sie las. Ich las. Zwischendurch warf sie ein paar Mal einen kurzen Blick auf Blanche, die inzwischen wieder aufgewacht war und in ruhiger Gleichmut neben mir saß.

Ich hielt meine Fachzeitschrift so, dass man den Titel lesen konnte.

Die Frau widmete sich ihrem Buch und sah dann wieder auf Blanche.

Ich tat so, als würde ich mich auf mein Fachblatt konzentrieren, und begann den Leitartikel zu überfliegen. Es hatte sich offenbar nichts geändert, seit ich im Krankenhaus gearbeitet hatte.

Blanche streckte sich, sprang auf den Boden und streckte sich noch mal.

»Guten Morgen, Dornröschen«, sagte ich.

Blanche leckte mir die Hand und rieb ihren Kopf an meinen Fingern.

Die Frau sagte: »Du bist ja wohl die Süßeste von allen.«

Blanche grinste.

»Verzeihen Sie, aber ich muss das einfach fragen. Hat sie mich jetzt angelächelt?«

»Das macht sie immer, wenn sie jemanden mag.«

»Absolut entzückend. Manche Hunde lächeln, strahlen aber irgendwie eine andere Energie aus – so etwas wie eine Warnung. Aber dieser hier… sie ist wirklich etwas Besonderes.«

»Danke.«

Die Hutkrempe hob sich und bot mir einen freien Blick auf das Gesicht darunter.

Klassische symmetrische Gesichtszüge, wie für die Kameras geschaffen. Makellos, auch ungeschminkt. Ein paar Strähnen lugten unter dem Hut hervor, doch das übrige Haar war versteckt. Es war inzwischen brünett, ganz leicht und fein. Zarter Flaum lag auf dem langen, anmutigen Nacken.

Unmöglich, sie nicht zu erkennen.

Ich gab den Ahnungslosen. Mit einem beiläufigen Lächeln wandte ich mich wieder meiner Lektüre zu.

Als sich Schritte näherten, blickte ich auf.

Es war Kristina, die auf ihre Mutter zulief.

»Langsam, Bubu, fall nicht.«

»Mommy, Mommy, eine Necke!«

Sie hielt ein braunes Schneckenhaus hoch.

»Ist denn da eine Schnecke drin, oder ist es leer?«

»Es ist leer.«

»Dann hat die Schnecke ihr Haus verlassen.«

»Hm?«

»Schnecken wohnen in ihrem Schneckenhaus, Häschen. Vielleicht hat sich diese Schnecke hier ein neues Haus gesucht.«

»Hm?«

Die Frau küsste das Kind auf die Wange. »Das Schneckenhaus ist wunderschön.«

»Eine Necke – aaah, Hundi, ich will den Hundi streicheln!«

»Häschen, wir lassen fremde Hunde in Ruhe …«

»Ich will aber!«

Ich klappte mein Magazin zu. »Ist schon in Ordnung.«

»Sicher? Ich möchte Sie wirklich nicht stören.«

»Aber natürlich. Sie heißt Blanche, und sie liebt Kinder.«

Hand in Hand kamen Mutter und Tochter näher. Wie aufs Stichwort machte Blanche Sitz. Kristina legte die Hand auf ihren Kopf, um sie zu streicheln.

»Sie mag es am liebsten so …« Ich hielt ihr die Hand offen unter das Kinn. Kristina machte es mir nach. »Genau so«, sagte ich.

Blanche fuhr ihre Zunge aus, Kristina kicherte und ließ sich bereitwillig abschlecken.

»Okay«, sagte ihre Mutter, »jetzt ist es genug. Sag danke schön zu dem netten Mann, Bubu.«

Kristina fing an, Blanche zu kraulen, immer wilder, bis es

in Tätscheln umschlug. Ihre Mutter nahm sie am Handgelenk und führte ihre Hand wieder vor Blanches Gesicht.

Blanche schleckte die Stummelfingerchen.

Kristina quietschte.

»Blanche. Wie in *Endstation Sehnsucht.*«

Ich lächelte. »Sie mag es, wenn Fremde um sie sind.«

Die Frau lachte. »Das sieht man. Ein Segen, wenn man das mag.«

Kristina hielt Blanche das Schneckengehäuse vor die Nase. »Necke!«

Blanche lächelte.

Kristina rannte lachend davon.

»Verzeihen Sie, dass wir Sie beim Lesen gestört haben«, sagte die Frau.

»So eine süße Unterbrechung.«

Ihre Augen wanderten zu meiner Zeitschrift. »Sind Sie Psychologe?«

»Ja.«

»Ich lese auch etwas aus diesem Gebiet – Moment.«

Mit lässiger Eleganz schlenderte sie zu ihrer Bank und kam mit dem Kleinkind-Buch zurück.

»Ich weiß, es ist nicht wissenschaftlich«, sagte sie. »Aber könnten Sie einen Blick darauf werfen und mir sagen, ob es etwas taugt?«

»Es taugt etwas«, erwiderte ich. »Ich kenne den Autor.«

»Wirklich?«

»Wir haben zur gleichen Zeit im Western Pediatric Medical Center Praktikum gemacht. Aber Ihre Kleine ist über das Alter hinaus.«

»Ich weiß, ich lerne nur gern dazu.« Sie ließ das Buch an ihrer Seite hängen. »In dem Krankenhaus war ich übrigens – also, ich habe dort viel Zeit verbracht. Nicht mit meinen Kindern, zum Glück. Zum … Aushelfen. Ist schon Jahre her, bevor ich die Kinder hatte.«

»Es ist ein gutes Krankenhaus.«

»Allerdings … Na dann, vielen Dank, dass Sie Kristina an Blanche herangelassen haben.«

»Blanche mag das.«

Mit dem Timing einer Meryl Streep wackelte Blanche mit ihrem Hinterteil.

Die Frau lachte. »Das sieht man – ähm, Sie haben nicht zufällig eine Karte?«

Ich reichte ihr eine.

Als sie meinen Namen las, weiteten sich ihre Augen.

»Alles in Ordnung?«, fragte ich.

»Oh ja … es ist nur … ich hätte fast … das wird jetzt total absurd klingen, aber vor ein paar Jahren sind Sie mir schon einmal empfohlen worden.«

»Die Welt ist ein Dorf.«

»Tut mir leid, das ist jetzt ein bisschen peinlich … der Termin wurde abgesagt. Ich habe auf jemand anderen gehört, der mir einen anderen Therapeuten empfahl. Das war aber nicht besonders hilfreich.«

»Manchmal passt es einfach nicht zusammen.«

»Das passte wirklich überhaupt nicht – sagen Sie, ich möchte nicht aufdringlich wirken, aber wären Sie bereit, es noch mal zu versuchen? Mit einer Sitzung, meine ich.«

»Natürlich.«

»Wow«, sagte sie, »das ist wirklich großzügig. Ähm, könnte das möglichst bald stattfinden?«

Ich zog meinen Kalender aus dem Rucksack und blickte stirnrunzelnd hinein.

»Sie sind ausgebucht.«

Ich klappte das Buch zu. »Da hat morgen jemand abgesagt, aber sehr früh. Schaffen Sie acht Uhr dreißig?«

»Ja, klar, das ist kein Problem.« Sie sah auf die Karte. »Da steht keine Adresse drauf.«

»Ich arbeite zu Hause. Ich gebe Ihnen die Adresse.«

Sie förderte ein iPhone zutage und tippte die Information ein. »Also dann, morgen, halb neun, vielen herzlichen Dank, Dr. Alexander Delaware – ich denke, ich sollte mal wieder nach meiner Bande sehen.«

Wir schüttelten einander die Hand. Ihre Haut war kühl, trocken und bebte kaum merklich.

»Ich bin übrigens Preem.«

»Freut mich, Sie kennenzulernen.«

Mit einem Millionen-Dollar-Lächeln eilte sie zu ihren Sprösslingen zurück.

Ich gab wieder vor zu lesen, dann reichte ich Blanche einen Kauknochen. »Mehr habe ich gerade nicht zu bieten, du hättest eigentlich Kaviar verdient.«

Als sie zu Ende genagt hatte, machten wir uns auf den Weg, vorbei an Kindern, Lehrern und Prema Moon, die alle mit Fläschchen, Objektträgern, Blättern oder Bilderbüchern beschäftigt waren.

Prema Moon winkte mir kurz zu und hielt dann Kembara ein Blatt hin. »Schau, Schatz. Es ist trilobat.«

»Toll, Mom«, sagte das Mädchen gelangweilt.

»Hübsch, nicht wahr?«

»Hm-hm.«

»Trilobat bedeutet dreilappig – es hat drei von diesen kleinen runden Dingern hier.«

»Mo-om«, sagte Kembara und verdrehte die Augen, »ich muss jetzt *malen.*«

48

Wenn man in Los Angeles lebt, läuft man unvermeidlich irgendwann Schauspielern über den Weg. Ich habe vermutlich ein paar mehr gesehen als andere Bewohner der Stadt, weil ein paar prominente Popos meine Couch gewärmt haben und ich hin und wieder Robin auf eine dieser Partys begleite, die die meisten Leute faszinierend finden, die in Wahrheit aber überwiegend todlangweilig sind.

Mit der Schönheit ist es so eine Sache. Manchmal ist sie nur auf der Leinwand zu erkennen, während sich dasselbe Gesicht im wahren Leben, wenn die Kamera nicht läuft, in sich zurückzieht wie eine erschreckte Seeanemone. Manchmal überstrahlt die physische Perfektion aber auch Zeit und Raum.

Prema Moon saß in Klamotten auf meiner Couch, die man bestenfalls als lässig bezeichnen konnte: weite Jeans, braune Sneaker, ein formloses T-Shirt mit V-Ausschnitt, das vermutlich einmal traurig beige gewesen war und mit der Zeit einen deprimierenden Grauton angenommen hatte. Ihre Makrameetasche war eine Stufe dunkler und an den Bambusgriffen ausgefranst.

Wie gestern war sie ungeschminkt. Im Licht des Innenraums sah ihr Haar dunkler aus als draußen im Park. Die Spitzen waren stumpf und schief und reichten ihr kaum bis zu den Schultern – entweder selbst vermurkst oder das kunstvolle Werk eines sündhaft teuren Stylisten.

Falls sie sich Botox spritzen ließ, war sie überfällig. Feine Linien durchzogen ihre Stirn, ihre Nasenwurzel, ihre Mundwinkel. Ihre Augen waren leicht geschwollen. Das Blau ihrer Iris war wunderschön, aber matt. Warm, aber traurig.

Kurzum, sie sah atemberaubend aus.

Pünktlich auf die Minute war Prema in einem kleinen grauen Mercedes mit geschwärzten Scheiben und quietschenden Bremsen vorgefahren. Blanche und ich hatten sie am Eingang willkommen geheißen. Prema hatte sich zum Kraulen gebückt. »Hallo, Prinzessin.« Wie alle Besucher hatte sie kurz das Wohnzimmer in Augenschein genommen und gesagt, was ich sonst auch immer höre: »Schönes Haus, Dr. Delaware. Bisschen versteckt.«

»Danke. Hier entlang.«

Als wir im Arbeitszimmer ankamen, watschelte Blanche zu Prema und setzte sich vor ihre Füße.

»Ist sie ein Therapiehund?«

»Nur wenn Sie möchten«, sagte ich. »Sie kann aber auch draußen warten.«

»Oh nein, das könnte ich ihr nicht antun – komm, Süße, du bleibst bei uns.«

Prema sank auf die Couch und wirkte plötzlich klein, wie man es bei hochgewachsenen, sehr schlanken Menschen mit hoher Taille sieht. Sie beugte sich vor, um Blanche hinter dem Ohr zu kraulen. »Ich möchte nicht gegen die Regeln verstoßen, aber wäre es okay, wenn sie zu mir auf die Couch kommt?«

Ich schnalzte mit der Zunge. Blanche sprang auf die Couch und rollte sich eng neben Prema ein.

»Na, das war prompt.«

Ich lehnte mich zurück und wartete, ganz der ruhige,

geduldige Therapeut. Ob sie mich dank ihrer Schauspielerfahrung durchschaute?

Meine Nacht war unruhig gewesen. Ich war viermal mit klopfendem Herzen und rasendem Hirn aufgewacht. Konnte ich meinem Urteil trauen?

Hatte ich Milos Fall in eine Sackgasse geführt?

Wie sollte ich Prema sagen, dass ich sie verfolgt hatte, ohne dass sie entsetzt aus meinem Haus floh?

Um fünf Uhr in der Frühe war ich aufgestanden, in mein Büro getapst und hatte mir Notizen gemacht.

Eine Stunde später war ich wieder im Bett. Alles graue Theorie.

Wie auch immer man es drehte – dass Prema nun meine Patientin war, bedeutete, dass ich an meine Schweigepflicht gebunden war und für Milo möglicherweise vollkommen nutzlos.

Ein echtes Dilemma. Ich hatte nur versucht, die Kinder zu beobachten, und nicht damit gerechnet, dass Prema dabei sein würde.

Wobei das nicht ganz stimmte.

Der leise Gedanke, dass die mutmaßliche böse Hexe auf der Bildfläche erscheinen könnte, hatte mich dazu gebracht, Blanche und das Fachblatt mitzunehmen – zwei ideale Köder.

Dennoch hätte ich höchstens mit ein wenig Smalltalk gerechnet. Ein paar Beobachtungen, die ich Milo hätte zutragen können.

Mein cleverer kleiner Plan war viel zu gut aufgegangen.

Ich hatte mich in viel zu vielen Dingen geirrt.

Während sie weiter Blanche kraulte, musterte Prema Moon die Drucke an den Wänden. Dann nahm sie eine Nerdbrille aus der Tasche, mit der sie meine Diplome studierte, ehe sie sie wieder in ihre Makrameetasche steckte.

»Schön«, sagte sie. »Die Atmosphäre hier. Wie man es sich bei einem Therapeuten vorstellt. Wie man es sich wünscht. Die andere Praxis – wo ich statt bei Ihnen war –, da war es kühl. Alles vermittelte den Eindruck, als wären die Patienten total unbedeutend. Es war kühl und teuer – was nehmen Sie übrigens pro Sitzung?«

»Dreihundert Dollar für fünfundvierzig Minuten.«

»Ein Schnäppchen im Vergleich zu Ihrer Kollegin.« Sie zählte Scheine ab und legte sie auf einen Beistelltisch.

Sie spielte mit ihren Haaren, bis eines davon auf ihr Knie herabsegelte. Sie nahm es zwischen Daumen und Zeigefinger und versuchte, es in den Abfalleimer zu befördern, doch es blieb an ihren Fingerspitzen hängen. Sie rieb so lange, bis es abfiel. Das dauerte eine Weile.

»Sie sehen, ich bin ein bisschen zwanghaft.«

Ich lächelte.

Sie erwiderte das Lächeln. Es war schwer zu sagen, was für Gefühle sie dahinter verbarg. Mona Lisa war ein offenes Buch dagegen.

»Okay«, sagte sie, »bei einer Therapie soll man vollkommen ehrlich sein, stimmt's?«

»So ehrlich, wie es Ihnen möglich ist.«

»Gibt es da Abstufungen?«

»Nun, Sie können sich mehr oder weniger öffnen«, erklärte ich. »Es kommt darauf an, wie weit Sie gehen wollen.«

»Ah«, erwiderte sie. »Ja, ich denke, Sie haben recht. Am Ende sind wir doch allen fremd außer uns selbst. Deshalb ist Ihre Arbeit so interessant, Sie versuchen ... den Graben zu überbrücken.« Kopfschütteln. »Das war wahrscheinlich total unlogisch.«

»Ganz im Gegenteil.«

Ihre Augen wanderten wieder zu meiner Wand. Blanche schmiegte sich enger an sie. »Ich hatte nie ein Haustier. Weiß auch nicht, warum.«

»Vier Kinder machen ganz schön viel Arbeit.«

»Ich meine, als Kind. Ich hätte ein Haustier haben können, wenn ich gefragt hätte. Ich hätte alles haben können. Aber ich habe nie gefragt.«

Sie blinzelte. »Okay, Zeit, ehrlich zu sein: Der Grund dafür, dass die Sitzung damals abgesagt wurde, war nicht, dass ich unbedingt jemand anders sehen wollte. Es lag an Ihnen. An dem, was Sie sonst noch so tun. Verstehen Sie, was ich meine?«

»Polizeiarbeit.«

»Genau. Jemand war der Ansicht, dass es keine gute Idee wäre, wenn jemand wie ich zu einem Therapeuten geht, der so was macht. Es war niemand, der mir nahestand, nur eine Person, die dafür bezahlt wird aufzupassen.«

Sie schwieg für einen Augenblick. »Aber jetzt bin ich doch hier. Und das führt mich zur nächsten Stufe der Ehrlichkeit, Dr. Delaware. Ich hatte den Verdacht, dass Sie uns gefolgt sind – von dem Moment an, als Sie vom Coldwater Canyon in den Beverly Drive abgebogen sind.«

Ich brauchte einen Augenblick, um das zu verdauen. »Sie hatten einen Verdacht, haben aber nicht Alarm geschlagen.«

»Wenn ich allein gewesen wäre, hätte ich wahrscheinlich umgedreht und wäre so schnell wie möglich abgehauen. Aber mit der ganzen Bande? Auf einem Ausflug, der lange geplant war? Außerdem war es nur ein Verdacht, ich war mir nicht sicher. Deswegen allen den Tag verderben? Nein. Also wartete ich ab, was Sie vorhatten, sobald wir im Park wären. Und Sie gingen einfach nur mit Ihrem Hund spazieren, ohne uns zu beachten. Da dachte ich, ich hätte mich geirrt, und Sie wären einfach nur ein Parkbesucher mit Hund.

Dann trafen wir uns am Teich wieder, und Sie übersahen mich geflissentlich, aber nicht ohne mir Ihre Fachzeitschrift hinzuhalten. Selbst da dachte ich mir noch nichts dabei. Doch als ich Ihre Karte sah, erkannte ich Ihren Namen wieder und dachte an diese andere Arbeit, die Sie tun. Da kam ich ins Grübeln.«

Sie drehte eine dickere Haarsträhne zwischen den Fingern. Mehrere Haare fielen ihr in den Schoß, doch sie machte sich nicht die Mühe, sie zu entfernen.

»Trotzdem bin ich hier.«

»Ich möchte Ihnen helfen.«

»Wobei?«

Im Gedanken an Holly Ruche sagte ich: »Ihr Leben endlich selbst in die Hand zu nehmen.«

»Wirklich?«, sagte sie, als fände sie das belustigend.

Dann fing sie an zu weinen.

Ich stellte ihr eine Taschentuchbox und eine Flasche Wasser hin. Sie tupfte sich das Gesicht und trank. Ich wartete auf ihre Fragen.

Die erste überraschte mich. »Was halten Sie von meiner Bande?«

»Sieht nach einem tollen Haufen aus.«

»Kleinode, alle vier, Dr. Delaware. Vier lupenreine Diamanten. Ich habe ja nichts dazu beigetragen, aber immerhin habe ich sie nicht vermurkst.«

»Prema, ein Freund von mir sagt immer, Glück ist, wenn man nur das Lob annimmt und nicht die Kritik.«

Sie klatschte in die Hände. »Das gefällt mir… aber manchmal ist es schwer, das eine vom anderen zu unterscheiden. Zu wissen, was echt ist und was nicht. Zu einer Zeit, als ich noch eine öffentliche Person war, hatten die Leute über alles, was ich tat, eine Meinung, auch wenn sie mir nie begegnet waren. An einem Tag war ich eine Göttin, am nächsten die Inkarnation des Bösen.«

»Auf Prominente werden starke Gefühle projiziert: Liebe, Hass«, sagte ich und dachte, wie so oft in den letzten Tagen, an die tiefe Verachtung von Brent Dorf und Kevin Dubinsky. Und Len Coates, der es hätte besser wissen müssen, weil er gelernt hatte, Fakten zu analysieren und nicht Gerüchte. Er hatte sie sich nie genauer angesehen.

Ebenso wenig wie alle anderen.

»Ich will nicht jammern«, sagte sie. »Das gehört einfach dazu. Aber ich habe mich schon gefragt, woher der ganze Mist kommt. Wie sich die Leute so sicher sein können. Angebliche Experten, die mich bezichtigen, wahllos Waisenhäuser zu plündern und die Verantwortlichen zu bestechen, damit ich die süßesten Babys bekomme. Als ob eine Familie zu gründen das Gleiche wäre, wie wenn man im Tierheim einen Streuner aussucht. Oder, schlimmer noch, mir wurde vorgeworfen, ich würde mit meiner Privatarmee Dörfer in der Dritten Welt überfallen und den armen Menschen ihre Kinder klauen.«

Sie sprach die ganze Zeit im Singular.

»Die Wahrheit ist«, sagte sie und schlang die Arme um sich, »ich habe alle möglichen Prozeduren durchlaufen, wurde untersucht. Ich habe auch die Kinder untersuchen lassen, weil ich nicht die selbstlose Heilige bin, als die ich auch dargestellt wurde – die UNO hätte mich am liebsten zu einer neuen Mutter Teresa gemacht. Ich bin eine Mutter wie jede andere auch. Ich wollte kein unheilbar krankes oder geistig zurückgebliebenes Baby. Ich wollte nicht von schlimmen Nachrichten überrascht werden. Stört Sie das?«

»Keineswegs.«

»Ich meine, ich hätte mich auf alles eingestellt, was auf

natürlichem Wege gekommen wäre, aber warum sollte man sich das Leben schwerer machen, als es sein muss?«

»Klingt einleuchtend.«

»Ich meine, es gibt doch keinen Grund, warum man sich das Leben nicht so gut wie möglich einrichten soll, oder? Sodass man das Gefühl hat, sein Glück zu verdienen.«

Sie zerknüllte ein Taschentuch. »Ich hatte keine Ahnung, was es heißt, eine Familie zu haben. Selbst wenn alles perfekt läuft, ist das schon eine Herausforderung. Wenn man es richtig gut machen will, ist es eine Herkulesaufgabe, man muss Zeit und Persönlichkeit investieren, sich ständig selbst infrage stellen, sich selbst erziehen. Man kann das nicht aus Büchern lernen und dann eins zu eins umsetzen, und man kann es nicht delegieren. Also beschloss ich, konsequent zu sein und mein Leben zu ändern.«

Sie drehte sich zu mir. »Bahnbrechende Erkenntnis, was? Aber was hatte ich schon für eine Ahnung? Nicht, dass ich ein Heimchen am Herd geworden wäre. Vom Kochen lasse ich besser ganz die Finger. Aber ich weiß natürlich auch, dass ich in einer privilegierten Lage bin: Für die Dinge, die ich selbst nicht tun will, habe ich meine Leute. Aber meine Kinder erziehen? Die wirklich wichtigen Dinge? Das tu ich doch selbst.«

Lächeln. »Schauen Sie, ich bin keine Märtyrerin, es war nicht so, dass ich alles für die Kinder aufgegeben hätte. Ich habe nichts verloren, nur dazugewonnen. Sie verleihen meinem Leben jeden Tag Bedeutung, ganz im Gegensatz zu dem anderen Kram. Wenn ich mir heute vorstelle, ich soll anderer Leute Texte aufsagen, muss ich kotzen.«

Ich schwieg.

»Sie denken, ich bin eine Irre mit Burnout?«

»Ich denke, Sie haben sich weiterentwickelt.«

»Nun«, fuhr sie fort, »ob Sie das jetzt ehrlich gemeint haben oder nicht – Sie haben jedenfalls das Richtige gesagt. Entschuldigen Sie bitte, ich habe einen gewissen Hang zum Zynismus.« Wieder Fummeln mit Haaren, Haare, die herabsegeln. »Sie erschienen Ihnen also ausgeglichen?«

»Ja.«

»Haben Sie verwöhnte kleine Monster erwartet?«

»Ich wusste nicht, was ich erwarten sollte, Prema.«

»Ach, kommen Sie, Dr. Delaware, geben Sie es zu, Sie müssen sich doch etwas vorgestellt haben. Durchgeknallte Hollywood-Mom, durchgeknallte Kids? Aber glauben Sie mir, so wäre es auf keinen Fall gekommen. Niemals hätte ich zugelassen, dass meine Kinder so aufwachsen wie ich selbst. Ich glaube nicht – ich weigere mich, das zu glauben –, dass wir dazu verdammt sind, Fehler zu wiederholen.«

Mein persönliches Mantra. Wenn es nicht gut läuft, beglückwünsche ich mich immer dazu, dass ich nicht so geworden bin wie Harry Delaware.

Ich sagte: »Wenn ich nicht derselben Meinung wäre, hätte ich nicht diesen Beruf ergriffen.«

Premas Augen wurden wieder feucht. Das Taschentuch war so fest zusammengedrückt, dass es in ihrer Hand verschwand. »Ich weiß nicht, wieso ich das tue. Wieso ich das Bedürfnis verspüre, mich Ihnen gegenüber zu rechtfertigen.«

»Es ist ganz normal, sich in einer Situation wie dieser beurteilt zu fühlen.«

»Sie sind uns gefolgt. Das beruhte auch auf einem Urteil. Was ist los?«

»Ich habe versucht, mich über Sie und Ihre Familie zu informieren. Das war nicht so einfach, da Sie praktisch untergetaucht sind. Wenn Familien sich von der Außenwelt abschotten, liegt das oft daran, dass es ernsthafte Probleme gibt – das war mein Verdacht. Inzwischen weiß ich, dass Sie nur versucht haben, Ihr Leben unter Kontrolle zu bekommen, und alles darangesetzt haben, Ihre Kinder zu schützen. Aus gutem Grund. Das wissen Sie selbst besser als jeder andere.«

Sie biss sich auf die Lippe. »Großartiger Monolog, Doc. Sie könnten es in meiner Welt zu was bringen. Aber Sie haben meine Frage noch nicht beantwortet.«

»Sie brauchen Hilfe, Prema. Das wissen Sie. Deshalb sind Sie hier.«

Sie öffnete ihre Hand und sah zu, wie sich das Taschentuch entfaltete wie eine Blüte im Zeitraffer. Dann knüllte sie es wieder zusammen. »Vielleicht sind Sie ja aufrichtig, ich hoffe es. Bei Schauspielern – bei den guten – weiß man es nie. Meryl, Jack, Judi. Oder Larry Olivier – ich habe ihn kennengelernt, als ich ein Kind war, er war immer süß zu mir. Aber wenn er beschlossen hätte, jemand anders zu sein? Viel Glück. Vielleicht ist das bei Ihnen auch so, Dr. Alexander Delaware.«

»Sie sind die Schauspielerin, Prema.«

»Ich? Ich bin ein Nichts. Ich mache absurd viel Kohle mit Scheiße.«

»Ich denke, Sie stellen Ihr Licht unter den Scheffel.«

»Keineswegs, Dr. Delaware. Ich weiß, was ich bin, und ich bin damit zufrieden.« Ihre Fingerknöchel wurden weiß und schimmerten wie Elfenbein. »Wie lange haben Sie denn schon … versucht, sich über uns zu informieren?«

»Ich habe angefangen, nachdem dieser erste Termin vereinbart worden war, weil ich die Umstände eigenartig fand. Der Anrufer wollte nicht sagen, wer der Patient war. Ich nahm an, dass eines der Kinder kommen würde, deshalb habe ich vor allem sie recherchiert. Ziemlich erfolglos, bis auf ein Foto. Sie mit den Kindern, in einer Theaterlobby in New York. Die Kinder wirkten unglücklich, als fühlten sie sich gar nicht wohl. Sie, Prema, standen hinter ihnen, als würden Sie nicht dazugehören. Nicht gerade das Porträt einer glücklichen Familie.«

Ihre Augen blitzten auf. »Ein schreckliches Bild, Sie können sich nicht vorstellen, wie viel Zeit und Geld es mich gekostet hat, es aus dem Netz entfernen zu lassen.«

»Ich bin froh, dass ich es vorher noch zu sehen bekommen habe. Heute verstehe ich es.«

»Sie verstehen was?«

»Ich konnte den emotionalen Hintergrund nicht erkennen. Sie hatten Angst, alle.«

Sie zuckte zusammen. »Warum sollte ich denn Angst haben?«

»Nicht warum. Vor wem.«

Sie schüttelte den Kopf und schloss die Augen. Sank ein und wirkte noch kleiner.

»Ich gehe davon aus, dass Sie – und die Kinder – vor der Person Angst haben, die das Foto gemacht hat. Jemand, dem die Kinder egal sind, der sie aber zu seinem Vorteil benutzt.«

Ihre Augen weiteten sich. Ein neuer Indigoton, dunkler, kräftiger. »Sie machen mir Angst.«

»Irre ich mich?«

Ihr Schweigen war mir Antwort genug.

»Sie sprechen immer im Singular, wenn es um Sie und die Kinder geht. ›Ich‹, nicht ›wir‹. Sie tun das alles allein. Aus gutem Grund.«

Sie verschränkte die Arme. Blanche schleckte ihre Hand. Prema verharrte regungslos, mit zusammengepressten Lippen. Wütend. Ich überlegte, ob sie mir entglitten war.

»Ganz egal, was Sie tun«, fuhr ich fort, »er lehnt die Kinder ab. Es muss schwer sein, mit so viel Ignoranz zu leben. Ihre Kinder sind Ihre Welt. Wieso versteht er nicht, wie wundervoll sie sind? Wieso genießt er die Familie nicht? Jetzt gibt es einen neuen Grund, Angst zu haben. Und deshalb sind Sie zu mir gekommen. Wegen meines Zweitjobs.«

Sie sprang auf, stürmte aus dem Zimmer und durch den Flur, wo sie auf halbem Weg abrupt stehen blieb und ihre große Tasche schwenkte, als wollte sie damit Schwung holen, um sie loszuschleudern.

Von meinem Platz aus hatte ich gute Sicht, und so blieb ich sitzen.

Die Tasche schwang aus. Mit bebenden Schultern kam sie zurück, blieb in der Tür stehen und stützte sich am Rahmen ab.

»Mein Gott«, stieß sie hervor. »Diese Dinge, die Sie da sagen.« Dann kehrte sie zur Couch zurück.

49

Erneutes Kopfschütteln. Wieder fielen Haare. Die Frau schien Strähne für Strähne zu zerfallen. Zitternd schlang sie die Arme um sich. Ihre Finger begannen zu arbeiten wie die von Rubinstein an Rachmaninow.

»Wenn Sie sich eingeengt fühlen, können wir auch gern draußen weiterreden«, bot ich an.

»Woher wissen Sie, dass ich so empfinde?«

Weil du aussiehst wie ein eingesperrtes Tier.

»Gut geraten«, erwiderte ich.

Ich befahl Blanche, im Arbeitszimmer zu bleiben, und gab ihr dafür einen Kauknochen.

»Sie kann doch mitkommen«, sagte Prema.

»Sie braucht ein Schläfchen.« Der wahre Grund: weniger Ablenkung, weniger Trost.

Ich führte Prema durch das Haus in den Garten, wo ich am steinigen Rand des Teichs stehen blieb. Der Wasserfall gurgelte. Der Himmel war klar.

»Lieblich«, sagte sie. »Damit die Beichte leichterfällt?«

»Ich bin kein Priester.«

»Ist Psychoanalyse nicht die neue Religion?«

»Gott spricht nicht mit mir.«

»Nur Freud, was?«

»Von dem habe ich auch schon länger nichts mehr gehört.« Ich setzte mich auf die Teakbank, die zum Wasser gerichtet war. Die Fische bewegten sich.

»Sind das Koikarpfen? Hübsch.«

Prema betrachtete den Garten, Robins Atelier, das hinter Bäumen und Sträuchern verborgen lag. Ein jaulendes Geräusch übertönte den Wasserfall. Die Bandsäge.

»Was ist das für ein Lärm?«

»Die Frau, mit der ich zusammenlebe, baut Musikinstrumente.«

»Wird sie herauskommen und mich sehen?«

»Nein.«

»Haben Sie sie darauf trainiert, dass sie drinbleibt, wenn Patienten hier sind?«

»Sie ist meist für mehrere Stunden da drin.«

»Und wenn sie doch herauskommt?«

»Wird sie sofort wieder hineingehen.«

»Wie heißt sie?«

Ich schüttelte den Kopf.

»Tut mir leid«, sagte sie. »Ich bin nur … ich bin nur so außer mir … ich weiß nicht, was das ist. Ich weiß nicht, was ich tun soll.«

Ich machte die Dose mit dem Fischfutter auf, schöpfte eine Handvoll heraus und warf es ins Wasser.

Sie sah den Kois beim Fressen zu. »Scheint ihnen zu schmecken.«

Lange Zeit war kein Wort von ihr zu hören. Als ich das Gefühl bekam, dass sich daran so bald nichts ändern würde, sagte ich: »Erzählen Sie mir, wovor Sie Angst haben.«

»Warum sollte ich?«

»Sie sind hier.«

Sie griff nach dem Koifutter. »Darf ich?« Mit zwei Fingern fischte sie einzelne Flocken heraus und warf sie ins Wasser. »Der silberne gefällt mir. Sieht so elegant aus.«

»Okay, ich fange an«, sagte ich. »Leute, die für Sie arbeiten, scheinen vermehrt gewaltsam zu Tode zu kommen.«

Ihr Arm schoss vor. Sie schleuderte das restliche Futter von sich. Die Fische schlugen zu. »Leute? Ich weiß nur von Adriana. Und von ihr weiß ich nur, weil ich es aus dem Fernsehen erfahren habe. Ich bin total ausgeflippt.«

»Haben Sie sich bei der Polizei gemeldet?«

Längeres Schweigen. »Sie kennen die Antwort. Nein. Weil mir nicht klar war, was ich hätte beitragen können. Sie hat nur kurz für mich gearbeitet. Ich kannte sie kaum.«

Ich sagte nichts.

»Was meinen Sie mit ›Leute‹? Sie machen mir Angst.«

»Erst Adriana, dann Melvin Jaron Wedd.«

Ihre Hand flog auf ihren Mund. »*Was? Mel? Nein! Wann?*«

»Vor ein paar Tagen.«

»Oh Gott, nein – was reden Sie da?«

»Er wurde vor ein paar Tagen ermordet. War er ein guter Mitarbeiter?«

»Was?«

Ich wiederholte die Frage.

»Ja, klar, er war super. Mord? Wie um Himmels willen …«

»War er zuverlässig? Konnte er gut organisieren?«

»Ja, ja, aber was soll das alles?«

»Außerdem hatte er ein besonderes Talent«, sagte ich. »Er konnte Stimmen imitieren.«

»Was? Oh das, ja klar, er hat den Kindern Zeichentrickfiguren vorgespielt. Und?«

»Er hat Donny ziemlich gut getroffen. Als er mich anrief, um die Sitzung für Sie zu vereinbaren.«

»Was!?«

»Ich hielt den Anrufer für Donny. Aber es war Mel, nicht wahr?«

»Mel hat für mich angerufen – aber ich habe ihn nicht darum gebeten.«

»Wahrscheinlich hat er improvisiert.«

»Warum sollte er das tun?«

»Ich hatte gehofft, Sie könnten mir das erklären.«

»Nun, das kann ich nicht, ich habe keine Ahnung, warum.«

»Dann wage ich mal eine Spekulation, Prema. Subtile Feindseligkeit. Donny kümmerte ihn nicht, er wusste, wie er sein konnte. Und er wusste, dass Donny nicht begeistert gewesen wäre, wenn Sie einen Kinderpsychologen einschalten. Also hat er die Stimme nachgemacht. Eine Form von bitterböser Ironie.«

Sie blickte auf das Wasser.

»Mel wollte mir nicht sagen, welches Kind ich sehen würde«, fuhr ich fort, »weil es gar nicht um die Kinder ging. Die Kinder brauchten keine Hilfe, sie waren völlig in Ordnung – in Anbetracht der Umstände.«

Sie sah mich mit feuchten Augen an. »Ich gebe mein Bestes.«

»Das glaube ich Ihnen gern. Bleibt die Frage: Warum wollten Sie mich sehen? Ich bin Kinderpsychologe, also ging es nicht um Sie persönlich. Ein Problem mit der Familie?«

Sie antwortete nicht.

»Vielleicht eine Ehe, die in die Brüche zu gehen droht? Sorge, dass eine Trennung die Kinder belasten würde? Die Frage, wie man die Belastung minimieren könnte?«

Sie bedeckte ihr Gesicht mit den Händen.

»Sie kümmern sich um alles und jeden«, fuhr ich fort. »Donny war alles egal. Sie wollten immer Kinder, er nie. Sie redeten sich ein, er würde sich schon ändern, sobald er sah, wie süß sie waren. Nichts dergleichen geschah, er interessierte sich überhaupt nicht für sie. Und sie wissen es auch, die Kinder. Deshalb sehen auf dem Foto im Theater alle so angespannt aus. Es war seine Idee, zum ersten Mal hat er sich für die Familie interessiert, er musste also einen Hintergedanken haben. Was hatte er mit dem Foto vor? Wollte er es für PR-Zwecke nutzen?«

Sie hob die Arme und boxte ungeschickt in die Luft. »Mistkerl! Für einen blöden Film! Große Hauptrolle für ihn, er sollte einen *Daddy* spielen.«

»Wechsel ins Charakterfach.«

Ihr Lachen klang bitter. »Der liebevolle, fürsorgliche, linkische Daddy. Können Sie sich vorstellen, was das für Vollidioten sind, die sich so was ausgedacht haben?«

»Nicht gerade *Citizen Kane.*«

»Weit entfernt davon. Saumäßiges Drehbuch, saumäßige Darsteller, sollte sein großes Comedy-Debüt werden und ihm eine ganz neue Welt eröffnen.«

Sie stand auf, ging ein paar Schritte und kam dann zurück. »Sein Plan war es, das Foto für viel Geld zu verkaufen. Mich hat er nicht gefragt, er wusste, was ich dazu sagen würde. Stattdessen hat er mich damit überfallen, als wir vom Flughafen in die Stadt fuhren. Er wies den Fahrer an, zum Theater zu fahren; sein Agent hatte die Lobby gemietet. Der ganze Ausflug war als Exkursion geplant: den Kindern das Metropolitan Museum of Art und das Planetarium zeigen. Ich war ganz überrascht, als er vorschlug mitzukommen. Ich hatte schon die Hoffnung, dass er doch endlich zur Besinnung kommt. Und dann kommt er mit so was! Stundenlang sollten sie vor der Kamera posieren. Mit ihm, mit uns beiden. Dann wollte er, dass sie hochspringen und lachen und ihn küssen und drücken! *Widerlich!* Aber ich habe ihm einen Strich durch die Rechnung gemacht. Es war von Anfang an ausgemacht gewesen, dass sie nie *benutzt* werden. Weder für seinen Scheiß noch für meinen. Er wusste das genau, und plötzlich wollte er es anders haben?

Weil irgendjemand ihm Geld dafür geben wollte, dass er einen *Vater* spielt? Er versuchte, es zu erzwingen, aber ich gab nicht nach. Als es ausartete, habe ich die Kinder zum Wagen gebracht und ihnen gesagt, sie sollen dort drin warten. Als ich ins Theater zurückkam, war er weg. Er fuhr nach Teterboro, mietete sich ein Flugzeug nach Las Vegas und blieb wochenlang dort. Die Bande und ich versuchten, das Beste daraus zu machen. Ich hatte eine große, ruhige Wohnung weitab vom Schuss am Sutton Place gemietet, mit Concierge und Wachdienst. Ich schaffte es, ihnen ein paar Dinge zu zeigen, ohne dass wir erkannt wurden. Sie wollten wissen, wo er war. Ich erklärte, es ginge ihm nicht gut, aber sie wussten, dass ich log. Ich versuchte, ihn zu erreichen, um mit ihm zu reden, eine Lösung zu finden. Aber er nahm nie ab. Irgendwann schickte er mir ein Foto: er und ein paar … Mädchen. Wollte mir wohl bildhaft klarmachen, dass er mich nicht vermisst.«

Ihre Miene verspannte sich. »Danach waren wir uns noch fremder.«

»Ein reizender Daddy«, sagte ich. »Kann mich gar nicht an den Film erinnern.«

»Der ist auch nie gedreht worden.«

»Wieso nicht?«

»Vielleicht ist irgendjemandem aufgefallen, was für ein saumäßiger Schauspieler er ist?« Schulterzucken. »Aber so läuft das im Filmbusiness. Alles heiße Luft.« Ihr Zeh rieb an einem Randstein des Teichs.

Zeit, ihr ein wenig auf die Sprünge zu helfen. »Haben Sie den Kindern erzählt, dass Adriana tot ist?«

»Natürlich nicht!«

»Wie haben Sie erklärt, dass sie nicht mehr da ist?«

»Ich habe gesagt, sie sei in Urlaub gefahren. Aber das war nur für die Kleine wichtig, Adriana war für sie zuständig, die anderen brauchen so was nicht.«

»Eine Nanny.«

»Nicht einmal das, sie sollte nur auf Bubu aufpassen, wenn ich zu eingespannt war.«

»Bei vier Kindern kann das ja schon mal vorkommen.«

»Aber ich bekomme das hin.« Sie schniefte. »Es gibt nichts, was ich lieber täte.«

Ich zog ein Stück Papier aus meiner Hosentasche, faltete es auf und tat, als würde ich lesen.

Sie gab vor, mich zu ignorieren, doch als Schauspielerin war sie etwas aus der Übung, und ihre Neugier war dann doch zu groß. »Was ist das?«

Ich reichte ihr das Bestellformular des Laborzubehörhandels – die Kopie, die ich für mich behalten hatte. Sie kramte ihre Brille aus der Tasche und überflog es. »Käfer? Skalpelle? Was ist das?«

»Lesen Sie den Namen des Empfängers, Prema.«

»Wer ist das?«

»Jemand von Apex Management, der in Ihrem Namen Dinge bestellt.«

Ihr Kiefer sank herab. »Was? Das ist absurd. Ich habe von der Firma noch nie gehört. Käfer? Skalpelle – eine *Knochensäge*? Was um alles in der Welt geht da vor?«

Sie versuchte, mir das Blatt zurückzugeben, doch ich behielt meine Hände im Schoß. »Kevin Dubinsky hat das alles für Sie bestellt.«

»Mel kümmert sich um meine Einkäufe.«

»Wenn Sie etwas wollten, haben Sie es Mel gesagt, und der hat es dann an Kevin weitergeleitet?«

»Wer ist überhaupt Kevin? Ich kenne niemanden, der Kevin heißt. Es lief sowieso alles über E-Mail.«

»Sie haben Mel gemailt, und er hat es an …«

»Das ist doch Wahnsinn.« Sie las das Blatt noch einmal. »Fleischfressende … das ist ja eklig. Warum sollte ich mir

Käfer ins Haus holen? Wir haben einen Kammerjäger, der sich um so was kümmert, letztes Jahr hatten wir ein Wespennest, und es hat zwei Tage gedauert, bis es entfernt war. Kyle-Jacques ist gegen Bienen und Wespen allergisch.«

»Fleischfressende Käfer sind kein Ungeziefer. Das sind Spezialisten.«

»Wofür?«

»Sie vernichten Fleisch. Schnell und sauber. Wissenschaftler setzen sie ein, um Knochen zu säubern.«

»Das ist ja widerlich! Warum sollte ich so was haben wollen?«

Ihre Hände zitterten so, dass das Papier raschelte.

Ich hatte ihr das perfekte Stichwort gegeben, doch sie machte nicht den Versuch, sich mit einer plausiblen Erklärung aus der Affäre zu ziehen.

Ach, die Käfer. Die hatte ich ganz vergessen. Die gehörten zu einem Naturkundeprojekt der Kinder. Das ist mein großes Steckenpferd, wie Sie ja gestern gesehen haben.

»Käfer? Skalpelle?« Sie erblasste. »Sie wollen sagen, jemand hat Mels Knochen gesäubert? Oder Adrianas – oh mein Gott …«

»Mel wurde erschossen und war ansonsten unversehrt. Ebenso Adriana. Ist noch jemand ermächtigt, sich in Ihrem Namen an Kevin Dubinsky zu wenden?«

»Ich sage Ihnen doch, ich kenne keinen Kevin Dubinsky. Ein Leben, wie ich es führe, da delegiert man Dinge …«

»Wer hat Zugriff auf Ihren E-Mail-Account?«

»Niemand außer mir. Ich benutze den Computer aber ohnehin nicht viel, weil ich der Meinung bin, dass das Internet nur zur Verdummung führt. Ich lese. Bücher. Da ich nicht viel Schulbildung abbekommen habe, gibt es viel aufzuholen. Ich möchte mich bilden, für die Bande, wobei die schon so vieles wissen, was ich nicht weiß. Vor allem KJ, er ist ein kleines Mathegenie.«

»Gibt es noch andere E-Mail-Accounts bei Ihnen zu Hause?«

»Natürlich, für den Haushalt«, sagte sie. »Ich kann Ihnen aber nicht sagen, wie viele und wer sie benutzt – ich jedenfalls nicht. Wir haben einen Computerservice, der das alles eingerichtet hat.«

»Wurden diese E-Mail-Adressen auch für Bestellungen verwendet?«

»Ja, für Lebensmittel, Klopapier und solche Sachen. Aber bestimmt nicht für Käfer!«

»Wer gehört alles zu Ihrem Personal?«

»Alle eingeschlossen? Wenn Sie alle meinen, die bei uns ein und aus gehen, einschließlich Gärtner, Poolservice und die Ungezieferleute, das kann ich Ihnen gar nicht sagen. Es gibt ständig irgendwas zu reparieren.«

»Wer wohnt denn auf dem Anwesen, so wie Mel?«

»Früher war das Wahnsinn, da hatten wir ein Heer von Angestellten«, sagte sie. »Nachdem ich aufhörte zu drehen, habe ich das eingeschränkt. Mel ist – war – der Manager. Ich hatte auch einmal eine Assistentin, aber die habe ich schon vor Jahren abgeschafft. Die meisten Leute haben nur Assistenten, weil sie es hassen, allein zu sein. Ich genieße es, allein zu sein.«

»Hatte Donny eine Assistentin?«

»Immer«, erwiderte sie. »Sie kommen und gehen. Natürlich immer junge Mädchen. Von der Letzten weiß ich nicht einmal den Namen, wir leben inzwischen … nun, ansonsten sind da noch die Hausangestellten. Imelda, Lupe, Maria. Ich brauche drei, um das Haus sauber zu halten, es ist ein Riesenunterfangen. Die drei sind wunderbar. Cousinen. Sehr gläubig. Das war's. Ach ja, und eine Köchin. Damit wir was Gesundes zu essen bekommen.«

»Und Adriana.«

Ihre Augen füllten sich mit Tränen. »Und sie. Sie war auch gläubig. Ich dachte mir das, weil sie eine Bibel auf dem Nachttisch liegen hatte, und manchmal habe ich gesehen, wie sie betete. Ich persönlich habe damit nichts am Hut, aber ich respektiere es bei anderen. Sie sagen, die Person, die Mel getötet hat, hat auch sie getötet?«

»Das wissen wir noch nicht. Haben Sie schon nach einer Nachfolgerin für Adriana gesucht?«

»Ich bin nicht sicher, ob ich eine brauche. Bubu wird immer selbstständiger und kontaktfreudiger. Sie ist jetzt mehr und mehr mit den anderen zusammen.«

»Haben Sie einen Fahrer?«

»Wir hatten zwei, einen für ihn, einen für uns, aber das war die reinste Verschwendung, so selten, wie wir unterwegs sind. Ich habe jetzt zu einem Fahrdienst gewechselt.«

»Hat Donny seinen Fahrer behalten?«

»Nein … ich glaube nicht.«

»Sie wissen es nicht?«

Sie atmete aus. »Wir leben nicht mehr richtig zusammen.«

»Wo wohnt er denn?«

»Nebenan. Auf dem Nachbargrundstück. Ich meine, es gehört alles zusammen, ich habe es vor Jahren gekauft, aber es sind drei Parzellen. Ursprünglich hatte ich vor, ein einziges Riesengrundstück daraus zu machen, aber dann … haben sich die Dinge geändert. Die Bande und ich leben auf dem großen Grundstück: ein Haupthaus und mehrere Nebengebäude auf zwei Komma acht Hektar Grund mit Tennisplatz, Pool und so weiter.«

»Und Donny?«

»Er hat das mittlere, mit etwa eins Komma zwei Hektar. Das kleinste ist knapp einen halben Hektar groß, es ist nicht bebaut. Da kommt nie jemand hin.«

Sie schob mir das Bestellformular entgegen. »Nehmen Sie das zurück, das macht mir Angst.«

Ich steckte das Papier ein. »Als Sie das von Adriana hörten, haben Sie mit irgendjemandem darüber gesprochen?«

»Nein.«

»Auch nicht mit Mel?«

»Warum hätte ich mit ihm darüber sprechen sollen?«

»Wenn man zusammen arbeitet, redet man über Dinge.«

»Das war bei uns nicht so«, sagte sie.

»Kein persönlicher Kontakt.«

»Wir haben uns unterhalten, wenn es etwas zu besprechen gab. Verstehen Sie das bitte nicht falsch, ich habe nicht die Chefin rausgekehrt. Aber Freundschaft ist – war – das auch nicht. Ein Freund ist jemand, der dich um deiner selbst willen mag. Mel wäre keine Sekunde in meiner Nähe geblieben, wenn ich ihn nicht bezahlt hätte.«

Sie lächelte bitter. »Ich habe keine Freunde, Dr. Delaware. Ich habe Menschen, die ich bezahle.«

Mir fielen die Frauen ein, die laut Robert Sommers bei Wedd ein und aus gegangen waren. »Wie war denn sein Liebesleben?«

»Soweit ich weiß, hatte er keins.«

»Keine Freundin?«

Sie lächelte. »Mel war schwul.«

»Das wissen Sie, weil …«

»Er es mir erzählt hat. Wie gesagt, wenn es etwas zu besprechen gab, haben wir uns schon unterhalten. Einmal sah er irgendwie erregt aus, ich habe ihn gefragt, was los sei, und da hat er es mir erzählt. Ich muss gestehen, ich hatte keine Ahnung, ich hatte nie etwas in der Richtung bemerkt. Sein Problem war, er hatte einen Bruder – so Typ Cowboy, Macho –, den er lange nicht mehr gesehen hatte, weil er als junger Mann von zu Hause abgehauen war. Mel wollte …

wie sagte er noch … diese Beziehung *wieder aufleben lassen*, und er hatte Angst, wenn sein Bruder herausfand, dass er schwul ist, dass dann alles im Eimer wäre. Warum spielt sein Liebesleben eine Rolle?«

»Wenn jemand ermordet wird, ist es wichtig, sich über seine Beziehungen zu informieren.«

»Mel hatte womöglich welche, aber ich wusste nichts darüber. Warum haben Sie mir das mit den Käfern gezeigt?«

»Als Adrianas Leiche gefunden wurde, ist im Park noch etwas anderes aufgetaucht: das Skelett eines zwei Monate alten Babys. Die Knochen waren von fleischfressenden Käfern gesäubert worden.«

Keuchend krümmte sie sich und würgte. »Damit soll ich was zu tun haben? Das ist grotesk.« Sie packte ihre Haare. »Das darf doch nicht wahr sein!«

»Gibt es jemanden, der Sie reinlegen will?«

»Nein!«

»Noch etwas. Nachdem die Knochen gesäubert waren, wurden sie mit Bienenwachs eingerieben.«

Sie packte mich am Arm, sah mir ins Gesicht und stieß einen schrillen Schrei aus.

Sie sprang auf und wich vor mir zurück, als hätte ich die Pest. Sie rannte auf das Haus zu, bis zu den Stufen, die zur Küche führten, hielt aber davor inne.

Statt weiterzugehen, fing sie an, im Garten Kreise zu drehen, schnell, mechanisch, die Finger in den Haaren. Eine großartige Trainingspartnerin für Milo.

Nach der neunten Runde hastete sie in den hinteren Teil des Gartens, wo große Bäume Schatten auf den Rasen werfen. Sie lehnte sich gegen meinen ältesten Redwoodbaum und brach in krampfhaftes Schluchzen aus.

In dem Moment, als ich beschloss, zu ihr zu gehen,

straffte sie die Schultern, atmete durch und kam zu meiner Teakbank zurück.

»Der Park, in dem … das passiert ist – falls sie den Namen im Fernsehen erwähnt haben, ist er mir entgangen. Ich habe wirklich nicht zugehört, bis ich Adrianas Namen hörte. War es Cheviot?«

»Wie kommen Sie darauf, Prema?«

»Ach …« Sie beugte sich vor und packte ihre Knie. Als wollte sie von einer Klippe springen.

Aber statt loszufliegen, blieb sie wie angewurzelt stehen. Mit einem Stöhnen sagte sie: »Sehen Sie, ich weiß alles Mögliche.«

50

Milo war in seinem Büro. »Du hast *was*?«

»Es fing als Observierung an«, sagte ich. »Und dann kam eins zum anderen.«

»Du hast ihr alles erzählt?«

»Genug, um zu ihr durchzudringen.«

»Sie ist dein neuer Liebling.«

»Sie hat es nicht getan.«

»Das weißt du?«

»Ich würde darauf wetten.«

Stille.

»Du brauchst sie«, sagte ich, »und im Moment ist sie der Meinung, dass sie dich braucht.«

»Wofür?«

»Um ihre Kinder zu beschützen.«

»Die böse Hexe ist auf einmal eine Heilige?«

»Wenn du es so sehen willst.«

»Sie ist bei dir zu Hause? Und keine Paparazzi in den Büschen?«

»Ist nicht mehr ihr Stil.«

»Ein einfaches Mädchen. Deine neue beste Freundin.«

»Ich plaudere gern am Telefon mit dir, mein Freund, aber du musst jetzt leider herkommen.«

Er brummte. Ich hörte, wie eine Tür zuschlug. »Bin schon auf dem Weg.«

»Guter Mann.«

»Gibt ja nur noch so wenige wie uns.«

Zurück im Büro goss ich Prema Kräutertee ein, ließ sie ein wenig mit Blanche spielen und über Kindererziehung im Allgemeinen philosophieren. Dann kam ich auf die Fragen zurück.

Sie gab bereitwillig Auskunft. Als es an der Tür klingelte, blinzelte sie. »Ist er das? Müssen wir das wirklich tun?«

»Absolut.«

»Ich hatte bislang nur einmal mit der Polizei zu tun, das war in London. Wir sind in einem Park beim Kiffen erwischt worden, eine ganze Bande. Lauter superreiche Fatzkes, alle hatten Verbindungen, wir kamen mit einer Verwarnung davon.«

»Sie haben auch jetzt wieder Verbindungen.«

»Ja …?«

»Prema, Sie sind schließlich nicht einfach so zu mir gekommen.« Ich stand auf. »Sind Sie so weit?«

Sie erhob sich langsam, zögerte einen Moment und fädelte dann ihren Arm durch meinen Ellbogen. »Kein roter Teppich«, flüsterte sie. »Aber gut. Gehen wir.«

Sie stellten einander kurz vor. Beide waren misstrauisch. Prema ergriff Milos Hand mit beiden Händen, als wollte sie den Kontakt verstärken. Milo bot dagegen kaum seine Finger an und zog den Arm rasch wieder zurück.

Ich führte Prema ins Wohnzimmer und setzte mich neben sie. Milo nahm gegenüber auf einem Stuhl Platz. Den Anzug, den er trug, hatte ich seit Jahren nicht mehr an ihm gesehen, ein grün-brauner Sack über einem weißen Hemd, dazu eine schmutzig blaue Krawatte, die kein Psychopharmakon der Welt schön gemacht hätte.

Nur eines war anders: Er hatte seine Haare gegelt. Ein hundertzehn Kilo schwerer Bub, der auf die Kommunion wartet.

»Sie sehen aus, wie ein Cop aussehen sollte«, sagte Prema.

»Sie sehen aus, wie eine Schauspielerin aussehen sollte«, erwiderte Milo.

»Ich meine das als Kompliment, Lieutenant. Es wirkt beruhigend auf mich.«

»Akzeptiert.« Seine Miene war undurchdringlich. »Was kann ich für Sie tun, Ms Moon?«

Sie wandte sich mir zu.

Ich sagte: »Legen Sie einfach los.«

Sie atmete durch. »Okay … gut … Donny Rader raucht Meerschaumpfeife.«

»Aha.«

»Wissen Sie, was Meerschaum ist?«

»Eine Art Stein zum Schnitzen.«

»Es ist ein Mineral, Lieutenant. Es wird vom Meer angespült, und die Leute schnitzen Pfeifen daraus. Donny Rader hat jede Menge solcher Pfeifen, ich habe keine Ahnung, wie viele. Er raucht Dope damit. Er ist ein fanatischer Sammler, er liebt *Dinge*. Für mich ist das reine Habgier. Wie bei den Autos: Er hat mindestens ein Dutzend, obwohl er kaum jemals damit fährt. Er hat mehr Klamotten als ich.« Eine Hand knetete die andere. »Er sammelt auch Frauen. Aber darauf müssen wir jetzt nicht eingehen.«

»Klingt, als hätte Ihr Mann viel zu tun, Ms Moon.«

Sie zuckte zusammen.

Ich sagte: »Es gibt noch eine weitere Sammlung.«

»Ja«, gab sie zu. »Er sammelt Waffen. Als wir noch zusammengewohnt haben, habe ich dafür gesorgt, dass er sie wegschließt. In einem Stahlschrank, der von meinem Geld angeschafft wurde. Wegen der Kinder.«

»Wo sind die Waffen jetzt, Ms Moon?«

»In seinem Haus.«

»Sie wohnen nicht zusammen?«

»Er wohnt auf dem Nachbargrundstück. Ich habe das ganze Land vor Jahren schon gekauft, aber ich nutze nur einen Teil davon.«

»Und von dem Stahlschrank wissen Sie, weil …«

»Ich habe ihn gesehen. Nicht in letzter Zeit, wir haben nicht mehr viel Kontakt … Ich meine, ich bleibe für mich, er für sich.«

»Wann haben Sie den Schrank zuletzt gesehen?«

Ihre Brust hob und senkte sich. »Das ist vielleicht ein halbes Jahr her, ich bin nicht sicher.«

»Sie waren drüben zu Besuch …«

»Nicht zu Besuch, in einer offiziellen Sache. Er musste ein Dokument für unseren Steuerberater unterschreiben. Unser Leben ist kompliziert; man kann vieles delegieren, aber irgendwann kommt man nicht umhin, selbst zu unterschreiben. Alles, was vom Finanzamt kommt, landet bei mir, weil er sich sowieso nicht darum kümmert.«

»Also, vor etwa sechs Monaten …«

»Es könnte auch vor sieben, acht oder fünf Monaten gewesen sein, ich weiß es nicht mehr. Ich weiß nur noch, dass er noch im Bett lag und dass im Haus totales Chaos herrschte, so wie immer. Eine Frau war da. Ich bat sie, für einen Moment hinauszugehen, damit er unterschreiben konnte. Der Stahlsafe ist in einem Kleiderschrank in seinem Schlafzimmer. Die Schranktür stand auf, und da waren Waffen zu sehen, in offenen Regalen. Auf dem Boden standen Gewehre. Ich habe gemacht, dass ich da rauskomme.«

»Hat er Sie je mit einer Waffe bedroht?«

»Bislang noch nicht.«

»Sie halten es für möglich?«

»Im Augenblick weiß ich nicht, was ich für möglich halten soll, Lieutenant.«

»Was die Meerschaumpfeifen angeht …«, warf ich ein.

Milo hob eine Augenbraue.

»Ja, natürlich«, sagte Prema. »Die Meerschaumpfeifen. Seine geliebten Pfeifen… Das Spannende für Sammler daran ist, dass sich die Pfeifen nach und nach durch das Rauchen verfärben. Von Weiß bis Bernsteinfarben. Dazu werden sie gleich nach dem Schnitzen beschichtet. Später werden sie dann immer wieder nachbehandelt.«

Ihre Hände verkrampften sich. »Für diese Behandlung wird Bienenwachs verwendet, Lieutenant.«

Milo schürzte die Lippen. »Tatsächlich?«

»Genauer gesagt Bienenwachs, das Konditoren benutzen. Als wir noch zusammengewohnt haben, habe ich das in seiner Werkstatt gesehen. Er bastelt Sachen, Vogelhäuschen, Aschenbecher. Aber nicht besonders gut.«

»Sie haben gesehen, wie er mit Bienenwachs arbeitet.«

Nicken. »Einmal hat er mich gerufen, damit ich ihm zusehe, wie er eine Pfeife behandelt. Wollte damit angeben. Er hat das Wachs erhitzt, aufgestrichen, es abkühlen lassen und dann poliert. Vor etwa einem Monat hat er sechs Dosen Wachs bestellt. Das weiß ich, weil er das nicht von Apex, unserer Managementfirma, hat machen lassen – wir haben dort jeder einen persönlichen Sachbearbeiter –, sondern es selbst im Internet bestellt hat. Und zwar mit meiner Kreditkarte. Das Paket landete dann auf meinem Schreibtisch. Es kam von einer Firma für Backwarenzubehör. Mein erster Gedanke war, die Köchin hat es gekauft, und jemand hat versehentlich meine Kreditkarte benutzt statt einer der Haushaltskarten. Dann habe ich es aufgemacht, und als ich sah, was darin war, habe ich ihn angerufen, damit er es abholt. Wir haben uns am Tor seines Grundstücks getroffen. Ich wollte wissen, warum er es auf meinen Namen gekauft hat, aber er konnte es mir nicht erklären. Wie immer war er ziemlich bekifft oder sonst wie auf Drogen.«

»Was hat er denn gesagt?«

»Er nuschelte irgendetwas von wegen, er habe seine Karte nicht gefunden. Was plausibel ist, weil er dauernd irgendwas verlegt. Andererseits erklärt es nicht, warum er nicht über Apex bestellt hat. Aber ich habe es dabei bewenden lassen, schließlich war es nur sein Wachs, und je weniger ich ihn sehen muss, umso lieber ist es mir. Ich habe das Ganze dann vergessen, bis ich heute erfahren habe, dass er wieder etwas in meinem Namen bestellt hat. Nur dass er diesmal meinen Assistenten bei Apex beauftragt hat, vermutlich unter Verwendung einer meiner E-Mail-Adressen … und dann hat er diese schrecklichen Dinge gekauft.«

»Sie wissen, dass die Bestellung von ihm kam, weil …«

»Weil ich die Sachen nicht gekauft habe, Lieutenant. Er versucht ganz offenbar, seine Spuren zu verwischen, indem er den Verdacht auf mich lenkt.«

Milo musterte sie schweigend.

»Ich weiß, es klingt verrückt, aber Sie dürfen mich gern an einen Lügendetektor anschließen, Lieutenant. Ich habe noch nie im Leben Käfer oder Chirurgenbesteck gekauft … oder Bienenwachs. Ich habe auch nie jemanden gebeten, diese Dinge für mich zu besorgen. Da können Sie jeden Computer in meinem Haus überprüfen. Sie haben doch bestimmt Spezialisten für so was.«

»Wissen Sie genau, dass er das Wachs im Internet bestellt hat?«

»Wie denn sonst?«

»Telefonisch?«

Sie dachte nach. »Okay, leuchtet mir ein. Überprüfen Sie die Telefonverbindungen, wir haben jede Menge Nummern, unsere, seine. Nur zu.«

Milo rollte seine Krawatte bis zum Kragen hoch und ließ

sie dann wieder los. »Können Sie sich vorstellen, wozu Ihr Mann Käfer und Skalpelle braucht?«

Ihre Hände spannten sich an. »Muss ich das sagen?«

Sie sah mich an.

Ich schenkte ihr mein schönstes Therapeutenlächeln.

»Schön«, sagte sie, »ich habe Angst, dass es etwas mit dem armen Baby im Park zu tun haben könnte. Der Park ist übrigens noch so ein Punkt. Ich habe Dr. Delaware schon davon erzählt, bevor Sie kamen. Donny Rader hat eine Verbindung zu diesem Ort. Er hat dort früher gleich nebenan auf dem Golfplatz als Caddie gearbeitet. Zu einer Zeit, als er noch ein Niemand war.«

Milo wuchtete seine Masse nach vorne. »Das ist alles sehr interessant, Ms Moon. Danke, dass Sie sich gemeldet haben.«

»Was habe ich für eine Wahl, Lieutenant? Er versucht ganz offensichtlich, mich zu vernichten.«

»Sie glauben also, Ihr Mann ist …«

»Dürfte ich Sie um einen Gefallen bitten, Lieutenant? Bitte nennen Sie ihn nicht so. Mein Mann ist er nur noch auf dem Papier.«

»Sie glauben also, dass Mr Rader etwas mit dem Baby im Park zu tun hat.«

»Ich weiß nicht, was ich sonst glauben soll, Lieutenant. Diese Knochen wurden genauso behandelt wie seine blöden Pfeifen. Nachdem er diese schrecklichen Biester auf sie angesetzt hat.«

»Können Sie sich vorstellen, warum er das getan haben könnte?«

»Nein«, sagte sie. »Ich meine, er ist alles andere als fürsorglich. Aber ich hätte mir nie vorstellen können … nicht, bis Dr. Delaware von dem Wachs erzählt hat.«

»Keine Idee, was Mr Rader für ein Motiv gehabt haben könnte?«

Das war die Frage, die ich stellen wollte, als die Türklingel mich unterbrach.

Ihre Augen füllten sich mit Tränen. »Ich habe eine Idee. Aber die erscheint mir total unlogisch.«

»Nämlich?«

»Etwas, das völlig irrational wäre. Jedenfalls für jeden normalen Menschen«, sagte sie. »Ich meine, wie soll man denn so etwas nachvollziehen können?«

»Was denn, Ma'am?«

Sie zupfte an ihren Haaren. »Es ist… selbst für seine Verhältnisse… Ich möchte Sie etwas fragen, Lieutenant. War das Baby im Park schwarz?«

Milo sah mich an. »Warum sollte das Baby schwarz sein, Ms Moon?«

»Nun, in meinem Haus gab es nach Bubu – meiner Jüngsten – nur noch ein Baby, und das war schwarz. Die Mutter war eine Angestellte von uns. Sie hat das Kind sogar auf dem Anwesen zur Welt gebracht, in ihrem Zimmer im Personalgebäude. Ich war natürlich entsetzt von der ganzen Sache. Sie hat gesagt, sie hätte es ganz allein zur Welt gebracht. Ein Mädchen. Ich wollte, dass sie ins Krankenhaus geht, aber sie lehnte ab. Ich fand das unfassbar, aber sie ließ sich nicht umstimmen, und es schien ihr tatsächlich gut zu gehen. Das Baby war winzig. Also, nicht abnorm klein, kein Frühchen. Es schien alles in Ordnung zu sein. Nur das viele Blut auf ihrem Bett.«

Sie runzelte die Stirn. »Mein Haus, ihre Geburt.«

»Wie lange ist das her?«

»Vier Monate vielleicht?«

»Was passierte dann?«

»Das Baby war unglaublich süß, ein richtiger Wonneproppen mit sonnigem Gemüt. Cordelia. So hat die Mutter es genannt. Ich habe ihr freigegeben, damit sie sich um die

Kleine kümmern kann, und ihr ein paar von Bubus alten Sachen gegeben. Ich habe Bubus alte Wiege in ihrem Zimmer aufstellen lassen. Als Dank dafür ist sie einfach abgehauen. Zumindest dachte ich das. Inzwischen …«

»Inzwischen glauben Sie, dass etwas Schlimmeres passiert ist.«

Sie erwiderte nichts.

»Ms Moon, warum sollte Mr Rader diesem Baby etwas antun wollen?«

Langes Schweigen.

»Könnten Sie die DNA überprüfen?«, fragte Prema.

»Wozu?«

»Um zu sehen, wer der Vater war.«

»Sie denken, es könnte Mr Rader gewesen sein.«

Ihre Augen verengten sich zu Schlitzen. »Ich weiß, was er ist. Dass er *so* dumm ist, hätte ich allerdings nicht gedacht.«

»Was ist er denn?«

»Frauen stehen auf ihn. Und er lässt sich nicht gerade bitten.«

»Sie haben den Verdacht, die Mutter des Kindes und Mr Rader hatten eine …«

»Das ist kein Verdacht, ich weiß es. Einmal habe ich sie nach Feierabend zu ihm gehen sehen. Es war schon dunkel. Sie trug ein Minikleid. Es gab keine Veranlassung für sie, zu ihm zu gehen, schließlich arbeitete sie für *mich*, sollte auf *meine* Kinder aufpassen.«

»Haben Sie sie darauf angesprochen?«

Kopfschütteln. »Warum? Alle hatten Sex mit ihm. Es war absolut bedeutungslos.«

»Seine Vielweiberei hat Sie nicht gestört?«

»Am Anfang schon, klar, und wie. Aber später? Ganz im Gegenteil. Hat er mich wenigstens in Ruhe gelassen. Trotzdem hatte ich nicht den Verdacht, dass er sie geschwängert hat. Das war noch nie vorgekommen. Außerdem hatte sie nie den Ausdruck in den Augen, den sie alle irgendwann bekommen.«

»Schwangere Frauen?«

»Nein«, fauchte sie. »Tussis, die denken, sie hätten ihn für sich gewonnen. Dann fangen sie immer an, hämisch zu grinsen. Ich habe sie reihenweise rausgeschmissen, Assistentinnen, Köchinnen, Hausmädchen. Nicht weil ich eifersüchtig bin. Aber ich finde, es geht nicht, mit diesem Grinsen im Gesicht vor mir zu stehen und sich den Monatsscheck geben zu lassen.«

»Die Mutter des Babys hat also nicht so gegrinst«, sagte Milo.

»Sie hatte ein wunderbares Lächeln, so wie alle Frauen, wenn sie schwanger sind. Das ist bei Frauen etwas ganz Besonderes, Lieutenant.«

Sie strich sich mit der Hand über den Bauch. Tränen füllten ihre Augen. »Zumindest habe ich mir das sagen lassen – nein, nein, streichen Sie das bitte, ich will nicht die Mitleidstour reiten. Ich habe meine Bande, sie sind Kleinode, ob ich sie nun selbst ausgetragen habe oder nicht.«

Sie sprang auf, rannte zur Tür, riss sie auf und floh nach draußen.

Dann waren keine weiteren Schritte zu hören.

Milo sah mich an. Ich hob abwehrend eine Hand.

Eine Minute später kam sie wieder und stellte sich zwischen uns.

Center Stage.

Milo sagte: »Bitte«, und deutete zum Sofa.

»Ich weiß, Sie tun nur Ihre Pflicht«, sagte sie, »aber mich macht das wirklich fertig.«

51

Der Detective trat neben die Filmschönheit, legte den Arm um sie und führte sie zum Sofa zurück.

»Es tut mir so leid, Ms Moon, wirklich. Vielleicht hilft es Ihnen zu denken, dass Sie dabei helfen, dem Baby und anderen Gerechtigkeit zu verschaffen.«

Prema reagierte nicht. Milo setzte sich auf einen Stuhl und rückte dichter an sie heran.

»Verdammter Schürzenjäger. Sammelt Tussis wie Waffen. Deshalb war mein Verwalter ein Mann. Deshalb habe ich nur noch Kirchendamen über sechzig im Haus.«

»Sie denken, Donny Rader hat das Baby getötet.«

»Ich hätte nie gedacht, dass er zu so etwas in der Lage wäre. Ich meine, Kinder waren ihm immer so was von egal. Andererseits – wenn etwas zu seinem Vorteil ist... Wahrscheinlich wurde sie zu einem Problem, weil sie ihn unter Druck gesetzt hat.«

»Für Geld?«

»Geld oder Liebe – vielleicht wollte sie, dass er sich der Verantwortung stellte. Ich will Ihnen was sagen: Wenn sie größere Summen wollte, war das definitiv ein Problem für ihn. Er kann nicht frei über finanzielle Mittel verfügen. Ich zahle ihm eine Apanage, weil er so ein Idiot ist.«

»Was heißt größere Summen?«

»Mehr als zehntausend Dollar im Monat. Da hätte er mich fragen oder irgendwas von seinem Krempel verkaufen müssen.«

Sie wandte sich an Milo. »Das war wahrscheinlich das Motiv, Lieutenant. Sie hat ihn mit ihrer Habgier in die Enge getrieben.« Sie sackte in sich zusammen. »Aber das arme Baby. Wie ist es gestorben?«

»Das ist noch nicht klar.«

»Was meinen Sie?«

»Das Skelett weist keine Spuren eines Traumas auf.«

»Das Skelett«, wiederholte sie. »Warum sollte er das tun?« Sie sah mich an. »Was für eine Art von Wahnsinn ist das, Dr. Delaware?«

Ich schüttelte den Kopf.

»Diese Frau, wie hieß sie?«, fragte Milo.

»Simone. Simone Chambord.«

Er zeigte ihr das Polizeifoto von Qeesha D'Embo, auf dem die Nummerntafel um ihren Hals nicht retuschiert war.

Ihr Mund formte sich zu einem O. »Sie ist kriminell?«

»Sie war vorbestraft.«

»Oh Gott, was bin ich nur für eine blöde Kuh. Sie hat mir gesagt, sie wäre pädagogische Assistentin und hätte Erfahrung im Kindergartenbereich. Das hat mir zumindest die Agentur gesagt, und aufgrund dessen habe ich sie für Bubu eingestellt.«

Sie blickte wieder auf das Foto. »Ich habe also mein Baby einer Kriminellen anvertraut?«

»Das ist leider richtig, Ms. Moon.«

»Ich bin doch wirklich die dümmste Nuss im ganzen Universum.«

»So etwas kann jedem passieren, Ma'am.«

»Es schien alles in Ordnung mit ihr zu sein. Sie war lieb zu Bubu, Bubu mochte sie, und Bubu mag nicht jeden. *Ich* mochte sie. Deshalb hatte ich auch Mitleid mit ihr, als sie schwanger wurde, und stellte eine zusätzliche Kraft ein.«

»Adriana Betts.«

»Jetzt erzählen Sie mir bitte nicht, dass sie eine Axtmörderin war.«

»Nein, Ma'am. Sie war ein anständiges Kirchenmädchen. Wie ist sie mit Simone ausgekommen?«

»Gut«, sagte sie. »Warum?« Sie schauderte. »Oh, natürlich. Er hat sie auch umgebracht, das heißt, sie war ebenfalls involviert.« Sie rieb sich das Gesicht. Das und ihre Vorliebe, Kreise zu drehen, machte sie geradezu zu Milos Seelenverwandter. »Was war ihre Geschichte?«

»Ich hatte gehofft, Sie könnten sie mir erzählen.«

»Leider nein. Adriana war… nun, sie war völlig unkompliziert. Außerdem mochte ich Simone.« Sie lachte. »Wenn ich daran denke, wie ich sie in ihrer Schwangerschaft mit Klamotten und Büchern unterstützt habe, wie ich sie ermutigt habe.«

»Adriana kam, um Simone zu entlasten.«

»Ja.«

»War das Ihre Idee oder Simones?«

»Meine. Ich habe dieselbe Agentur beauftragt. Als Simone weg war, hat Adriana ihren Platz eingenommen und sich großartig bewährt. Bis sie dann auch weglief. Wie ich zumindest dachte.«

»Haben Sie versucht herauszufinden, warum sie weggegangen ist?«

Sie warf die Hände in die Luft. »Mein Leben ist hektisch, Menschen kommen und gehen, Sie haben keine Ahnung, wie schwer es ist, zuverlässiges Personal zu finden.«

»Wie Mel Wedd«, sagte Milo. »Hat er auch für Mr Rader gearbeitet?«

»Er hat das Anwesen verwaltet, das streng genommen aus allen drei Grundstücken besteht. Aber im Grunde war ich seine Chefin.«

»Wie ist er mit Mr Rader klargekommen?«

»Er hatte keinen Respekt vor Donny. Das hat er mir gegenüber zumindest so gesagt.«

»Warum nicht?«

»Wegen Donnys Verhalten.«

»Seine Affären?«

Sie tippte sich zählend an die Fingerspitzen. »Die Affären, weil er ständig bekifft war, weil er nie Verantwortung übernommen hat. Vor allem aber, weil er sich überhaupt nicht um die Kinder gekümmert hat. Mel fand das gewissenlos.«

»Mr Rader hat die Kinder aus seinem Leben ausgeschlossen«, sagte Milo.

»Um sie ausschließen zu können, hätte er sie überhaupt erst einmal zur Kenntnis nehmen müssen, Lieutenant. Er tat aber so, als würden sie überhaupt nicht existieren. Wie soll man das einem Kind erklären?«

Sie legte die Hand auf den Mund. »Von dort bis zu Mord an einem Baby ist es wohl doch nicht so weit.«

»Lassen Sie uns noch einmal auf Mel Wedd zurückkommen. Haben Sie irgendeine Idee, warum Mr Rader ihn töten wollte? Angenommen, er hat es getan.«

Wieder eine Steilvorlage. Und wieder ging sie nicht darauf ein. »Nein. Keine Ahnung.«

Milo sah mich an.

Ich zuckte mit den Schultern. *Du bist immer noch am Zug, mein Freund.*

»Hatte Mr Wedd irgendetwas mit Mr Raders Frauengeschichten zu tun?«, fragte er.

»Mel? Wie kommen Sie darauf?«

»Wedd wurde mit mehreren attraktiven Frauen gesehen, die in seiner Wohnung ein und aus gingen. Einschließlich Simone Chambord.«

»Wollen Sie sagen, Mel hat für dieses Schwein Frauen besorgt?«

»Oder er hat sich um die Finanzen gekümmert.«

»Was für Finanzen?«

»Vielleicht hat er die Frauen ausbezahlt, wenn Mr Rader mit ihnen fertig war. In Simone Chambords Fall hat er vielleicht das Auto besorgt – einen roten BMW, der ursprünglich ihm gehörte, bis er ihn gestohlen meldete. Simone Chambord wurde am Steuer des Wagens gesehen.«

»Oh, das ist alles viel zu viel auf einmal. Was wollen Sie mir denn noch alles überstülpen, Lieutenant?«

»Das ist alles.«

»Was für ein Irrsinn«, sagte sie. »Und was machen wir jetzt?«

52

Der Plan war stimmig, ausgeklügelt und genial einfach.

Das gab sogar der Polizeichef zähneknirschend zu. »Hoffen wir mal, dass Sie Erfolg haben, Sturgis.«

Zwei Tage nach meiner Sitzung mit Prema Moon passierten morgens um halb neun Uhr die Lehrer von Oxford Educational Services das massive Holztor ihres Anwesens.

Ein Ausflug war angesetzt, nach San Diego ins SeaWorld. Die Kinder waren letztes Jahr dort gewesen und wollten unbedingt noch einmal hin. Prema hatte sie bislang mit der klassischen Elternantwort vertröstet: »Bald.«

Um halb acht in der Früh hatte sie einem verschlafenen Quartett die Neuigkeit verkündet.

»Wie das, Mom?«

»Weil Sam und Julie mir gesagt haben, dass ihr alle so toll lernt.«

»Oh.«

»Boah, cool.«

»Wann fahren wir los?«

»Jetzt gleich. Zieht euch an. Anschließend geht ihr mit Sam und Julie in ein tolles mexikanisches Restaurant, und dann dürft ihr ganz lange aufbleiben.«

Gemurmeltes Dankeschön. Strahlendes Gesicht von Bubu.

Um 10.14 Uhr rollte ein braunes, dreckverkrustetes Schlaglochsuchgerät in Gestalt eines Dodge-Transporters durch die Einfahrt. Der Weg zu Premas Villa führte dreihundert Meter weit bergauf, durch ein schmiedeeisernes Tor, das den Zugang zu der von Bäumen gesäumten Privatstraße regelte. Am höchsten Punkt empfingen uns drei weitere, identische Tore aus verwitterter Eiche mit je einem großen schwarzen kreisrunden Auge – eine Gegensprechanlage.

Den Anweisungen zufolge fuhr Milo auf das linke Tor zu. Während wir darauf warteten, es passieren zu können, wurden wir von einem schwarzen Glasauge beobachtet, das aus einer der Pinien auf Premas Einfahrt herabspähte. Ein weiteres war auf Donny Raders Tor gerichtet. Entweder hatte er ein eigenes Sicherheitssystem installiert, oder Prema sorgte sich mehr um sein Kommen und Gehen, als sie zugeben wollte.

Ich wies Milo auf die Kameras hin. Sein schweigendes Nicken sagte mir, dass er sie selbst schon entdeckt hatte.

Es summte viermal aus der Gegensprechanlage, dann schwang das Tor auf, und wir holperten hindurch. Der braune Transporter war vom Abschlepphof der Westside-Kollegen geborgt. Auf den Seitenflächen stand in billigen Klebelettern *Adaptive Plumbers. Installateur.* Die Telefonnummer mit der 213er-Vorwahl war so klein gedruckt, dass man sie nur auf geringste Entfernung entziffern konnte. Wer sie wählte, bekam keine Verbindung.

Ich saß auf dem Beifahrersitz, hinter mir ein Air-Force-Offizier namens Morry Burns, der Online-Sudoku spielte. Seine Ausrüstung, inklusive eines faltbaren Rollwagens, nahm den gesamten hinteren Teil des Transporters ein. Hinter Burns saß Hundeführer Tyler O'Shea mit einem hechelnden Retrievermischling namens Sally.

»Ist das Schlappohr okay?«, fragte Milo.

»Sie ist einfach toll«, erwiderte O'Shea. »Sie lebt für diesen Job.«

»Typisch amerikanisch, dieses Arbeitsethos.«

»Wissen Sie, Lieutenant, ich ziehe diesen Hund jederzeit den Menschen vor.«

Prema Moon erwartete uns auf einem riesigen Parkplatz im Westen ihrer Villa. Die Fläche umfasste etwa einen halben Hektar, der edel gepflastert und mit Flusskieseln und niederen Ligusterhecken eingefasst war. Mehrere Dutzend Fahrzeuge hatten hier Platz, doch heute standen nur vier Wagen da, vier Mittelklasselimousinen. Drei davon trugen den Aufkleber eines spanischsprachigen christlichen Radiosenders. Der vierte hatte personalisierte Nummernschilder mit der Aufschrift *TRFFLES*.

In der Ferne thronte auf dem höchsten Punkt des Grundstücks Premas Haus, eine luftige, altrosafarbene Villa im mediterranen Stil, die man fast für echt alt halten konnte. Die Fenster glitzerten wie Zirkoniasteine, rote Bougainvilleen rankten sich über die Außenwände wie Blutrinnsale, die der Schwerkraft trotzten. Die Farbe des Putzes bildete einen perfekten Kontrast zum ungewöhnlich blauen Himmel.

An das Hauptgebäude schlossen sich mehrere kleinere, im gleichen Stil gehaltene Nebengebäude an, als hätte die Villa Junge. Nördlich der Anlage umschloss eine Phalanx von Zypressen etwas, das nicht zu sehen war. Hinter den Gebäuden wucherte ein dunkelgrüner Urwald aus ungetrimmten Koniferen, Platanen, Eukalyptusbäumen und Eichen.

Als wir aus dem Transporter stiegen, kam Prema auf uns zu, einen Stapel Papier in der Hand. Sie trug enge schwarze Jeans, einen schwarzen Rollkragenpulli und rote Wildlederballerinas. Ihre Haare waren glatt und seidig und wurden von einem dünnen schwarzen Band zusammengehalten. Sie hatte Lidschatten, Mascara und Lippenstift aufgetragen.

Abteilung atemberaubend, nächstes Level.

»Morgen«, sagte Milo.

»Morgen, Lieutenant. Ich habe gerade mit der Bande telefoniert, sie sind auf halber Strecke nach San Diego und sollten bis acht oder halb neun heute Abend unterwegs sein. Ist das genug Zeit?«

»Wir tun, was wir können«, erwiderte Milo und stellte sie Morry Burns vor.

»Freut mich, Sie kennenzulernen«, sagte sie.

Statt zu antworten, stellte Burns zwei Metallboxen auf den Boden, ging zum Transporter zurück und holte den Rollwagen. Beim nächsten Mal brachte er mehrere auffaltbare Pappkartons mit. Er ging auf Prema zu. »Gibt es im Haus einen Netzknoten für die Rechner?«

»So etwas wie eine Kommandozentrale? Ich glaube nicht.«

»Glauben Sie das, oder wissen Sie es?«

Prema blinzelte. »Nein, so etwas haben wir nicht.«

»Wie viele Computer befinden sich auf dem Gelände?«

»Das weiß ich auch nicht, tut mir leid.«

»Ist Ihre Hauselektronik ferngesteuert? Beleuchtung, Heizung, Geräte, Heimkino?«

»Wir haben so etwas, aber ich weiß nicht, ob das mit den Computern vernetzt ist.«

»Zeigen Sie mir Ihren Rechner. Wir arbeiten uns von dort aus vor.«

»Jetzt?«

»Haben Sie was Besseres vor?« Burns begann, seinen Rollwagen zu beladen.

Milo deutete auf die Blätter in Premas Hand.

»Ich habe die Telefonverbindungen der letzten sechs Monate ausgedruckt. Von sämtlichen Nummern hier auf dem Anwesen.«

Ohne sich umzudrehen, sagte Burns: »Festnetz und Mobiltelefone?«

»Ja.«

»Haben Ihre Angestellten private Handys?«

»Bestimmt …«

»Dann sind es nicht alle Telefonverbindungen.« Er ging noch mal zum Transporter.

»Tja … ja«, sagte Prema. »Ich wollte nur helfen.«

Tyler O'Shea erschien mit Sally.

»Ein Hund?«, fragte Prema.

»Während Sie mit Detective Burns am Computer sitzen«, erklärte Milo, »wird Officer O'Shea mit Sally zusammen das Gelände absuchen.«

O'Shea, jung, muskulös, voll im Saft stehend, gaffte Prema an. Als es ihm gelang, Augenkontakt herzustellen, strahlte er los.

Sie lächelte ihn an. O'Shea wurde rot.

»Hallo, Sally, du bist aber eine Hübsche!« Sie wollte den Hund streicheln, doch O'Shea trat dazwischen.

»Tut mir leid, Ma'am, sie muss sich konzentrieren.«

»Oh, natürlich – aber auf was denn?«

»Darauf, dass sie etwas Interessantes aufspürt«, sagte Milo.

»Sie glauben, dass Sie *hier* Beweise finden?«

»Wir müssen gründlich sein, Ms Moon.«

Sallys Leine straffte sich, als sie Richtung Wald strebte. Ihre Nase zuckte, und sie hechelte schneller.

»Sally ist ein … Leichensuchhund?«, fragte Prema.

»Das gehört zu ihren Aufgaben, Ma'am«, erwiderte O'Shea.

»Ach du jemine!« Kopfschütteln.

»Was ist denn hinter den Bäumen, Ma'am?«

»Noch mehr Bäume. Ehrlich, da werden Sie sicher nichts finden.«

»Hoffentlich haben Sie recht, Ma'am.« O'Shea schnalzte zweimal mit der Zunge und trabte mit Sally zusammen los.

Morry Burns kam zurück, stampfte mit dem Fuß auf und sah auf die Uhr.

»Wer arbeitet denn heute alles auf dem Anwesen, Ma'am?«, fragte Milo.

»Nur die Kerntruppe, die Hausmädchen und die Köchin. Müssen Sie mit ihnen sprechen?«

»Irgendwann später. Gehen Sie nur mit Detective Burns. Dr. Delaware und ich werden uns ein bisschen umsehen.«

Prema setzte ein gezwungenes Lächeln auf. »Natürlich. Ein Psychologe findet alles interessant.«

Erste Station war das Geviert aus Zypressen. Durch eine Öffnung an der östlichen Seite gelangten wir auf eine riesige Lichtung, die etwa so groß war wie zwei Football-Felder. In einer Ecke befand sich ein halb olympischer Pool, von einem Sicherheitszaun umgeben und mit Alarmanlage am Tor. Gegenüber lag ein abgesenkter Tenniscourt, das andere Ende teilten sich ein regelgerechtes Basketballfeld und ein mit Gummimatten ausgelegter Bereich mit vier Trampolinen, Hüpfburg, einer Schwingballstange, zwei Tischtennisplatten und einem Sandkasten mit Rutsche, Schaukeln, Wippe und gelbem Vinyltunnellabyrinth.

Milo sagte: »Übermutter baut Kinderparadies. Will sie damit ihre eigene lausige Kindheit verarbeiten oder was?«

»Schon möglich. Wenn man Lust auf Analyse hat.«

»Hast du nicht?«

»Lass uns lieber die Hausmädchen und die Köchin suchen.«

Das Haus sah innen genauso aus, wie man es erwarten würde: die unvermeidlichen Gewölbedecken, Marmor in rauen Mengen, ein Regenwald voll Tropenholz. Die Kunst an den Wänden, professionell platziert, perfekt gerahmt und beleuchtet, zeigte Frauen und Kinder in Öl und die Sorte pastellfarbener Landschaft, die auch gegen hartnäckige Schlaflosigkeit hilft.

Die Hausmädchen waren nicht zu verfehlen. Imelda Rojas polierte im Esszimmer das Silberbesteck, Lupe Soto legte in einem weiß gefliesten Hausarbeitsraum, der etwa so groß war wie eine durchschnittliche Wohnung in New York, Wäsche zusammen, und Maria Elena Miramonte räumte ein Spielzimmer auf, das jedem Kindergarten zur Ehre gereicht hätte. Alle drei waren über sechzig, kräftig gebaut, gepflegt und trugen makellose himmelblaue Uniformen.

Milo sprach getrennt mit ihnen.

Einstimmige Aussage: Señora Prema sei wunderbar.

Señor Donny sei nie da.

Die Erwähnung von Raders Namen ließ bei allen eine gewisse Nervosität aufkommen, doch als Milo Imelda Rojas fragte, was sie über ihn denke, wollte sie sich nicht äußern. Er fragte weiter, überließ dann aber alsbald mir das Feld. Mein Doktortitel nützte mir zunächst nicht viel; Maria und Imelda konnten oder wollten nicht preisgeben, was sie über Rader dachten. Erst Lupe Soto erklärte, er sei ein »Sünder«, und präzisierte auf weiteres Nachfragen auch, in welcher Hinsicht.

»Immer *Putas.*«

»Viele Mädchen?«

»Nicht Mädchen, Senõr, *Putas*. Gut, er nicht hier leben. Besser für Kinderen, sie nicht sehen das.«

»Hat er die *Putas* hierhergebracht?«

Lupe sagte: »Machen Witz? Immer dort.«

»In seinem Haus.«

»Ja, aber wir trotzdem wissen.«

»Wie denn?«
»Fernseher in Küche.«
»Könnten Sie mir den bitte zeigen?«

Sie führte uns eine Flügeltreppe hinunter, die in *Vom Winde verweht* zu bombastisch gewirkt hätte, durch eine Reihe mehrerer großer, heller Salons in eine Küche mit Metalldecke, Ahorn- und Edelstahloberflächen, die mindestens dreizehn Meter lang war. Am Ende des Raumes war ein Dutzend kleiner Bildschirme angebracht.

Lupe Soto deutete auf einen davon. Das Standbild eines der Holztore.

»Sehen?«

»Er macht kein Geheimnis aus dem, was er tut«, sagte ich.

»Nein.«

Ich zeigte ihr das inzwischen schon abgegriffene Polizeifoto von Charlene Chambers alias Qeesha D'Embo alias Simone Chambord.

»*La negra?*«, sagte Lupe Soto. »Ja, sie auch.«

»Sie ist auch in Señor Donnys Haus gegangen?«

»Immer. Aber ich nicht sagen Señora Prema.«

»Warum nicht?«

»Geht mich nicht an.« Sie legte eine Hand aufs Herz.

»Sie wollten ihre Gefühle nicht verletzen.«

»Ja.«

»Wie war diese Frau denn?«

»Wie?« Sie schnaubte. »Eine *Puta*.«

»Was für ein Mensch war sie?«

»Viel lachen, viel wackeln, so…« Sie schwang kurz ihre ausladenden Hüften. »Dann sie das Baby bekommen und weggehen.«

»Wann hat sie das Baby bekommen?«

»Vielleicht… vier, fünf Monaten?«

»Und wann ist sie weggegangen?«

»Ich nicht wissen, Senõr.«

»Wohin ist sie denn gegangen?«

»Nicht wissen. Muss jetzt arbeiten.«

Wir stellten den beiden anderen Damen die gleichen Fragen und ernteten abermals Zurückhaltung. Nur Imelda Rojas Augen flirrten.

»Sind Sie sicher, dass Sie nicht wissen, wohin Simone gehen wollte?«, fragte ich.

»Ja.«

»Was für ein Auto hat sie gefahren?«

»Auto? Rotes.« Kichern. »*Rojo*. Wie *mi nombre* – mein Name.« Noch mehr Belustigung. »*Mein* Auto ist weiß.«

»Ich dachte, das rote Auto gehörte Mel Wedd.«

»Nein.«

»Haben Sie ihn nie am Steuer des roten Autos gesehen?«

»Nein, nur in schwarze große Auto.« Sie beschrieb mit den Armen einen Kreis. »Wie Auto von Señor Donny.«

»Mel und Señor Donny hatten das gleiche Auto?«

»Ganz gleiche Auto«, sagte sie. »Señor Donny hat viele Autos.« Sie überlegte. »Vielleicht er hat gegeben eins Señor Mel.«

»Mag er Señor Mel?«

»Weiß nicht.« Es schien sie nicht zu stören, dass ich im Präsens gesprochen hatte. Entweder ihre Grammatikkenntnisse reichten nicht so weit, oder sie hatte keine Ahnung davon, dass Wedd ermordet worden war.

»Ist Señor Mel ein netter Mensch?«

»Ich glaube.«

»Behandelt er Sie gut?«

»Ich arbeiten nicht mit ihm.«

»War er nett zu Simone Chambord?«

»Alle hier nett. Señora Prema am meisten nett.«

»Netter als …«

»Alle Leuten. Sie für Kinderen.«

»Señor Donny …«

Kopfschütteln. »Ich muss arbeiten.«

»Was ist mit Adriana?«

Lächeln. »Sie nett. Lesen Bibel.«

»Haben Sie sie in letzter Zeit gesehen?«

»Nein.«

»Haben Sie eine Idee, wo sie sein könnte?«

»Sie wissen?«

Ich schüttelte den Kopf.

»Nette Frau. Sie weggehen?«

»Sieht so aus.«

Sie zuckte mit den Schultern.

»Wechseln die Angestellten hier oft?«, fragte ich.

»Ich nicht.«

»Ihnen gefällt es hier.«

»Ich arbeiten gern.«

»Könnten Sie uns zeigen, wo Señor Mel wohnt?«

»Haus Nummer zwei, wir alle da wohnen.«

»Könnten Sie uns das zeigen?«

Tiefer Seufzer. »Aber dann ich muss arbeiten.«

Haus Nummer zwei war ein hübsch gelegenes einstöckiges Gebäude nördlich der Villa. Eine fünf Quadratmeter große Diele mit Trockenblumen in großen Kupfervasen öffnete sich nach zwei Seiten hin zu Fluren. Wie ein schönes Hotel. Von jedem Flur gingen vier Türen ab.

Lupe Soto sagte: »Okay?«, und wandte sich zum Gehen.

Weitere Seufzer ertönten, als ich sie bat, uns ihr Zimmer zu zeigen, ein picobello sauberes Schlafzimmer mit einer Sitzecke und angrenzendem Bad. Imelda und Maria bewohnten die benachbarten Zimmer.

»Genau wie meins.«

Das letzte Zimmer auf dem Flur gehörte der Köchin, einer spindeldürren Endzwanzigerin, eine karierte Hose und einen weißen Kittel trug. Sie öffnete uns die Tür, ohne ihr Nägelfeilen zu unterbrechen.

Hinter ihr sah es ebenso aus wie in Lupes Zimmer, nur dass Poster von Rockbands und überlebensgroßem Gemüse die Wände zierten. Das Bett war nicht gemacht. Der Geruch von Sportschweiß und Parfum wehte in den Flur heraus.

»Hey, was gibt's?« Ihr Haar war kurz, gelb, stumpf wie Vlies. Über ihren Hals zogen sich bläuliche Tattoos. Ich überlegte, ob es ein Problem gewesen war, beim Tätowieren die Schlagader auszusparen.

Milos Marke ließ die Haut um das Bildchen herum verblassen. Die Nagelfeile senkte sich. »Polizei? Was ist los?«

»Nichts Ernsthaftes. Wir sind nur hier, um auf Ms Moons Bitten hin ein paar Dinge zu überprüfen.«

»Was denn?«

»Eine der Hausangestellten gilt als vermisst.«

»Wer?«

»Simone Chambord.«

»Tut mir leid«, sagte sie. »Das muss vor meiner Zeit gewesen sein.«

»Wie lange arbeiten Sie denn schon hier, Ms ...?«

»Georgie«, sagte sie. »Georgette Weiss. Wie lange? So einen Monat. Ziemlich genau dreißig ... warten Sie, achtunddreißig Tage. Ist der Frau denn was passiert?«

»Das wissen wir noch nicht, Ms Weiss. Arbeiten Sie gern hier?«

»Gern? Soll das ein Witz sein?«, sagte Georgie Weiss. »Das ist ja wohl ein Traumjob.«

»Locker.«

»Gesund für sie und die Kinder zu kochen? Ohne Küchenchef, der mich anbrüllt, keine großkotzigen Gäste, die perfekte Teller zurückgehen lassen? Ja, das nenne ich locker. Außerdem zahlt sie richtig gut. Ich bekomme hier mehr als in Restaurants, wo ich doppelt so hart arbeiten musste.«

»Sie ist nett.«

»Aber hallo. Vor allem wenn man bedenkt …«

»Was bedenkt?«

»Wer sie ist.«

»Ich meine«, fuhr Georgie fort, »sie könnte sich ja wohl alles erlauben, oder? Stattdessen sie ist total normal.«

»Was ist mit ihm?«

»Mit wem?«

»Donny Rader?«

»Hab ihn nie richtig zu Gesicht bekommen.« Sie wandte den Blick ab. »Sie leben nicht zusammen; aber verraten Sie niemand, dass ich das gesagt habe, ich muss nämlich – wie heißt das noch – Diskretion bewahren.«

»Selbstverständlich. Leben sie getrennt?«

»Er wohnt nebenan, mir ist nicht so ganz klar, was das sein soll. Ich meine, das ist nicht weit, ein leeres Grundstück und dann sein Haus.« Sie zuckte mit den Schultern.

»Haben Sie schon mal für ihn gekocht?«

»Noch nie. Mehr weiß ich nicht, sagen Sie bloß nichts, okay?«

»Kein Problem«, sagte Milo. »Was ist mit Mel Wedd?«

»Was soll mit ihm sein?«

»Ist er ein guter Vorgesetzter?«

»Ich arbeite für Prema. Er macht sein Ding. Wir haben eigentlich nichts miteinander zu tun.« Wieder blickte sie zur Seite. »Ich würde Ihnen gern was erzählen, aber Sie dürfen wirklich nicht sagen, dass Sie das von mir wissen.«

»Klar.«

»Ehrlich«, sagte Georgie Weiss.

»Ehrlich.«

Sie kratzte sich am Kopf. »Mel. Er ist nicht besonders freundlich, aber das meine ich nicht. Offiziell arbeitet er für Prema. Zumindest sieht es so aus, weil er praktisch immer hier rumhängt. Andererseits glaube ich, dass er auch für *ihn* was macht. Für Donny, meine ich. Ich hab ihn schon abends rüberfahren sehen.«

»Nach Feierabend.«

Kopfnicken. »Noch was zu Prema. Wenn der Tag rum ist, ist er rum. Manche meinen, man gehört ihnen wie ein Sklave oder so. Wollen, dass man rund um die Uhr für sie malocht.«

»Prema nicht.«

»Prema stellt Regeln auf und erwartet, dass man sie einhält, aber sie hält sich selbst auch daran.«

»Sie nutzt ihre Leute nicht aus.«

»Glauben Sie mir, das ist eine Seltenheit«, sagte Georgie. Sie nannte die Namen zweier Schauspielerinnen und eines männlichen Filmstars. »Hab eine Zeitlang für die gekocht. Ich kann Ihnen sagen. Die reinste Sklaverei.«

»Schön, wenn man sieht, dass es auch andere gibt.«

»Aber hallo. Vielleicht weil sie Kinder hat. Für die tut sie alles.«

»Was gesundes Essen angeht?«

»Das ist ihr total wichtig. Aber nicht so wichtig wie diesen magersüchtigen Schreckschrauben von der Westside, die schon einen Anfall kriegen, wenn sie ein Glas Fruchtsaft sehen. Sie legt Wert auf ganz normale Sachen, nicht zu viel Zucker und Fett. So koche ich sowieso.«

»Hört sich gut an.«

»Besser geht's nicht. Ich find's super hier. Hoffentlich finden Sie die Frau.« Sie wollte die Tür schließen.

Milos Stimme genügte, um sie aufzuhalten. »Sie glauben

also, dass Mel Wedd nach Feierabend seine Chefin hintergeht?«

Sie musterte ihn. »Wollen Sie damit sagen, dass er dieser Frau etwas angetan hat?«

»Keineswegs«, sagte Milo. »Ich überprüfe nur jeden.«

»Ich fand es einfach seltsam, dass er rübergegangen ist. Schließlich arbeitet er für Prema, und die beiden sind, na ja, kein Paar, also was wollte er dann dort?«

»Mel ist der Verwalter«, sagte ich. »Wahrscheinlich gehört das Haus in seinen Zuständigkeitsbereich.«

»Hm«, machte sie. »Kann sein.« Nervöses Lächeln. »Aber Sie halten mich raus, ja? Ich will einfach nur kochen.«

Im zweiten Flur gab es statt vier nur drei Zimmer sowie eine Kammer, die Klimaanlage und Wasserboiler enthielt.

Die erste Tür war unverschlossen und enthielt eine Matratze, ein leeres Nachttischchen und eine Kommode. Ein Reisekinderbett stand zusammengeklappt in einer Ecke.

Milo streifte Handschuhe über und ließ mich draußen warten, während er hineinging. Kopfschüttelnd kam er wieder heraus. »Nichts, außerdem wurde offensichtlich geputzt. Aber ich werde trotzdem die Spurensicherung reinschicken.«

Das zweite Zimmer war abgeschlossen.

»Bleib hier«, sagte Milo, »und sieh zu, dass niemand Simones Zimmer betritt.« Er verschwand und kam zehn Minuten später mit einem großen Schlüsselbund zurück.

»Der wird in der Waschküche aufbewahrt, aber die Hausmädchen wollten mir das nicht verraten, deshalb musste ich Prema suchen.«

»Sie bringt ihre Leute dazu, loyal zu sein«, sagte ich. »Wie läuft es mit den Computern?«

»Ist bei Burns schwer zu sagen, so brummig, wie er immer ist.«

»Wie kommt das denn?«

»Du bist der Psychiater.« Er wählte einen Schlüssel und schloss den zweiten Raum auf.

Ein ordentlich gemachtes Bett, auf dem Nachttisch eine Bibel. Auf der Kommode gerahmte Fotos.

Milo zog wieder die Handschuhe an und machte sich ans Werk. Die Schranktür öffnete er so weit, dass ich von der Tür aus hineinsehen konnte.

Ein paar wenige nichtssagende Kleidungsstücke.

Er ging ins Bad. »Hier ist auch nichts, was sexy wäre«, rief er von drinnen.

Er ging zur Kommode zurück und zog die Schubladen auf, dann betrachtete er die Fotos, trat näher und hielt sie mir entgegen.

Adriana und ihre Kirchengruppe, einschließlich der Frau, die sie als Qeesha D'Embo kennengelernt hatte und der sie, ohne zu zögern, zu Hilfe geeilt war, obwohl sie ihre wahre Identität verborgen hatte.

Die beiden Frauen standen nah beisammen und strahlten in die Kamera.

Qeesha hielt ein kleines braunes Baby im Arm.

Das Baby hatte ein rundes Gesicht, wache schwarze Augen, ein süßes Mündchen, anmutige Händchen mit langen Fingern und einen dichten Wust schwarzer Haare.

Ein Bilderbuchbaby.

Endlich hatten die Knochen einen Namen.

Cordelia.

Meine Kehle schnürte sich zu.

Milo verließ fluchtartig den Raum.

Im Zimmer von Melvin Jaron Wedd sah es ziemlich chaotisch aus, roch aber okay. Das lag vermutlich an dem Armani-Rasierwasser in seinem Badschrank.

Neben dem Duftwässerchen fanden sich Viagra, eine Packung Schlaftabletten und fünf verschiedene Sorten Koffeinpillen. In der obersten Nachttischschublade lag eine Tube Gleitmittel, in der zweiten ein Stapel Schwulenpornomagazine.

Die Kommode offenbarte nichts Spannendes, bis Milo sich bückte und aus der untersten rechten Schublade unter einem Stapel dicker Pullover, die für Los Angeles viel zu warm waren, einen kleinen blauen Kunstlederspiralblock zog.

Der Block trug einen goldenen Aufdruck, das Logo eines Versicherungsvertreters aus Beverly Hills. Wahrscheinlich ein Weihnachtspräsent.

Er enthielt einen Jahreskalender mitsamt Feiertagen vom vorangegangenen Jahr. Zur Terminplanung hatte Wedd ihn jedenfalls nicht benutzt, denn die Seiten waren leer.

Milo blätterte durch, bis er zu einem Abschnitt kam, der mit »Notizen« überschrieben war und ebensolche enthielt.

In erstaunlich sauberer Handschrift, jeweils in zwei akkuraten Spalten pro Seite stand da:

Cheryl, 3.–7. Jan.: 1000,00
Melissa, 6./7. Jan.: 750,00
Shayanne, 23. Jan.: 750,00

Insgesamt neunundvierzig Frauennamen waren aufgelistet, fünfzehn davon zweimal oder öfter. Monatlich kam jeweils ein Betrag von knapp unter zehntausend Dollar zusammen.

»Simone« tauchte in einem Zeitraum von zwei Jahren sechzehn Mal auf. Erste Zahlung: dreihundert Dollar, dann sechshundert, dann sechsmal achthundertfünfzig.

Milo sagte: »Gehaltserhöhungen vom Feinsten ... wow, sieh dir das an.«

Die achte Zahlung betrug 4.999,99 Dollar, der Betrag war insgesamt siebenmal verzeichnet, jeweils am Ersten des Monats.

»Sie beansprucht einen beträchtlichen Teil seiner Apanage, sodass ihm weniger für die anderen Mädels bleibt. Der Typ ist ein Superstar und muss um Geld betteln. Das nenne ich erniedrigend.«

»Er ist Premas schwarzes Schaf«, sagte ich.

Er sah mich an. »Wann bist du denn zu der Erkenntnis gelangt?«

»Schoss mir gerade so durch den Kopf.«

»Sie konnte ihn nicht richtig erziehen, deshalb hat sie sich richtigen Kindern zugewandt?«

»Sie hat sich eine eigene Welt geschaffen.« Ich sah mir die Eintragungen näher an. »Acht große Zahlungen, das passt zu Qeeshas Schwangerschaft. Bis dahin wusste sie noch nicht, was sie tun sollte, im vierten Monat konnte sie es nicht mehr verbergen und beschloss, aktiv zu werden. Donny wollte, dass sie abtreibt, aber sie hat ihn hingehalten, während er weiter zahlte. Dann war es zu spät, und sie bekam das Baby. Ihn setzte sie damit unter Druck, dass sie Prema alles verraten würde. Sie blieb hier wohnen und brachte Prema dazu, Adriana als Unterstützung einzustellen – und als Absicherung für den Notfall.«

»Wobei Adriana als Absicherung nicht taugte.«

»Als Qeesha und das Baby verschwanden, vermutete Adriana das Schlimmste. Doch zur Polizei zu gehen kam nicht infrage. Kinderfrau beschuldigt Super-Promis, ohne den geringsten Beweis in der Hand zu haben – was sollte das bringen? Also beschloss sie, selbst zu schnüffeln. Dann tauchte das Babyskelett unter Holly Ruches Baum auf, schaffte es in die Nachrichten, wo jemand davon hörte und es für eine großartige Idee hielt, ein zweites Skelett ganz in der Nähe zu deponieren, damit es für die Polizei nach Serienkiller aussah.«

»Ein Serienkiller, der fünfzig Jahre zwischen zwei Morden verstreichen lässt?«

»Nicht zu Ende gedacht«, sagte ich.

»Kann kein Genie gewesen sein«, erwiderte er. »Würde auf Donny passen.«

»Er ist derjenige mit dem Wachs, den Messern und den Käfern. Und den Waffen.«

»Jedenfalls nach dem, was Prema sagt.«

»Alles Beschuldigungen, die überprüfbar sind.«

»Und genau das werde ich jetzt tun.«

Wir verließen Wedds Zimmer. Milo hielt den Kalenderblock von sich weg. »Ich brauche eine Asservatentüte für das Ding… Hier ist noch eine Nuss zum Knacken, Alex: Die Knochen seines eigenen Kindes zu entsorgen und am gleichen Abend Adriana zu erledigen erscheint mir ganz schön viel auf einmal für jemanden, der angeblich so dumm ist wie Donny.«

»Stimmt«, sagte ich. »Das ist etwas für Partnerarbeit. Donny und Wedd. Auf diese Weise musste man Adriana nicht quer durch den Park schleppen. Tagsüber war Wedd für Prema da, doch abends gab er für Donny den Luden, Geldeintreiber und wer weiß was noch alles. Die Hausmädchen wussten davon, alle wussten davon, außer Prema. Wedd war ein Möchtegern-Schauspieler, eiferte seinem Star nach, indem er sogar das gleiche Auto fuhr. Er wollte Donny nicht lächerlich machen, als er ihn am Telefon imitierte. Er gab sich für ihn aus.«

»Vielleicht war es sogar noch mehr als das, Alex: Was, wenn Wedd in Donny verknallt war? Als Donny ihn bat, sich die Hände für ihn schmutzig zu machen, hatte er nichts dagegen. Leider wurde es Donny mulmig, weil er zu viel wusste.«

»Ein Ausflug am Abend, mit Hookah und Gras. Klar, das passt. Wedd dachte vermutlich, sein Idol wolle mit ihm Party machen.«

»Die Macht der Promis.«

»Sogar eine gewiefte Person wie Qeesha hat sich davon blenden lassen. Wenn sie objektiv gewesen wäre, hätte sie aus Donnys Verhalten seinen vier Kindern gegenüber schließen können, dass er an Vaterschaft nicht interessiert ist. Und wie er reagiert, wenn er unter Druck gesetzt wird.«

»Sie hat ihre übliche Masche durchgezogen«, sagte er. »Nur dass es diesmal nicht ganz ihre Liga war.«

Als Schritte vom Eingang her ertönten, drehten wir uns um.

Tyler O'Shea kam mit einer müde wirkenden Sally am Ende einer durchhängenden Leine auf uns zu.

»Was gefunden?«, fragte Milo.

O'Shea hielt einen Daumen nach unten. »Das einzig Tote, was wir da draußen gefunden haben, war ein vergammeltes Eichhörnchen. Das war es, was sie gewittert hat. Tut mir leid, Lieutenant.«

»Kein Problem.«

»Sie haben es vorher schon gewusst?«

»Ich weiß es nie vorher. Das macht diesen Job so spannend.«

»Verstehe. Sind wir dann fertig?«

»Ganz im Gegenteil. Wir fangen jetzt erst an.«

53

Draußen trafen wir auf Morry Burns und Prema, die aus dem Haupthaus kamen. Burns ging vor ihr her und zog seinen Wagen, auf dem sich jetzt Kartons türmten. Als er uns entdeckte, beschleunigte er seinen Schritt. Prema dagegen blieb stehen, wartete einige Sekunden und ging dann wieder ins Haus zurück.

Als Burns uns erreichte, sagte Milo: »Ganz fasziniert von der Welt der Stars?«

Burns brummte nur.

»Was haben Sie rausgefunden?«

»Die ganze Rechneranlage ist großer Mist.« Burns nickte in Richtung Villa. »So viel Asche, die Kinder haben Zimmer wie Hollywood-Filmsets, aber beim Computer wird gespart. Ich könnte jetzt ins Detail gehen, aber das würde Ihnen sowieso nichts sagen. Bleiben wir einfach bei: großer Mist. Nichts ist verlinkt, man muss sich durch jedes Gerät einzeln durcharbeiten.«

»Die Frage bleibt bestehen.«

»Hm?«

»Was haben Sie herausgefunden?«

Burns klopfte auf ein Metallgehäuse. »Nichts. Aber ich habe ihre Festplatte mitgenommen, die werde ich mir näher ansehen. Außerdem Platten aus anderen Geräten, die sie zum – Achtung! – Gemüsekaufen benutzen. Für Bio-Rucola und so. Das braucht man weiß Gott nicht zu chiffrieren.«

»Was ist mit den Computern der Kinder?«

»Die haben zwei für vier.« Burns grinste. »Sollen wahrscheinlich lernen zu teilen. Sie hat sämtliche Kindersicherungen eingebaut, die es im Netz gibt, die können froh sein, wenn sie das Wetter nachschauen können. Vielleicht gehen sie deshalb so selten online.«

»Vielleicht lesen sie ja auch einfach gern«, sagte ich.

Burns starrte mich an, als würde ich Chinesisch sprechen. Zu Milo sagte er: »Sind wir fertig hier?«

»Ganz im Gegenteil.«

O'Shea und Burns aßen am Pool zu Mittag, einen Snack vom Mexikaner, den Milo mitgebracht hatte.

Wir fanden Prema in ihrer weitläufigen Küche, wo sie an der Granittheke saß und Tee trank. Von den Hausmädchen war nichts zu sehen. Die Überwachungsmonitore zeigten keine Bewegung.

»Haben Sie die Eigentumsurkunden für die Immobilien?«, fragte Milo.

»Müssen Sie die wirklich sehen?«

»Ja.«

Sie ging hinaus und kam ein paar Minuten später wieder. »Hier ist die Urkunde für das gesamte Anwesen.«

Milo las aufmerksam, ganz so, wie der stellvertretende Bezirksstaatsanwalt John Nguyen es ihm aufgetragen hatte.

»Wie Sie sehen, bin ich Alleineigentümerin«, sagte sie. »Ich habe das alles gekauft, bevor ich ihn kannte.«

Ein Scheidungsanwalt würde nur lachen, aber für Milos Zwecke war die Urkunde ausreichend.

Er zog ebenfalls ein Schriftstück hervor – Premas Einverständnis in eine umfassende Hausdurchsuchung. Sie kritzelte ihren Namen darunter, ohne den Text zu lesen.

»Okay?«, sagte sie und trommelte mit den Fingern auf den Granit.

»Sie sind sicher, dass er da ist?«

»Er ist gestern spät heimgekommen, so gegen halb zwei morgens, und ist seitdem nicht mehr weggefahren. Das konnte ich hier sehen.« Sie deutete auf die Bildschirme.

»Die nehmen rund um die Uhr auf?«

»Allerdings. Die Bilder gehen direkt in einen Computer. Bevor Sie kamen, habe ich mir alles angesehen. Er ist nicht weggefahren.«

»Hat Detective Burns auch die Festplatte dieses Computers?«

Premas perfekter Mund formte sich zu einem O. »Das tut mir leid, ich habe ganz vergessen, ihm davon zu erzählen. Aber da sind nur die Aufnahmen von den Überwachungskameras drauf, und da rührt sich meist gar nichts.«

»Wo ist der Computer?«

Sie zog eine Schublade unter den Monitoren auf und brachte einen kleinen Laptop zum Vorschein.

»Wie lange heben Sie die Aufnahmen auf?«

»Hm. Keine Ahnung.«

Burns war jetzt nicht mehr nur brummig, sondern regelrecht feindselig. »Ich hatte Ihnen gesagt, Sie sollen mir alles geben. An das hier haben Sie nicht gedacht?«

»Das ist mir irgendwie entfallen«, sagte Prema.

Er begann ein paar Tasten zu drücken. »Wieder nur Mist«, murmelte er.

Prema sah hilfesuchend zu mir. Ich lächelte sie schulterzuckend an, woraufhin sie sich wieder ihrem Tee zuwandte.

Burns machte sich derweil am Laptop zu schaffen. »Was für ein Datum wollen Sie denn, Lieutenant?«

Milo sagte es ihm.

»Hmpf. Hier, bitte.«

In der Nacht der Morde war alles still, bis um 1.33 Uhr ein Fahrzeug durch Donny Raders Tor fuhr.

Ein großer schwarzer SUV.

»Kein Nummernschild vorn«, sagte Burns. »Pech für Sie, Lieutenant. Die Kamera hätte es gut erkennbar aufgenommen.«

Vom anderen Ende der Küche her sagte Prema: »Das muss seiner sein. Er bekommt dauernd Strafzettel, weil er ohne Kennzeichen fährt.«

Burns brummte: »Schweres Verbrechen so was.«

Milo schob seinen breiten Rücken so, dass Prema die Sicht versperrt war, und legte seine Hand auf Burns Schulter, der zu ihm aufblickte. Auf Milos Haifischgrinsen hin senkte er den Kopf wieder. Ein ungezogener Bengel, abgestraft.

Milo zog die Unterlagen heraus, die er von der Zulassungsstelle über Donnys Fuhrpark bekommen hatte. Registriert waren vier Ferraris, drei Porsches, ein Lamborghini, ein Maserati, ein Stryker, mehrere Mercedes, ein Aston Martin Rapide und ein Jaguar E-Type Oldtimer sowie zwei SUVs, beide schwarz: ein Range Rover und ein Ford Explorer. »Spulen Sie zurück, damit wir sehen, welcher von beiden es war.«

Dreimal Ansehen später lag der Explorer vorn.

Milo sagte: »Okay, jetzt weiter.«

»Alles klar, Lieutenant.«

Wir mussten nicht lange warten.

Neunundvierzig Sekunden nachdem der erste SUV durch das Tor gefahren war, erschien das gleiche Modell noch einmal.

Mit Nummernschild. »Stop hier«, sagte Milo und verglich das Kennzeichen mit seinen Notizen. »Jawohl, das ist Wedds.«

»Mel war dort?«, fragte Prema.

»Können Sie sich vorstellen, warum?«

Sie schüttelte den Kopf, stützte dann das Kinn auf die Hand und starrte ins Leere.

»Gehen Sie doch und ruhen Sie sich ein bisschen aus«, schlug Milo vor.

»Ist schon okay, ich habe sonst nichts zu tun.«

Sie klang brummig, schlecht gelaunt. Burns sah sie zum ersten Mal an, wenn auch nur aus reiner Neugier, nicht aus Mitgefühl.

Milo tippte Burns' Schulter an. »Machen Sie weiter.«

Neunundzwanzig Sekunden nachdem Wedd durch Raders Tor gefahren war, erschien an Premas Ausfahrt ein drittes, kleineres Fahrzeug.

Marke und Kennzeichen waren mit Leichtigkeit zu erkennen. Es war ein brandneuer Hyundai Accent, gemietet von einer Firma namens Banner Rental. Es brauchte mehrere Telefonate, bis Milo schließlich bei der Zentrale des Verleihers in Lodi jemanden fand, der ihm detaillierte Auskünfte geben konnte.

Adriana Betts hatte den Wagen drei Tage zuvor bei der Banner-Filiale am Santa Monica Boulevard in West Los Angeles gemietet, für eine Woche, als besonders günstiges Spezialangebot. Um damit Amateurdetektivin zu spielen.

Milo nahm Burns den Laptop ab und spulte vor, zehn Minuten, zwanzig Minuten. Nichts. Er gab Burns das Gerät zurück und sagte: »Gehen wir.«

Prema sagte: »Geht's los?«

»Gleich, Ms Moon.«

»Warum nicht sofort?«

»Wir sind in der Vorbereitung. So, und jetzt schlage ich vor, Sie suchen sich einen Ort, wo Sie …«

»Hauptsache, Sie sind fertig, bevor die Bande zurückkommt. Ich will nicht, dass sie mit schlimmen Dingen konfrontiert werden.«

Ich dachte: *Wenn das nur so einfach wäre.*

54

Wir machten uns auf den Weg zurück zu Premas Parkplatz.

Burns sagte: »Endlich frische Luft.«

»Sie mögen Schauspieler nicht?«, bemerkte ich.

»Hören Sie auf, mich zu analysieren, Doc.«

»Die Frage ist berechtigt, Morry. Was auch immer Ihr Problem ist, Ihr Verhalten grenzte schon an Behinderung der Justiz.«

Burns wurde blass. »Ich …«

»Es ist immer noch eine gute Frage, Morry.«

»Ach, was soll's«, sagte Burns. Er ging vor uns her, überlegte es sich dann aber anders und blieb stehen, um die Hände hochzuwerfen. »Meine Schwester war Schauspielerin. Hat ein paar Off-Broadway-Produktionen mitgemacht, nichts Weltbewegendes. Sie hat sich vor fünf Jahren umgebracht – und damit meinen Eltern das Leben ruiniert.«

»Das tut mir leid«, sagte ich. »Das Filmgeschäft war zu viel für sie?«

»Woher soll ich das wissen?«, erwiderte Burns. »Sie hat meine Eltern mit ihrem Selbstmord ins Unglück gestürzt, weil sie eine narzisstische Dramaqueen war. Schon immer.«

»Morry, bleiben Sie im Wagen, und sehen Sie zu, dass Sie aus den Computern irgendwas ziehen können«, sagte Milo.

»Okay. Es wird nichts bringen, aber ich kann's versuchen.«

Während Burns seine Ausrüstung verlud, erschien Tyler O'Shea mit Sally. Der Hund wirkte wieder frisch und ausgeruht. O'Shea kraulte ihn am Hals.

Milo sagte: »Wir können los, Ty, und wir gehen zu Fuß. Ich werde es auf die sanfte Tour versuchen, ohne Sondereinsatzkommando und so. Der Typ ist nicht gerade ein Genie, er hat Drogenprobleme und außerdem einen Schrank voller Waffen; ich hoffe, das Überraschungsmoment wird genügen.«

»Außerdem ist er berühmt«, sagte O'Shea.

»Was hat das damit zu tun?«

»Die Überraschung wird noch größer sein, Lieutenant. Wahrscheinlich kommt es so gut wie nie vor, dass ihm jemand zu nahe kommt.«

»Berühmt«, sagte Milo. »Wenn alles klappt, wird er bald berühmt-berüchtigt sein.«

Von Premas Grundstück bis zu Raders brauchten wir sechs Minuten, wobei Sally es locker in zwei geschafft hätte. Milo hatte den Code für das Tor, den Prema ihm gegeben hatte: 10001.

»Es durfte nicht zu kompliziert sein, Lieutenant, er kann sich ja nichts merken.«

Milo drückte die Tasten, das Tor spielte mit, und wir wanderten weiter die Zufahrt entlang, die dringend frisch asphaltiert gehörte. Der Weg war länger und steiler als nebenan bei Prema, über mehrere Hundert Meter war nichts als Grün zu sehen. An manchen Stellen waren die Bäume so dicht, dass kaum noch Licht hindurchdrang.

»Der Mann legt Wert auf seine Privatsphäre«, sagte O'Shea.

Milo verlängerte seine Schritte. O'Shea verstand den Hinweis und schwieg.

Auf dem Weg den Berg hinauf stellte sich Sallys Fell im

Wind auf. Mit ebenso sanftem wie scharfem Blick maß sie ihre Umgebung. Sie hielt sich aufrecht und trabte stolz voran. Polizeihund im Nirwana.

Dann blieb sie plötzlich stehen.

O'Shea sagte: »Jetzt schau sich das mal einer an.«

Die Straße mündete in ein Feld voll mit Autos. Der Platz war für ein Dutzend Fahrzeuge ausgelegt, doch ich zählte siebzehn, dicht an dicht geparkt, wobei manche in das umgebende braune Gras ragten.

Donny Raders schwarzer Explorer stand gleich an der Straße, etwas abseits des Blechmeeres. Der Stellplatz für den alltäglichen Gebrauch. Milo fotografierte den SUV von allen Seiten und machte sich Notizen.

Die anderen Wagen, alles Edelexemplare italienischer, deutscher und britischer Autobauerkunst, waren mit einer Schicht aus Staub, Vogelkot und Blättern überzogen. Manche hatten platte Reifen.

Sechzehn davon stimmten mit den Fahrzeugdaten der Zulassungsstelle überein. Der siebzehnte war ein rotes BMW-Cabrio, das mitten zwischen den anderen steckte.

Milo quetschte sich durch die Reihen, machte noch mehr Bilder und Notizen.

O'Shea sagte: »Darf ich fragen, was es mit dem hier auf sich hat, Lieutenant?«

»Fahrzeug des Opfers.«

»Er hat es behalten? Was für ein Idiot.«

»Hoffen wir, dass er bleibt, wie er ist. Weiter geht's.«

Das Haus war ein flacher, langer Kasten, wie er in den Fünfzigern modern gewesen war, vermutlich das Werk eines ausgewanderten Architekten aus Europa – Schindler oder Neutra oder jemand, der Schindler oder Neutra kopierte.

Die Art von standortbewusstem, minimalistischem Design, das edel altert, wenn es gepflegt wird.

Dieses hier war nicht gepflegt worden. Das Flachdach war windschief und hing durch, der ehemals weiße Putz war gräulich und von Rissen durchzogen, die Fenster mit Vogelkot verschmiert. Regenschlieren und Flecken verunstalteten die glatte Fassade. Wie bei Prema war das Grundstück von Wald umgeben. Doch anders als bei Prema war das Gelände nicht sorgfältig angelegt, sondern einfach geschottert.

Wir gingen auf das Haus zu. Innenrollos versperrten den vom Architekten sorgfältig geplanten Panoramablick. Die aschgraue Eingangstür brauchte dringend einen Anstrich, war aber so massiv, dass Milos Klopfen kaum zu hören war.

Als er die Türklingel drückte, blieb es ebenfalls still.

Er klopfte energischer.

Die Tür öffnete sich, und eine junge Frau um die zwanzig in einem Stringbikini erschien. Ihr Haar war ein wilder Mob in Schwarz, Weiß und Flamingopink.

Sie starrte uns aus leeren Augen mit schweren Lidern an. Zwischen ihrer makellosen Nase und ihren makellosen Lippen klebten Reste von weißem Puder. Der weiße Bikini war kaum als Kleidungsstück zu bezeichnen; das Oberteil bestand aus zwei Brustwarzenaufklebern an Spaghettibändchen, und der Slip war ein Nylondreieck, das kaum die Scham bedeckte. Ihre Brüste, groß wie Pampelmusen, bewegten sich in konstant leichter Verzögerung zu ihrem Oberkörper wie ein fleischgewordenes digitales Delay. Ihre nackten Füße waren schmutzig mit blutroten krallenlangen Nägeln.

Sie rieb sich die Augen. »Hm?«

»Polizei, Ma'am. Ist Mr Rader da?«

Sie wischte sich den weißen Staub vom Mund.

»Keine Bange wegen Ihres Frühstücks. Wir möchten nur mit Donny Rader sprechen.«

Das Mädchen öffnete den Mund und ließ ein Krächzen hören, dann einen spitzen Schrei. Dann quietschte sie los: »Donniii!«

Sie hätte nicht laut werden müssen, denn Rader war bereits hinter sie getreten. Er trug einen roten Seidenmorgenmantel, der nachlässig geschlossen war und einen muskulösen, gebräunten Oberkörper offenbarte. Die Manteltaschen beulten sich aus; in der einen steckte eine Flasche mit einer Steuerbanderole, der Inhalt der anderen war nicht zu identifizieren. Vielleicht eine Tüte mit weißem Puder. Oder auch nur ein Glas. Falls er sich mit so was aufhielt.

Er schob das Mädchen beiseite und rieb sich ebenfalls die Augen. »Wassn los?«

Er war groß, massiger und muskulöser, als er auf der Leinwand wirkte. Grobschlächtiger auch, mit Neandertaler-Stirn, grobporiger Haut und breiten Nüstern, die sich blähten wie bei einem Stier.

Die langen, verfilzten tintenschwarzen Haare standen in alle Richtungen ab. Er konnte kaum die Augen offen halten. In den Fan-Magazinen als schwarz beschrieben waren sie dunkelbraun, so dunkel, dass man gerade noch die Pupillen erkennen konnte. Die waren trotz der hellen Nachmittagssonne maximal geweitet.

Auch sein Gesicht war bestäubt, der Bereich um Kinn und Mund war ganz weiß. Ebenso der Schalkragen seines Morgenmantels und der Eingriff der Tasche.

Milo sagte: »Polizei, Mr Rader.«

»Scheiße, wwas iss?« Ein kehliges Grunzen. Das typische Verschleifen der Silben.

»Polizei.«

»Fuck!« Donny Rader wich zurück.

»Einen Moment. Wir wollen uns nur mit Ihnen unterhalten.«

»Über wass?«

»Wir möchten gern hereinkommen, Mr Rader.«

»Scheiße, hey! Ihr seid keine Bullen! Die hat euch geschickt, um mich zu …«

»Sir, ich kann Ihnen versichern …«

»Scheiße, verpisst euch!«

»Mr Rader, wir sind wirklich von der Polizei, und wir …«

Donny Rader schüttelte sich so, dass seine Haare flogen, wie eine Hyäne, die sich die blutigen Reste ihres Mahls aus dem Maul schüttelt. Das Mädchen im Bikini stand immer noch hinter ihm, die Hände vorm Gesicht, hyperventilierend.

Milo machte einen Schritt nach vorn, um den Fuß in den Türspalt zu stellen.

Brüllend stieß Rader seine Hand in die Tasche mit dem unbekannten Inhalt und riss etwas metallisch Schimmerndes heraus.

Im Zurückweichen streckte er den Arm vor.

Milo hatte schon einmal dem Wahnsinn ins Gesicht geblickt, aber da war er unvorbereitet gewesen, und ich hatte ihm das Leben gerettet. Die Episode passte nicht zur normalen Jobbeschreibung des Teams aus gewieftem Cop und Psychiater, und auch wenn er das nicht zugab, so hatte sie Narben bei ihm hinterlassen.

Vielleicht war er deshalb diesmal auf der Hut.

Seine Faust krallte sich um Donnys Waffenhand wie eine Bärenfalle, drückte sie nach unten und verdrehte sie heftig, während er gleichzeitig seinen Fuß zwischen dessen nackte Beine brachte und voller Wucht nach links kickte. Als Rader das Gleichgewicht verlor, schwang Milo ihn mit dem anderen Arm herum, und bis Tyler O'Shea mit Handschellen und knurrender Sally bereitstand, lag Rader bereits auf dem Boden und die .22er außer Reichweite.

Die Speichelblasen vor Raders Mund vermischten sich mit dem Schmutz auf dem Boden zu Schokoschaum.

Das Mädchen im Bikini wimmerte.

»Ty, kümmern Sie sich um sie«, sagte Milo.

O'Shea nahm ihren festen, gebräunten Körper in Augenschein. »Sie sind ein echter Kumpel, Lieutenant.«

Ohne weitere Umstände legte er ihr Handschellen an. Dann schien er im Augenwinkel etwas zu sehen. »Lieutenant, das müssen Sie sich ansehen.« Da war ein neuer Unterton in seiner Stimme: Angst.

Milo zerrte einen widerspenstigen, zeternden Donny Rader auf die Füße. »Schluss jetzt mit der Zappelei und Klappe halten.«

»Fick dich.«

O'Shea führte das Mädchen nach draußen. Er wirkte wie gelähmt. »Sie müssen sich das ansehen.«

»Sieh es dir an, Alex«, sagte Milo.

Das Haus war ein Saustall. Überall auf Boden und Möbeln lagen Abfallhaufen, die Luft stand vor vergammelten Lebensmitteln, Körpergeruch, Gras und einem medizinischen Geruch, der von verlängertem Kokain stammen konnte.

Uringestank, der auf Katzenpisse oder Crystal Meth hindeutete.

O'Shea hatte das alles schon gesehen und gerochen. Das konnte es also nicht sein.

Um keine potenziellen Beweisstücke zu beschädigen, stieg ich vorsichtig über den Müll. Dann sah ich es. Es hing von einem niederen Dachbalken. Die Füße baumelten wenige Zentimeter über dem Boden.

Ein menschliches Skelett, verdrahtet und mit einem Stab stabilisiert, der am Rückgrat entlang verlief.

Entbeint und gesäubert, bis auf die Kopfhaare. Lange, dunkle Locken.

Ein echtes Skelett, etwa fünfzehn Zentimeter kleiner als ich und weiblich, dem Winkel des Schambogens nach zu urteilen.

Die Kiefer waren zu einem cartoonhaften Grinsen drapiert, was dem Knochengesicht einen Ausdruck überschwänglicher Freude gab. Eine Maske des Schreckens.

Ich bahnte mir einen Weg durch die Müllberge und roch an den Knochen.

Ein neuer Geruch.

Angenehm süß. Pflanzlich.

Honigbienen, die um ihren Stock schwirrten.

55

Milo verfrachtete Rader auf die zweite Sitzbank des braunen Transporters, fesselte ihm die Knöchel mit Kabelbinder und gurtete ihn an. Tyler O'Shea setzte Sally vor ihn, um ihn zu bewachen. Sie fand es großartig, den jetzt kleinlauten, weinerlichen Schauspieler mit gefletschten Zähnen anknurren zu dürfen.

Milo gönnte sich eine Zigarre, die er sich unangezündet zwischen die Zähne steckte, und begann zu telefonieren: Gefängnistaxi für Rader, Spurensicherung, Gerichtsmediziner.

Ganz zum Schluss das Büro des Polizeichefs. Der Boss war nicht da, und Milo hinterließ keine Nachricht.

Tyler O'Shea bewachte weiterhin das Mädchen im Bikini.

Barbara »Brandi« Podesky, die sich als »Schauspielerin und Tänzerin« bezeichnete, hatte nichts zu sagen, doch dann tauchte in der Datenbank eine richterliche Anordnung auf: Sie war bei einer Dope-Razzia hochgenommen worden und nicht zum Sozialdienst erschienen. Sie würde also nach West Los Angeles in Polizeigewahrsam gehen. Die Nachricht schien sie zu überraschen, und sie begann zu jammern, dass ihr kalt sei.

O'Shea musterte sie von oben bis unten. »Wir werden Ihnen gleich was zum Überziehen bringen«, sagte er wenig überzeugend.

Milo ging sich das Skelett selbst ansehen, kam Sekunden später zurück und baute sich im Türrahmen auf. An den

Lippen nagend wischte er sich übers Gesicht, während er eine Nummer in sein Handy tippte. Beim Warten auf die Verbindung entspannten sich seine Gesichtsmuskeln, und der leichte Ansatz eines Lächelns zupfte an seinen Mundwinkeln.

»Mrs LeMasters? Milo Sturgis hier … ja, ich weiß, ist eine Weile her, aber kein Stress, wie spitz ist Ihre Feder in dieser wunderbaren Zeit? Lieben Sie Ihren Mann noch? … Warum? Weil Sie nur noch mich lieben werden, wenn Sie hören, was ich für einen Knüller für Sie habe.«

In dem Moment, als er auflegte, rief der Chef an. Milo fing an, Einzelheiten zu erzählen, die nichts Neues für mich waren, deshalb ließ ich ihn stehen. Ich hatte das dringende Bedürfnis, meine überschüssige Energie mit einem kleinen Spaziergang abzubauen.

Ich umkreiste den Blechhof rechter Hand und stand auf einmal Prema Moon gegenüber.

Milo hatte ihr gesagt, sie solle sich abseitshalten. Frauen, die es gewohnt sind, den Ton anzugeben, tun sich oft schwer, Anordnungen zu folgen.

»Wo ist er?«, fragte sie.

»Im Transporter, aber Sie sollten sich fernhalten.«

»Warum denn? Es ist doch vorbei.«

Für die Justiz ging es jetzt erst richtig los.

»Ja.«

Zunächst reagierte sie nicht. Dann zwinkerte sie mir zu. Ihre Haare schwangen, als sie sich abwandte und ausgelassen mit ihrem wohlgeformten Hintern wackelte.

Mit einem wissenden Lachen – leise und brüchig – verließ sie das Set.

56

Für ein TV-Drehbuch wäre die Auflösung zu glatt gewesen.

Die DNA des weiblichen Skeletts gehörte Qeesha D'Embo, die des Babys im Park passte zu Qeesha und Donny Rader. Blutspuren, Knochenfragmente, Hautschuppen, die in Raders Doppelgarage und Taxidermie-Werkstatt gefunden wurden, gehörten zu Mutter und Kind.

Mehrere der Frauen, die Mel Wedd in seinem kleinen blauen Buch aufgelistet hatte, bestätigten, dass Rader sich oft nach dem Feiern an diesen düsteren Ort zurückgezogen hatte und allein gelassen werden wollte, um sich ungestört seinen »Projekten« zu widmen.

Die Kugel aus Mel Wedds Kopf passte zu einer .45er aus Raders Waffensammlung, die aus siebenunddreißig nachlässig gewarteten Exemplaren bestand, darunter eine Uzi und ein russisches Sturmgewehr.

Milo hatte gehofft, dass die Kugel aus Adriana Betts' Leiche zu der Waffe gleichen Kalibers passen würde, die er Rader abgenommen hatte. Leider tat sie das nicht, was der Vermutung Nahrung gab, dass jemand anders sie ermordet hatte, höchstwahrscheinlich Melvin Jaron Wedd.

Höchstwahrscheinlich auf Raders Wunsch, aber wie sollte man das beweisen.

Je mehr ich über Raders und Wedds identische SUVs nachdachte, umso überzeugender fand ich die Vorstellung der Heldenverehrung. Doch der Bezirksstaatsanwalt John Nguyen war anderer Ansicht, er war fest entschlossen, etwas zu finden, das unheilvoller und mehr nach Vorsatz aussah.

»Ich brauche was Krankes, Alex. Charles Manson, Blutrausch, Folie à deux, solche Sachen.«

»Ist doch auch so schon schauerlich genug, John«, sagte Milo.

»Es kann nie schauerlich genug sein.« Nguyen grinste. »Vielleicht kann ich ein Buch darüber schreiben.«

Tatsache war, dass sich der Fall über Monate hinziehen würde, vielleicht sogar über Jahre. Donny Rader hatte es trotz einer Armee teurer Anwälte nicht geschafft, auf Kaution freizukommen. Immerhin bewohnte er eine Zelle, die Gruppenvergewaltiger, Geistesgestörte und Fetischisten von ihm fernhielt, und schon gingen Gerüchte um, dass der Star besondere Privilegien genoss, Säcke voller Fanpost von schwer gestörten Frauen aus aller Welt erhielt und das weibliche Wachpersonal mit seinem kunstvollen Sprachfehler verführte.

Kelly LeMasters schloss einen ernstzunehmenden Buchvertrag mit einem New Yorker Verlag und kündigte bei der *Times*. Pech gehabt, Mr Nguyen, mit Ihrem Buch wird das dann wohl nichts mehr.

Rader durfte wegen Schuldunfähigkeit seine Zeit in einer kuscheligen Nervenklinik absitzen, statt seinem Prozess beizuwohnen. Vielleicht würde er irgendwann sogar wieder freikommen.

Ich war mir nicht sicher. Andererseits hatte ich mich in vielen Dingen geirrt.

Im Augenblick konnte ich damit leben.

Einen Monat und fünf Tage nach Raders Verhaftung fuhr ich zum Western Pediatric Medical Center und suchte Salome Greiner, die ich im Speisesaal der Ärzte fand, bei einem verspäteten Mittagessen. Genau wie beim letzten Mal: Hüttenkäse, Götterspeise und Tee. Als wäre sie nie weggegangen.

Ich setzte mich ihr gegenüber.

»Der verlorene Sohn ist wieder da«, empfing sie mich.

»Jimmy Asherwood war ein wunderbarer Mann, der ein tragisches Leben geführt hat. Ich verstehe, warum Sie ihn schützen wollten. Ich habe nicht die Absicht, sein Andenken zu beschmutzen. Das hat er nicht verdient. Ganz im Gegenteil.«

Sie seufzte. Bei all ihrer Rüstigkeit war sie doch eine alte Frau. Ich kam mir vor wie ein aufsässiger Sohn, fuhr aber trotzdem fort.

»Ich weiß von seiner Kriegsverletzung und dass Ihre Verbindung mit ihm nicht sexuell war.«

Aufgebracht schob sie den Unterkiefer vor. »Von Ihnen«, sagte sie leise, »hätte ich mehr Fantasie erwartet.«

Ich wusste nicht, was ich sagen sollte.

»Was genau wollen Sie von mir?«, fuhr sie fort.

Statt zu antworten, sagte ich: »Jimmy respektierte das Recht jeder Frau, über ihren Körper zu bestimmen. Er wusste aber auch, dass Frauen – Mädchen – zu Entscheidungen gezwungen wurden, die sie selbst nicht wollten. Mädchen aus bestimmten sozialen Schichten, die ihren Familien Unannehmlichkeiten bereiten würden. Und hier kommt das Schwedische Spital ins Spiel.«

»Waren und Dienste gegen Bares, mein Lieber. Was könnte in diesem Land patriotischer sein?«

»Wenn junge Mädchen sich zur Abtreibung entschlossen, hat Jimmy mitgemacht. Doch anders als andere Ärzte hat er versucht, aus ihnen herauszubekommen, was sie wirklich wollten. Er ist eingeschritten, wenn er das Gefühl hatte, dass sie unter Zwang handelten. Wie hat er die Eltern überzeugt?«

»Sie sind der Fachmann fürs Menschliche.«

»Ich schätze, er hat ihnen erklärt, der Eingriff könne das Leben der Tochter gefährden. Wobei ich wette, dass manche Eltern sich daraufhin einen anderen Arzt gesucht haben, weil für eine bestimmte Sorte Menschen ein Stigma schlimmer ist als alles andere.«

Statt zu reagieren, trennte sie ein Stück Götterspeise ab.

»Auch nachdem die Babys auf der Welt waren«, fuhr ich fort, »kümmerte sich Jimmy um alles. Und zwar zusammen mit Eleanor Green, die ein Herz für ihre Mitmenschen hatte und Kinder liebte. Genau die Sorte Mensch, die einen Pflegeberuf erlernen sollte.«

»Ellie«, sagte sie. Ihre von Leberflecken überzogene Hand legte sich auf ihre Brust.

»Ellie und Sie. Und vielleicht noch ein paar andere.«

»Das Heer der Gerechten«, sagte sie. »Wir waren eine kleine Einheit von … Idealisten.« Sie legte ihre Gabel hin. »Nach Dachau hatte ich das Gefühl, so etwas tun zu müssen.«

Ich berührte ihre Hand, doch sie zog sie weg. »Sind Sie jetzt zufrieden, Alex?«

»Manchmal hat Jimmy bei der Geburt geholfen, manchmal haben Sie es getan. Sobald die Säuglinge so weit waren, wurden sie zu Ellie gebracht, in das große Haus in der netten Gegend, das Jimmy eigens für diesen Zweck angemietet hatte. Nachdem die Kinder mehrere Monate lang beobachtet und untersucht worden waren, wurden sie an Adoptivfamilien weitervermittelt. An Leute, die zuvor unter die Lupe genommen worden waren. Auch wenn es keine offiziellen Adoptionen waren, denn es musste alles unter dem Siegel der Verschwiegenheit geschehen.«

»Dreiunddreißig«, sagte sie. »So viele Kinder haben wir vermittelt. An Menschen überall im Land. Da sind dreiunddreißig Erwachsene, die keinen blassen Schimmer haben, wo sie herkommen.«

»Dreiunddreißig weniger eins«, sagte ich. »Was ist passiert?«

Kopfschüttelnd stand sie auf. Ich rechnete damit, dass sie mich einfach sitzen ließ, doch sie ging nur zum Heißwasserspender, füllte ihre Tasse, riss einen Teebeutel auf und betrachtete ihn, wie er an ihrer Hand baumelte.

Als sie zum Tisch zurückkehrte, sagte ich: »Salome, es tut mir leid, wenn ich …«

»Krippentod. So haben wir das damals genannt, später bekam es einen schickeren, lateinischen Namen, da hieß es *Mors subita infantium*, plötzlicher Kindstod. Man weiß zwar immer noch nichts über die Ursachen, aber wenigstens klingt es jetzt wissenschaftlich. Heutzutage gibt es jede Menge Theorien, aber wirklich verstanden hat man es immer noch nicht. Immerhin weiß man, wie man die Gefahr reduzieren kann.«

»Immer auf dem Rücken schlafen lassen, nie auf dem Bauch.«

Sie lächelte. »Ja, und die Eltern werden ganz nervös, weil sie Angst haben, dass ihr kleines Wunder seinen flachen Hinterkopf behält und deshalb später nicht in Harvard genommen wird. Ich rate denen immer, sich zu entspannen und sich nicht sinnlos aufzuregen.« Sie schüttelte den Kopf. »Nicht auf dem Bauch schlafen. So einfach ist das. So hat sie – so hat Ellie ihn gefunden. Auf dem Bauch. Reglos. Es war ein Junge, Jungs sind viel anfälliger als Mädchen. Das ändert sich, glaube ich, nie, oder, Alex?«

»Ihr lebt länger als wir, deshalb brauchen wir länger, um erwachsen zu werden.«

Sie legte ihre Hand auf meine. »Sie waren schon immer so schlagfertig.«

Ich holte mir Kaffee. Wir tranken eine Weile schweigend, bis sie fortfuhr: »Ellie dachte, sie wäre schuld. Jimmy und ich fanden sie mit dem Baby im Arm. Er war schon einen ganzen Tag lang tot, sie hatte die ganze Zeit über mit ihm dagesessen und wollte ihn nicht loslassen.« Sie schauderte. »Ich musste ihn ihr förmlich entreißen.«

»Das heißt, Sie haben ihr erlaubt, ihn im Garten zu begraben.«

Mit erstaunlicher Kraft ergriff sie meine beiden Hände. »Warum nicht, Alex? Ihre Trauer war erschütternd, und wir konnten die Geschichte ja schlecht dem Gesundheitsamt melden.«

»Natürlich nicht.«

»Wir machten eine kleine Trauerfeier. Konfessionsfrei. Jeder von uns sprach ein Gebet im Flüsterton, um die Nachbarn nicht auf den Plan zu rufen. Jimmy hob das Loch aus. Ich pflanzte eine kleine Platane, die ich in einer Baumschule gekauft hatte. Und Blumen. Klivien. Drum herum. Klivien haben wunderschöne orangefarbene Blüten und lieben den Schatten. Wir wollten Sam – so haben wir ihn genannt, weil wir fanden, dass er einen Namen haben sollte –, wir wollten ihn in einen Babysarg legen, aber wir wussten nicht, wie wir an einen solchen gelangen sollten, ohne Verdacht zu erregen. Also nahmen wir … etwas anderes.«

»Eine Metallbox aus dem Krankenhaus, mit der sonst Geld zur Bank gebracht wurde.«

»Etwas anderes hatten wir nicht. Hätten wir vielleicht eine Obstkiste nehmen sollen?«

»Ich hatte angenommen, dass es symbolisch gemeint war.«

»Was?«

»Dass er als etwas sehr Wertvolles gesehen wurde.«

Sie sah mich an und fing an zu lächeln. »Das finde ich schön. Ich werde den Gedanken in meine Erinnerungen mit aufnehmen. Wenn Sie mich jetzt bitte entschuldigen würden …«

»Haben Jimmy und die anderen weiterhin Babys vermittelt?«

»Natürlich.«

»Aber Ellie hat aufgehört.«

Nicken.

»Was wurde aus ihr?«

»Sie ist in eine andere Stadt gezogen. Ich sage Ihnen nicht, wohin. Sie hat einen Mann geheiratet, der sie liebte. Den Namen werde ich Ihnen auch nicht nennen. Sie bekam selbst ein Kind. Sie lebt nicht mehr. Mehr müssen Sie nicht wissen, Alex.«

Ich stand auf. »Danke.«

»Werden Sie das der Polizei erzählen?«

»Es gibt keinen Grund dafür.«

»Warum haben Sie dann – ach so, natürlich. Sie waren immer getrieben. Fast ein bisschen zwanghaft, stimmt's?«

Ich lächelte. »So was kommt vor.«

57

Neunzig Tage nach Donny Raders Festnahme mailte mir Milo einen Link zur *Daily Variety*.

Sein Kommentar dazu: *Kein Kommentar.*

Premas Mond strahlt über Europa

Megastar Prema Moon ist von ihrem selbstgewählten Rückzug aus dem Showbusiness zurückgekehrt, um mit der Feinstein Group einen neuen Action-Thriller zu drehen: eine Superheldin und Mutter, die versucht, ihre Kinder großzuziehen, während sie zugleich böse Mächte aus dem All bekämpft. Die Megaproduktion wird in Kroatien und Frankreich gedreht werden, sodass Prema ihr kürzlich erworbenes Château mit Biolandwirtschaft im Loire-Tal besuchen kann. Eventuelle Ähnlichkeiten mit tatsächlichen Ereignissen wurden von Premas PR-Agenten abgestritten. Premas Ehemann Donny Rader ist erst kürzlich wegen Mehrfachmordes verhaftet worden, während sie ihre vierköpfige Kinderschar vor ihm und seinem schändlichen Tun zu schützen versuchte. Das Drehbuch verfasste Chad Zaleen in Zusammenarbeit mit Garvey Feinstein, der das Werk über seine Produktionsfirma Lighthouse produzieren wird, zusammen mit Andrew Bronson, Bill Kander und Dan Elhiani. Ethan White, Barry Urbanovitch und Prema selbst werden als ausführende Produzenten beteiligt sein. Die Dreharbeiten sollen in Kürze beginnen.

Fünf Monate später fand ich in der Post eine rosa Karte mit Silberrand in passendem Umschlag.

Voller Freude und in tiefer Dankbarkeit
heißen wir auf dieser Erde willkommen

unsere wunderschöne, gesunde und kluge Tochter

Aimée Destiny

die stolze 3,74 Kilo auf die Waage bringt

Holly & Matt Ruche

Anstelle von Geschenken bitten wir um Spenden
für das Western Pediatric Medical Center.

Jonathan Kellerman

ist einer der erfolgreichsten amerikanischen Kriminalautoren. Nach dem Studium arbeitete er zunächst als Kinderpsychologe. Seine Reihe mit dem Psychologen Dr. Alex Delaware ist berühmt für höchst einfühlsam entwickelte Figuren und eine raffinierte Handlung, die Hochspannung von der ersten bis zur letzten Seite garantiert. Dafür ist er unter anderem mit dem »Edgar-Allan-Poe-Award«, Amerikas bedeutendstem Krimipreis, ausgezeichnet worden. Jonathan Kellerman lebt mit seiner Frau Faye in Los Angeles.

Außerdem von Jonathan Kellerman bei Goldmann lieferbar:

Die Alex-Delaware-Serie in chronologischer Reihenfolge:

Blackout · Flüchtig · Jamey. Das Kind, das zuviel wußte · Sharon. Die Frau, die zweimal starb · Säure · Exit · Böse Liebe · Narben · Satans Bruder · Wölfe und Schafe · Monster · Gnadentod · Fleisch und Blut · Das Buch der Toten · Blutnacht · Im Sog der Angst · Bluttat · Blutgier · Post Mortem · Mordgier · Knochensplitter · Todesfeuer · Tödliche Lektion · Todesschmerz · Rachenacht

Weitere Romane:

Der Pathologe · Todesrausch

(Alle Titel als E-Book erhältlich)

GOLDMANN
Lesen erleben